Rebekka Knoll

Blaue Nächte

Roman

PENGUIN VERLAG

MIX
Papier aus verantwortungsvollen Quellen
FSC® C014496

Verlagsgruppe Random House FSC® N001967

PENGUIN VERLAG

1. Auflage 2020

Umschlag: bürosüd
Umschlagmotiv: Gettyimages / H. Armstrong Roberts und www.buerosued.de
Redaktion: Annika Krummacher
Satz: Buch-Werkstatt GmbH, Bad Aibling
Druck und Bindung: GGP Media GmbH, Pößneck
Printed in Germany
ISBN 978-3-328-10368-4
www.penguin-verlag.de

Dieses Buch ist auch als E-Book erhältlich.

Prolog

Die Menschen würden sich viel öfter küssen, wenn sie häufiger tanzen würden. Wenn ich so an dich denke und an mich, an uns in unserem Tanzlokal, wenn ich mich daran erinnere, wie wir uns an den Händen gehalten, wie unsere Haare gewirbelt, wie deine Küsse geschmeckt haben, dann bin ich mir sicher. Die Menschen wären glücklicher.

Das waren wir doch, oder? Glücklich.

Ich sitze hier an meinem Schreibtisch, vor mir liegt mein Brief an dich, ich trinke Kaffee. Und wenn ich in meine Tasse schaue, wenn ich genau hinsehe, dann kann ich in der spiegelnd schwankenden Oberfläche dein Gesicht erkennen. Deine Perlenohrringe, deinen schwarzen Lidstrich, deinen blonden Pony. Ich nehme mir einen Kaugummi aus der Packung und stecke ihn mir in den Mund. Da lachst du.

»Wie ich diesen bittersüßen Geschmack von Kaugummi und Kaffee liebe«, sagst du leise.

Hast du das jemals gesagt? Deine Stimme klingt warm und tief. Aber ich weiß gar nicht, ob sie das wirklich war. Wie hast du damals geklungen? Wie waren deine Augen geschwungen unter dem Lidstrich? Wie hoch war deine Stirn unter dem Pony? Vielleicht ist eine Erinnerung wie ein Foto. Wenn man es zu häufig hervorholt und in die Sonne hält, um auch jedes Detail zu erkennen, dann wird es erst gelb und dann blass.

Irgendwann kann man nur noch die Umrisse erkennen. Dann verschwinden auch die, und am Ende hält man ein Papier in der Hand und vergisst, mit jedem Wimpernschlag etwas mehr, warum man es noch festhält. Warum man es nicht einfach loslässt. Schließlich fällt es und segelt durch die Luft, immer tiefer hinab.

Weißt du noch …? Ich muss lächeln. Unser Tanzlokal war voll von Tänzern und Musik. Ich wusste, du bist schon da, als ich noch oben vor dem Eingang stand. Die großen Buchstaben über der Tür sahen in dieser Nacht besonders blau aus, der Vollmond leuchtete auf sie herab. Das Mädchen am Einlass – wie hieß es noch gleich? Marianne? Marlene? – lächelte mir zu. »Ich wünsche eine azurblaue Nacht.« Sie zwinkerte. Das sagte sie gern. Dabei wusste hier wahrscheinlich niemand, wie genau Azurblau aussah.

Ich ging an ihr vorbei durch die geöffnete Tür, den Gang, die Treppe hinunter, es war eng und laut.

»Du warst zu spät.« Lächelst du? Ich kann dein Gesicht in meiner Tasse nicht richtig erkennen.

Ich war tatsächlich zu spät.

»Es tut mir leid«, sage ich, aber du zuckst nur mit den Schultern.

Es tut mir wirklich leid – all die Jahre schon. Es tut mir so leid, dass mein Mund noch heute ganz trocken wird, wenn ich daran denke. Dass sich mein Magen zusammenzieht und mein Kopf glüht. Es gibt so vieles, das mir leidtut. Doch wie solltest du mir das auch glauben? Ich bräuchte viel mehr Münder, viel mehr Mägen, viel mehr Köpfe, um wirklich zu spüren, wie leid es mir tun müsste.

Ich bin also die Treppe hinuntergestiegen. Und mit jeder Stufe bin ich ein Stück tiefer in diese andere Wirklichkeit vorgedrungen.

Die Leute lächelten sich an, ihre Füße wirbelten über das

Parkett. Sie sahen so weich aus. *I'll tip my hat to the new constitution. Take a bow for the new revolution.* Hier unten war alles weich. Und gleichzeitig laut, nah. Wie nah wir uns waren. Und trotzdem konnten wir die Sorgenfalten der anderen nicht sehen. Wie schön wir waren.

Ich entdeckte dich an der Bar. Wie jede Nacht saßest du auf einem der Hocker, nipptest an einem Martini, die Beine überschlagen. Ich wich zwei Tänzern aus, vielleicht drei, dann stand ich vor dir. Wenn ich dir in die Augen sah, war da mein Spiegelbild, aber es hatte, anders als ich, keine Sorgen. Glatte Stirn, runde Augen. Meine Stirnfalte, zwischen meinen Augenbrauen, habe ich verloren in deinem Blick.

Wir teilten uns eine Zigarette, wir tanzten, und dann küssten wir uns. Deine Arme lagen auf meinen Schultern, meine Hände an deinen Hüften. Deine Lippen schmeckten nach Kaffee und Kaugummi. Die Beatband spielte ein langsames Lied, ich weiß nicht mehr welches, ganz leicht schwangen wir mit, im Takt. Alle sind sie mitgeschwungen, alle haben sie sich geküsst. Es war so einfach. Hier unten hätte ich alles geschafft. Ich hätte meine Versprechen gehalten, jedes einzelne.

»Du willst also sagen«, flüsterst du jetzt, »du willst also sagen, dass wir uns an diesem einen Abend geküsst haben?«

Ich lege den Kopf schief. Haben wir das getan? Aber natürlich, ich sehe noch genau, wie ich an Marianne oder Marlene vorbeigegangen bin, die Treppe hinunter. *I'll tip my hat to the new constitution.* Du saßest an der Bar. Du schmecktest nach Kaffee und Kaugummi. So war es doch.

»Du willst also sagen, dass du mich dort gesehen hast?« Jetzt verschränkst du die Arme.

Die Einlassdame hat mir eine azurblaue Nacht gewünscht und gezwinkert. Und dann? Dann wollte ich auf dem schnellsten Weg zu dir, und dein Kleid – war es nicht azurblau?

Ich sehe dich kaum noch, aber ich glaube, jetzt schüttelst du den Kopf. »Du kannst nicht wissen, welche Farbe mein Kleid hatte. Du kannst das Lied nicht kennen, das gerade gespielt wurde. The Who haben »Won't Get Fooled Again« erst Jahre später veröffentlicht. Du bringst alles durcheinander, du bist gar nicht dort gewesen, Emil. Du bist nicht gekommen.«

Mein Kopf glüht, mein Magen zieht sich zusammen. Hast du recht?

»Ich wünsche eine azurblaue Nacht«, hat das Mädchen an der Kasse gesagt und dann hinzugefügt:

»Du siehst nicht gut aus, Emil.«

Von unten drangen die Stimmen der Coverband hinauf. Sangen sie tatsächlich: *Take a bow for the new revolution*?

»Es geht mir auch nicht gut«, sagte ich.

»Bist du dir sicher, dass du heute tanzen willst?«

»Nach Tanzen ist mir nicht zumute.«

»Das habe ich von dir noch nie gehört.«

Vielleicht habe ich mir die Augen gerieben oder die feuchten Hände an meiner Hose abgewischt, ich bin mir nicht sicher.

»Ich sollte gehen.«

»Was ist passiert?«

Ich habe den Kopf geschüttelt, zu den blauen Buchstaben über dem Eingang hinaufgesehen. Wie sie im Mondlicht leuchteten.

»Emil, was hast du?«

»Ich muss jemandem sehr wehtun.«

»Dann geh rein und entschuldige dich.«

»Dafür gibt es keine Entschuldigung.«

Und so war es. Es gab keine Entschuldigung für das, was ich tun würde.

»Wenn du Lotte siehst, sagst du ihr, dass es mir leidtut?«, bat ich das Mädchen am Einlass, und dann habe ich mich umgedreht und bin dorthin gegangen, wo die Nacht grau war, wo keine Nacht mehr azurblau werden würde.

Du bist verschwunden, ich bin wieder allein in meiner Kammer. Ich greife nach der Tasse. Inzwischen ist der Kaffee kalt geworden, aber ich trinke ihn trotzdem aus und stelle mir vor, du wartest noch immer dort unten im Tanzlokal. Die Beine übergeschlagen, in der Hand einen Martini, dein Kleid ist azurblau. Wie lange ich dich dort habe warten lassen? Wie viele Nächte du dagesessen haben musst, wie oft du zur Treppe gesehen hast? Ich stelle mir vor, wie sich das Lokal verändert, in all den Jahren. Wie es zum Klub wird. Die Bühne verschwindet vielleicht, die langen Tische, die Stühle. Die Lichter werden bunter, eine Nebelmaschine ersetzt den Zigarettendunst von früher.

Ich stelle mir vor, wie sich all die Menschen um dich herum verändern. Wie die langen Ärmel der Minikleider kürzer werden, wie die Röcke sich in Hosen verwandeln, wie die Oberteile bauchfrei werden und die Ponys den Mädchen übers Gesicht wachsen, wie die Farbe ihrer Haare greller wird.

Auch die Musik ändert sich, die Musiker verschwinden, die Instrumente lösen sich auf. Wo einst das Schlagzeug zitterte, steht jetzt ein DJ-Pult. Ein Mann mit dicken Kopfhörern reißt seine Arme in die Luft. Die Tänzer machen es ihm nach. Sie stehen nicht mehr eng beieinander, sie scheinen sich nicht mehr so nahe zu kommen wie wir damals.

Nur du, du sitzt noch immer am Tresen auf deinem Hocker. Sogar jetzt, in diesem Augenblick. Du hast noch immer deinen blonden Pony, deinen Lidstrich. Dein Minikleid mit den langen Ärmeln ist azurblau. In diesem Moment sitzt du hier, nippst am Martini und siehst durch die vielen Partygäste hindurch zur Treppe.

Ich habe so viele Jahre auf den heutigen Tag gewartet, dass ich alt geworden bin. Ich sehe auf die Uhr. Es wird Zeit. Ich stehe auf, nehme meine Jacke, meinen Hut und öffne die Tür. Es regnet, der Wind heult, die Nacht ist grau. Aber das ist nicht schlimm. Ich bin zwar alt, doch du sitzt noch immer am Tresen, du bleibst. Es ist endlich so weit, es ist endlich die richtige Nacht. Vielleicht ist es noch nicht zu spät. Ich gehe durch die nassen Straßen, halte mein Gesicht in den Regen, und meine Schritte sind groß. Ich bin spät dran, das weiß ich. Aber diesmal werde ich kommen. Diesmal werde ich an der Einlassdame vorbeigehen, unter den blauen Buchstaben hindurch, die Treppe hinunter. Diesmal werde ich dich, zwischen den Tänzern, im Nebel sehen. Diesmal wirst du deine Arme auf meine Schultern legen, ich werde dich an mich heranziehen. Wir werden tanzen. Meine Sorgenfalten werde ich verlieren in deinem Blick. Wir werden weich sein, wir werden schön sein, und dann werden wir uns küssen.

Ich biege um die Ecke. Und ganz hinten, am Ende der Straße, kann ich schon die Buchstaben erkennen. Durch die Nacht, den Regen, leuchten sie mir entgegen. Fast kann ich die beiden Worte entziffern: »Blue Nights«, flüstere ich. Endlich. Diese Nacht wird endlich azurblau.

1. Kapitel

Dumpf vibrierte der Bass in ihrer Brust. Dudumm. Milena hasste dieses Gefühl. Als hätte etwas Fremdes von ihr Besitz ergriffen, ein Parasit, ein Virus. Es drang über ihre Haut ein. Dudumm.

Fraß sich durch ihr Fleisch.

Dudumm.

Bis zu ihren Organen. Hier nistete es sich ein, wollte den Rhythmus ihrer Atmung stören, das Pumpen ihres Herzens. Die Musik wollte Milena aus dem Gleichgewicht bringen. Dabei musste sie gerade jetzt aufrecht dastehen.

»Was soll die Scheiße?« Tropfen von Speichel landeten auf ihrer Wange.

Was hatte ihre Mutter gestern gesagt? Wahre den nötigen Abstand. Sprich ruhig, aber bestimmt. Milena versuchte es.

»Heute Abend lasse ich dich nicht rein.«

»Was sagst du?«, brüllte der Typ. Zerfetzte Jeansjacke, Hose mit Bierflecken.

»Lass gut sein«, sagte sein Kumpel, an dem er sich festhielt.

»Nein!«, rief der Erste. »Ich versteh die Alte nicht!«

»Du bist zu betrunken«, erklärte Milena. »Du kommst hier nicht rein.«

Noch vor wenigen Tagen hatte sie es sich cooler vorgestellt, einen solchen Satz zu sagen. In ihrer Vorstellung hatte sie die

Arme verschränkt, plötzlich eine breitschultrige Lederjacke angehabt und gebrochen Deutsch gesprochen. So wie es die Türsteher in Filmen taten. Doch Milena war einfach kein Türsteher, nicht einmal einer, der einen Türsteher in einem Film spielen könnte. Sie war Milena: schmale Schultern, nervöse Lippen, zittrige Finger. Es war ihr zu laut hier, die Musik, die Menschen, Milena gehörte nicht hierher. Gleich würde der Betrunkene seine Hand zur Faust ballen und Milena ins Gesicht schlagen.

Nicht ausweichen, hatte ihre Mutter gesagt. Bleib freundlich.

Milena lächelte und trat einen Schritt vor.

Leise fragte sie: »Darf ich dich anfassen?«

Der Typ starrte sie an. Kurz wartete Milena noch, dann, langsam, vorsichtig, legte sie ihm eine Hand auf die Schulter.

»Wir wollen doch hier keinen Streit. Du gehst jetzt nach Hause und kommst einfach morgen Abend wieder. Okay?«

Er starrte sie noch immer an, runzelte die Stirn.

»Komm schon.« Sein Kumpel zog ihn vorsichtig von Milena weg.

Sie atmete tief durch, schaute den beiden nach, wie sie über die dunkle Straße schwankten, vorbei an der Schlange, die sich vor dem Blue Nights gebildet hatte. Es regnete. Der Beton unter den Füßen der immer kleiner werdenden Männer glänzte schwarz, in den Pfützen tanzte das Wasser. Waren es nur die Regentropfen, die es zum Zittern brachten? Oder ließen auch die Pfützen sich vom Bass aus dem Inneren des Blue Nights lenken?

Milena wünschte, Paul wäre jetzt hier. Er würde am Ende der Straße im Schein der Laterne auftauchen – dunkle Lederjacke und helle Augen. Er würde lächeln, die Arme ausbreiten. Wow, würde er rufen. Wie du den in den Griff gekriegt hast!

Doch die Straße war voller fremder Menschen. Milena würde ihm die Szene später beschreiben, irgendwann, wenn diese Nacht einmal vorbei wäre. Bei Tageslicht würde sie sich in den

Arm nehmen lassen. Sie würde ihm in die Seite kneifen. Mach dich nicht über mich lustig!, würde sie sagen, und er würde seine Hand auf ihre Wange legen und sagen: Ich habe mich noch nie über dich lustig gemacht. Milena bekam eine Gänsehaut, wenn sie an diese Worte dachte, an Pauls raue Stimme.

»Kannst du wieder übernehmen?«, bat sie den großen Sven, der wie jede Nacht auf seinem Barhocker neben der Kasse Stellung bezogen hatte.

»Klar«, antwortete der. Sven sah viel eher aus wie ein Türsteher: breitschultrig, muskulöse Oberarme, markante Wangenknochen. Er drehte sich zur Schlange vor dem Klub und winkte mit zwei Fingern eine kleine Gruppe laut lachender Mädels zur Tür. Noch beim Hineingehen reckten sie immer wieder die Hälse nach ihm.

Milena ging ein paar Schritte, suchte sich ihren Weg zwischen den Pfützen und stand schließlich mitten auf der Straße, drehte sich um. Von hier aus konnte sie den Eingang des Tanzklubs sehen. Die große, geschwungene Schrift über der Tür. Blue Nights – wie sie diese zwei Worte immer gehasst hatte. Als Kind hatte sie sogar die Farbe Blau gehasst, sie hatte sie einfach weggelassen. Auf all ihren Bildern war der Himmel so gelb wie die Sonne, das Meer war so rot wie die Luftmatratzen, die darauf schaukelten, sogar ihr blaues Haus malte sie haustürbraun und Mamas blaues Lieblingskleid perlenohrringweiß.

Milena hasste die Nacht. Sie ging vor Sonnenuntergang schlafen und wollte erst aufwachen, wenn es wieder hell wurde. Ihr Leben fand tagsüber statt, im Sonnenlicht, während die Vögel zwitscherten und die Hunde bellten, auch noch, als sie längst Teenager war, ihre Freundinnen Übernachtungspartys feierten, ausgehen wollten und von bunten Cocktails schwärmten. Milena blieb zu Hause – mit der Nacht wollte sie nichts zu tun haben.

Alles wegen des Tanzlokals Blue Nights, das früher, als Milena noch klein war, ihrem Vater gehört hatte und das nach seinem Tod in den Besitz der Mutter übergegangen war. Von außen sah es aus wie ein gefräßiges Tier: Nacht für Nacht riss es das Maul auf und verschluckte Mädchen, Jungs, Väter und Mütter.

Milena war fünf Jahre alt gewesen, als ihr Papa aus einer seiner unzähligen blauen Nächte nicht mehr zurückgekehrt war. Ihre Mutter hatte von einem Unfall gesprochen, von einem betrunkenen Autofahrer und einer gefährlichen Kurve, sie hatte gesagt, mit dem Klub habe das nichts zu tun gehabt, doch Milena hatte ihr nie geglaubt. Das Blue Nights hatte ihren Vater verschlungen, da war sich Milena sicher. Und nachdem es ihn gekaut und verdaut hatte, nahm es sich nun, Nacht für Nacht, ihre Mutter vor. Regelmäßig verschwand sie darin, erst am nächsten Morgen spuckte das Tier sie wieder aus. Wie lange noch? Die erwachsene Milena wusste, es war Unsinn, doch das Kind in ihr hatte noch immer Angst, dass auch ihre Mutter eines Tages, genau wie ihr Vater, endgültig im Blue Nights verschwinden würde.

Wenn Milena den Klub am Tag sah, hatte sie den Eindruck, er schliefe. Grau, klein, unscheinbar. Manchmal, wenn Milena durch diese Straße laufen musste, hörte sie das Tier leise schnarchen. Erst ein hohes Fiepen, dann ein tiefes Brummen. »So ein Unsinn, Milena«, hatte ihre Mutter widersprochen. »Das ist die Wasserpumpe. Und das Fiepen kommt von der Fußgängerampel!« Aber Milena hatte ihr nicht geglaubt.

Wer wusste schon, was das Blue Nights mit ihrer Mutter machte, wie es sie manipulierte? Schließlich verwandelte es sie Nacht für Nacht. Manchmal spuckte es Milenas Mutter fröhlich und lachend aus. Manchmal mit tiefen Augenringen und rauer Stimme. Milena mochte ihre Mutter lieber am Nachmittag, wenn sie geschlafen hatte und ihre Augen wieder leuchteten.

Milena hatte beschlossen, dass sie sich nie vom Blue Nights verschlingen und wieder ausspucken lassen würde. Sie wollte sich nicht verwandeln, sie wollte nicht verschwinden, schon gar nicht für immer, wie ihr Vater. Milena wollte bleiben. So, wie sie immer gewesen war, sie wollte nichts verändern, ihr Leben nicht, sich selbst nicht.

Doch jetzt stand sie hier, vor dem Blue Nights. Es war der 18. Mai 2019, mitten in der Nacht, mitten im Regen, der im blinkenden Licht des Klubs ein wenig blau aussah. Ein Taxi hupte. »Hey!«, schrie der Fahrer aus dem Fenster, und Milena trat einen Schritt zurück. Das Auto rauschte an ihr vorbei, Regenwasser spritzte ihr die Beine hoch.

Trotz ihres Widerwillens hatte sie ihrer Mutter versprochen, vorübergehend auszuhelfen: Einen Monat lang würde sie für sie einspringen. Sie würde ihre Aufgaben übernehmen und sich um das Blue Nights kümmern: Tagsüber würde sie mit ihrer Mutter telefonieren und sich Anweisungen und Ratschläge abholen, sie würde Bestellungen aufgeben, Events planen, mit DJs verhandeln, die Presse informieren, die Website bestücken, den Dienstplan machen, Mitarbeiter koordinieren. Nachts würde sie im Blue Nights dafür sorgen, dass nichts aus dem Ruder lief. Milena schüttelte den Kopf. Was sie alles ihrer Mutter zuliebe zugesagt hatte …

»Milena?«, rief der große Sven.

»Was?«

»Schau mal an der Garderobe, da gibt es Stress!«

Es war zwar erst Milenas dritte Nacht, doch sie wusste längst, dass es immer irgendwo Stress gab. Sie hatte es schon gewusst, lange bevor ihre Mutter sie gebeten hatte, sie zu vertreten, und bevor Milena mit Bauchschmerzen Ja gesagt hatte.

Gewusst hatte sie es schon vor zwanzig Jahren. Damals war sie zehn Jahre alt gewesen, sie hatte wie jedes Wochenende bei ihrem Großvater geschlafen, an seinem großen Esstisch gesessen – vor dem Brot, das er selbst gebacken hatte, vor der frischen Butter und der Brombeermarmelade, die aus den Früchten seines Gartens gekocht worden war. Sie hatten über irgendwas gelacht, sie und ihr Großvater, über einen Witz vielleicht, den er ihr erzählt hatte, oder darüber, wie eine seiner Tauben ihm am Vorabend die Haare zerzaust hatte – darüber konnte Milena als Kind stundenlang lachen. Bis zu dem Morgen, an dem ihre Mutter zur Tür hereinkam. Sie presste ein Taschentuch gegen ihre Nase, ihr Augenlid war dick. Ihr Großvater sprang auf.

»Monika, was ist passiert?« Er holte ein Kühlpad aus dem Tiefkühlfach.

»Ach, nur ein Betrunkener«, nuschelte Milenas Mutter hinter ihrem Taschentuch.

Sie ließ sich auf einen Stuhl fallen, nahm das Kühlpad und drückte es gegen ihre Nase. Ihr Blazer war zerknittert, auf ihrer Bluse leuchtete ein großer dunkler Blutfleck.

»Wie konnte das denn passieren?«

»Ach, irgendwie passiert doch immer irgendwas«, sagte sie, und Milena konnte förmlich dabei zusehen, wie ihr Auge weiter zuschwoll.

»Warst du bis eben dort?«, fragte der Großvater.

»Es ist sechs Uhr morgens. Wieso seid ihr eigentlich schon wach?«

Der Großvater sah Milena an, lächelte.

»Wir fahren heute mit den Tauben raus.«

Milena versuchte, Mamas Taschentuch und ihr Augenlid auszublenden, während sie erklärte: »Wir machen bei einem Wettbewerb mit! Einem Flugwettbewerb! Wir fahren raus und lassen die Tauben fliegen, und dann warten wir hier, bis sie zurückkommen! Vielleicht sind sie die schnellsten von allen!«

Milena war aufgeregt, seit Tagen freute sie sich auf diesen Tag. Bisher war sie noch nie mit hinausgefahren. Ihre Mutter nickte.

»Ich gehe schlafen. Habt viel Spaß.« Langsam stand sie auf, Kühlpad und Taschentuch noch immer gegen das Gesicht gepresst, und verließ das Esszimmer.

Sie verschlief den ganzen Tag. Sie verpasste, wie Milena und ihr Großvater die Tauben fliegen ließen, wie sie stundenlang im Garten lagen und in den Himmel schauten. Während ihre Mutter schlief, zogen unzählige Quellwolken über Milenas Kopf hinweg. Sie sahen aus wie riesige Vögel, hohe Bäume, aufgeklappte Bücher oder Mickymaus. Milena wusste noch, wie sie dort gelegen und sich gefragt hatte, ob sie das gegen irgendetwas auf der Welt eintauschen würde. Die Sonnenstrahlen auf den Wangen des Großvaters, den Geruch des Grases, die Vorstellung, dass jeden Moment ein kleiner weißer Punkt am Himmel auftauchen könnte – eine der Tauben, die über all die Wiesen und Felder und Wälder diesen einen Garten wiedergefunden hatte und nun nach Hause zurückkehrte. Letztlich war ihr klar geworden, dass sie all das für nichts auf der Welt hergeben würde. Vor allem nicht dafür, jetzt in einem abgedunkelten Zimmer zu liegen, mit blauem Auge und blutender Nase.

Während Milena und ihr Großvater nebeneinander auf der Wiese lagen, in den Himmel schauten und warteten, erzählte er ihr von seiner einen, einzigen großen Liebe.

»Weißt du, Milena«, sagte ihr Großvater. »Ich werde sie nie vergessen. Sie ist vor Jahren gestorben, doch ich habe bis heute nicht das Gefühl, sie hätte mich verlassen. Irgendwo da draußen gibt es einen Menschen, der etwas bei dir auslöst. Du wirst ihn sehen, und dann wirst du es verstehen. So war es bei mir. Und so war es auch bei deiner Mutter. Sie hat deinen Vater gesehen, vor vielen Jahren im Blue Nights, und sie hat es gleich gewusst. Seitdem hält sie an ihm fest. Sie haben sich sehr geliebt, und ich glaube, sie werden sich für immer lieben. So, wie ich deine Großmutter für immer lieben werde. Nach ihr war ich nie wieder so verliebt. Ich wünsche dir, dass auch du irgendwann diesen einen Menschen findest. Vielleicht sieht er ja aus wie diese Wolke da hinten, schau!«

»Die da?« Milena zeigte auf eine Wolke, die einen Wasserkopf zu haben schien, kugelige Beine und Knubbel an den Schultern.

»Genau!«

»Das ist eine Monsterwolke!« Sie lachte laut. Und dann rissen beide die Augen auf: Direkt vor der Monsterwolke sahen sie den ersten Punkt. Winzig und weiß, er bekam Flügel, begann zu schweben, dann zu flattern. Milena und ihr Opa sprangen hoch und rissen die Arme in die Höhe. Sie tanzten mit nackten Füßen im Gras, bis die erste Taube, die Nummer 444, im Taubenschlag gelandet war.

Wie schön diese Zeit gewesen war. Milena lächelte, doch dann fielen ihr wieder die Worte ihrer Mutter ein: Irgendwie passiert doch immer irgendwas.

Während sie auf den Eingang des Blue Nights zuging, auf das Maul des Tieres, konnte Milena seinen Herzschlag hören. Wie wach es war, sein Atem klang wie hundert grölende Stimmen, er roch nach Nebelmaschine und Bier.

Das Erste, was sie ihrer Mutter nach diesem Monat empfehlen würde, war ein besserer Sicherheitsdienst. Einer, der nicht nur aus ein paar wechselnden Aushilfskräften und dem großen Sven bestand. Sven war zwar zuverlässig und wirkte Angst einflößend, in Wirklichkeit war er allerdings kein Türsteher. Tagsüber studierte er Eventmanagement, nachts arbeitete er im Blue Nights. Seit Monaten schon wollte er seine Masterarbeit beginnen, doch immer wieder verschob er es auf den nächsten Morgen, den übernächsten. Das Blue Nights bräuchte einen richtigen Türsteher, jemanden, der diesen Job gelernt hatte. Der sich für Milena und ihre Mutter von diesem Tier verschlingen ließ, der zur Garderobe ging und selbst mit den Gästen diskutierte. Aber darauf würde sich Milenas Mutter wahrscheinlich nicht einlassen. Sie behielt gern die Kontrolle über alles, sie wollte genau wissen, welche Gäste in ihrem Klub Stress machten, wer rausflog und wer trotzdem wiederkam. Sie beobachtete, wer sich besserte, wer an sich arbeitete. Und verteilte Hausverbot an all die Unverbesserlichen. Monika war die Chefin in diesem Haus, vor ihr hatten auch die Betrunkenen Respekt. Sogar sie wollten von Monika gemocht werden.

Was Milena über sie dachte, war ihnen herzlich egal. Milena war für sie nur der jüngere Abklatsch von Moni: etwas kleiner, etwas dunkelhaariger, mit schmaleren Oberarmen und weicheren Gesichtszügen. Sogar ihre Stimme war leiser. Milena sah den Leuten ungern in die Augen, lieber betrachtete sie ihren Haaransatz oder ihr Schlüsselbein. Sie bildete sich sogar ein, sie könnte im Dunkeln weniger gut sehen als ihre Mutter. Vielleicht lag es an ihrer Kurzsichtigkeit.

Milena öffnete die Augen etwas weiter, während sie am großen Sven vorbei durch den Eingang trat und die Treppe hinunterlief, in Richtung Garderobe. Eine große Frau auf High Heels stand dort mit dem Rücken zu Milena und fuchtelte in der Luft herum.

Heute arbeitete Michi hier unten, eine der jüngeren Aushilfen. Er stand zwischen den Jacken hinter der schwarzen Absperrung und hob die Schultern, als wollte er in den Kleidern der Gäste verschwinden. »Ich bin mir nicht sicher«, sagte er gerade. »Ohne Marke kann ich nicht …«

»Aber das ist meine Jacke! Ich werde so lange hierbleiben, bis ich sie wiederbekomme!« Die Frau verschränkte die Arme.

Jetzt entdeckte Michi Milena und winkte sie heran.

»Ich spreche kurz mit der Chefin«, erklärte er der Frau. Dann klappte er die Absperrung hoch und ging Milena entgegen. »Da ist eine, die hat ihre Marke verloren. Aber sie behauptet, diese Naketano-Jacke wäre ihre. Soll ich sie ihr einfach geben?«

Milena zog die Augenbrauen hoch. Woher sollte sie das wissen? Darauf war sie von ihrer Mutter nicht vorbereitet worden. Sie sah an Michi vorbei zu der Frau, die sich zu ihnen umgedreht hatte.

»Der hat mir überhaupt keine Marke gegeben!«, behauptete sie. »Ich hatte nie eine Marke, aber das ist meine Jacke, und ich will jetzt endlich nach Hause!«

Milena sah zwischen Michi und der Frau hin und her. Dann sah sie auf die Jacke. Es fehlte nur ein Beweis, überlegte sie.

»Hattest du irgendwas in deinen Taschen?« Milena fand, dass ihre eigene Stimme viel zu leise klang, ja, sie zitterte sogar ein wenig.

»Keine Ahnung!«

Kurz schloss Milena die Augen. Dann sagte sie, so selbstsicher sie konnte: »Es wäre toll, wenn du kurz nachdenken könntest. Schau, wir haben hier ein Problem: Du willst deine Jacke wiederhaben, und wir müssen sichergehen, dass sie nicht jemand anderem gehört. Also, was würde Michi in der Tasche finden?«

Die Frau schwieg, sah kurz zur Seite. Dann antwortete sie: »Ein rotes Feuerzeug.«

Milena nickte Michi zu, der in die Jackentasche griff.

»Und, stimmt es?«, fragte Milena.

Michi nickte.

»Dann gib ihr die Jacke wieder.«

Milena wandte sich ab. Mit so etwas würde sie sich jetzt noch die ganze Nacht herumschlagen müssen.

Von der Garderobe aus schaute sie auf die Tanzfläche. Der DJ am anderen Ende des Raumes trug dicke Kopfhörer, gerade riss er einen Arm in die Höhe. Die Tänzer machten es ihm nach.

Was fanden sie nur an dieser Musik? Der Bass wummerte noch immer in Milenas Brust. Die Menschen schrien vor Freude, wirbelten im Kreis, jeder für sich. Der Alkohol, dachte Milena. Vielleicht sollte sie sich auch betrinken, gemeinsam mit Paul. Sie könnte sich Svens Handy leihen und ihn anrufen. Ich vermisse dich, würde sie ihm gestehen. Hast du Lust zu tanzen?

Er würde laut lachen. Was ist denn mit dir los?, würde er sagen, und er hätte sogar recht. Sie wusste nicht, wie sie all das erklären sollte. Den Unfall ihrer Mutter, ihr eigenes Versprechen, diese Nacht. Sie würde eine Weile schweigen, und dann würde sie fragen: Hast du Lust, dich zu betrinken? Sie stellte sich sein Lachen vor. Ich weiß nicht, was los ist, würde er sagen, aber in einer halben Stunde bin ich da, du springst zu mir ins Auto, und dann fahren wir weg. Wir fahren zu diesem leer stehenden Hotel am Waldrand, wir klettern durchs Fenster, machen einen Wein auf, und im dunklen Saal, auf der zerbrochenen Tanzfläche, zwischen den verstaubten Stühlen und den zerrissenen Vorhängen, öffne ich deinen Reißverschluss. Dann ziehe ich dich aus, zuerst deinen Blazer, dann deine Bluse, deine Hose …

Er würde immer leiser werden, seine Stimme würde immer rauer klingen, und Milena würde sich am Geländer festhalten müssen und mit beiden Beinen fest auf dem Boden stehen bleiben.

Nein, sagte sie sich, sie konnte ihn nicht anrufen. Sie konnte hier nicht weg. Stattdessen trat sie ein paar Schritte vor, in Richtung Tanzfläche. Vielleicht würde ihr ein Martini dabei helfen, nicht länger an Paul zu denken. So einer, wie ihn die Frau an der Bar trank. Sie saß auf einem Hocker, den Rücken gerade, das Kleid azurblau. Ihr helles Haar trug sie hochgesteckt, und ihr Fuß im spitzen Schuh wippte zum Takt der Musik, vor, zurück, vor, zurück. Sie schien die Tanzenden zu beobachten, während sie am Glas nippte. Wie ruhig sie wirkte, wie aufrecht. Je länger

Milena sie ansah, desto faszinierter war sie von ihr. Diese Frau passte perfekt zum Tresen, zum Hocker, zu dieser Musik, zu diesen Tänzern. Sie gehörte hierher. Und doch schien sie über den Dingen zu schweben. Sie schien edler und beständiger zu sein als alles sonst in diesem Raum. Würde der Klub eines Tages leer stehen – so wie das Hotel am Waldrand –, dann wäre diese Frau die Einzige, die noch immer am Tresen saß, Martini trank und mit dem Fuß wippte. Inmitten von Staub, umgekippten Hockern, auf einem sich auflösenden Tanzboden. Sie wäre stärker als die Musik und die Gäste, die Möbel und die Wände. Sie würde bleiben, egal, wie sehr die Welt um sie herum zerfiel.

In diesem Moment fasste Michi sie von hinten am Arm.

»Milena! Sven hat gerufen! Oben ist irgendwas los.«

Klar, irgendwo war immer irgendwas los.

Milena drehte sich um und stieg die Treppe wieder hinauf. Ein paar soeben eingetrudelte Gäste kamen ihr entgegen, ihr Lipgloss glänzte noch, ihr Haar saß fest. Schon von Weitem hörte Milena Svens Stimme.

»Warten Sie noch einen Moment. Die Chefin kommt gleich.«

Oben angekommen sah Milena, wie Sven mit seinen großen Händen ein paar Leute durchwinkte. Nur einen Mann ließ er warten.

»Einen Moment noch.« Sven winkte die Nächsten durch, vorbei an dem Fremden. Es war ein alter Mann, bestimmt schon siebzig, der gebückt dastand und Milena entgegensah. Er hatte nur noch wenige Haare auf dem Kopf, ein Altersfleck prangte auf seiner Stirn, und seine Hände zitterten leicht.

»Guten Tag«, begrüßte ihn Milena. »Wie kann ich Ihnen helfen?«

»Er will in den Klub«, erklärte Sven und zog die Augenbrauen hoch. »Ich habe ihm schon gesagt, dass das keine gute Idee ist, aber er lässt nicht locker.«

»Ich kann Sie hören, junger Mann.« Der Fremde zwinkerte mit einem Auge. »Ich stehe direkt vor Ihnen.«

»Entschuldigen Sie«, sagte Milena. »Sie wissen, dass das hier ein Klub ist?«

»Früher war das Blue Nights ein Tanzlokal. Hier gab es Beatmusik, jeden Abend hat eine andere Band gespielt.« Die Stimme des Mannes klang sanft und dunkel. Jemand rempelte Milena an, ein anderer trat ihr auf den Fuß.

»Hey!«, rief Milena, doch der Gast war schon weitergelaufen. Sie sah zurück zum alten Mann.

»Sicher, aber heute ist You-better-go-House-Party«, erklärte Milena. »Wir spielen elektronische Musik, und die Leute sind sehr jung und sehr betrunken.«

»Das macht mir nichts aus.« Der Mann zuckte mit den Schultern. »Lassen Sie mich nur kurz hinuntergehen, ich habe das Geld für den Eintritt dabei.«

Milena starrte ihn an. Mit der einen Hand stützte er sich auf Svens Tischchen, mit der anderen auf einen Stock. Mal abgesehen davon, dass er absolut nicht zu der Zielgruppe passte, die ihre Mutter ihr eingebläut hatte – da unten hatte ein Mann, der auf einen Stock angewiesen war, nichts zu suchen. Sie würden ihn dort womöglich einfach umrempeln. Sie konnte ihn nicht reinlassen.

»Was ist denn da vorn los?«, kam es von hinten aus der Schlange. »Dauert das hier noch lang?«

Milena versuchte, ihn zu ignorieren, und wandte sich wieder dem alten Mann zu.

»Das geht nicht.« Sie versuchte, ihre Stimme hart klingen zu lassen, und verschränkte die Arme.

»Ich kann Sie nicht reinlassen, zu Ihrer eigenen Sicherheit.«

Die Augen des Mannes weiteten sich.

»Was sagen Sie da?«

»Was ist denn los dahinten?« Jemand stieß seinen Vordermann in der Schlange an.

»Ich habe doch auch keine Ahnung!«, keifte der zurück.

»Wir wollen endlich rein!«, polterte ein Dritter.

»Es tut mir leid«, versuchte Milena, den alten Mann zu beruhigen.

»Das können Sie nicht machen. Ich muss hinein, lassen Sie mich nur kurz hinuntergehen, bitte. Ich brauche nur ein paar Minuten, das verspreche ich Ihnen.«

»Es tut mir wirklich leid. Bitte gehen Sie nach Hause. Soll ich Ihnen ein Taxi rufen?«

»Sie verstehen das nicht. Ich habe einen riesigen Fehler begangen, und heute ist die letzte Gelegenheit, um alles wieder in Ordnung zu bringen.«

»Ist hier Einlassstopp, oder was?«, fragte jemand von ganz hinten.

»Ich rufe Ihnen ein Taxi.« Milena ging am Mann vorbei in Richtung Straße und hob die Hand. Sie sah den Taxis entgegen und hoffte, dass eines von ihnen neben ihr bremsen würde. Hoffte, dass diese Nacht bald ein Ende finden würde. Sie wünschte sich so sehr die ersten Sonnenstrahlen herbei, das Zwitschern der Vögel, sie wollte sich in den Garten legen, ganz allein, fern von Musik und Menschen und Entscheidungen, sie wollte in den Himmel sehen, in den Sonnenaufgang und auf ihre Taube warten, auf die Nummer 519.

»Milena!«, schrie Sven.

Sie wirbelte herum und sah den alten Mann auf der Straße liegen, während der Stock noch ein paar Zentimeter über den Bürgersteig rollte. Eine Hand drückte der Alte gegen seine Brust, sein Gesicht war verzerrt, seine Augen geweitet, der Mund offen. Seine Schreie waren leise, ein Wimmern fast, ein überraschtes, ängstliches Wehklagen.

»Er ist einfach zusammengebrochen!« Sven kniete sich neben ihn.

Die Schlange vor dem Blue Nights verlor ihre Kontur, sie löste sich auf, wurde zu einem großen pulsierenden Pulk, der sich um den alten Mann, Sven und Milena sammelte.

»O mein Gott«, flüsterte irgendwer.

»Was hat der Mann?«

»Was ist mit ihm?«

»Ach du Scheiße.«

»Jemand muss ihm helfen.«

»Bestimmt ein Herzinfarkt!«

Milena war plötzlich ganz ruhig, sie sah völlig klar, sie beobachtete sich selbst dabei, wie sie – ganz von allein – eins nach dem anderen tat.

»Gibt es hier einen Arzt?«, rief sie in die Menschenmenge hinein, doch niemand meldete sich.

Sven griff in seine Hosentasche, zog sein Handy heraus und gab es Milena. »Einfach auf Notruf tippen.«

Mit ruhigen Fingern folgte sie seinem Rat.

»Wir brauchen einen Notarzt. Vor dem Blue Nights, Hauptstraße 3, ist ein alter Mann zusammengebrochen, vielleicht ein Herzinfarkt«, sagte sie ins Handy und staunte, wie gefasst, wie organisiert das klang. Dann kniete sie sich neben Sven, versuchte, den Oberkörper des alten Mannes abzustützen, öffnete seine Jacke.

»Keine Angst«, flüsterte sie ihm zu. »Ein Notarzt ist auf dem Weg. Es dauert nicht mehr lang, dann wird Ihnen geholfen.«

Der Mann zitterte, seine Hand krampfte. Milena sah in seine überraschten Augen. Er hatte aufgehört zu wimmern, er sah sie nur an, groß und ängstlich und stumm. Sie redete auf ihn ein, leise, so ruhig sie konnte, hielt ihn fest. Wie dünn er war, wie leicht er sich anfühlte. Sven deckte ihn mit seiner

Jacke zu, während die Menschen dastanden, sie anstarrten und warteten.

Und dann, endlich, heulte eine Sirene durch die Nacht.

Milena schaute in die blauen Lichter, die immer näher kamen. Vor einer Woche mussten sie sich ebenso grell in den Fenstern dieser Straße gespiegelt und die grauen Fassaden der Häuser genauso hell erleuchtet haben wie jetzt. Noch vor einer Woche hatte ihre Mutter dagelegen und Hilfe gebraucht. Wie spät es wohl gewesen war? Vier oder fünf Uhr vielleicht? Ihre Mutter hatte es ihr am Tag darauf nicht mehr genau sagen können. Sie sei die Treppe hochgerannt, hatte sie erzählt, irgendjemand habe gerufen, irgendetwas sei dringend gewesen. Sie habe zwei Stufen auf einmal genommen, sei hinausgestürmt und habe die Bordsteinkante übersehen.

»Wie konnte mir das passieren, Milena? Den Bordstein gibt es an dieser Stelle schon länger als mich, wir haben fast vierzig Jahre in beiderseitigem Einverständnis zusammengelebt!« Ihre Mutter hatte gelacht, als sie es Milena später erzählte, dann hatte sie die kleinen Augen wieder geschlossen. Sie hatte also den Bordstein übersehen, sie war gestürzt, und dann hatte dieses Taxi sie übersehen.

Milena kniff die Augen zusammen. Sie wollte sich das nicht vorstellen, nicht das Quietschen der Reifen, nicht den Schrei ihrer Mutter, nicht den Zusammenstoß von Schulter und Kühlerhaube, nicht die Rippenbrüche, die Schürfwunden, das verdrehte Bein.

Milena hatte geschlafen, als es passiert war. Während ihre Mutter mit heulenden Sirenen ins Krankenhaus transportiert worden war, hatte sich Milena zum ersten Mal an diesem Tag gestreckt. Während die offenen Wunden ihrer Mutter gesäubert und desinfiziert worden waren, hatte Milena in aller Ruhe gefrühstückt. Danach hatte sie sich in den Garten gelegt, die Arme im Gras ausgestreckt und mit den Zehen nach langen Halmen gefischt. Das Bein ihrer Mutter war geschient und gegipst worden, und Milena hatte dem Rascheln der Baumkronen und dem Zwitschern der ersten Vögel gelauscht, in den Himmel geschaut und auf ihre Taube Nummer 519 gewartet. So, wie sie es jeden Morgen machte – und jeden Abend. Seit zehn Jahren. Irgendwann einmal musste die 519 einfach zu ihr zurückkommen. Irgendwann.

Doch statt des Flatterns von Flügeln hatte sie aus der Ferne ihr Telefon klingeln gehört. Fünfmal. Zehnmal. Fünfzehnmal. Milena war aufgestanden und mit gerunzelter Stirn auf das Geräusch zugegangen – über die Wiese bis zum Haus, in den Flur, ins Antiquariat, dorthin, wo das alte Telefon mit der Wählscheibe auf dem Tresen stand. Sie nahm den Hörer ab.

»Milena? Hier ist Ivy.« Die Stimme ihrer besten Freundin hatte ruhig geklungen. Etwas zu ruhig.

»Rufst du aus dem Krankenhaus an?«, wollte Milena wissen. Ivy war Operationstechnische Assistentin an den Städtischen Kliniken, und diese Tonlage – etwas tiefer als sonst, etwas sanfter – hatte Ivys Stimme immer dann, wenn andere Stimmen schrill und laut werden würden.

»Deine Mutter liegt bei uns auf der Station.«

»Was ist passiert?«

»Mach dir keine Sorgen, so schlimm ist es nicht. Aber sie würde sich freuen, dich zu sehen.«

»Danke.«

So schnell wie an diesem Tag war Milena noch nie durch die Stadt gefahren.

Jetzt riss der Notarzt sie aus ihren Gedanken. Er wollte wissen, was passiert sei, seit wann der alte Mann schon so auf der Straße liege, wie er heiße, wie alt er sei. Woher sollte Milena das wissen?

Bald konnte sie wieder aufstehen und zusehen, wie die Rettungskräfte ihre Arbeit machten, wie sie den Mann auf eine Trage hoben und in den Wagen brachten. Um Milena herum wurde es wieder lauter.

Sobald der Rettungswagen mit blinkenden Lichtern davongefahren war, lachten die Menschen wieder, sie drängten wieder in den Klub. Nur Milena stand mit hängenden Armen vor der Tür, ließ all die Leute vorbeiziehen und sah die Straße hinunter.

Was hatte der alte Mann hier gewollt? Von welchem Fehler hatte er gesprochen? Warum wollte er unbedingt hineingelassen werden? Sie schüttelte den Kopf. Wahrscheinlich war er einfach verwirrt und hatte geglaubt, er wäre zwanzig und es wäre eine andere Nacht in einer anderen Zeit. Er hatte sich wahrscheinlich in den Jahren verirrt.

Milena löste den Blick von der Straße und wandte sich wieder an Sven, um ihm Bescheid zu sagen, dass sie noch mal runtergehen und dort nach dem Rechten sehen würde. Doch in diesem Moment trat eine kleine Frau aus dem Blue Nights ins Freie. Sie trug ein azurblaues Kleid, ihre Schuhe waren spitz – und ihre Haare glänzten schneeweiß. Es war die Frau, die Milena vorhin noch an der Bar beobachtet hatte, die Frau mit dem Martini, die sie so fasziniert hatte. In den bunten Lichtern des Klubs hatte Milena nicht erkannt, welche Farbe ihre Haare hatten, sie hatte nicht bemerkt, dass die Haut an ihren Armen schlaff war und ihre Schultern knochig. Dort unten war sie mit der Musik, den Lichtern, der Menge verschmolzen. Doch hier oben auf der Straße sah Milena, dass die Frau fast so alt sein musste wie der Mann, den der Krankenwagen gerade abtransportiert hatte. Aufrecht schritt sie zwischen Sven und Milena hindurch und trat auf die Straße. Sie sah nach rechts, nach links, dann ging sie den Weg hinauf.

Endlich löste sich Milena aus ihrer Starre.

»Hallo!«, rief sie der Frau nach. »Warten Sie!«

Doch die Frau schien sie nicht zu hören. Langsam schritt sie weiter, und ihr Dutt glänzte weiß im Licht der Straßenlaternen. Milena setzte sich in Bewegung.

»Hallo, entschuldigen Sie!«

Jetzt hielt ein Taxi neben der Fremden. Milena ging schneller.

»Warten Sie, hallo!«

Doch die Autotür öffnete sich, die Frau stieg ein, und Milena war zu weit weg. Die Tür schlug zu, das Auto fuhr an.

Milena fluchte leise.

Das Taxi bog um die Ecke, und die Straße war plötzlich viel dunkler als zuvor. Milena machte kehrt und ging langsam wieder zurück zum Klubeingang.

»Was war das denn?« Sie sah Sven an und runzelte die Stirn. »Hast du die Frau vielleicht reingelassen?«

Sven zuckte mit den Schultern. »Keine Ahnung.« Er fuhr sich mit der flachen Hand über die scharfen Wangenknochen und durch die kurzen blonden Haare.

Milena sah auf den Boden. Ihre Schuhe waren nass, ihre Strümpfe durchweicht. Wieso wollten an einem Abend gleich zwei alte Leute ins Blue Nights? Wie konnte das sein? Am liebsten hätte sie ihre Mutter angerufen und sie gefragt, ob sie so etwas schon mal erlebt hatte. Bestimmt konnte sie diese Situation einschätzen. Wahrscheinlich kannte sie die beiden Alten sogar mit Vor- und Zunamen. Sie würde laut auflachen und vielleicht sagen: »Ach, die Sengeboldts, die versuchen es immer wieder. Mach dir keine Sorgen, sie sind einfach ein bisschen verrückt.« Sie würde Milena beruhigen. »Du hast alles richtig gemacht. Natürlich durftest du ihn nicht reinlassen. Du kannst nichts dafür, dass er sich in seinem Alter so aufregt.«

Milena stellte sich das vor, die warme Stimme ihrer Mutter, die Gewissheit in ihrem Lachen, und wollte gerade schon Sven zurufen, dass sie sich gern sein Handy ausleihen würde – als sie zur Seite geschleudert wurde.

»Blöde Fotze!«, schrie einer sie an und schubste sie noch einmal. Speicheltropfen landeten auf Milenas Wange. Es war der Betrunkene von vorhin mit der zerrissenen Jeansjacke, sein Atem roch nach Alkohol. Der Typ, den Milena vorhin abgewiesen hatte, war ohne seinen Freund zurückgekehrt.

Aus den Augenwinkeln sah sie, wie Sven aufsprang, groß und breit, und auf Milena zurannte.

»Du hast kein Recht, mich nach Hause zu schicken!«, lallte der Typ, ballte seine Hand zur Faust und boxte Milena ins Gesicht. Sie hörte, wie die Nase knackste, spürte, wie sich der Knochen verschob, und schrie auf. Sven riss den Mann zurück und stieß ihn auf den Boden. Mit blutender Nase und Tränen in den Augen stand Milena da und beobachtete, wie Sven den Kerl umdrehte und ihm die Arme auf den Rücken bog. Er hatte tatsächlich was drauf – er war nur etwas zu langsam gewesen. Sven kniete sich auf den Rücken des Betrunkenen und hielt dessen Handgelenke fest, während er, zum zweiten Mal an diesem Abend, sein Handy aus der Hosentasche zog und es Milena reichte. Diesmal wählte Milena mit zitternden Fingern die Nummer der Polizei.

2. Kapitel

Milenas Schritte hallten von den weißen Wänden wider. Die Krankenschwestern und Pfleger hinter den Glastüren blickten auf, während Milena an ihnen vorbeilief. Sie hätte die Ballerinas anziehen sollen, nicht die roten Schuhe mit dem Keilabsatz, dachte sie. Damit hätte sie nicht so viel Aufmerksamkeit erregt. Zimmer 101, 102, 103. In 104 lag ihre Mutter. Vor der Tür blieb sie kurz stehen. Sie würde das schaffen. Sie würde es ihrer Mutter sagen und ihrem Blick standhalten, den schmalen, gekräuselten Lippen und der Traurigkeit in den Augen. Milena würde trotzdem stark bleiben. Sie atmete tief ein, dann öffnete sie die Tür.

»Hallo, mein Schatz!« Ihre Mutter stützte sich mit beiden Händen ab und richtete sich ein wenig auf. Ihr Gesicht verzog sich vor Schmerz.

»Bleib doch liegen, Mama.«

Milena fand, dass ihre Mutter in dem Bett so klein aussah. Ihre Schultern waren schmaler geworden, und dicke weiße Strähnen zogen sich durch ihre dunklen Haare, die bis auf das Kopfkissen hinunterreichten.

»Wie geht es dir?«, wollte sie wissen.

Ihre Mutter lächelte. »Es geht schon, Liebes. Es geht.«

»Du hast immer noch schlimme Schmerzen.«

»Ach was. Die Rippen machen mir noch etwas zu schaffen, aber das Bein ist schon viel besser geworden.«

Sie lächelte und musterte Milenas Gesicht.

»Was ist mit deiner Nase passiert?«

Milena berührte ihren geschwollenen Nasenrücken. Es sei ein glatter Bruch, hatte die Ärztin gesagt, Milena müsse sich aber schonen. Die Brille drückte etwas, doch wenn sie den Kopf nicht zu schnell bewegte, konnte sie den Schmerz gut aushalten.

»Ach, das war nur ein Betrunkener.« Sie lächelte.

»Irgendwas ist immer.« Ihre Mutter schüttelte den Kopf. »Ach, Liebes, das tut mir wirklich schrecklich leid. Tut es sehr weh?«

»Ich kann es aushalten.«

»Du Arme! Kann ich irgendwas für dich tun?«

»Mama, du liegst im Krankenhaus!«

»Das ist ja das Problem! Wenn ich nicht hier liegen müsste, wäre das wahrscheinlich nie passiert! Habt ihr die Polizei gerufen?«

Milena nickte. »Die waren sofort da und haben ihn mitgenommen.«

»Wer war es?«

»Marius Schmidt hieß er, glaube ich.«

»Dem werde ich was erzählen! Der kann sich warm anziehen, das sag ich dir.«

»Das brauchst du nicht, Mama.«

»Aber ich werde mit ihm reden, darauf kannst du dich verlassen. Es ist wirklich ein Jammer, nüchtern ist der Marius nämlich ein ganz Lieber.«

Milena riss die Augen auf. »Wirklich? Er hat mich blöde Fotze genannt.«

»Sobald er was trinkt, kannst du ihn vergessen. Deswegen feiert er meistens ohne Alkohol.«

»Gestern war er aber so betrunken, dass er nicht mehr geradeaus gehen konnte. Und dann hat er mir auf die Nase geboxt.«

»O Gott. Arme Maus.«

Sie streckte die Hand aus, Milena nahm sie und setzte sich neben sie auf das Bett.

»Bist du sehr müde?«, erkundigte ihre Mutter sich.

Milena zuckte mit den Schultern. Sogar jetzt ging von ihrer Mutter noch eine Sicherheit aus, eine Wärme. Sie würde Milenas Entscheidung schon verkraften.

»Ich muss dir was sagen, Mama.«

Ihre Mutter sah sie an, lächelte, drückte ihre Hand. Ihre Sommersprossen waren trotz der Woche im Krankenhaus noch nicht verschwunden.

»Jetzt schon?«

»Ich kann das einfach nicht. Ich bin dafür nicht gemacht. Ich habe es wirklich versucht, ich wollte durchhalten. Aber ich krieg das nicht hin. Ich kann dich nicht einen ganzen Monat lang vertreten.«

Ihre Mutter antwortete nicht, sondern sah an die Decke.

»Es tut mir leid, Mama.« Milena sprach ganz leise. Und dann wartete sie. Ihre Mutter drückte immer noch ihre Hand. Jetzt nickte sie langsam.

»Weißt du eigentlich, dass ich es damals auch nicht tun wollte?«

»Was meinst du?«

»Nach dem Tod deines Vaters. Ich wollte den Klub nicht übernehmen.«

»Was?« Milena runzelte die Stirn.

»Nachdem dein Vater gestorben ist, wollte ich das Blue Nights verkaufen. Ich hatte sogar schon Angebote eingeholt, ich wollte den Laden so schnell wie möglich loswerden. Er hat mich zu sehr an ihn erinnert. Daran, wie fröhlich er hier immer war, wie stolz er darauf gewesen ist, was er aus dem alten, heruntergekommenen Klub seines Vaters gemacht hatte. Das Blue Nights war mir zu laut und viel zu fröhlich.«

»Das hast du mir nie erzählt.«

Ihre Mutter zuckte mit den Schultern.

»Du warst sehr klein damals. Das beste Angebot kam von einem, der das ganze Gebäude abreißen wollte. Er wollte dort ein Hotel errichten. Drei oder vier Sterne. Er meinte, die Nähe zum Bahnhof wäre ideal, außerdem wäre man schnell im Grünen, schnell am See. Ich hätte es fast getan.«

»Und was ist dann passiert?«

Jetzt drehte sie den Kopf, sah Milena lächelnd an.

»Ich habe ein Buch gelesen.«

»Ein Buch?«

»Na ja, vielleicht eher ein Büchlein oder ein Heft. Ich habe es im Antiquariat gefunden.«

»Was denn für ein Heft?«

Ihre Mutter zuckte mit den Schultern.

»Es war nicht besonders dick. Sonst hätte ich es wahrscheinlich nicht bis zum Ende gelesen.« Sie lachte. »Den Autor kennt kein Mensch. Aber es hat mich irgendwie angezogen, ich musste es einfach in die Hand nehmen und hineinlesen. Und dann konnte ich die ganze Nacht nicht aufhören. Am nächsten Morgen wusste ich es: Ich würde nicht verkaufen.«

»Was hat dieses Heft denn mit dem Klub zu tun?«

Jetzt lächelte ihre Mutter noch breiter. »Lies es einfach.«

Milena öffnete den Mund, schloss ihn wieder.

»Aber … wieso?«

»Sag mir danach, wie du dich entscheidest.«

Milena zog die Augenbrauen hoch.

»Ist das dein Ernst?«

»Ich muss jetzt ein wenig schlafen.« Ihre Mutter schloss die Augen.

»Mama!«

»Lies es.« Wie müde sie jetzt klang.

»Und wo genau ist dieses Heft?«

»Das weiß ich nicht mehr so genau. Vielleicht lag es in irgendeiner Schublade? Du wirst es schon finden.«

»Mama!« Doch da gingen die Atemzüge ihrer Mutter schon ganz ruhig. Sie war tatsächlich eingeschlafen.

Leise stand Milena auf und ging zur Tür.

Wie sollte sie nur dieses Heft im Antiquariat Seitenschlag finden – zwischen Hunderten von alten Büchern?

Milena sperrte das Gartentor auf und sah über die weite Wiese ihres Gartens. Vom Apfelbaum fiel eine Frucht, der Holunderstrauch raschelte im Wind. Dahinter stand das Haus, das Milena von ihrem Großvater geerbt hatte. Über dem Schaufenster im Erdgeschoss stand in geschwungenen Buchstaben: *Antiquariat Seitenschlag.*

Wie sie diesen Namen liebte. Ihre Familie hatte seit Jahrhunderten mit Büchern zu tun. Sie waren Schreiberlinge, Schriftsetzer, Buchhändler, Antiquare gewesen. Milenas Ururgroßvater hatte eine Buchhandlung geführt, die immer wieder an die Nachkommen weitergegeben wurde, bis Milenas Großvater daraus ein Antiquariat gemacht hatte. Hier hatte sie ihre ersten Bücher gelesen, die großen Literaten vergangener Zeiten kennengelernt und vor vielen Jahren ihre Ausbildung gemacht – bei ihrem Großvater. Am allerersten Arbeitstag hatte er ihr in diesen Räumen Kafkas *Briefe an Milena* geschenkt.

»Schau, was ich gefunden habe. Deine Mutter hat es gelesen, während sie mit dir schwanger war. Na ja, um ehrlich zu sein, hat sie nur die ersten paar Seiten überflogen. Aber die müssen ihr gefallen haben! Sonst würdest du heute wohl nicht Milena heißen.«

Milena hatte das Buch noch in derselben Nacht durchgelesen. Sie liebte Kafkas Sprache, die Art und Weise, wie er Milena ansprach, wie er sie liebte, aus der Ferne, unerfüllt und geduldig. Irgendwann in ihrem Leben wollte Milena ebenfalls einen solchen Brief bekommen.

Nach dem Tod ihres Großvaters vor fünf Jahren hatte sie nicht nur sein Haus mitsamt dem Bücherbestand, sondern auch alle seine Tauben geerbt. Noch bevor sie einzog, schrieb sie ihren Namen an den Briefkasten. Jeden Morgen schaute sie hinein, stellte sich vor, diesmal würde ein Brief darin liegen – und freute sich schon auf den nächsten Tag, an dem sie erneut nachschauen könnte. Ein Handy oder einen Computer brauchte sie nicht. Sie verstand nicht, warum die Leute stundenlang in ihre winzigen Geräte schauten und sich über die Klicks von Halbfremden freuten, die sie ihre Freunde nannten. Milena machte da nicht mit, sie wollte Briefe bekommen. Lange, handgeschriebene, weitgereiste Briefe auf Papier.

Schon damals hatte ihre Mutter ihr vorgeschlagen, beim Blue Nights einzusteigen. Sie wollte, dass Milena Miteigentümerin wurde und sich erst mal um die Buchhaltung kümmerte. Doch Milena liebte die alten Bücher ihres Großvaters, die Stille zwischen den Regalen und das leise Klingeln, wenn ein Kunde die Tür öffnete, viel zu sehr. Sie liebte die Romane, die Geschichten, Romantik und Tragik.

Drei Tage hatte sie ihre Entscheidung hinausgezögert, dann hatte sie mit ihrer Mutter gesprochen und das Antiquariat neu eröffnet. Und nun sollte sie ausgerechnet dort ein Büchlein entdecken, das sie doch noch vom Blue Nights überzeugte? Das konnte sich Milena beim besten Willen nicht vorstellen.

Sie schloss die Haustür auf.

Wie schön es wäre, wenn Paul jetzt in einem der vielen Räume auf sie warten würde. Im Sessel vor dem großen Fenster zum Beispiel, vertieft in einen seiner Fotobände. Sie stellte sich vor, wie er von seinem Buch aufsehen würde, weil er sie hörte, wie er sie anlächelte und aufsprang, sobald sie den Raum betrat. Was ist denn mit dir passiert?, würde er sagen und sie in den Arm nehmen.

Ach, nur ein Betrunkener, würde sie antworten und versuchen, nicht zu weinen. Sie würde seinen Duft einatmen und die kaputte Nase so lange in sein Shirt kuscheln, bis die Wunde sich wieder schließen würde.

Unsinn, ermahnte sie sich im nächsten Moment. Warum sollte Paul jetzt hier sein? Sie nahm sich vor, nicht länger an ihn und an die vergangene Nacht zu denken.

Gerade wollte sie die Hintertür zum Antiquariat öffnen, als sie es leise gurren hörte. Ob es den Tauben gut ging?

Sie stieg die Treppe hinauf und warf im Vorbeigehen einen Blick auf die eingerahmten Fotos an der Wand: das Kindergesicht ihrer Mutter in Sepia, dunkler Bob, riesiges Lachen. Großvater und seine Siegertaube von 1978. Oma und Opa bei ihrer Hochzeit. Das letzte Foto zu viert: Milena, ihre Eltern und ihr Großvater. Drei Generationen, ein tiefgrüner Garten, in der Mitte ein runder, zuckriger Zwetschgenkuchen. Milena würde diese Fotos niemals abhängen, sie gehörten genauso in dieses Haus wie Milena selbst. Die Treppe hinauf zum Taubenschlag war schmal und verschwand fast in der hinteren Wand. Oben angekommen legte Milena ihre Hand auf die Klinke. Lauschte. Es raschelte leise, dann gurrte es wieder. Sie lächelte. Vorsichtig öffnete sie die Tür. Und dort saßen sie: Manche hatten die Köpfe eingezogen, die Federn leicht aufgeplustert, andere sahen Milena neugierig entgegen.

»Die müssen doch stinken«, hatte ihre beste Freundin Ivy mal gesagt. Sie fand Tauben eklig, in der Stadt rannte sie auf sie zu und wedelte mit den Armen, sobald sie welche sah. Wie ein kleines Kind strahlte sie, wenn sie aufflogen und vor ihr flohen.

Doch Milena hatte den Kopf geschüttelt. »Ich riech da gar

nichts«, hatte sie gesagt. Und es stimmte. Sie war so oft hier oben gewesen, dass sie keinen bestimmten Geruch mehr wahrnehmen konnte. Außerdem hatte sie eine Angewohnheit ihres Opas übernommen und wischte so oft wie möglich den Taubenschlag. Das Saubermachen beruhigte sie. Es fühlte sich an, als würde sie dabei auch tief in ihrem Inneren aufräumen. Es gefiel ihr, wenn der Boden hinterher glänzte. Dann saß sie da und hörte lächelnd dem Gurren ihrer Tiere zu. Wenn sie dieses Geräusch hörte, konnte sie alles vergessen. Betrunkene und kranke Männer, einen Schlag ins Gesicht, sogar ihre pochende Nase.

Nachdem sie den Taubenschlag betreten hatte, zog sie die Tür hinter sich zu. Sie setzte sich auf den Boden, lehnte sich gegen die Wand und sah in Richtung der Dachluke. Die Taube mit der Nummer 217 saß neben ihr, sie war schon immer die Zutraulichste von allen gewesen. Vorsichtig hob Milena sie in ihren Schoß und streichelte sie. Das Gefieder des Vogels schimmerte am Hals blausilbern.

»Na, Kleines?«, flüsterte sie. »Freust du dich aufs Fliegen?«

Der Kopf der Taube zuckte vor und zurück. Ein wenig sah es aus, als würde sie nicken.

Und du, Milena?, schien sie zu sagen. Freust du dich?

Milena nickte nicht. An die nächsten Stunden, Tage wollte sie nicht denken. Sie wollte nur hier sitzen, die Nummer 217 streicheln und in den Himmel schauen. So wie sie es mit Paul getan hatte. Genau wie jetzt hatte sie hier gesessen, und in ihrem Schoß hatte sein Kopf gelegen, gemeinsam hatten sie zur Dachluke hinausgesehen, und Milena hatte sein Haar gestreichelt.

»Weißt du noch?« Milena lächelte.

»Du solltest damit aufhören«, gurrte die Taube, doch Milena konnte nicht aufhören. Sie musste sich wieder zurückträumen, in diese eine Nacht, die längst vergangen war.

»Schh«, hatte Milena damals gemacht, während sie mit Paul in den Taubenschlag geschlichen war, und ihren Finger an seinen Mund gelegt. »Er darf uns nicht hören.«

Es war, als hätten auch die Tauben ihre Worte verstanden. Keine von ihnen hatte gegurrt. Sie hatten nur ihre Hälse gestreckt und Paul und Milena dabei beobachtet, wie sie ihre Hände auf die Türklinke legten, gleichzeitig, wie sie kurz zurückzuckten und dann wieder zugriffen. Wie Milenas Fingerspitzen über Pauls Handrücken strichen und sie die Tür gemeinsam hinter sich schlossen. Paul hatte die eine Augenbraue hochgezogen. »Du bist erwachsen.«

»Aber es ist mein Opa! Er muss das ja nicht wissen.«

»Dass du erwachsen bist?« Er strich mit der Hand über ihre Schulter. Sie trug heute ihr grünes Trägerkleid, und seine Hand fühlte sich heiß an auf ihrer Haut.

»Nein.« Milena lachte und drückte Paul gegen die Tür. »Das mit uns.« Sie küsste ihn. Er schmeckte noch nach dem Rotwein, den sie gerade gemeinsam getrunken hatten, auf der Terrasse ihres Großvaters, zwischen den Kerzen und den Blumenkübeln, bevor der dunkelbraune Opel plötzlich über den Kiesweg gerollt war. Milena war aufgesprungen und hätte beinahe die ganze Flasche umgekippt. »Schnell«, hatte sie gerufen. »Wir verstecken uns im Taubenschlag!«

Mit dem Wein in der Hand – sie hatte die Flasche, er die Gläser getragen – waren sie in den dunklen Flur gestürmt, die Treppe hinauf, sie hatten gekichert, und Milena hatte Paul einen Klaps auf den Hintern gegeben, während er vor ihr hinaufgestiegen war.

»Schneller«, hatte sie geflüstert.

»Das kriegst du zurück«, hatte er geantwortet, während unter ihnen die Haustür aufgeschlossen wurde.

Milena hatte schon die schweren Stiefel des Großvaters auf der

Fußmatte gehört, gerade hatte er den Schlüssel in die Schale auf der Kommode gelegt. Zwei Stockwerke unter ihnen war das Licht angegangen – und sie hatten die Tür zum Taubenschlag geöffnet.

»Schh«, hatte Milena gemacht.

Um sie herum legten sich Taubenköpfe schief, streckten sich in die Luft. *Wer ist das?*, schienen die Tiere zu fragen.

Der ist hübsch.

Darf er deine Hand nehmen?

Tolle Lachfalten um die Augen.

Er lacht so viel.

Willst du den behalten?

Milena versuchte, die Tauben nicht anzuschauen, sie sah nur Paul an, küsste ihn.

Was ist los mit dir?, fragten die Tauben.

Du siehst so selbstsicher aus.

Ist er schuld?

Macht er das mit dir?

Du solltest immer so selbstbewusst sein.

Wie schön du bist.

Wenn er dich anschaut.

Noch schöner als sonst.

Mit ihm stehst du so gerade.

Du lachst so viel.

Mit ihm lachst du so viel.

Milena lachte, aber leise, ihr Großvater sollte sie nicht hören. Ganz leicht schien sich der Taubenschlag zu drehen. Wie in einem Leuchtturm, sie waren weit oben und konnten das Meer sehen, die Wellen, den Himmel. Sicher leuchteten sie rot und hell durch die Nacht. Hoffentlich schaute ihr Großvater nicht herauf.

»Warum lachst du?«, fragte Paul und legte seine Hand an ihre Wange.

»Ich bin betrunken.«

»Du bist doch nicht betrunken.«

»Doch.« Milena nickte heftig. »Ich kann die Tauben reden hören.«

»Bitte was?« Jetzt musste auch Paul lachen.

Milena schlug sich die Hand vor den Mund.

»Ich werde verrückt.«

»Ja, das glaube ich auch.« Paul schob ihr einen der grünen Träger über die Schulter. »Was sagen die Tauben denn?«

»Sie reden über uns.« Milena knöpfte Pauls Hemd auf.

»Und was reden sie über uns?« Paul küsste ihre Schulter.

»Sie finden dich hübsch.«

»Sehr verständlich«, wisperte er an ihrem Hals. »Ich bin ja auch ein Hübscher.«

Sie zog ihm das Hemd aus. »Und mich finden sie schön.«

»Deine Tauben haben Geschmack.« Sein Hemd fiel zu Boden.

Unter ihnen konnte Milena jetzt die Schritte ihres Großvaters hören, der die Treppe zum ersten Stock heraufkam.

»Schh«, machte Milena wieder und hielt inne.

»Er hört uns nicht.« Paul griff vorsichtig nach ihrer Brille und legte sie auf den Boden. Die Tauben hatten recht, er hatte schöne Lachfalten um die Augen. Er war zwei Jahre jünger als sie, noch keine zwanzig, und trotzdem lachte er wie einer, der schon viel gesehen hatte, der schon oft lachen musste über alles Mögliche.

»Er ist nicht schwerhörig!«

»Was ist das denn für ein Großvater?« Paul lehnte sich mit seinem nackten Oberkörper gegen die Tür, sah sie an. »Ich wollte immer schon mal in einem Taubenschlag Sex haben.«

»Echt?« Milena runzelte die Stirn.

»Unbedingt! Beobachtet von hundert Tauben, das ist doch total aufregend.«

Jetzt musste auch Milena lachen.

»Wusste ich es doch, dass das deine geheime Fantasie ist!« Sie kniff ihn in die Seite.

»Die einen wollen es im Schlafzimmer ihrer Eltern tun oder am Strand, aber ich habe immer nur von einem Taubenschlag geträumt.«

Milena lehnte sich gegen ihn, nahm seine Hände und drückte sie gegen die Wand.

»Okay, liefern wir deinen Tauben eine gute Show«, flüsterte er.

»Schh«, machte Milena.

Später hatten sie sich auf den Boden sinken lassen. Milena hatte den Rücken an die Tür gelehnt, Paul hatte den Kopf in ihren Schoß gelegt. Sie streichelte seine Haare. Im Haus unter ihnen war es längst still geworden.

»Ich liebe dich«, hatte Paul geflüstert.

»Ich liebe dich«, hatte Milena geflüstert.

Genau hier war es passiert.

3. Kapitel

Milena steckte den kleinen Schlüssel ins Schloss ihres Briefkastens. Sie stellte sich vor, was darin liegen könnte. Eine Postkarte von ihrer besten Freundin vielleicht. Manchmal nahm Ivy auf Kneipentoiletten Citycards mit, deren Sprüche sie lustig fand (»Arbeiten ist wie Sex, ohne Baggern läuft nix« oder »Home is where your wifi connects automatically«), und schickte sie an Milena. »Süße, ich vermisse dich, lass uns bald wieder unter deinem Apfelbaum treffen«, schrieb sie darauf. Oder: »Schade, dass du heute nicht mit uns um die Häuser gezogen bist – dieser Steffen ist echt heiß. Und er will dich kennenlernen!« Milena musste lächeln, wenn sie daran dachte.

Vielleicht lag ja heute wieder eine Citycard im Briefkasten. Oder, noch besser, ein Brief. Ein Liebesbrief. Paul könnte ihr auch eine Notiz eingeworfen haben. »Meine liebe Milena, hast du letzte Nacht auch so viel an mich gedacht wie ich an dich?« Sein Zettel wäre so grün wie Milenas Kleid in der Nacht damals, so grün wie sein Hemd, das Milena auf den Boden geworfen hatte. Sie stellte sich den Schwung seiner Buchstaben vor. Wie er »Nacht« schreiben würde: ein großes N, ein rundes A. Sie lächelte, hoffte, schloss kurz die Augen – und klappte den Briefkasten auf. Es lag nur die Zeitung von gestern darin. Milena atmete aus. Natürlich. Wie dumm von ihr, sich schon wieder so sehr in ihre Hoffnung hineinzusteigern.

Sie griff nach der Zeitung und nahm sie mit in den Garten. Nur ein paar Minuten wollte sie im Gras liegen und in den Himmel schauen. Seitdem sie ihrer Mutter versprochen hatte, sich übergangsweise um das Blue Nights zu kümmern, hatte sie kaum noch Zeit für ihr tägliches Ritual gehabt. Normalerweise stand sie früh am Morgen auf, machte Milch auf ihrem Herd heiß, kochte zwei Espressi, mischte alles in einer großen Tasse und nahm sie mit hinaus in den Garten. Hier breitete sie ihre Decke aus und legte sich darauf, schaute in den Himmel. Der Kaffee neben ihr dampfte, und die Wolken zogen über ihren Kopf hinweg.

Heute, ohne Kaffee und am späten Nachmittag, waren es Quellwolken, die am Horizont dunkler wurden. Eigentlich wollte Milena nach dem Büchlein sehen, von dem ihre Mutter gesprochen hatte. Außerdem hatte sie noch ein paar unbezahlte Rechnungen auf ihrem Schreibtisch liegen, und sie sollte noch eine Getränkebestellung aufgeben – daran hatte ihre Mutter sie im Krankenhaus erinnert. Doch erst mal lag sie im Gras und starrte in den Himmel. Seit zehn Jahren lag sie hier und wartete auf die Nummer 519. So lange schon war Milenas Lieblingstaube mit dem dunklen Schnabel und dem blauen Hals nicht mehr in ihrem Taubenschlag.

»Und, hast du sie schon entdeckt?«

Milena drehte sich um. Sie hatte gar nicht bemerkt, dass sie nicht mehr allein war. Ihre beste Freundin Ivy lag neben ihr und sah ebenfalls in den Himmel.

»Seit wann bist du hier?«

»Tunnelblick, he?« Ivy sah Milena grinsend an. Sie trug ihren roten Lippenstift, ihr Ausgehkleid und die lange goldene Kette.

»Die letzte Nacht war schlimm.«

»Was ist mit deiner Nase?«

»Gebrochen.«

»Was?« Ivy drehte sich auf die Seite und starrte Milena an. Ihre hellblonden Haare sahen heute wilder aus als sonst, den Pony hatte sie ganz nach vorn gekämmt.

»Ich habe mich mit einem Betrunkenen gestritten.« Milena musste grinsen.

»O nein.«

»Ach, ist nicht schlimm.« Sie winkte ab. »Ich muss mich nur schonen.«

»Du musst also im Garten rumliegen?«

Milena lachte. »Das wurde mir ärztlich verordnet!«

Ivy lachte mit. »Wie gut! Und vom Blue Nights bist du sicher krankgeschrieben?«

»Schön wär's.«

Ivy drehte sich wieder auf den Rücken, sah in den Himmel.

»Ist es sehr schlimm?«

»Ich kann das einfach nicht. Ich bin völlig überfordert«, gestand Milena. »Und du? Gehst du heute feiern? An einem Sonntag?«

»Klar. Und du kommst mit!«

»Sicher nicht. Ich bin so fertig. Heute habe ich im Taubenschlag geschlafen.«

»Wie konnte das denn passieren?«

»Ich bin einfach eingeschlafen. Mitten am Tag.«

Eine Weile lagen sie schweigend nebeneinander. Wie schnell die Wolken waren, wie dunkel sie wurden, dort oben. Und weit und breit keine Taube zu sehen.

»Du musst endlich damit aufhören«, sagte Ivy schließlich.

»Ich weiß.«

»Du machst dich kaputt.«

»Ja.«

»Wie lange wartest du schon?«

»Diese Woche sind es zehn Jahre.«

»So lange ist das schon her?«

»Fast.«

»Vor zehn Jahren hast du ihn zum letzten Mal gesehen?«

»Seitdem habe ich nicht mehr mit ihm gesprochen.«

»Weißt du überhaupt noch, wie er aussieht?«

»Manchmal vergesse ich es.«

»Wer weiß, was aus ihm geworden ist. Damals war er gerade mal neunzehn, heute ist er fast dreißig.«

»Ja und?«, Milena lachte. »Ich bin selbst schon über dreißig!«

»Aber du siehst gut aus! Was aus ihm geworden ist, weißt du nicht. Vielleicht ist er inzwischen fett! Oder er hat alle seine Haare verloren. Er könnte auch …« Ivy riss die Augen auf. »Er könnte auch die AfD wählen!«

Wieder musste Milena lachen.

»O Gott!«

»Stell dir das mal vor! Oder er ist Islamist geworden! Oder ein Zeuge Jehovas! In zehn Jahren kann alles passieren.«

»Sag so was nicht!«

»Doch! Du liegst hier seit zehn Jahren rum und wartest auf ihn, dabei weißt du gar nicht, wer dieser Typ geworden ist.«

»Ich warte ja gar nicht auf ihn. Ich denke nur gern an die Zeit zurück. Und an meine Taube. Ich würde sie gern wiedersehen.«

»Ist klar.«

»Doch! Sie muss irgendwann nach Hause kommen.«

»Quatsch. Deine Taube ist längst tot. Oder sie ist ausgewandert, nach Italien oder Spanien, und macht sich da ein schickes Leben. Du liegst hier nicht wegen diesem komischen Vogel, du liegst hier wegen Paul!«

Milena legte die Hände aufs Gesicht – und bereute es sofort. Ihre Nase schmerzte bei jeder Berührung.

»Weißt du, Ivy, wenn ich an damals denke, kommt mir alles so perfekt vor. Nach Paul habe ich niemanden mehr getroffen, der mich so umgehauen hat. Ich kann nichts dafür, das sind vielleicht meine Gene.«

»Ist klar.«

»Kann doch sein! Schau, mein Opa hat nie aufgehört, an meine Oma zu denken. Und meine Mutter hat zwar immer mal eine Affäre, aber sie hat sich nie wieder in jemanden so verliebt wie damals in meinen Vater.«

»Mit Paul warst du aber nicht verheiratet.«

»Nein.«

»Ihr habt auch keine Kinder.«

»Zum Glück.«

Ivy lachte.

»Ja, okay«, räumte Milena ein. »Ich bin komisch. Ich bin völlig verrückt.«

»Da hast du recht.«

»Wie schaffe ich es denn, ihn zu vergessen?«

»Keine Ahnung. Nicht mehr im Garten liegen, sondern aufstehen und dir ein Handy kaufen. Du könntest Online-Dating machen!«

»Auf gar keinen Fall.«

»Oder Paul auf Facebook suchen.«

»Er hat garantiert kein Facebook.«

»Andere schöne Männer haben Facebook. Und WhatsApp. Und Tinder! Du solltest zu mir in die Gegenwart kommen, hier ist alles ganz einfach.«

»Du kennst mich doch, Ivy.«

»Ja, allerdings. Du bist schlimm.«

»Sehr schlimm.«

»Okay. Dann musst du wenigstens mit mir weggehen. Steffen ist dabei. Und du hast ihn immer noch nicht kennengelernt.«

Milena nickte.

»Beim nächsten Mal.«

»Versprochen?«

»Versprochen.«

Ivy blieb noch so lange, bis die Sonne hinter dem Wald am Horizont verschwunden war. Dann versuchte sie, die Falten aus ihrem Kleid zu streichen, gab schließlich auf und umarmte Milena ganz fest.

»Schlaf dich erst mal aus. Und beim nächsten Mal lässt du dich von mir ablenken, ja?«

Milena nickte und drückte Ivy einen Kuss auf die Wange.

»Du bist die Beste.«

»Und du erst.«

Während Ivy zum Gartentor ging, bog Milena in Richtung Terrasse ab. Sie betrat das Haus und öffnete die Tür rechts, die ins Antiquariat führte. Dort setzte sie sich an den alten Sekretär, auf dem die schwarze Kasse mit den großen Knöpfen stand, die schon ihr Urgroßvater betätigt hatte. Während sie den Papierkram für das Blue Nights erledigte, sah sie immer wieder auf und dachte an die Worte ihrer Mutter: »Ich habe ein Buch gelesen.«

Milena konnte sich nicht daran erinnern, ihre Mutter jemals beim Lesen beobachtet zu haben. Sie hätte nicht gewusst, ob sie nach ihrer Schulzeit überhaupt schon einmal ein Buch in der Hand gehabt hatte – außer Kafkas *Briefe an Milena*, von dem sie ja auch nur die ersten Seiten gelesen hatte.

Wenn es um Bücher ging, winkte sie immer ab. »Geschichten will ich lieber selbst erleben«, sagte sie dann. Tatsächlich brauchte Milenas Mutter keine Krimis, denn ihr passierten die abenteuerlichsten Dinge. Einmal hatte sie im Wald hinter dem Antiquariat einen uralten Diamanten gefunden – einfach so in einem kleinen Bach. Sie meldete ihren Fund einem Museum, und wenig später stellte sich heraus, dass der Stein vor Hunderten von Jahren einer Herzogin gestohlen worden sein musste.

Milenas Mutter brauchte auch keine Liebesromane: Sie war selbst die Hauptperson von Romanzen. Immer wieder verliebten sich Männer in sie, die fast zwanzig Jahre jünger waren. Sie legten Blütenblätter in ihren Briefkasten oder Pralinen vor ihre Haustür. Manchmal ging sie mit ihnen aus – in schummrige Studentenbars oder elegante Restaurants. Sie spazierte mit ihnen um den See und küsste sie inmitten heftiger Regenschauer.

Umso seltsamer fand Milena, was ihre Mutter ihr im Krankenhaus berichtet hatte. Sie habe ein Büchlein im Antiquariat gefunden, ziemlich dünn, ziemlich alt. Und ebendieses Heft habe sie davon abgehalten, das Blue Nights aufzugeben.

Milena stand auf und sah sich um. Egal, wo man hinschaute, überall Buchrücken, Buchdeckel, Buchseiten. Besonders wertvolle Stücke lagen in Vitrinen aus. Und an den Wänden – dort, wo zwischen den Büchern etwas Platz geblieben war – hingen alte Drucke: ein bestimmt hundert Jahre altes Bild vom hell erleuchteten Schaufenster des Antiquariats, das Gemälde einer alten Dame mit langen Ohrläppchen, die ihre große Nase tief in ein Buch gesteckt hatte, eine Stadtkarte aus dem 18. Jahrhundert, deren Ecken vor langer Zeit verknickt worden waren.

Sie ging am Regal entlang, das neben der Kasse begann, und strich mit den Fingerspitzen über die Buchrücken. Wie viele Geschichten sie in diesem Moment berührte. Wie viele Personen, Verwicklungen, Welten. Wie viele romantische, tragische, schöne Liebesgeschichten. Alle vereint in ihrem kleinen Antiquariat. Sie wechselte zum nächsten Regal, überflog die Titel, die Autoren. Keines dieser Bücher hätte Milena mit ihrer Mutter in Verbindung gebracht. Sie überlegte. Es musste in diesem Raum noch eine Ecke geben – ein Regal oder eine Kiste –, die sie kaum kannte. Etwas, das sie bisher übersehen hatte. Hatte ihre Mutter nicht von einer Schublade gesprochen?

Ihr Blick fiel auf den Sekretär. Die hinteren Fächer kannte

sie alle: Darin lagen ihre Kassenbücher, Aufzeichnungen, Rechnungen. Doch sie konnte sich nicht erinnern, schon einmal die schmale Schublade an der Vorderseite aufgezogen zu haben, deren geschwungener Griff jetzt im rötlichen Licht der Deckenlampe schimmerte. Dabei hatte sie nach dem Tod des Großvaters das ganze Geschäft durchkämmt, alte Briefe gelesen, uralte Rechnungen weggeschmissen. Sie hatte bestimmt nichts übersehen, oder doch?

Milena ging auf die Schublade zu und zog am Griff. Zuerst tat sich nichts, sie ruckelte daran, erst dann gab sie nach. Eine Staubwolke wirbelte auf – schon lange hatte hier wohl niemand hineingeschaut. Sobald sich der Staub lichtete, erkannte Milena einen Stapel von Heften. Einzeln nahm sie sie heraus – und grinste. Die Umschläge mussten früher einmal grell geleuchtet haben: Paare eng umschlungen vor dem Meer, an einem Abgrund oder in einem spießigen Wohnzimmer der Siebzigerjahre. Die Titel lauteten: *Silvia – ihr Spiel mit dem Feuer*, *Chefarzt Doktor Holl: Sein Leben, seine Liebe, seine Patienten* oder *Tiffany – Sex bitte*. Ihr Großvater hatte in dieser Schublade alte Groschenromane versteckt. Ob er sie wohl gelesen hatte? Milena schlug sie auf und kicherte. Leidenschaftliche Liebeserklärungen, dramatische Trennungen und hinterhältige Intrigen reihten sich aneinander. Sie nahm sie nacheinander in die Hand und fand ganz unten ein Büchlein, kaum mehr als ein Heft. Der Einband war schlicht und azurblau, ein paar Wasserflecken erstreckten sich über den Stoff. Der Titel war in goldenen Lettern eingraviert: *Blaue Nächte* stand darauf. Milena hielt inne. Konnte das …?

Sie nahm es in die Hand. Wenn ihre Mutter, die Besitzerin des Blue Nights, tatsächlich einmal ein Buch gelesen hatte, dann wahrscheinlich eines, das den Titel *Blaue Nächte* trug.

Milena drehte und wendete es – kein Klappentext, kein

Autor. Sie schlug es auf. »Blaue Nächte«, stand da. »Von Emil für Lotte.«

Milena setzte sich in den großen Lesesessel in der Ecke. Eigentlich wollte sie nur die erste Seite lesen, nur herausfinden, ob sie nun tatsächlich das Büchlein in den Händen hielt, von dem ihre Mutter gesprochen hatte. Doch dann las sie weiter bis zur zweiten Seite, bis zur dritten. Bald war sie davon überzeugt, dass genau dieses Buch ihre Mutter umgestimmt hatte. Diese Worte waren es gewesen, die sie die ganze Nacht gefesselt hatten. Und dann vergaß Milena, an ihre Mutter zu denken, daran, warum sie dieses Büchlein gelesen haben mochte. Sie las es einfach. Und Seite für Seite versank sie immer tiefer darin.

Blaue Nächte

Von Emil für Lotte, im Spätsommer 1967

Meine liebe Lotte,

ich musste einfach einen klaren Schlussstrich ziehen. Und dafür brauchte ich die ganze Stadt. Ich klappte mein Taschenmesser auf, legte die Klinge an die nächste Hauswand und ging los. Ich ritzte meinen Strich tief in den Putz der Fassade hinein und verlängerte ihn mit jedem Schritt: Haus für Haus für Haus. Er wurde so lang wie alle Häuser, wie alle Autos, Parkbänke und Laternen dieses Ortes zusammen. Ich zerkratzte Lack, Holz, Metall. Mein Schlussstrich zerteilte all die Straßen, die wir Hand in Hand entlanggegangen waren. Er zerteilte sie in oben und unten, in davor und danach. Wie gern ich auch mich selbst zerteilt hätte. Wäre das möglich gewesen, hätte ich sofort das Taschenmesser auf Höhe meines Schlussstrichs angesetzt und meinen Oberkörper von meinen Beinen getrennt.

Dann hätte ich mit den Füßen fest auf dem Boden bleiben und den Weg weitergehen können, für den ich mich vor Monaten entschieden hatte und von dem ich nicht mehr abweichen konnte – und wäre mit dem Kopf dennoch in den Wolken geblieben, in deinen Duftwolken, in unseren Kaffeedampfwolken, dem bittersüßen Geruch nach Kaffee und Kaugummi.

Doch natürlich war das unmöglich.

In dieser Nacht lag ich wach und stellte mir vor, wie du noch immer im Blue Nights saßest, die nackten Beine übereinandergeschlagen, mit rot bemalten Lippen an einem Dry Martini nippend. Wie du noch immer an unsere Pläne glaubtest, dich umdrehtest, um zur Tür zu schauen. Hofftest, dass ich jetzt endlich auftauchen würde. Dreimal übergab ich mich in dieser Nacht. Um elf Uhr hast du vielleicht geahnt, dass ich nicht mehr kommen würde. Vielleicht war es Mitternacht, als du traurig wurdest, wütend. Um eins bist du sicher aufgestanden, um die Treppe hochzugehen, in die Nacht hinein.

Ich stellte mir vor, wie du durch die Straßen liefst und meine Striche im Licht der Straßenlaternen entdecktest. Vielleicht hofftest du, sie wären Wegweiser, kleine Pfeile, die dich zu mir führten. Vielleicht folgtest du ihnen, in dunkle Seitenstraßen, auf leere Plätze, bis zur Seepromenade. Vielleicht schautest du aufs Wasser, auf die kleinen Wellen, und dachtest nach, ohne mich zu verstehen. Vielleicht musstest du erst wieder vor dem Blue Nights landen, Stunden später, zu einer Zeit, da die Türen längst verriegelt waren, um zu begreifen, was mein Strich bedeutete. Dass er dich nicht führen würde – dich nicht, mich nicht, dass er uns nicht zusammenführen würde. Dass wir von nun an getrennt wären.

Ich lag auf meinem Bett und weinte. Meine Mutter dachte, ich wäre krank. Drei Tag lang setzte sie sich jeden Morgen in den Zug, um mich zu besuchen. Sie kam immer wieder mit

Kuchen vorbei und kochte mir Tee. Sie legte mir einen kalten Waschlappen auf die Stirn, eine Wärmflasche zwischen die Füße. Woher hätte sie auch wissen sollen, was mir in dieser Situation helfen könnte? Ich wusste es doch selbst nicht. Ich schwitzte nur, ich fror, ich weinte, und mein Magen drehte sich wie ein defekter Waschautomat – immer weiter, immer schneller, dabei konnte hier nichts mehr rein gewaschen werden.

Mitten in der Nacht musste ich aufstehen, um das Drehen zu beenden. Im Blue Nights tanzten sie um diese Zeit sicher mit fliegenden Haaren, in dunklen Ecken wurde geflirtet, in hellen angestoßen. Ich schlug die Bettdecke zurück und sprang auf. Vielleicht war es noch nicht zu spät.

In Pyjamahose und mit nacktem Oberkörper rannte ich durch den Flur zur Haustür, im Gehen warf ich mir meinen Wintermantel über die Schultern. Ich lief die Straße hinunter und bog zum Blue Nights ab. Wie fast jeden Abend stand die Einlassdame am Eingang.

»Ist sie da?«, rief ich ihr entgegen.

»Lotte?«

»Wo ist sie?« Ich keuchte, doch sie schüttelte den Kopf und streckte mir die Hand entgegen.

»Ich muss sie finden.« Ich drückte ihr drei Mark in die Hand und stürmte an ihr vorbei, die Treppe hinunter. Ich hoffte so sehr, dich dort zu sehen. Auf der Bühne stand in dieser Nacht eine Band, von der ich noch nie gehört hatte. Normalerweise hätte ich sie mit großen Augen angestarrt, ihre Schlaghosen bewundert oder ihre karierten Sakkos. Ich hätte im Takt geschnipst und mir gewünscht, irgendwann auch einmal Gitarre spielen zu können. Heute sah ich kaum hin. Ich rannte am Tresen vorbei auf die Tanzfläche – doch du warst nicht da. Nicht zwischen den Tanzenden, nicht an einer der Tischreihen, an denen die Leute Fanta mit Rum tranken, nicht an der Theke und nicht dahinter, in dem kleinen Nebenraum mit dem schummrigen Licht.

Auf dem Weg begegnete mir Peter.

»Hast du Lotte gesehen?«, rief ich ihm zu.

»Sie ist gegangen.«

»Wohin?«

»Das wollte sie nicht sagen.«

»Seit wann ist sie weg?«

»Seit ein paar Tagen. Sie war hier und hat sich verabschiedet.«

»Hat sie noch irgendwas gesagt?«

»Sie hat gesagt, dass sie wegzieht und nicht wiederkommt.«

»Das kann doch nicht wahr sein!«

Meine Augen brannten, meine Wangen waren nass, ich zitterte unter dem Wintermantel.

»Es ist besser so«, behauptete Peter.

Ich schlug seine Hand weg und stieß ihn zurück.

»Beruhige dich erst mal, Emil«, fuhr er fort. »Du hast es doch selbst so gewollt.«

»Was?« Ich trat einen Schritt zurück. »Gar nichts habe ich so gewollt!« Meine Stimme war lauter als die Absätze auf dem Tanzboden.

Kurz drehten sich die Köpfe auf der Tanzfläche in meine Richtung. Wie überall die Haare flogen und die Minikleider wippten! All die braunen, grünen, blauen Augen huschten über mein Gesicht und meine seltsame Kleidung, die vielen Münder verzogen sich für einen Moment, und dann tanzten sie weiter, als wäre nichts geschehen. Wie konnten sie feiern, jetzt, da du gegangen warst? Wie konnten sie lachend mit ihren Biergläsern anstoßen, wenn ich einen solchen Fehler begangen hatte? Ich drehte ihnen den Rücken zu und lief die Treppe hinauf, in die späte Nacht hinein.

Ich schrie deinen Namen die Straße hinunter, ich ritzte ihn in die Wand des Blue Nights. Die Buchstaben verrutschten unter meiner zitternden Hand. Dabei hatte ich Übung, ich hatte dir doch seit Jahren Botschaften hinterlassen, an Orten, an denen wir uns einmal begegnet waren, an denen wir uns einmal angelächelt, berührt, geküsst hatten. Es hatte Zeiten gegeben, in denen du die Nachrichten gefunden und beantwortet hattest. In dieser Nacht ahnte ich, dass du nicht mehr antworten würdest, vielleicht würdest du sie nicht einmal lesen. Trotzdem musste ich dir schreiben.

Wo bist du, Lotte? Wo bin ich? Wo sind wir?
Es muss doch einen Ort geben, an dem wir sind.
Irgendwann müssen wir doch sein.
Irgendwie müssen wir doch bleiben.
Nur wo?

Ich ritzte die Worte in fremde Häuserwände und auf Parkbänke.

Was wäre passiert, wenn ich dich in dieser Nacht gefunden hätte? Was hätten wir entschieden? Hättest du mir verzeihen können?

In dieser Nacht fand ich dich nicht. Du lasest meine Sätze nicht. Du verziehst mir nicht. Das Bäumchen, an dem ich schlief, bog sich unter meinem Rücken, bis mir ein Polizist gegen den Fuß trat.

»Aufstehen«, rief er. »Wir dulden hier keine Gammler. Mach, dass du wegkommst!«

Ich rappelte mich hoch. Im Morgengrauen, in meiner zerknitterten Pyjamahose, entschied ich, dass es keinen Ausweg gab. Und ging nach Hause.

Ich hätte es dir erklären müssen. Ich bin dir so viel schuldig geblieben – daher schreibe ich diesen Brief. Meine liebe Lotte, das hier ist keine Entschuldigung. Aber es ist all das, was du wissen solltest. All das, was ich dir nie gesagt habe. Und vielleicht wird es zugleich ein Ort für uns. Für dich und mich und für das Blue Nights. Hier wird es sich niemals verändern. Wir werden tanzen und immer weiter tanzen, unsere Finger verschränkt, lachend und keuchend. Es wird spät und früh zugleich sein. Die Band wird weiterspielen. *And I know what you're going to do. If I came back, if I came back.* Der Martini wird fließen, die Eiswürfel werden klirren, immer und immer und immer wieder. In diesem Brief brauchen wir keine Atempausen, wir brauchen keine frische Luft, keinen Schlaf und kein Morgengrauen. Wir werden nicht heiser, stattdessen bleiben wir laut. Wir singen, und wir lachen, und wir sagen uns, dass wir uns lieben, wir rufen es in die Nacht hinaus. Unsere Nacht bleibt blau in diesem Brief. Lang und tief und hungrig und verborgen und weich und wach und jung und so azurblau.

Erinnerst du dich an unsere erste Nacht? Nicht die erste Nacht im Tanzlokal, nicht die auf unserer Waldlichtung oder die am See, ich meine die allererste, damals, in unserem Heimatdorf Eschenbach, auf dem Heuboden deiner Eltern. Wie lange das jetzt her ist. Du warst zehn Jahre alt, hellblond und mindestens einen Kopf größer als ich. Der stärkste Mensch der Welt. Du warst so stark, dass du in deinem Rucksack eine Flasche Wasser, drei Äpfel, zwei Eier und ein halbes Brot die Leiter hinauftragen konntest, unter deinem rechten Arm steckten Decke und Kopfkissen. Wie schnell du trotzdem klettern konntest.

»Emil?«, flüstertest du, sobald du oben angekommen warst.

»Ich bin hier.«

Du sahst dich um. Durch die Ritzen in den Holzbalken fiel das schwache Licht der Straßenlaternen herein. Es war schummrig hier oben, fast dunkel. In manchen Ecken türmten sich die Heu- und Strohballen hoch auf, in anderen hatten sich tiefe Kuhlen gebildet. Man hätte hineinkullern können, wieder hochklettern und dann, von ganz oben, abspringen. Überall wäre man weich gelandet, überall konnte man sich verstecken. So stelle ich mir heute das Weltall vor: weit weg, sicher und schwerelos.

»Ich bin hier«, sagte ich, und du fandest mich in einer Kuhle zwischen zwei Ballen.

»Tolles Versteck!« Du lächeltest. Du hattest in dieser Nacht zwei geflochtene Zöpfe, sie fielen über deine Schultern.

»Danke.« Ich weiß noch, wie feucht meine Finger wurden, als ich dich auf mich zukommen sah. Deine Grübchen in den Wangen. Wie sollte ich es jemals schaffen, dein Mann zu werden?, überlegte ich in meiner Kuhle. Du warst viel größer als ich, viel stärker, viel schöner.

»Meine Eltern haben nichts bemerkt.« Du breitetest die Decke auf dem Heu aus, legtest das Kissen darauf. »Ich konnte dir sogar noch was zu essen klauen.«

»Danke.« Noch nie hat ein Brot so gut gerochen.

»Morgen kannst du so lange schlafen, wie du willst. Heu holen sie erst übermorgen wieder.« Du hieltest mir eines der Eier hin.

»Hunger?«

Ich schüttelte den Kopf.

Normalerweise war ich doch ganz anders. In der Schule war ich der Lauteste, und sogar bei Herrn Schulz traute ich mich, Witze zu machen – obwohl er gern mit dem Rohrstock zuschlug. Ich kippelte und zog Grimassen, sobald er sich umdrehte, ich liebte es, die Klasse zum Lachen zu bringen. Am meisten liebte ich dein Lachen, tief und dunkel. Du hattest das dunkelste Lachen der ganzen Schule. Zwischen unseren Holzbänken, mit dem Blick zur grünen Tafel und den Händen auf dem Schreibpult, tat ich alles, um es zu hören.

Doch hier, auf dem düsteren Heuboden der Erhardts, auf dem Hof, auf dem deine Eltern arbeiteten, am Ende dieses einen Tages, brachte ich gar nichts mehr heraus.

Du ließest deine Hand mit dem Ei wieder sinken und setztest dich neben mich. Strohhalme hingen an deinem blauen Rock.

»Was ist passiert?«, fragtest du. Deine Wimpern waren damals schon lang und schwarz und dicht, ich konnte kaum hinschauen.

»Was hat er getan?«

Du ließest nicht locker. Doch wie sollte ich dir das erzählen? Dir, dem stärksten und mutigsten Menschen? Wie sollte ich dir erzählen, dass ich so schwach gewesen war?

»Dein Arm.« Mit deinem Zeigefinger berührtest du ihn vorsichtig. Die Stelle, die sich seit ein paar Stunden immer dunkler färbte. Von Rot zu Lila, bald würde sie blau werden.

»War er das?«

Ich saß in der Falle: Würde ich es dir erzählen, wüsstest du, wie schwach ich gewesen war. Würde ich schweigen, wäre ich ebenfalls schwach: Hier, in diesem Moment mit dir. Ich wäre feige.

»Ja«, sagte ich schließlich.

Eigentlich waren wir das gewohnt. In Eschenbach gab es viele Väter, und es wurden viele Ohrfeigen verteilt und Hintern versohlt. Aber die wenigsten Kinderarme waren blau, und kein einziger Junge warf Stühle hinter sich um, knallte Türen und lief auf die Straße hinaus – außer mir. Kein einziger musste so schnell rennen, wie er nur konnte, sich hinter Büsche kauern und sich auf diesem Heuboden verstecken. Nur ich.

»Wie konnte er …«

Ich zuckte mit den Schultern. »Ich schätze, ich habe es verdient.«

»Unsinn!« Du zogst die Augenbrauen zusammen. »Für nichts in der Welt kannst du das verdient haben!«

»Und wenn …« Ich zögerte. »Was, wenn ich Fußball gespielt habe und …« Ich biss mir auf die Unterlippe – und zwang mich sofort wieder, damit aufzuhören. Damals schämte ich mich sehr für die breite Zahnlücke zwischen meinen Schneidezähnen.

»Was und?«

»Und wenn der Ball dann durch das Fenster geflogen ist?«

»Du hast also die Fensterscheibe zertrümmert?«

»Was, wenn …« Ich schluckte. »Was, wenn der Ball die Fensterscheibe zertrümmert hat und die großen Scherben dann die Kaffeekanne umgeworfen haben und der Kaffee dann ins nagelneue Radio gelaufen ist und es einen Kurzschluss gegeben hat?«

Deine Augen wurden immer größer.

»Das alles ist passiert? Nur weil du Fußball gespielt hast?«

Ich nickte.

Plötzlich musstest du kichern. Du schlugst dir die Hand vor den Mund.

»Dann würde ich sagen: Gut gemacht, all das hat er verdient!«

Jetzt lachtest du sogar noch lauter. Und ich musste mitlachen. Zuerst mit geschlossenem Mund, wegen meiner Zahnlücke, doch dann prustetest du immer lauter und schlugst mit der flachen Hand aufs Stroh, und der Staub wirbelte im Dämmerlicht umher und legte sich auf deine Haare und auf deine Stirn, und all das sah so schön aus, all das konnte nur ich sehen, es war so weich und so fröhlich, dass ich den Mund genauso aufreißen musste wie du beim Lachen. Rücklings kullerte ich tiefer in die Kuhle hinein und lachte dabei immer weiter, und zuerst waren die Strohballen unten, dann oben, dann wieder unten, und dazwischen stecktest du den Kopf zwischen die Knie und kullertest mir hinterher, jauchzend und schreiend.

Unten angekommen hatte ich so viel Energie und Kraft, dass ich die Ballen sofort wieder hochklettern musste, nur um einen Hechtsprung zu machen und wieder hinunterzurollen.

Ich weiß nicht, wie lange wir so herumtobten, aber irgendwann lagen wir außer Atem im Heu, überall flogen die Halme herum, wir hatten das Brot vergraben und die Äpfel und Eier zwischen den Ballen versenkt.

»Du bist lustig.«

»Du auch.«

»Du bist stark.«

»Findest du?«

Ich nickte, aber das konntest du nicht sehen.

»Du bist schön«, fuhr ich fort. Als die Worte im Raum standen, schämte ich mich und kniff die Augen zusammen.

»Du bist auch schön, Emil.« Du sprachst ganz leise. Und da öffnete ich die Augen wieder.

»Findest du?«

»Vielleicht sollten wir uns verloben.«,

Ich zuckte zusammen. Was hattest du da gerade gesagt? Ich drehte mich auf die Seite, um dich anzuschauen. Du stütztest deinen Kopf auf deine Hand und sahst mich an, lächeltest.

»Bevor es zu spät ist«, fuhrst du fort.

Wahrscheinlich war ich knallrot. Machtest du dich über mich lustig?

»Stell dir vor, wir verpassen den Moment, und dann sind wir plötzlich mit den falschen Leuten verlobt.«

Ich brachte nichts heraus, starrte dich nur an.

»Willst du dich etwa nicht mit mir verloben?« Zum ersten Mal in dieser Nacht sahst du ein klein wenig ängstlich aus.

»Doch«, widersprach ich, so schnell ich konnte. »Doch, auf jeden Fall.«

Ich setzte mich auf und suchte nach einem langen Strohhalm. Dann rutschte ich näher an dich heran.

»Was machst du da?« Du sahst mich an, und ich griff nach deiner Hand, holte tief Luft.

»Liebe Lotte, möchtest du meine Frau werden?«, fragte ich und musste kichern dabei.

»Ja.« Du kichertest mit, noch tiefer als sonst. Ich knotete den Strohhalm um deinen Ringfinger.

Was tat man nach so einer Verlobung? Nicken? Lächeln? Küssen? Wir wussten es nicht. Wir schauten uns nur deinen Strohring an. Wie hübsch er war.

Damals habe ich nicht darüber nachgedacht, wie schnell so ein Strohhalm reißt. Dass es schon beim Fahrradfahren passieren kann oder beim Geschirrspülen. Dass vor einer zehnjährigen Kinderhand noch so viele Handgriffe lagen, dass sie noch so viele Stürze abfangen müssen würde. Du drehtest und wendetest deine Hand im Dämmerlicht des Heubodens, und deine Grübchen in den Wangen und dein Glucksen – all das stand dir gut.

Wenn ich jetzt daran denke, sehe ich, wie sich deine Hand verändert, wie das Licht sich wandelt, das auf sie fällt. Früher hattest du weiche Finger und kurze Nägel mit braunen Rändern vom Spielen. Vor meinem inneren Auge wandern die Schatten darüber hinweg, Herbstwolken, Winterstürme, Frühlingsgewitter. Deine Hand wird größer, schmaler, deine Finger werden länger, der Strohring platzt auf. Der Sommer färbt deine Hand braun, die Arbeit im Stall macht sie stark, schürft ihre Knöchel auf. Deine Hand wird immer kräftiger, dunkler, die Knöchel breiter. Septembersonne, Januarregen, Aprilschauer. Und dann werden deine Nägel etwas länger, geschwungener, sie färben sich mal rosa, mal rot. Deine Hand ist jetzt sauber – aber stark. An diese Hand sollte man keinen Strohring mehr stecken, sie verdient einen Diamantring. Spätestens jetzt hätte ich dir einen Diamantring anstecken sollen. Aber wo hätte ich den hernehmen sollen?

Wie gern ich heute zu unserer allerersten Nacht zurückkehren würde. Wenn ich könnte, ich würde alle Wege rückwärtsgehen, alle Tanzschritte rückwärtstanzen und alle Worte rückwärtssagen, bis wir beide wieder gemeinsam auf dem Heuboden sitzen könnten.

Was ich alles anders machen würde:

1. Ich würde mich in der Schule neben dich setzen.
2. Ich würde jeden Tag mit dir sprechen.
3. Ich würde merken, wenn etwas nicht stimmt.
4. Ich würde die Lehrerin fragen, warum du nicht mehr zur Schule kommst.
5. Ich würde an der Bushaltestelle den Kopf in den Nacken legen.
6. Ich würde herausfinden, wo du bist.
7. Ich würde mit dem Fahrrad dorthin fahren.

4. Kapitel

Milena richtete sich auf. Mit ihren Fingern strich sie vorsichtig über das Papier, die Wörter, die Buchstaben des dünnen Büchleins, das sie gerade las. Wie gut sie Emil verstehen konnte. Wie sie war auch Emil seit Langem in eine einzige Person verliebt. Wie sie konnte auch er seine eine große Liebe nicht vergessen. Und wie er würde auch Milena gern die Zeit zurückdrehen, die Dinge anders machen, richtig machen. Ob es einem immer so ging, wenn etwas vorbei war, ohne wirklich abgeschlossen zu sein? Wenn eine Geschichte mitten im Satz endete – oder sogar mitten im Wort?

Sie würde ihre Worte gern zurücknehmen, sie aus der Luft fischen wie Insekten und sich zurück in den Mund stopfen. Milena verzog das Gesicht. Egal. Sie würde sogar Insekten essen. Hauptsache, die falschen Wörter, Entscheidungen, Fragen und Antworten würden nicht durch die Luft summen und in dunklen Wolken verschwinden, dorthin, wo Milena sie nicht mehr im Griff hatte.

Sie überlegte wie Emil, was sie alles anders machen würde, wenn sie noch einmal zurückkönnte, wenn sie all die Wörter ungesagt machen und alle Wege rückwärtsgehen könnte bis zu diesem einen entscheidenden Tag im Antiquariat:

1. Sie würde mittags sofort das Antiquariat verlassen.
2. Sie würde auch dann in der Wohnung bleiben, wenn die Glocke über der Tür läutete.
3. Sie würde nicht einmal ins Antiquariat rufen: »Einen Moment, ich komme gleich!«
4. Sie würde auch nicht sagen: »Mein Großvater ist gleich bei Ihnen.«
5. Mittags würde sie die Ladentür abschließen, und dann würde sie durch die Gartentür verschwinden. Sie würde schnell rennen, ganz weit weg.
6. Sie würde niemals den Menschen kennenlernen, der an jenem Tag zu ihr ins Antiquariat gekommen war.

Milena seufzte und vertiefte sich wieder in das Buch. Sie sollte nicht an die Zeit vor zehn Jahren denken. Sie sollte besser an ganz früher denken, an Emils Früher.

Milena las weiter.

Hast du gewusst, dass ich dir im Morgengrauen, nach der allerersten Nacht auf dem Heuboden, meine allererste Nachricht hinterlassen habe? Hast du geahnt, wie viel ich dir damals schon sagen wollte? Du bist mitten in der Nacht zurück ins Haus geschlichen, um in deinem Bett zu schlafen. Deine Eltern – und vor allem die Erhardts – durften nicht wissen, wo ich war, dass du für mich Essen gestohlen und eine Decke hinausgeschmuggelt hattest. Die Erhardts hätten den Monatslohn deiner Eltern gekürzt, deine Eltern hätten dir Hausarrest gegeben und meinem Vater davon erzählt. So schnell hätte ich gar nicht rennen können.

Du schliefst also in deinem Bett, und ich schlief unter deiner Decke, atmete den Heugeruch ein und dachte an dein Lachen und deine Grübchen und deinen Strohring. Ich dachte so fest daran, dass ich kaum schlafen konnte. Und dann wachten die Vögel auf, durch die Holzbalken fiel das Morgenlicht, und ich kletterte die Leiter hinunter. Auf halbem Weg hielt ich inne. Ich holte mein Taschenmesser hervor, und zwischen unten und oben, mit den Füßen noch nicht auf fester Erde, mit dem Kopf nicht mehr in den Staubwolken des Heubodens, ritzte ich in eine der Leiterstufen ganz klein die Buchstaben: »E + L«.

Ich bin nie wieder dort gewesen, ich konnte nicht herausfinden, ob du mir geantwortet hast. Hast du die Zeichen gefunden? Hast du verstanden, was sie bedeuteten? Lange habe ich bereut, etwas so Banales eingeritzt zu haben. Ich hätte viel größere Worte wählen sollen, ich hätte etwas Wichtigeres, Schöneres schreiben sollen.

In der Schule schämte ich mich dafür. Ich kippelte, ich feixte, alle lachten, du lachtest, und ich sah an dir vorbei. Ich musste den Fehler wiedergutmachen. Ich musste dir die richtigen Worte hinterlassen. Also streifte ich mit meinem Taschenmesser durchs Dorf und dachte nach. Stundenlang.

Es dauerte Jahre, bis ich endlich etwas aufschrieb. Wir hatten wenig geredet in all der Zeit. Manchmal hattest du mich auf dem Schulweg begrüßt. »Hallo, Emil«, sagtest du und lächeltest mich an.

»Morgen«, grummelte ich, und dann war ich schneller gelaufen, so schnell, dass ich keuchte, als ich an der Schule ankam – ohne dich.

Manchmal, in Deutsch oder Sachkunde, hattest du mir Zettel zugeschoben. »Was machst du heute Nachmittag?«, stand darauf. Oder: »Spielen wir nachher?« Ich hielt die Zettel in meiner Hand, und die Worte zitterten. Meine Finger waren feucht und durchweichten das Papier, sodass die Tinte zerlief, wenn ich dir antworten wollte. Wir trafen uns trotzdem zum Spielen, gemeinsam mit den anderen Kindern. Während wir tobten, während wir Räuber oder Polizisten waren, Dompteure oder Löwen, war alles einfach. Wir jagten einander, wir versteckten uns im Unterholz, wir sprangen durch Reifen, wir brüllten unsere Gitterstäbe nieder, rissen aus und galoppierten durch die Nacht. Doch sobald wir wieder Kinder waren, Lotte und Emil, sobald du mich wieder ansahst, dröhnte es in meinen Ohren, dann brannte es auf meinen Wangen. Manchmal, auf dem Schulhof, lächeltest du mich als Lotte an, und ich sah als Emil wieder weg.

Ich war schon fast dreizehn, als ich in die Holzbank, die auf halbem Weg zwischen dem Hof deiner Eltern und dem Haus meiner Familie stand, endlich einritzte:

Warum ich es nicht schaffe, normal zu dir zu sein:

1. *Weil dein Lachen so tief ist.*
2. *Weil mein Mund so trocken ist, wenn du mir Hallo sagst.*
3. *Weil die Momente, in denen du vor mir stehst, Kaugummiblasen sind.*

Wer versucht, einen Brief zu schreiben, kann ihn anschließend vernichten. Der kann ihn zerreißen oder zerknüllen, der muss ihn nicht abschicken. Aber wer eine Botschaft in eine Bank ritzt, der kann sie nicht zurücknehmen. Selbst dann nicht, wenn das Taschenmesser mit ihm durchgegangen ist, wenn er Unsinn aufgeschrieben hat, den keiner versteht. Ich gebe zu, ich habe es trotzdem versucht. Ich wollte die Worte zerkratzen – doch sie blieben lesbar. Ich wollte sie durchstreichen, doch es half nicht.

Gerade als ich Schleifpapier geholt hatte, um die oberste Holzschicht abzutragen, entdeckte ich sie: neue Worte unter meinen alten.

»Was passiert in Kaugummiblasenmomenten?«, las ich im Mondlicht. Und die Buchstaben erinnerten mich daran, wie du »Mathematik« oder »Sozialkunde« auf deine Schulhefte geschrieben hattest: lang, schmal, kantig. Ich konnte mir nicht sicher sein, dass du es gewesen warst, die da antwortete. Aber ich wünschte es mir so sehr, dass ich in die Knie ging und die Klinge meines Taschenmessers wieder ins Holz drückte. Es blieb nicht mehr viel Platz auf der Rückenlehne. Ich musste klein schreiben und mich kurz halten.

Kaugummiblasenmoment, der: ein Augenblick, der sich wie eine Kaugummiblase ausdehnt, in dem man denkt, man hätte ewig Zeit, um genau das Richtige zu sagen – und dann zerplatzt er.

Was alles nicht mehr auf die Rückenlehne passte: Wenn du vor mir stehst, wird der Moment groß und wichtig und kaugummirosa, und ich will dir sagen, dass du wunderschön bist, doch ich verliere den Halt, und statt zu sagen, was ich denke, rudere ich mit den Armen, strample mit den Füßen, und die Blase zerplatzt. Dann bist du wieder weg, und mein Mund, der gar nichts gesagt hat, fühlt sich klebrig an, ganz so als würden riesige Kaugummifetzen daran hängen.

Am nächsten Tag, nach der großen Pause, lag ein einzeln verpackter Kaugummi auf meinem Schreibpult. Mir kribbelte es in den Händen, in den Füßen, sogar im Kopf, als ich ihn auspackte. Auf der Innenseite des Papiers stand in schmalen, langen und eckigen Buchstaben geschrieben: »Gegen einen trockenen Mund. Für viele neue Kaugummiblasenmomente.«

Ich weiß noch genau, wie zuckrig süß er geschmeckt hat, wie rosa er war. Wie groß die Blasen wurden, die man damit machen konnte, wie laut sie zerplatzten und wie plötzlich du vor mir standest.

»Hallo, Emil«, sagtest du.

»Morgen«, grummelte ich, sah schnell wieder weg, und du lachtest.

In dieser Zeit, in der ich vor dir so schlecht ich selbst sein konnte, haben wir uns viele Botschaften geschrieben, erinnerst du dich? Wir ritzten die ganze Holzbank voll, wir legten uns sogar darunter, um die Unterseite des Sitzes zu nutzen. Wir schrieben unsere Wörter auf Holzschuppen und Bäume, in Klotüren und Fensterrahmen. Wir suchten nach Orten, die für Schulkameraden, Eltern und Großeltern unauffällig waren, die dem jeweils anderen aber auffallen könnten. In der Schule gaben wir einander Hinweise. Wir schoben uns Zettel zu mit Wörtern wie: »Tante Ullas Plumpsklo« oder »Die Eiche am Kiosk«. Sobald ich einen solchen Zettel von dir bekam, freute ich mich auf den Nachmittag, lief an den beschrifteten Ort, suchte ihn mit den Fingerspitzen ab, bis ich deine Worte fand. Immer wieder schrieben wir uns diese Botschaften.

»Ich mag dein neues Hemd, es passt zu deinem Lachen.«

»Ich mag dein neues Lachen, es passt zu deinem Rock.«

»Heute auf dem Schulhof, als du aus Versehen meine Hand berührt hast, ist mir die Luft weggeblieben.«

»Heute auf dem Schulhof, als ich deine Hand berührt habe, war das nicht aus Versehen.«

»Warum hast du sie nicht festgehalten?«

»Dann wäre ich umgekippt.«

»Ich hätte dich festgehalten.«

»Du wärst mit mir umgekippt.«

»Vielleicht hätte mir das gefallen.«

»Mir gefällt es, wenn dir wegen mir die Luft wegbleibt.«

»Mir gefällt es, wenn du meinetwegen deinen Kaffee verschüttest.«

»Du hast das gesehen?«

»Warum hast du mir nicht auch eine Tasse angeboten?«

»Trinkst du genauso gern schwarzen Kaffee wie ich?«

»Läufst du genauso gern bis zum Stadtrand wie ich?«

»Suchst du für mich nach der großen Waldlichtung?«

»Kletterst du für mich auf den Hochsitz?«

»Warst du auch so außer Atem?«

»Am Abend hat man einen wunderbaren Ausblick von hier oben.«

»Es wäre ein wunderbarer Ausblick, wenn wir hier einmal gemeinsam hinaufklettern würden.«

»Morgen um siebzehn Uhr?«

Erinnerst du dich an das Treffen auf dem Hochsitz, das auf diesen Brief folgte? Ich war dreizehn Jahre alt und hatte in der Nacht zuvor kaum geschlafen, in der Schule hatte ich noch viel öfter gekippelt als sonst, und die Hausaufgaben hatte ich vergessen, sobald ich das Schulgebäude verlassen hatte.

Ich war schon viel zu früh am Dorfrand, lief bis zur Waldlichtung und kletterte den Hochsitz hinauf. Wenn ich mich auf die Zehenspitzen stellte, konnte ich von hier oben sogar das Dach des Hofs sehen, auf dem du lebtest. Dort hatte ich einmal geschlafen. Wie lange das nun wieder her war.

Lange rührte sich nichts, dann tauchtest du winzig klein

zwischen den Bauernhöfen unseres Ortes auf und bogst zwischen den beiden großen Buchen in den Feldweg ein. Du gingst meinetwegen dort, dachte ich. Du liefst den ganzen Weg – zwischen den Wiesen entlang, durch das Waldstück hindurch und bis zur Lichtung –, weil du mich sehen wolltest. Während du immer größer wurdest, mir immer näher kamst, versuchte ich, das zu begreifen. Meine Zahnlücke hatte sich noch immer nicht geschlossen, meine dunklen Haare lagen platt an meinem Kopf, ich brauchte diese große Brille, und meine Oberlippe war etwas dicker als meine Unterlippe. »Du hast was ganz Spezielles«, sagte meine Mutter gern. Für mich klang es wie: Hübsch bist du nicht gerade.

Aber du warst hübsch, immer schon. Dein Rock fegte jetzt über das hohe Gras hinweg, deine Schritte waren ausladend. Du wusstest genau, wo du hinwolltest, du zögertest keine Sekunde. Warum nur wolltest du zu mir?

Sobald du auf die Waldlichtung tratst, wollte ich mich am liebsten hinter das Geländer ducken. Ich musste die Lippen zusammenkneifen und die Hände fest um die Holzbalustrade schließen, um stehen zu bleiben. Ich hätte dir etwas zurufen können wie: »Hallo, schönes Mädchen!« Doch ich schaffte es nicht, ich starrte nur. Dein Rock war kariert, grün oder rot, ich weiß es nicht mehr genau. Dein Zopf schaukelte.

Bernd hatte erst vor Kurzem in der Schule gesagt, dein Hintern sei zu groß, und Klaus war der gleichen Meinung. Achim fand, du hättest immerhin schöne Waden, rund und fest. Ich wollte allen dreien den Mund verbieten. Was ging sie das an? Was erlaubten sie sich? Sie hatten weder das Recht, dich auf diese Weise anzusehen, noch durften sie dich bewerten. Ich stellte mir vor, du hättest gehört, wie die Jungs über dich geredet hatten. Wahrscheinlich hättest du laut gelacht, hättest Klaus wegen seines runden Bauches aufgezogen und Achim in seine dürren Beine gekniffen. Ich wünschte mir, ich könnte die Dinge auch so locker nehmen wie du. Stattdessen hatte ich mit keinem der dreien mehr ein Wort gesprochen. Ich hatte vor der ganzen Klasse Witze auf ihre Kosten gemacht, und in der Pause hatte ich mit den Jungs aus der Parallelklasse Fußball gespielt.

»Du bist aber pünktlich!«

Ich zuckte zusammen. Am Fuß des Hochsitzes warst du stehen geblieben, du schirmtest die Augen mit der flachen Hand gegen die Sonne ab und schautest zu mir herauf.

Ich lächelte, biss mir kurz auf die Lippe, dann sagte ich: »Zu wichtigen Terminen bin ich grundsätzlich sehr pünktlich.«

Wenigstens kann ich heute sprechen, dachte ich erleichtert. Ich bin noch nicht in Deckung gegangen, ich lächele dich an, ich antworte dir in ganzen Sätzen – es könnte ein guter Abend werden.

Doch dann klettertest du die Leiter herauf, und du warst so schnell, du standest so plötzlich vor mir, dass ich rückwärtsstolperte.

Atmen, dachte ich.

»Hallo«, sagtest du.

Ich konnte nur nicken, mir durch die Haare fahren. Wie fährt man sich lässig durch die Haare, wenn die Finger zittern?

»Geht es dir gut?«

Ich zitterte. »Klar.« Ich starrte dich an. Deine dunklen Wimpern, deine hellen Sommersprossen. An diesem Tag hattest du besonders viele, sie drängten sich dicht an dicht auf deiner Nase und deinen Wangen.

»Was tust du da?«

»Ich zähle deine Sommersprossen.«

Du lachtest. »Und wie viele habe ich?«

»Mindestens zweiundvierzig, aber ich bin noch nicht fertig.« Warum musste ich immer so einen Blödsinn reden?

Du nicktest und griffst in deine Tasche.

»Ich habe uns schwarzen Kaffee mitgebracht.« Du holtest eine Thermoskanne hervor.

»Und ich habe Kaugummis dabei.«

Bis heute muss ich an deine Sommersprossen denken, wenn ich mit Kaugummi im Mund Kaffee trinke. Bis heute muss ich an diese bittere Süße denken, wenn ich ein Mädchen küsse.

Du hattest den Kaffee viel zu stark gekocht. Er war so bitter, dass ich schon beim ersten Schluck wusste: Heute Nacht würde ich lange nicht einschlafen können, mein Herz würde rasen, ich würde an deine hellen Sommersprossen denken und an deine dunkle Zunge, stundenlang.

Schon nach dem ersten Schluck aßen wir Kaugummi, um den Kaffeegeschmack zu vertreiben. Du kautest, und ich kaute, und wir sahen einander auf die Lippen, und sie sahen ganz rot aus, und sie rochen nach Kaugummi, nach Wintergrünstrauch, wie ich später herausfinden sollte. Ein Gewächs, mit dem man Kaugummigeschmack herstellte. Wie es aussieht, weiß ich nicht, aber es klingt schön, finde ich – Wintergrün.

Der Winter würde bald kommen, man spürte es schon zwischen den Bäumen: die kühle Luft. Man roch es schon auf den Feldern: die erdigen Zuckerrüben, die sich hier und dort auftürmten. Doch für uns würde es in diesem Winter – ganz egal, wie weiß, wie kahl, wie kalt er würde – grün bleiben, wintergrün. Du kautest, und ich kaute, und unsere Finger umklammerten die vollen Kaffeebecher, während wir einander näherkamen.

Ich schluckte meinen Kaugummi runter und sah, dass auch du schlucktest. Ich starrte auf deinen Hals, deine Lippen, und das Zittern meiner Hände wurde so stark, dass ich mir Kaffee auf die Hose schüttete. Erst lachtest du, dann sahst du, wohl an meinem Gesichtsausdruck, dass der Kaffee mich tatsächlich verbrüht hatte. Sofort stelltest du deinen Becher ab und suchtest nach einem Taschentuch, um es auf den Kaffeefleck zu drücken, der jetzt auf meiner Hose leuchtete.

»Gleich geht es wieder«, flüstertest du, und ich lächelte.

»Es ist nichts«, sagte ich, griff möglichst ungerührt nach meiner Tasse und trank einen großen Schluck. So groß, dass ich mir die Zunge verbrannte, dass ich zusammenzuckte und ein Tropfen Kaffee auf deinem Rock landete, mitten in einem der vielen grünen oder roten Karos.

»Ich bin so ein Tollpatsch«, entschuldigte ich mich und hasste mich allein für diese Worte. Du lachtest. »Eigentlich bin ich ganz anders«, fuhr ich fort. »Wenn du nicht dabei bist, bin ich ziemlich dufte.«

Jetzt lachtest du noch lauter. »Lerne ich diesen anderen Emil auch einmal kennen?«

Also nahm ich all meinen Mut zusammen, legte einen Arm um dich, hob eine Augenbraue und sagte mit tiefer Stimme: »Hallo, du steiler Zahn. Ich bin dieser andere Emil.«

Jetzt krümmtest du dich vor Lachen, ich konnte deinen Rücken unter meinem Arm fühlen, ich konnte spüren, wie warm er war. Vor Lachen kamen dir fast die Tränen.

»Magst du noch einen Kaugummi?«, erkundigte ich mich.

Anstatt zu nicken und dir eines von mir reichen zu lassen, griffst du einfach über mich, schobst die Hand in meine Umhängetasche, und wenn du weitergesucht hättest, dann hättest du vielleicht meine Kaugummis darin gefunden.

Ganz plötzlich küssten wir uns. Vielleicht küsste ich dich, vielleicht küsstest du mich, das kann wohl keiner so genau sagen. Sicher ist: Deine Lippen lagen plötzlich auf meinen, du rochst nach Kaffee, du schmecktest nach Kaugummi, und meine Zunge brannte. So ein erster Kuss muss vielleicht ein wenig brennen, dachte ich.

Was ich vom Küssen nicht erwartet hatte:

1. Dass die Nasen kaum im Weg waren.
2. Dass keiner von uns schmatzte.
3. Dass es schön war, seinen Mund beim Küssen zu öffnen.
4. Dass es schön war, deinen Atem zu atmen.
5. Dass es überall kribbelte, wenn sich, an einer winzigen Stelle, zwei Zungen berührten.

Plötzlich zucktest du zurück und sprangst auf.

»Was tun wir da? Das darfst du niemals irgendjemandem erzählen, versprich es mir!«

Runterklettern kannst du genauso schnell wie hoch. Ich stand auf, schaute auf die Waldlichtung und sah, wie du zurückranntest. Dein Zopf schlug dabei nach rechts und links. Ein Schwert, dachte ich. Ein Schwert, das die Feinde zurückhält.

Solltest du das hier tatsächlich einmal lesen, lachst du sicher über meine Listen. Ich weiß, talentiert bin ich darin nicht. Ich bin nicht besonders gut organisiert, ich hake nichts ab, das stimmt schon. Aber seitdem du weg bist, habe ich immer größere Angst, die Dinge zu verlieren. Die wichtigen Momente, die schönen Erinnerungen, all unsere Sätze. Ich möchte sie sammeln, gliedern. Jetzt ziehst du wahrscheinlich die Augenbrauen hoch. »Das nennst du Gliederung? Sogar in deinen Listen verlierst du dich.«

Vielleicht hast du recht. Gemeinsam würde es besser klappen, du würdest die einzelnen Punkte besser anordnen. Du würdest an der richtigen Stelle die richtigen Fragen stellen. Ich würde auf weitere Punkte kommen, unsere Listen wären länger, vollständiger.

Aber du bist gegangen, und bevor noch mehr von uns verschwindet, lege ich lieber unvollständige Listen an.

Wir waren vierzehn Jahre alt, als unser erster Kuss schon nur noch eine Erinnerung war. Eine, die uns noch immer die Röte ins Gesicht trieb, wenn wir einander sahen, die unsere Finger zittern ließ, wenn wir uns Botschaften in Bäume oder Bänke ritzten. Manchmal stelle ich mir vor, all das wäre zu einer anderen Zeit passiert, an einem anderen Ort. Nicht Anfang der Sechziger in unserem kleinen Eschenbach. Ein paar Jahre später wärst du vielleicht nicht mehr aufgesprungen, im Hochsitz. Doch dieser Gedanke führt nirgendwohin. Wir hatten nur diese eine Jugend, wir hatten nur unser Dorf, und in dieser einen Jugend, in diesem einen Dorf warst du nun mal weggerannt, wir waren nun mal rot geworden, wir hatten uns Botschaften hinterlassen, wir hatten uns nur dann gesagt, wie wir uns fühlten, wenn wir einander dabei nicht in die Augen sehen mussten.

Hätte ich doch damals genauer hingeschaut, mitten in der Nacht, unter den Straßenlaternen. Wäre ich doch nur etwas aufmerksamer gewesen am Haltestellenhäuschen. In der Schule, am letzten Tag, hattest du mir einen Zettel hinübergeschoben, auf dem »Nächster Halt: Seestraße« stand. Sobald meine Eltern schliefen, hatte ich mich aus dem Haus geschlichen, war durch Eschenbach bis zur Haltestelle gelaufen und hatte die Wände abgesucht, die Bank, das Haltestellenschild – doch gefunden hatte ich nichts. Hätte ich doch bei Tageslicht nachgesehen! Hätte ich doch den Kopf in den Nacken gelegt und ein Mal nur an die Decke des Haltestellenhäuschens geschaut!

Stattdessen runzelte ich die Stirn, rieb mir die Augen und ging zurück nach Hause, um noch ein paar Stunden zu schlafen.

Am nächsten Morgen warst du nicht in der Schule. Der Lehrer las die Klassenliste vor, doch deinen Namen ließ er weg. Vielleicht war das Zufall, dachte ich. Er musste ihn einfach übersehen haben. Wahrscheinlich warst du krank. Du hattest zu dieser Zeit häufig Kopfschmerzen, daran könnte es auch diesmal liegen.

Die Pause verbrachte ich mit Max und Konrad.

»Wo ist eigentlich Lotte?« Ich vergrub die Hände in meinen Hosentaschen.

Konrad zuckte mit den Schultern.

»Spielen wir Fußball?«, schlug Max vor, und alle sprangen auf.

Was ich hätte tun sollen:

1. Die anderen zum Fußballtor rennen lassen und in die entgegengesetzte Richtung laufen.
2. Deine beste Freundin Heike suchen. Sie hätte mir erzählt, was passiert war.
3. Die Schule schwänzen, zu dir nach Hause fahren und hoffen, dass du noch nicht ins Auto eingestiegen warst.
4. Dich festhalten.
5. Mir deine neue Adresse notieren.
6. Dich küssen, zumindest auf die Wange.
7. Rechtzeitig wegrennen, damit die Faust deines Vaters mich nicht erwischen konnte.
8. Meinen ersten Brief an dich schreiben.
9. In die große Stadt fahren und den Brief in deinen neuen Briefkasten werfen, damit du mich nicht vergessen würdest.

Was ich tat: Fußball spielen.

Erst am Nachmittag fuhr ich mit dem Fahrrad zu dem Hof, auf dem du wohntest. Vor den geöffneten Stalltoren saßen der alte Erhardt und sein Sohn. An ihren weiten Hosenbeinen, unter ihren breiten Fingernägeln klebte der Dreck der Felder, Sie rauchten. Die Asche ließen sie auf den Boden fallen.

»Guten Tag.« Ich verschränkte die Arme hinter meinem Rücken.

»Hallo, Junge.«

Ich sah auf die Pflastersteine unter meinen Füßen. Dann holte ich tief Luft.

»Entschuldigen Sie – ist Lotte zu Hause?«

»Was sagst du?«

»Ich meine, also … ich wollte nur … Lotte, ist sie da?«

Die Erhardts sahen sich an, zwei Halbglatzen, vier dicke Augenbrauen. Sie zogen fast gleichzeitig an ihren Zigaretten, und der Rauch strömte ihnen aus den Nasenlöchern.

»Nein, Junge. Lotte ist nicht da.«

»Können Sie mir sagen, wann sie zurückkommt?«

Wieder sahen die beiden sich an. Hinter ihnen quiekten ein paar Schweine, ein Vogel zwitscherte im Kirschbaum. Er flog auf, es raschelte.

»Sie kommt nicht zurück.«

Ich starrte die beiden an. All die Runzeln auf ihren Stirnen, die trüben Augen. Ihre Haare waren weiß, ihre Hände breit und adrig.

»Was meinen Sie damit?«

Der Ältere stützte die Hände auf die Oberschenkel, seine Zigarette war ein Stummel zwischen Zeige- und Mittelfinger.

»Sie ist weggezogen«, erklärte er.

»Gemeinsam mit ihrem Vater und ihrer nichtsnutzigen Mutter«, fauchte der Jüngere.

»Walter!«

»Ist doch wahr!« Er machte eine Handbewegung, als wollte er etwas wegwerfen.

»Es ist deine Schuld, dass sie gegangen ist«, sagte der Alte leise zu seinem Sohn. Hören konnte ich es trotzdem.

»Geh jetzt«, befahl mir schließlich der Jüngere der beiden. Seine Zigarette schnipste er auf den Boden, dann zündete er sich eine neue an.

Bis heute frage ich mich, was eigentlich vorgefallen war. Warum der junge Erhardt diese Wut auf deine Mutter hatte. Wie er dafür sorgen konnte, dass deine Familie den Hof verließ, die beiden sicheren Arbeitsplätze, die Schweine, die Kühe, die Felder. Warum ihr niemals wieder in unser Dorf zurückgekehrt seid.

Ich schob mein Rad durch die Straßen. Es war schwül an diesem Tag, die Mücken flogen um meinen Kopf herum. Irgendwo über den Feldern, hinter unserem Hochsitz, donnerte es leise.

Das Atmen war anstrengend, das weiß ich noch. Ich hatte große Mühe, die Luft bis in meine Lunge zu ziehen und wieder herauszulassen. Ich versuchte, mich nur darauf zu konzentrieren. Drei Schritte einatmen, drei Schritte ausatmen. Doch schon bei Schritt eins dachte ich an das Lächeln, das du mir noch am Vortag in der Mathestunde zugeworfen hattest. Eine Augenbraue hattest du hochgezogen, etwas spöttisch sah das aus, herausfordernd. Bei Schritt zwei erinnerte ich mich an den Klang deines Hallos, das du vorgestern früh geflüstert hattest. Zufällig waren wir uns im Gang begegnet. Ich hatte dich schon von Weitem gesehen, dein Lachen gehört. Du und deine Freundinnen hattet euch in die Seiten gezwickt, ihr wart schneller gegangen, dann hattest du mich gesehen, und dein Lächeln war kleiner geworden, deine Augen größer. Bei Schritt drei dachte ich an deinen Blick. Wie du mich angesehen hattest …

Ich stolperte. Ausatmen, dachte ich und hielt mich an meinem Fahrradlenker fest.

Sie ist weggezogen, hatte der Erhardt gesagt.

Sie kommt nicht zurück.

Das konnte nicht wahr sein, es durfte nicht stimmen. Mir war schlecht, in meinem Magen schien es zu brennen. Es war ein Großbrand, heiß und zerstörerisch, die Flammen schlugen bis in meinen Hals hinauf. Irgendetwas musste ich tun. Ich musste sicherstellen, dass all das nicht stimmte, dass du noch da warst, irgendwo.

Ich schwang mich auf mein Rad und fuhr die Orte ab, wo wir uns Botschaften hinterlassen hatten. Ich radelte zur Bank, zum Baum, zur Toilette, zu all den Häuserwänden bis zum Hochsitz und zurück zu deinem Hof, doch nirgends fand ich dich, nirgends entdeckte ich einen Hinweis. Erst dann fiel mir die Bushaltestelle wieder ein.

»Nächster Halt: Seestraße«, hattest du geschrieben. Erst jetzt verstand ich, warum du diesen Ort gewählt hast – eine Bushaltestelle, eine Abfahrt. Wieso hatte ich in der vergangenen Nacht nur so schnell aufgegeben?

In wenigen Minuten war ich am Haltestellenhäuschen angekommen. Mein Rad lehnte ich gegen einen Baum, es rutschte ab, kippte um. Ich ließ es liegen, suchte nach deiner Botschaft. Auf den Wänden, der Bank, dem Schild, dem Boden. Erst dann hob ich den Blick – und an der Decke entdeckte ich schmale, lange, eckige Buchstaben. Deine Schrift.

Vom Hochsitz aus kann man sehr weit schauen. Vielleicht winkst du mir einmal – ich werde zurückwinken. Einen heißen Kaffee in der Hand, einen Kaugummi im Mund. Kauen werde ich nicht. Ich werde den Kaugummi auf der

Zunge tragen, ganz vorsichtig, ich werde es mir aufheben, einteilen. Trinken werde ich nicht, ich werde zusehen, wie der Kaffee dampft. Wie der Dampf aufsteigt, in Richtung Himmel, in Richtung Hochsitz. Vielleicht kannst du es ja riechen. Dass ich weggerannt bin, wird mir leidtun. Immer. Auch dann noch, wenn mein Kaffee längst kalt und mein Kaugummi längst hart geworden ist. Ich mag die Vorstellung, dass du mir, trotz allem, winkst. Auf Wiedersehen, deine L.

Ich las die Worte wieder und wieder. Lange stand ich da, den Kopf im Nacken, die Hände tief in den Taschen meiner viel zu großen braunen Stoffjacke vergraben, bis mein Nacken schmerzte und meine Augen tränten

Nachdem man einen Ausweg gefunden hat, vergisst man schnell, wie ausweglos einem die Situation zuvor erschienen ist. Wie schwer der frühe Herbstmorgen nach dieser Nacht gewogen hatte. Er war so schwer, als hätte ich mir den Strohsack, den wir als Matratze nutzten, auf den Rücken geschnallt, bevor ich mein Kinderzimmer verließ. Er war so schwer, als wäre der Stoff nicht gestern erst mit duftendem, weichem Heu und Stroh, sondern mit all den Albträumen gefüllt worden, die ich in dieser Nacht gehabt hatte, mit all den durchwachten Stunden. Wie schwere Gewichte hingen sie im Stoff, und ich musste sie schleppen – die knarzenden Treppenstufen hinunter, in den Garten und bis zum Klo. Auf den Balken eines Plumpsklos ist es unvorstellbar kalt, wenn man glaubt, dich nie wiederzusehen. Dann ist es so kalt, dass die Zehen taub werden und die Finger. Dass einem die Zähne klappern und die Tränen auf den Augäpfeln festfrieren.

Heute fühle ich mich fast wieder wie damals. Dabei sind seit jenem Morgen vier Jahre vergangen. Alles hat sich verändert. Ich bin vom Dorf in die Stadt gezogen, ich habe dich wiedergefunden, ich habe mich verändert. Mittlerweile bin ich achtzehn Jahre alt – und habe dich schon wieder verloren. Doch diesmal ist es allein meine Schuld.

Mit rußschwarzen Fingernägeln, die ich nach meinen Arbeitstagen in fremden Schornsteinen nie richtig sauber kriege, habe ich vor wenigen Tagen all mein Geld zusammengekratzt – auch alle Scheine, die mir meine Eltern zum achtzehnten Geburtstag geschenkt hatten. Ich habe einen Führerschein gemacht und mir ein Moped gekauft. Eine alte Quickly. Sie hat einen Zweitaktmotor mit 1,4 PS Leistung, ist in Grün und Elfenbein lackiert – dir würde sie gefallen. Du würdest mir den grünen Helm aus der Hand reißen, ihn selbst aufsetzen und dich auf die Maschine schwingen. Als ich die Quickly sah, in diesem düsteren Hinterhof, zwischen all den grauen und schwarzen Geräten, wusste ich sofort, dass ich mich für sie entscheiden würde.

»Willst du nicht etwas Leistungsstärkeres?«, fragte Peter mich. Kennst du ihn noch? Wir haben mit ihm im Blue Nights gefeiert, dort nannte er sich Pete. Ein kleiner Mann mit großen Geheimratsecken, ein netter Kerl. Nachts denkt man nicht darüber nach, dass es eine Welt außerhalb des Tanzlokals gibt, dass viele der Nachtschwärmer tagsüber zu ihrer Arbeitsstelle gehen und ihre Wecker fünf- oder sechsmal die Woche klingeln. Wusstest du, dass Peter eine eigene Werkstatt besitzt? Ich konnte es kaum glauben. Tagsüber glitzert die Sonne in seinen Geheimratsecken und in den Ölflecken auf seinem Unterhemd.

»Nein, nein, ich möchte die Quickly«, erklärte ich.

Peter runzelte die Stirn, zuckte mit den Schultern – und ich starrte das Moped an. Ich stellte mir vor, wie du aufsteigen und den Motor starten, wie du lauter lachen würdest, als die Maschine brummen konnte, und dann mit einem großen Satz losfahren würdest.

»Was hast du vor, alter Junge?«

Ich vergrub die Hände in den Taschen und senkte den Blick.

»Es ist doch nicht etwa wegen Lotte?«, fuhr Peter fort.

»Ich muss sie suchen.« Ich sprach so leise, dass ich es selbst kaum hörte.

»Wieso tust du ihr das an? Worauf hoffst du denn noch?«

»Ich muss sie finden.« Ich drückte ihm die Anzahlung in die Hände. »Mehr habe ich nicht. Den Rest kriegst du nächste Woche.«

Ich fuhr so lange von einem Tanzlokal der Region zum nächsten, bis der Tank leer war. Mittlerweile war es dunkel geworden, irgendwo auf einer Landstraße. Auch hier warst du nicht. Das weiß ich, weil ich oft und laut nach dir gerufen habe. Du hast nicht geantwortet, dabei habe ich meine Entschuldigung die Straße hinauf- und hinuntergebrüllt – und die neue alte Quickly geschoben. Zwei Stunden war ich unterwegs, bis die nächste Tankstelle am Horizont auftauchte. Hier warst du auch nicht. Nicht in der Nähe der Zapfhähne, nicht im winzigen Kiosk.

»Haben Sie Lotte gesehen?«, fragte ich den armen Tankwart. Er musste glauben, ich wäre betrunken. Fast glaubte ich das selbst. Er schüttelte den Kopf und gab mir mein Wechselgeld.

Ich weiß nicht, wie viele Städte ich in dieser und den nächsten Nächten nach Beatschuppen durchforstete. Auf meinen Wegen hielt ich an unzähligen Bäumen, Bänken, Plumpsklos und Holzhütten. Mit der Spitze meines Taschenmessers ritzte ich meine Fragen überallhin, wo Platz war.

»Wo bist du?«

»Wieso bin ich so dumm?«

»Kannst du mir verzeihen?«

»Wie soll ich ohne dich Kaffee trinken?«

»Willst du einen Kaugummi?«

Ich ritzte und raste durch die Nachbardörfer und Nachbarstädte. Und dann fuhr ich den ganzen Weg wieder zurück, betrachtete all meine Botschaften noch einmal, suchte nach deinen Antworten – aber du schweigst bis heute.

Ein paar Tage lang habe ich an verschiedenen Tresen gesessen und Martini getrunken, ich habe Zigaretten geraucht, zweitklassige Bands dabei beobachtet, wie sie Lieder von Elvis, den Beatles, den Rolling Stones und den Beach Boys spielten. Einmal habe ich sogar die Petards live gesehen – ganz unverhofft in einer Dorfdisco. »Bekannt aus Funk und Fernsehen!«, verkündeten die Veranstalter stolz. Es war voll. Ganze Fanklubs der Petards mussten angereist sein. Verträumt starrten die Menschen auf die Bühne, aber du warst nicht darunter. Erst lief ich immer wieder durch die Disco, hoffte, dein Gesicht zwischen all den Fremden zu entdecken, dein Lachen zu hören, deine ausladenden Tanzbewegungen zu sehen. Irgendwann gab ich auf. Ich blieb mitten auf der Tanzfläche stehen und sah hinauf zur Bühne. Die Musiker sangen ihre Texte, sie ließen die Hüften kreisen, ihre Haare klebten ihnen in der Stirn. *And I know what you're going to do. If I came back, if I came back.*

All die fremden Gäste tanzten und lachten und tranken, und ich stand stocksteif da. *What you, you have done to me.* Arno, der Drummer, stand auf, riss die Arme in die Luft und sprang in die Menge. Sie fingen ihn auf, ein großer Junge nahm ihn auf die Schultern und trug ihn durch den Saal. Jemand rempelte mich an. »Entschuldigung«, rief er und rempelte weiter. *Drove me, me in misery.* Ich sah zu, wie sie Arno zurück zur Bühne brachten, hörte zu, wie die Band weitersang. Ich dachte daran, wie du mir die Texte unserer Lieblingsband vorgelesen hattest, im Morgengrauen auf unserer Bank am See, wie du sie mir übersetzt hattest, Wort für Wort, weil du in Englisch viel besser warst als ich. Ich dachte daran, wie sehr ich den Klang deiner Stimme mochte, wenn du Englisch sprachst. Stockend zwar, aber hell und klar. Und wir hatten auf den See geschaut, während du »th« aussprachst und »rrr«. Es sei viel schöner, mit mir hier zu sein und das Wasser zu beobachten, als allein, hattest du gesagt. Du kamst oft zum See. Vor mir, mit mir, nach mir.

I won't, won't come back to you. I won't, won't come back to you, sangen die Petards. Und in der Dorfdisco begriff ich, dass du sehr weit weg sein musstest. Wärst du irgendwo in der Nähe gewesen, dann hättest du die Plakate gesehen. Dann hättest du gewusst, dass die Petards an diesem Beatabend höchstpersönlich zu Gast waren. Dann wärst du hergekommen und hättest mit ihnen die Hüften kreisen lassen.

Doch ich war allein vor dieser Bühne. Es gab nur die Band und mich und die Musik, die mir, Beat für Beat, Wort für Wort, klarmachte, dass ich dich auch heute nicht finden würde.

Ich fuhr nach Hause, bevor die Band ihre Zugabe gespielt hatte. Die Straßen dieser Ortschaft waren leer, die Laternen ausgeschaltet. Nur meine Quickly warf ihr kleines Licht auf den Beton, sie knatterte einsam am Dorfrand entlang, zwischen den Feldern und Wäldern. Warum mache ich das alles?, überlegte ich. Wie kann es denn sein, dass ich seit Wochen nur an dein Lächeln, dein Nasenrümpfen, an dein gelbes Minikleid und deine ausladenden Tanzschritte denken kann? Wieso nur du? Versteh mich nicht falsch, natürlich bist du ein wundervoller Mensch: stark, charmant, lustig, hübsch. Peter hat dich mal mit Twiggy verglichen, wahrscheinlich wegen deiner großen Augen und den hellen Haaren. Wahrscheinlich, weil du fast genauso beliebt bist. Ich weiß das alles. Und doch kann ich es nicht verstehen. Wieso ist der Mensch so ausgeliefert, wenn er verliebt ist? Was hat die Natur davon? Es wäre viel leichter, wenn ich dich vergessen könnte. Ich könnte mein Leben weiterführen,

Geld verdienen, viele Kinder machen. Aber so? Wo soll das enden?

Vielleicht bin ich krank, überlegte ich. Es könnte ein Infekt sein, ich sollte mich auskurieren. Vielleicht würden Schlaf und Dunkelheit helfen. Wer Fieber hat, legt sich schließlich auch ins Bett – und steht erst wieder auf, wenn die Symptome abgeklungen sind. Am besten kochte ich mir einen Tee und sperrte mich so lange ein, bis es mir besser ginge.

Am Ende der Straße tauchte jetzt die Stadt auf mit ihren roten und gelben Lichtern. Weiter hinten wurde der Himmel wieder hell. Ein paar Vögel flogen auf. Ich kniff die Augen zusammen, um sie besser zu erkennen. Waren das Schwalben? Nein, diese Tiere waren größer, heller. Tauben, dachte ich, Brieftauben. Der alte Karl war wohl schon wieder wach, um seine Vögel fliegen zu lassen. Sicher stand er wie jeden Morgen im Garten, die Arme in die Seiten gestemmt, und sah hinauf in den Himmel.

Manchmal wünschte ich mir, mein Leben wäre genauso gut strukturiert wie seins. Meine Tage würden mit Flügelschlagen beginnen und mit Landeflügen enden. Ich wüsste immer, wann es Zeit wäre zum Aufstehen und zum Schlafengehen. Sicher, ich habe meine Stelle als Schornsteinfeger, ich muss wochentags früh raus, ich bin abends früh müde. Und doch kann ich mich kaum gegen die Nacht wehren, gegen die langen leuchtenden Wochenenden. Sie elektrisieren mich so sehr, dass mich das Grummeln meines Magens, der einige Martinis verdaut hat, das Brennen in den Augen, die so lange in blinkende Lichter geschaut haben, die schwere Müdigkeit in den weich getanzten Beinen in jeden Schornstein begleiten.

In der Ferne hörte ich jetzt das Gurren der Brieftauben. Ob sie wohl Botschaften an ihren Füßen trugen?

»Lieber Emil, ich verzeihe dir.«

»Lieber Emil, ich bin ja hier.«

»Lieber Emil, du solltest endlich schlafen gehen.«

Ich ging vom Gas. Aus irgendeinem Grund wollte ich nicht sofort ankommen, Tee trinken, schlafen. Ich wollte noch nicht damit anfangen, gesund zu werden.

5. Kapitel

Milena sah von dem alten Büchlein auf. Konnte es sein, dass die Vorfahren ihrer eigenen Brieftauben in den Sechzigerjahren über dieser Stadt aufgestiegen waren? Sie lächelte. Wie lange das jetzt her war. An ihren Urgroßvater Karl konnte sie sich nicht erinnern. Er war bei Milenas Geburt schon sehr alt gewesen und der Erste in der Familie, der Tauben gezüchtet hatte.

Draußen, hinter den Scheiben des Schaufensters, war aus der Dämmerung Dunkelheit geworden, doch Milena wollte nicht auf die Uhr sehen. Wie Emil würde auch sie nicht ins Bett gehen, nicht einschlafen. Sie würde weiter in ihrem Lieblingslesesessel im Antiquariat Seitenschlag sitzen und *Blaue Nächte* lesen.

Wie seltsam, dass es diesem Emil vor so vielen Jahren ganz ähnlich gegangen war wie ihr selbst. Wenn es wirklich ein Virus gewesen war, unter dem der junge Mann gelitten hatte, dann hatte Milena ihn auch.

Sie legte den Kopf schief und sah zur Kasse.

Zehn Jahre war es jetzt her. Wie wäre ihr Leben verlaufen, wenn sie an diesem einen entscheidenden Tag nicht hier gewesen wäre? Was wäre passiert, wenn sie schon in die Wohnung gegangen wäre, um das Mittagessen vorzubereiten? Sie hatte es nicht getan. Vor zehn Jahren hatte sie hinter der Kasse gestanden und irgendwas in ihr Heft geschrieben, als das Glöckchen über der Tür leise geklingelt hatte.

»Morgen!«, hatte ein Typ hinter einer riesigen Umzugskiste gerufen.

Der Karton war so groß, dass er den Hals recken musste, um drüber hinwegschauen zu können.

Milena hatte sich das anders vorgestellt. Wenn sie sich das nächste Mal verliebte, dann in einen richtigen Mann, hatte sie gedacht. In einen, der zehn Jahre älter war als sie und ihr schon wochenlang mit einer geraden, sauberen Handschrift Liebesbriefe geschrieben hatte.

Nach ihren Schwärmereien in der Schule hatte sie sich geschworen, nichts mehr auf erste Augenblicke zu geben – und schon gar nicht auf Augenblicke, in denen sie fremde, viel zu junge Typen sah. Und der Mann, der da gerade hereingekommen war, war sicherlich noch jünger als sie.

Jetzt sah er sie und hielt inne. Seine hellblauen Augen wurden größer und fixierten Milena. Dann schmunzelte er, und der Griff seines Umzugskartons riss ein.

Ratsch.

Von diesem Tag an würde Milena jedes Mal, wenn jemand Briefe oder Postpakete aufriss, an diesen einen Moment denken. Jedes Mal würde sie eine Gänsehaut bekommen, vom Nacken bis zu den Fußgelenken.

Ratsch.

Zwei Bücher waren aus der Kiste gefallen und landeten aufgeschlagen, ein paar Seiten wechselten die Richtung. Der Typ hatte schnell umgegriffen und seine Hand unter den Boden der Kiste geschoben. Jetzt hing sie schief in seinen Armen. Noch schiefer lächelte er, und Milena konnte nicht wegsehen. Wie schön dieses Lächeln war. Wie herausfordernd dieser Blick.

»Wo darf ich das abstellen?«

Milena deutete auf ein Tischchen schräg gegenüber vom Tresen. Und dann vergaß sie für etwa achteinhalb Minuten, welcher

Mensch sie gern wäre. Dass sie geheimnisvoll sein wollte, rätselhaft, mysteriös. Dass sie mindestens drei Liebesbriefe bekommen wollte, bevor sie sich mit jemandem zum ersten Mal verabredete. Dass sie ein Gedicht darüber lesen wollte, wie schön der Abend gewesen war, bevor sie sich auf den nächsten einließ.

»Da wurde eine Wohnung aufgelöst.« Der Typ starrte Milena an.

»Aha.« Milena starrte den Typen an. Er hatte lange dunkle Wimpern und einen gestutzten Vollbart. Schöne Schultern, dachte Milena, muskulöse Oberarme.

»Ist der Chef da?« Er lächelte und lenkte ihren Blick wieder in sein Gesicht.

»Nein.« Milena lächelte zurück. Wie konnte es sein, dass dieser Fremde sie so anzog?

»Ich bin von der Entrümpelungsfirma. Wir hatten angerufen. Eine alte Wohnung. Viele Bücher. Vielleicht ist für euch was dabei.«

Milena ging auf ihn zu. Sie wollte in die Kiste schauen. Warum hatte sie nicht in die Kiste geschaut?

Sie blieb vor ihm stehen, sah ihm ins Gesicht. Wieder dieses Schmunzeln, eine Augenbraue zuckte. War das dieser Moment, von dem ihr Großvater gesprochen hatte? Sie würde die Person sehen, und dann würde sie es wissen, hatte er gesagt. So wie ihr Großvater und ihre Mutter. Dann würde sie es verstehen. War dieser Typ vielleicht ihre Monsterwolke?

»Ich bin Paul.« Die Monsterwolke hielt ihr die Hand hin.

»Milena.« Sie umfasste seine Finger. Warm und fest. Wolkenweich und gleichzeitig monsterentschlossen. Sie hätte sie sofort wieder loslassen sollen. Und dann hätte sie in die Kiste sehen, sie hätte die Bücher in die Hand nehmen und sie anschauen sollen, eines nach dem anderen, bevor sie sie alle nahm, ungelesen.

Heute wusste sie nicht mehr, was an diesem Tag in sie

gefahren war. Diese Milena von vor zehn Jahren, die gerade ihr Abitur gemacht hatte, die glaubte, ihr könne in diesem Leben noch alles passieren, sie könne alles schaffen, sie würde sich vor Liebesbriefen kaum retten können, diese Milena hatte wenig mit der zu tun, die jetzt hier saß und sich zurückerinnerte.

»Du hast *was* getan?«, hatte Ivy damals noch am gleichen Tag in der alten Milchbar gerufen. Es hatte so schrill geklungen, dass Milena zusammengezuckt war und laut gelacht hatte.

»Ich bin so stolz auf dich!« Ivy hob ihr Glas. Sie tranken Erdbeermilchshake, der aus dem Strohhalm auf die rosa Tischdecke tropfte.

»Quatsch«, widersprach Milena, aber sie lachte noch immer und stieß mit Ivy an. »Das war doch einfach nur bescheuert.«

»So bescheuert kann es nicht gewesen sein, ich habe dich noch nie so leuchten gesehen.« Ivy zwinkerte.

»Ich bin knallrot und verschwitzt – wie gut, dass du mich so noch nie gesehen hast.« Milena fächerte sich mit der Getränkekarte Luft zu. Ihr war schlecht, irgendwas gluckste in ihrem Magen, und es war nicht der Milchshake.

»Das müssen wir feiern!«

Es war eine der wenigen Nächte, in denen Milena sich tatsächlich breitschlagen ließ. Auf den Milchshake folgten zwei Gläser Sekt, drei Caipirinha und einige Tequilas. Irgendwann tanzten sie auf einem fremden Tisch in einer fremden Wohnung, sie tanzten durch Straßen, die sie zuvor noch nie gesehen hatten, und konnten hinterher nicht verstehen, wie sie in diesem Zustand wieder nach Hause gefunden hatten. Am Ende dieser Nacht lagen sie im Garten von Milenas Großvater und sahen in die Sterne. Beide zitterten sie vor Kälte, trotzdem blieben sie liegen.

»Willst du ihn wiedersehen?« Ivys Stimme klang ganz weich.

»Er könnte mir einen Brief schreiben«, überlegte Milena.

»Quatsch. Warum sollte er das tun?«

Milena schwieg.

»Hast du seine Nummer?«

Milena schüttelte den Kopf, die Sterne wackelten.

»Und seinen Nachnamen?«

»Wofür brauche ich seinen Nachnamen?«

»StudiVZ? Myspace? ICQ?«

»Pfft.«

»Dir kann man echt nicht helfen.«

»Nein.«

»Meinst du, wir sollten die Stadt verlassen?«

»Was?« Milena lachte und erschrak, wie laut sie dabei wurde. Wie schwarz die Baumkronen über ihr waren. Wie groß dieser Garten war – fast so breit wie die Wolke, die sich gerade über die Sterne schob. Wo Paul jetzt wohl lag?

»Weißt du, wie riesig diese Welt ist?«, flüsterte Ivy.

»Nein, du?«

»Nein.«

Sie schwiegen beide.

»Manchmal würde ich es gern herausfinden.«

»Wie willst du das denn machen?«

»Man könnte erst mal nach Italien fahren.« Ivy lachte.

»Okay. Morgen vielleicht.«

»Du bist so krass.«

»Wieso bin ich krass?«

»Weil du ohne Probleme für immer hierbleiben könntest.«

»Hier ist es doch schön.«

»Aber in Italien ist es vielleicht schöner.«

Milena zuckte mit den Schultern, doch Ivy konnte das nicht sehen.

»Glaubst du, man verliebt sich immer gleich doll?«, fragte Milena.

»Manchmal so, manchmal so, oder?«

»Aber glaubst du, es gibt *die* Verliebtheit, die sich danach nie wieder reproduzieren lässt, weil sie so stark ist und nur zu einem einzigen Menschen gehört? Weil nur dieser eine Mensch eine solche Verliebtheit bei dir auslösen kann?«

»Ein Verliebtheitsgefühl, das sich nicht mehr reproduzieren lässt?« Ivy lachte. »Wenn ich verliebt bin, kann ich ein Wort wie reproduzieren nicht einmal aussprechen.«

Milena schüttelte den Kopf. »Du weißt schon, was ich meine! Es könnte auch sein, dass dieser eine Mensch deine ganze Verliebtheit aufbraucht. Vielleicht ist die Verliebtheit ja so was wie Wein.«

»Du bist betrunken.«

»Nein, pass auf!« Milena begann, in der Luft über ihrem Kopf zu gestikulieren. »Deine Verliebtheit ist dunkelrot, ziemlich lecker, und sie schwimmt in einem riesigen Weinfass. Manche Menschen, die du triffst, trinken nicht viel. Denen servierst du ein Glas, und das reicht ihnen. Das ist okay, danach hast du noch genug Verliebtheit für andere übrig, die ebenfalls nur ein Glas brauchen. Aber es gibt auch andere Menschen. Richtige Säufer! Es gibt die, denen schenkst du immer wieder nach, ohne es zu merken. Und plötzlich ist dein ganzes Weinfass leer. Alle Verliebtheit wurde einfach ausgetrunken.«

Ivy lachte. »Nein, Milena, ich denke, das ist Unsinn.«

Milena schwieg. Die Wolke schob sich weiter über die Sterne. Ihr Fuß kribbelte, vielleicht bildete sich dort gerade eine Ameisenstraße. Sie ließ die Ameisen krabbeln und dachte nach.

»Also«, begann Ivy irgendwann. »Ich habe schon oft geglaubt, ich könnte mich nicht noch einmal so sehr verlieben. Bei Martin und Micha und Ralf zum Beispiel. Aber es ist immer wieder passiert.«

Milena nickte. »Das waren wohl keine Säufer.«

Ivy lachte. »Bist du wirklich so verknallt?«

»Ach«, Milena wischte sich über das Gesicht. »Das ist sicher nur der Alkohol.«

In dieser Nacht konnte Milena lange nicht einschlafen. Alles drehte sich, sie sah die wackelnden Sterne noch immer vor ihrem inneren Auge, sie spürte das Kribbeln an ihrem Fuß, und immer wieder dachte sie an diese achteinhalb Minuten mittags im Antiquariat zurück. Dass es achteinhalb Minuten gewesen waren, glaubte sie, weil ihr Großvater immer genau zehn Minuten gebraucht hatte, um die Tauben zu füttern. Sie hatte ihn oft damit aufgezogen, wie gleichmäßig seine Tage verliefen, wie unverändert die Reihenfolge seiner Gewohnheiten geblieben war. Er war jeden Morgen um 6.40 Uhr aufgestanden, hatte sich die Hände gewaschen – als hätte er sie sich im Traum schmutzig gemacht – und war zum Taubenschlag hinaufgestiegen. Dort hatte er die Dachluke geöffnet, um die Tiere fliegen zu lassen. Zum Säubern des Schlags hatte er eine Dreiviertelstunde gebraucht, sodass er um halb acht beginnen konnte, das Frühstück zu machen. Um Viertel vor acht war gefrühstückt worden, ausgiebig und gemütlich. Um neun Uhr war er in sein Antiquariat gegangen, hatte den Tresen abgewischt, die Bestände überprüft und die Tür geöffnet. Die Taubenfütterung hatte stets um halb eins stattgefunden, in der Mittagspause. Zuerst hatte er das »Geöffnet«-Schild, das an der Türklinke hing, auf »Geschlossen« gedreht, Milena zugenickt und war dann nach oben verschwunden. Oft war Milena dann schon in die Wohnung gegangen, um das Mittagessen vorzubereiten. Um dreizehn Uhr kam der Großvater zurück, und dann hatten sie genau dreißig Minuten Zeit, um zu essen.

Doch an diesem Tag war es anders gewesen. Sie wusste selbst nicht mehr warum. Irgendwas hatte sie noch schnell notieren müssen, sie hatte etwas in ihr Heft gekritzelt. Wenn Milena sich das jetzt, zehn Jahre später, vorstellte, sah sie, wie ihre Hand schrieb: »Hau ab, solange du noch kannst. Du solltest hier nicht stehen bleiben. Geh einfach.«

Doch sie war geblieben, und das Glöckchen über der Tür hatte geklingelt. Sie hatte den Kopf gehoben. Den Stift sinken lassen.

»Ich bin Paul«, hatte der Typ später gesagt und ihr die Hand hingehalten.

»Milena«, hatte sie geantwortet. Sie hatte seine Hand genommen, die vom vielen Kistenschleppen ganz warm war. Da wusste sie noch nicht, wie warm sie sein würde, wenn sie ein Auto durch die Nacht lenken, wenn sie fremde Fensterscheiben einschlagen, wenn sie uralte Türen öffnen würde – und Milenas dunkelgrünes Kleid. Vielleicht ahnte sie es.

Es war das längste Händeschütteln der Welt. Milena musste grinsen, wenn sie daran zurückdachte. Sie hatten voreinander gestanden und sich angesehen. Seine Augen waren ein bisschen blau, ein bisschen grün, sehr groß, dann lachte er.

»Was hattest du dir denn vorgestellt?«, fragte Milena leise. Seine Hand ließ sie nicht los.

»Vorgestellt?«

»Für die Bücher.«

»Ich … keine Ahnung, ich würde sie erst mal hierlassen.«

»Den Preis meine ich.« Milena lächelte.

»Ach so.«

»Machst du das schon lange?«, fragte Milena.

»Ein paar Monate. Und du?«

»Ich helfe meinem Großvater aus.«

»Also kann ich dir die Bücher gar nicht verkaufen?«

Milena schüttelte den Kopf.

»Es sind aber sehr gute Bücher!«

»Das glaube ich dir«, flüsterte Milena. Warum hatte sie auf

einmal geflüstert? Mittlerweile wusste sie, dass die seltsamsten Dinge geschehen konnten, sobald sie flüsterte. Ihr Flüstern war ein Vorbote für kopflose Entscheidungen. Sie hatte geflüstert, als Ivy und sie im Dunkeln vor dem Schwimmbadtor standen. »Wie es wohl ist, nachts zu schwimmen?«

Sie hatte geflüstert, als dieser Fremde ihnen am späten Abend auf dem Schulhof einen Joint entgegenstreckte. »Wie das wohl schmeckt?«

Sie hatte auch geflüstert, als sie mit ihrem allerersten Freund Mark auf dem Sofa gesessen hatte, tief eingesunken vor dem flimmernden Fernseher. »Wollen wir den vielleicht ausmachen?«

Sobald das Flüstern übernahm, dachte Milena nicht mehr nach. Das Flüstern führte ihre Beine, es ließ sie an Schwimmbadtoren hinaufklettern. Es lenkte ihre Hände, bis sie einen Joint entgegennahmen. Es beugte ihren Oberkörper, legte ihren Kopf schief, ließ sie näher an Mark heranrücken.

Vor zehn Jahren im Antiquariat war Milena nach ihrer flüsternden Frage immer näher an Paul herangerückt.

»Soll ich meinen Großvater holen?«, hatte sie gefragt.

»Deinen Großvater?«

»Wegen der Bücher.«

Milena spürte Pauls Atem auf dem Gesicht. Pfefferminzkaugummi.

»Nein.« Er flüsterte auch, berührte ihre zweite Hand, sah zwischen ihren Augen hin und her, schaute auf ihren Mund.

Und dann küsste sie ihn. Sie ging einen Schritt auf ihn zu und trat auf ein aufgeschlagenes Buch, das zwischen ihnen lag. Das Papier raschelte und gab ein ratschendes Geräusch von sich. Später würden sie es aufheben, die Seiten glatt streichen und feststellen, dass es *Der zerbrochene Krug* war – in der zweiten Auflage. »Wie schade«, würde der Großvater sagen. »Eine Seite ist eingerissen.«

Und Milena und Paul würden sich ansehen, ganz kurz.

Aber noch standen sie über dem Buch, sie küssten sich, und sie hatten noch etwa vier Minuten Zeit, bis der Großvater zurückkommen, die Bücher begutachten und einen Preis vorschlagen würde. Bis Paul sagen würde: »Dann bedanke ich mich.«

Bis der Großvater sagen würde: »Gleichfalls, Ihnen noch einen schönen Tag!«

Bis Milena sagen würde: »Auf Wiedersehen.«

Bis Paul Milena noch ein heimliches Lächeln zuwerfen und sich umdrehen würde. Bis das Glöckchen über der Tür wieder klingeln würde.

Vier Minuten, in denen Milena und Paul sich immer näherkamen, in denen Paul seine Hände an ihre Wangen legte und sie ihre Hände an seine Hüfte. Vier Minuten, in denen es draußen anfing zu regnen und die Tropfen die Schaufensterscheibe hinunterliefen. Vier Minuten, in denen Milena gegen den Wunsch ankämpfte, sein schwarzes T-Shirt hochzuschieben. Vier Minuten, in denen er sie näher zu sich heranzog und dabei nach Bücherstaub und Herbstregen roch.

Zehn Jahre später lehnte Milena den Kopf gegen die Sessellehne.

Sie beschloss, nicht länger an damals zu denken, sondern weiterzulesen, und vertiefte sich wieder in Emils Büchlein, die *Blauen Nächte*.

Während meiner Schulzeit konnte ich es kaum erwarten, Eschenbach zu verlassen. Ich sah häufiger zum Fenster hinaus als auf die Tafel, ich kaute auf meinen Bleistiften und starrte hinüber zum Dorfrand, zu den Feldern und unserem Hochsitz.

Was ich von dort aus alles sehen könnte. Was ich da draußen alles tun, wo ich dich überall suchen würde.

»Emil!« Der Lehrer schlug mit seinem Stock auf mein kleines Holzpult. Ich zuckte zusammen. »Was habe ich gerade gesagt?«

Hinter mir kicherte die Klasse. Wenn der Lehrer nicht hinsah, traf mich ein Papierkügelchen am Ohr, zwei Jungen feixten. Na warte, dachte ich. Das kriegt ihr zurück.

In der Pause jagte ich sie, wir lachten, und ich nahm jeden in den Schwitzkasten, der das Kügelchen gespuckt haben konnte. Doch egal, wie viel Unsinn wir machten, ich wollte immer ganz woanders sein.

Kennst du dieses Gefühl? Das Gefühl, immer zur falschen Zeit am falschen Ort zu sein? Dass ein Mensch entweder hier oder dort sein muss, ist bedauerlich. Wenigstens solange wir jung sind, sollten wir überall gleichzeitig sein können. War ich im Klassenzimmer, verpasste ich den Spaß auf dem Schulhof. War ich auf dem Schulhof, wäre ich lieber im Wald gewesen. Trafen wir uns im Wald, wollte ich lieber bei den Kaugummiautomaten herumstehen. Kauften wir uns Kaugummis, hatte ich viel mehr Lust, Fußball zu spielen. Und rannten wir auf dem Bolzplatz umher, wünschte ich mich auf einen anderen Bolzplatz – in einem größeren Dorf oder, noch besser, in der Stadt.

Eschenbach wurde von Tag zu Tag enger. So wie meine kurze Hose: Sie wurde immer enger und kürzer, die Hosenträger schnitten mir immer tiefer in die Schultern, und eines Morgens sprang mein Hosenknopf ab.

»Musst du so schnell wachsen?« Meine Mutter seufzte und zog eine Sicherheitsnadel aus der Tasche.

Wie gut wäre es, wenn man nicht nur Hosen mit Sicherheitsnadeln retten könnte. Ich wünschte mir eine Sicherheitsnadel für meine Nacht auf deinem Heuboden, liebe Lotte, für all die Momente, in denen du mir Zettel zugeschoben hattest, in denen ich deine Botschaften im Dorf gefunden hatte, und am allermeisten wünschte ich mir eine Sicherheitsnadel für unser Treffen auf dem Hochsitz. Für unseren Kuss. Für meine Hose hätte ich keine Sicherheitsnadel gebraucht.

Normalerweise rettete mich unsere Schneiderin, die kleine freundliche Frau mit dem grauen Haarknoten am Hinterkopf, aus Situationen wie diesen, nur diesmal nicht. Diesmal fiel sie tot um – mitten in ihrer Kammer, zwischen Hosenträgern und Leibchen. So erzählte man es sich zumindest in der Backstube. Und so wie alles, was man sich in der Backstube erzählte, wo die Frauen des Dorfs gemeinsam die Öfen nutzten, um Kuchen und Brot zu backen, verteilte sich auch diese Geschichte in alle Häuser. Sie flog durch die Luft wie Mehl, legte sich auf Schultern und Arme, schob sich unter Fingernägel, bedeckte Tische und Schüssel, wurde in Brotteig eingeknetet, in den Ofen geschoben und braungelb gebacken, bis sie duftete. Noch gar nicht so alt sei die Schneiderin gewesen, nur knapp über vierzig. Aber schon grau. Und unglücklich verliebt. In einen Soldaten, der längst in die Heimat zurückgekehrt war und ihr schon seit Jahren keine Briefe mehr schrieb. Ganz dunkle Augen habe die Schneiderin gehabt, da habe man sich schon gewundert. So dunkle Augen hätten doch nur die Trauernden. Nett sei sie schon gewesen, aber einsam, ganz allein in ihrer Wohnung. Verständlich, dass ihr alles zu viel gewesen sei. Dass sie gestorben sei an ihrem Kummer.

Ich lauschte den Geschichten und glaubte, dass die Schneiderin genau in dem Moment tot umgefallen sein musste, in dem auch mein Knopf abgeplatzt war. Vielleicht hatte es in ihrem Kopf einen Schlag getan. Zack! Ganz so, als wäre ein Faden gerissen. Und im selben Moment riss auch der Faden an meinem Hosenknopf, den sie vor Monaten festgenäht hatte. Als wären beide, Näherin und Knopf, über all die Zeit miteinander verbunden gewesen. In meiner Vorstellung verlor sie das Gleichgewicht, während mein Knopf durch die Luft sauste, und beide waren auf dem staubigen Boden gelandet.

Wenn das mit meinem Knopf geschah, konnte es da nicht sein, dass sich mit dem Tod der Schneiderin auch alle anderen Knöpfe lösten, die sie je festgenäht hatte? Dass alle Nähte rissen, alle Wollfäden sich aufdröselten, dass sich überall Löcher und Risse auftaten, im ganzen Dorf?

Ich lief durch die Straßen und beäugte fremde Hosen, Hemden und Kleider – doch meine Hose war anscheinend als Einzige betroffen gewesen.

Fast zwei Wochen lief ich mit der Sicherheitsnadel im Knopfloch umher. Ich musste dafür sehr viele Jungen in den Schwitzkasten nehmen, ich musste sehr viel Gelächter der Mädchen ertragen, ohne dass ich sie in den Schwitzkasten nehmen durfte. Am Ende der zweiten Woche sagte mein Vater zu mir: »Junge, du brauchst eine neue Hose. Es führt kein Weg daran vorbei, wir fahren in die Stadt.« Und ich seufzte vor Erleichterung. Endlich.

»Es ist aber auch zu blöd, dass die alten von deinem Cousin noch zu groß sind«, bemerkte meine Mutter.

»Sie werden immer zu groß sein«, entgegnete mein Vater. »Hans isst einfach zu viel.«

Wir fuhren mit dem Zug. Dafür hatte sich mein Vater die gelbe Weste angezogen, eine gelbe Krawatte, auf seinem Kopf thronte sein dunkelbrauner Hut. Es war einer seiner guten Tage, die Hände hielt er ruhig – heute hatte ich nichts zu befürchten. Meine Mutter faltete die Finger im Schoß, ihr Rock war so gelb wie Vaters Weste, ihre Bluse war weiß, sie lächelte, während sie ihre besten Seidenstrümpfe zurechtrückte. »Die Naht muss hinten sitzen«, hatte sie mir einmal erklärt und mit der flachen Hand immer wieder über ihre Strümpfe gestrichen.

»Es wurde aber auch Zeit, dass wir gemeinsam einen Ausflug machen«, sagte sie jetzt.

Ich sah aus dem Fenster. Mein Magen schmerzte. Mit dem Zug fuhren wir weiter, als ich es mit meinem Fahrrad je geschafft hatte. In der Stadt könnte ich dir möglicherweise ganz nah sein. Was wäre, wenn ich dir irgendwo begegnen würde?

Ich stellte mir vor, wie ich aus dem Zug stieg, mich auf dem Bahnsteig umsah – und du zwischen den eiligen Menschen stehen würdest. In einem grünen Kleid, mit einem lauten Lachen.

Als wir ausstiegen, entdeckte ich viele Mädchen in grünen Kleidern, ich hörte viele Frauen lachen – doch du warst nicht darunter.

»Schau dir diese jungen Leute an!« Stirnrunzelnd sah mein Vater meine Mutter an. Beide blieben mitten auf dem Bahnsteig stehen und blickten sich um. Hellblond, straßenköterblond, brünett – hier und da wippten volle Mähnen in der Sonne. Die Jungs hatten in der Stadt lange Haare, fast genauso lang wie die Mädchen. Langsam gingen wir weiter, durch die volle Bahnhofshalle, zwischen Zeitungskiosken hindurch bis hinaus auf die Straße. Die Langhaarigen wurden immer mehr. Sie schlenderten in Bluejeans und mit Zigaretten zwischen den Fingern über den Bahnhofsplatz. Hier und da saßen sie in kleinen Gruppen in der Sonne und rauchten. Manche von ihnen hatten kleine Transistorradios dabei. Sie hatten sich im Kreis drumherum versammelt, hielten die Augen geschlossen, lauschten und nickten im Rhythmus. Ich konnte die Klänge kaum hören, doch ich ahnte, dass die Sender eingeschaltet waren, die mir meine Eltern immer verboten hatten. »Das ist nichts für dich«, hatte meine Mutter beschlossen, als sie mich vor dem Radio erwischt hatte. Dann hatte sie mich weggeschoben und am Rädchen gedreht. »Dass bloß dein Vater nichts davon erfährt!«

Manchmal hatte ich mit Freunden trotzdem heiße Musik

gehört, aber heimlich, leise. Bei Konrad zu Hause hatten wir uns ans Radio schleichen können. Für mich hatten die Lieder von Bill Haley und Elvis Presley gefährlich, verboten geklungen. So wie ein Sturm, ein Orkan, wie eine Überschwemmung, ein Erdrutsch und ein bisschen wie harte Ohrfeigen. Ich musste den Kopf im Rhythmus bewegen, wenn ich sie hörte, ich musste mit dem Fuß wippen, mit den Schultern zucken – und lächeln.

»Skandalös, dass diese Halbstarken ihre Musik hier in aller Öffentlichkeit hören dürfen!«, sagte mein Vater jetzt und schüttelte den Kopf.

»Das sind Gammler«, erklärte meine Mutter wichtig. »Das haben sie erst letztens in der Tagesschau gebracht. Sie arbeiten nichts, sondern träumen den lieben langen Tag. Manche fahren per Anhalter umher und leben jeden Tag in einer anderen Stadt auf der Straße.«

»Tatsächlich.« Mein Vater schüttelte den Kopf. »Die Haare, die Musik, es passt alles, du hast recht! Ich hätte nicht gedacht, dass die Gammler so schnell auch bei uns ankommen. Und dass sie diese Frisuren wirklich schön finden!«

»Sie wollen aussehen wie die Beatles«, warf ich ein. Max hatte mir das erklärt. Erst vor ein paar Tagen hatte er eine *Bravo* mit in die Schule gebracht, und die Beatles wurden darin als der neueste Schrei aus England beschrieben.

»Wie wer?« Doch mein Vater wartete meine Antwort gar nicht ab, sondern klagte: »Sie rauchen hier sogar auf offener Straße! Und dann diese Hosen.«

»Das sind Bluejeans«, erklärte ich.

Mein Vater zog die Augenbrauen hoch. »Glaub jetzt bloß nicht, dass wir dir auch so eine *Bluschiens* kaufen.«

In der Umkleidekabine stellte ich mir vor, wie ich den Vorhang aufschob – und du ganz plötzlich vor mir stündest, als frisch ausgebildete Verkäuferin. Du könntest lachen und rufen:

»Die steht dir ganz ausgezeichnet! Ich könnte dir aber auch eine Bluejeans bringen.«

Ich stieg in eine Kniebundhose, zog sie hoch und schob den Vorhang auf – doch die Verkäuferin lachte nicht, sie bot mir auch keine Bluejeans an. Sie nickte nur. »Ausgezeichnet.«

Wir verließen das Geschäft, ich trug eine Papiertüte in der Hand, und mein Vater sagte: »Was ein vornehmes Geschäft. Sie hatten auch sehr schöne Anzüge und Krawatten. Und keine einzige *Bluschiens*, das lobe ich mir.«

Meine Mutter fügte hinzu: »Du hast dir da eine sehr schöne Hose ausgesucht, Emil!«

Es war laut auf der Straße, Autos fuhren vorbei, Taxis hupten. Ich legte den Kopf in den Nacken, um an den Fassaden der Häuser hinaufzuschauen. Ich war nicht oft in der Stadt. Und jedes Mal wenn meine Eltern mich mitnahmen, war ich fasziniert. Wie hoch die Gebäude hier waren, wie lang die Straßen, wie breit die Bürgersteige. Und überall liefen Menschen umher – so viele Leute!

Ich stellte mir vor, wie wir um die nächste oder übernächste oder überübernächste Ecke bogen und du irgendwo auftauchtest: Du könntest ganz plötzlich dastehen, inmitten der Fußgänger, etwas größer als früher, vielleicht wären deine Haare so lang geworden wie die der anderen Mädchen hier. Du könntest mitten auf der Straße stehen und »Emil!« rufen.

Doch wir bogen um die nächste und die übernächste und die überübernächste Ecke, und überall waren Mädchen mit langen Haaren, Jungs mit langen Haaren, Zigarettenqualm, Radios und Bluejeans zu sehen, doch du tauchtest nirgendwo auf.

Wir hätten dich auch beim Eisessen treffen können.

»Einen Eiskaffee, bitte«, bestellte meine Mutter.

»Zwei Kugeln Vanilleeis mit Schokolade«, bestellte mein Vater.

Ich starrte auf die Eiskarte. Wenn ich aufblickte, könnte ich dich sehen, vielleicht warst du eine Kellnerin in einer Eisdiele geworden, vielleicht würdest du meine Bestellung notieren und mir zuzwinkern.

»Einen Erdbeermilchshake, bitte«, bestellte ich schließlich. Ich sah auf, doch die Kellnerin war brünett und zwinkerte nicht. Sie entfernte sich von unserem Tisch – und unsere Augen wurden immer größer. Wir starrten sie an, genauer gesagt: Wir starrten ihre Beine an. Bei uns auf dem Dorf trugen die Mädchen lange, weite Röcke, nackte Beine hatte ich bei erwachsenen Frauen noch nie gesehen. Doch die Kellnerin in dieser Eisdiele trug einen unfassbar kurzen Rock, und ihre Beine glänzten in einer fleischfarbenen Strumpfhose. Es war das erste Mal, dass ich einen Minirock sah.

»Emil!«, wies mich meine Mutter zurecht, ich blickte auf den Tisch, nur mein Vater gluckste belustigt.

»Das ist jetzt der neueste Schrei«, erklärte er.

»Nix da.« Meine Mutter schüttelte den Kopf.

Ich überlegte, ob du dir vielleicht auch schon einen Minirock gekauft hattest, und sah mich in der Eisdiele um. An den anderen Tischen saßen auch Mädchen, ihre Röcke schienen unter den Tischplatten lang zu sein, und keine von ihnen ähnelte dir. Du liefst auch nicht draußen am Schaufenster vorbei, du betratst den Laden nicht. Als die Glocke über der Tür läutete, war es Hans, der hereinkam.

»Junge!«, rief meine Mutter.

Mein Vater stand auf, klopfte meinem Cousin auf den Rücken. Damals wusste ich noch nicht, wie ich mit Hans reden sollte. Er war fünf Jahre älter als ich, hatte einen runden Bauch, einen dicken Schnauzer und ein tiefes Lachen.

»Emil, alter Junge!« Er legte seine Hand auf meine Schulter. »Hast du dich neu eingekleidet?«

Ich nickte. »Ich habe eine Hose gekauft«, sagte ich und kam mir furchtbar dumm vor.

»Ausgezeichnet!« Er grinste unter seinem Schnauzer. »Hosen braucht der Mensch.«

Mit seiner großen Hand fuhr er sich über die Gelfrisur. Ein paar der dunklen Strähnen, die ihm in die Stirn gefallen waren, schob er an ihren ursprünglichen Ort zurück, bis sie wieder glatt am Kopf lagen. Dabei kniff er die Lippen auf seine ganz charakteristische Art zusammen.

Damals ahnte ich nicht, wie häufig ich diese Geste noch sehen und wie sympathisch ich sie in ein paar Monaten finden würde. Ich wusste aber auch nicht, dass diese Bewegung mich später warnen würde. Wenn ich jetzt an diese Bewegung denke, öffnet sich vor meinem inneren Auge ein Kaleidoskop. Tausend kleine Hans-Hände, Hans-Köpfe, Hans-Frisuren. Hans hebt die Hand im düsteren Sofazimmer, in der schmuddeligen Küche, zwischen Marlene und Irene, zwischen Karl und Marlene, zwischen mir und Irene. Sein Haar glänzt im Licht der Straßenlaterne, im Scheinwerfer der vorbeirauschenden Autos, im Blinken der Discokugel des Blue Nights. Hans fährt sich über den Kopf, während er eine Zigarette zum Mund führt, während er tanzt, zwinkert, Bier trinkt, die Augen schließt, der Musik lauscht. Und während er sich ins Sofa sinken lässt, um ein paar Brösel Marihuana in seinen Tabak zu mischen. Seine Geste veränderte sich nicht – ganz egal, welche Frisur er trug.

An diesem einen Tag in der Eisdiele sah ich nichts von alledem. Ich sah nur einen großen, älteren Jungen mit strenger Frisur, der lächelte, den meine Mutter anstrahlte, dem mein Vater auf den Rücken klopfte.

»Wie läuft das Studium, Junge?«, fragte mein Vater.

»Ausgezeichnet. In der Mensa haben sie jetzt einen neuen

Koch, und der macht richtig leckere Pellkartoffeln.« Hans fuhr sich über den runden Bauch.

Meine Mutter lachte. »Pellkartoffeln sind doch nun wirklich nicht schwer.«

»Sag das mal unserem letzten Koch!« Hans zwinkerte.

»Und wie ist es in deiner Wohnung?«

»Ausgezeichnet. Ich habe jetzt drei Sofas!«

Wieder das Zwinkern, wieder fuhr er sich über die Gelfrisur.

»Und du, Emil? Was willst du mal machen?«, erkundigte er sich.

Ich sah erst ihn an, dann meinen Vater, meine Mutter. Ich fuhr mir durch die Haare – sie waren stoppelig kurz – und antwortete: »Ich ziehe auch bald in die Stadt.«

Meine Entscheidung war ganz plötzlich da – und sie blieb. Während wir durch die Stadt gelaufen waren und ich dich hinter jeder Ecke vermutet hatte, war mir klar geworden, dass ich mehr Zeit brauchte, dass ich mehr Chancen schaffen musste. Wenn ich nur alle Eisdielen dieser Stadt, alle Straßen und alle Hosengeschäfte durchsuchen könnte, könnte ich dich vielleicht finden. Ich könnte dir jeden Tag aufs Neue begegnen, wenn ich nur in dieser Stadt wohnte.

»Was willst du denn machen, in der Stadt?« Meine Mutter fuhr sich über ihre Strumpfnaht.

»Ich mache eine Lehre«, entschied ich. »Ich werde Schornsteinfeger.«

»Wie kommst du denn da drauf?«

»Das bringt Glück! Und Glück kann ich gebrauchen.«

»Und wo willst du wohnen?« Meine Mutter sah meinen Vater an, kurz erwiderte er ihren Blick, dann schaute er durch das große Schaufenster hinaus auf die Straße. Dunkle Autos rasten vorbei. Zwei, drei, vier. Es wurden immer mehr, und sie waren laut, sehr laut. Ich öffnete den Mund – und schloss ihn wieder.

Natürlich. Während der Lehrzeit könnte ich mir selbst keine Wohnung leisten – und meine Eltern mussten sowieso schon jeden Pfennig umdrehen.

»Ich habe ein Zimmer frei.« Wieder lag Hans' Hand auf meiner Schulter.

»Oh nein, Hans. Das ist lieb von dir, aber das können wir nicht von dir verlangen.« Schnell schüttelte meine Mutter den Kopf.

»Und bezahlen können wir es auch nicht!« Mein Vater winkte ab.

»Ach was, dafür müsst ihr doch nichts zahlen! Ich habe Emil gern bei mir – und meine Wohnung ist viel zu groß für mich allein. Meine Eltern wollen nicht, dass ich eine Wohngemeinschaft daraus mache, aber gegen Emil werden sie sicher nichts einzuwenden haben.« Er lächelte unter seinem Schnauzer. Ich sah meinen Vater an, er sah mich an, dann nickte er Hans zu.

»Wann bist du fertig mit der Schule?«, fragte Hans.

»In einhundertdreiundsiebzig Tagen«, antwortete ich wie aus der Pistole geschossen.

Einhundertdreiundsiebzig Tage später ließen meine Eltern mich noch nicht gehen.

»Du bist sechzehn Jahre alt!«, rief meine Mutter und schüttelte den Kopf.

»Fast siebzehn!«, widersprach ich.

»Du ziehst nicht allein in die Stadt.«

Ich schmiss Türen, ich fluchte, ich fing mir Ohrfeigen ein, und abends arbeitete ich in der Gaststätte meines Onkels. Ein Dreivierteljahr dauerte es, bis ich meine Eltern von meinen Plänen überzeugen konnte: davon, dass ich mit einer Ausbildung bessere Chancen im Leben haben würde, dass mir ein Chef, der nicht mein Onkel wäre, sicher besser die Leviten lesen konnte, dass Hans schon auf mich aufpassen würde in der großen Stadt und dass ich mit meinen mittlerweile siebzehn Jahren endlich alt genug sei, um Eschenbach zu verlassen.

Mit einem großen Beutel auf dem Rücken und einem breiten Grinsen im Gesicht kam ich schließlich in der Stadt an. An der Bushaltestelle vor dem Bahnhof blieb ich stehen. Ich zog mein Messer aus der Tasche meiner nicht mehr ganz so neuen Hose und ritzte in die Holzwand des Wartehäuschens einen Pfeil in Richtung Himmel. Dann stieg ich auf die Sitzbank, um an die Decke des Häuschens meine Botschaft schreiben zu können:

Ich mochte die Vorstellung, dass du mir, trotz allem, immer wieder gewunken hast. Hast du Lust auf einen Kaugummi? Oder einen Kaffee? Ich bin in der Stadt – und ich werde bleiben. Dein E.

»Was machst du denn da?«

Ich fuhr herum. Unter mir stand Hans, sein Seitenscheitel glänzte, sein Schnurrbart auch, und sein Bauch wölbte sich mir entgegen.

Ich sprang zu ihm hinunter, ohne auf seine Frage zu antworten.

»Wo sind deine Eltern?«

»Ich bin allein gekommen.«

»Ach so!« Hans lachte. »Dann hätte ich mir die Mühe ja gar nicht machen müssen.«

Er führte seine großen Hände an den Kopf und wuschelte sich durch die Haare. Ich starrte ihn an. Aus seiner strengen Frisur lösten sich immer mehr Strähnen, sie fielen ihm über die Ohren, in den Nacken, in die Stirn. Der Seitenscheitel verschwand nach und nach, er wurde vergraben unter einem großen Berg von Haaren. Kreuz und quer lagen sie über seinem

Kopf, er sah jetzt ganz genauso aus wie die jungen Männer auf der Straße, die meine Mutter »Gammler« genannt, über die mein Vater den Kopf geschüttelt hatte.

»Deine alten Herrschaften hätten das sicher nicht gern gesehen.« Er zwinkerte. »Wahrscheinlich hätten sie dich niemals bei mir einziehen lassen.«

Ich schüttelte langsam den Kopf. »Bist du ein …« Ich stockte. »Bist du etwa ein Gammler?«

Hans lachte – leicht und warm klang das.

»Dieses Wort! Ich kenne niemanden, der sich selbst so nennt.«

»Aber … bist du einer?«

Er schüttelte den Kopf, die Haare flogen. »Ich liebe nur die Beatles. Und die Freiheit. Ich finde, wir sollten das Leben genießen. Du nicht auch?«

Das Leben genießen. Das klang schon gut. Ich dachte an dich und deine Haare, fragte mich, wie lang sie geworden waren, in dieser Stadt der wallenden Mähnen, und wie sehr ich es genießen würde, sie zu berühren. Wie frei wir uns fühlen würden, wenn wir uns hier, zwei Menschen unter Tausenden, zufällig begegnen würden.

»Da bist du ja endlich«, würdest du vielleicht sagen und lachen. Bestimmt kanntest du die Beatles, vielleicht würdest du sie sogar zitieren. *Love, love me do.* War das von den Beatles? Ich wusste es nicht mal genau, ich sollte mich besser informieren.

»Hast du eigentlich die Platte von den Beatles?«, fragte ich Hans.

»Oh ja«, antwortete der.

Wir liefen durch weitverzweigte Straßen, vorbei an krummen Fachwerkhäusern und niedrigen, grauen Fassaden. Die Wege schienen mir genauso wirr wie Hans' Strähnen, kreuz und quer lagen sie auf dieser Stadt: noch nie gekämmt, längst verfilzt, sie schienen seit Jahrhunderten unkontrolliert zu wachsen – in alle

Richtungen. Überall leuchtete es: bunte Werbeplakate an den Litfaßsäulen, bunte Buchstaben über den Geschäften.

Auf den Bürgersteigen, den breiten Plätzen und den schmalen Wegen, durch die Fenster großer Busse und rumpelnder Straßenbahnen schauten mir unbekannte Gesichter entgegen, die einen hatten die Münder zusammengekniffen, die Blicke schweiften schnell zu Hans ab, sie schüttelten die Köpfe, sodass ihre Hüte schwankten. Die anderen gingen langsamer als die Kopfschüttler. Diese Leute hatten die Hände in den Hosentaschen, trugen runde Brillen und lange Haare. Die Gammler – oder eben die Menschen, die nur die Beatles lieben und die Freiheit – hatten seit meinem letzten Stadtbesuch allesamt an Haarlänge gewonnen. Mittlerweile hingen sie ihnen über die Ohren.

Wie würde das wohl weitergehen, überlegte ich. Wie würden sie in einem, in zwei, in drei Jahren aussehen? Reichten sie ihnen dann bis zum Hintern hinab, schleiften sie ihnen auf dem Boden hinterher? Ich musste lächeln – die Vorstellung gefiel mir. Ich sah schon lauter Haarmonster durch diese Stadt spazieren, ich sah, wie sie ihre langen Strähnen hinter sich herzogen, wie sie das Laub und den Staub von der Straße fegten. Ich sah überall lange Haare zum Lüften aus den Fenstern hängen wie bei Rapunzel: Die Leute schlugen einander mit großen Teppichklopfern auf die Locken, sodass der Straßendreck aufwirbelte. Die Haare wuchsen aus Kellertüren, aus Vorgartentoren und Dachluken. Überall quollen sie hervor, wucherten die Straßen hinunter, die Bürgersteige hinauf. So dicht und glänzend und dunkel, dass die Stadt bald einem dicht behaarten Tier glich, einem atmenden, pulsierenden Fellwesen.

Je tiefer mich Hans hineinführte, desto enger wurden die Gassen. Hier und da roch es nach Urin und Zigarettenqualm, die Mülleimer quollen über, und die Fassaden der Häuser bröckelten.

»Es ist nicht die feinste Gegend«, gab Hans zu. »Irgendwann muss ich hier raus. Dann reise ich um die Welt, das verspreche ich dir. Aber für den Anfang ist es hier auch nicht schlecht, glaub mir.«

Hans steuerte auf ein niedriges Haus mit dreckig grauer Fassade zu. Irgendwann musste sie einmal weiß gewesen sein und die Scheiben klar – doch jetzt nicht mehr. Man konnte kaum hindurchsehen, so stark waren die Fenster angelaufen, und die Haustür quietschte laut, als Hans sie öffnete.

»Willkommen zu Hause.« Er zwinkerte. »Mein Vater hat es geerbt – von seiner ungeliebten Tante. Er hasst dieses Haus. Wenn er nicht muss, kommt er nicht her. Das heißt für dich: Hier gibt es keine nervigen Vermieter, die auf unseren Besuch achten, niemanden, der uns fragt, was wir hier machen. Du kannst mitbringen, wen du willst. Es ist das Paradies!«

Ich lachte.

»Die Wohnung im Erdgeschoss steht seit Jahren leer. Und der alte Kranich, der im ersten Stock wohnt, kommt fast nie raus. Der hat sich noch nie über irgendetwas beschwert«, erzählte Hans, während wir in den zweiten Stock hinaufstiegen.

Unterm Dach war es stickig und warm, es roch nach feuchtem Holz und staubigen Kissen. Ich wusste noch nicht, dass ich diese Luft bald lieben würde, dass sie mich einlullen, einpacken würde, wie in Watte, dass ich mich darin verkriechen würde wie in einem warmen Fellmantel. Noch zwang ich mich dazu, nicht das Gesicht zu verziehen.

Hans steckte einen Schlüssel ins Schloss, und hinter der Wohnungstür rumpelte es plötzlich. Hörte ich Schritte? Ein Kichern?

Hans verdrehte die Augen. »Sehr unauffällig«, murmelte er und öffnete die Tür.

Der lange Flur lag im Dunkeln, Hans schaltete das Licht an.

Jacken türmten sich auf einem Ständer, dahinter lagen zerschlissene Schuhe kreuz und quer.

»War ja klar.« Hans schüttelte den Kopf. »Einmal hier entlang.«

Mein Zimmer war ganz hinten links. Hans stieß die Holztür auf, und ich strahlte: Der Raum war winzig, das Bett schmal unter einem kleinen, hohen Fenster, ein niedriger Schrank an einer nackten Wand – und ich konnte mir nichts Besseres vorstellen.

»Und das ist … mein …?«, stammelte ich.

»Dein Reich.« Hans breitete die Arme aus. »Hier kannst du tun und lassen, worauf auch immer du Lust hast.«

Langsam ging ich hinein und ließ meine Tasche auf den Boden fallen. Hier würde ich jetzt wohnen. In meinem eigenen Zimmer. In einer Stadt, die lebte, deren Fell immer wilder, wärmer, weicher wuchs.

»Ich zeige dir noch den Rest der Wohnung.«

Widerwillig folgte ich ihm in den Flur. Die Küche war ein schmaler Raum: Wer in ihrer Mitte stand, konnte sowohl den Herd auf der einen Seite als auch die Spüle auf der anderen Seite berühren. Die Fliesen waren alt, angelaufen – und doch fand ich diese Küche wunderschön.

Und das Wohnzimmer war das beste Wohnzimmer, das ich je gesehen hatte. Es war verqualmt, hatte eine quadratische Form, ein kleines Fenster in der rechten oberen Ecke und an allen vier Wänden alte Sofas: grün, rot, ockerfarben und gelb.

»Die Menschen sortieren so viele Sofas aus«, sagte Hans. »Man kann sie überall auf der Straße finden. Das vierte habe ich erst seit gestern.«

In der einen Ecke stand ein Schallplattenspieler, in der anderen ein Regal voller LPs. Oben an den Wänden verlief ein langes Regalbrett, auf dem sich Bücher drängten, und auf den Holztischen standen Bierflaschen herum, der Aschenbecher quoll über.

»Und jetzt noch das Bad.« Hans führte mich in den nächsten Raum.

Die Fliesen waren dunkelblau, das Waschbecken groß, und es gab eine Badewanne, die halb von einem Stoffvorhang verdeckt war. Ich riss die Augen auf. Bei uns zu Hause wurde das Badewasser noch im Kessel erhitzt. Einmal die Woche goss meine Mutter heißes Wasser in den Zuber, und dann badeten wir alle nacheinander darin. Umso schneller wir waren, desto wärmer war das Wasser für den Letzten, der hineinstieg.

»Du hast eine richtige Badewanne?«

Da kicherte die Wanne. Ich zuckte zusammen. Starrte auf den zitternden Stoff, der die Wanne verdeckte. Er schien zu schnaufen.

»Pssst«, war zu hören.

Plötzlich tropfte, rauschte und plätscherte es.

»Aaaah«, rief jemand.

»Nein!«, schrie eine andere.

»Mach das Wasser aus!«, kreischte eine dritte Stimme.

»Ihr könnt rauskommen, Leute.« Hans verschränkte die Arme. »Los, los!«

Der Wasserfluss versiegte. Langsam schob sich der Vorhang zur Seite. Eine kleine, kräftige Frau tauchte dahinter auf: dunkler Pony, tropfende Locken, ein überschwemmtes Lächeln. Mit einem großen Satz stieg sie über den Rand der Badewanne.

»Wir waren viel zu laut, oder?« Ihr blaues Kleid klebte am Körper.

Dann erschien der Kopf eines Jungen. Seine Haare waren noch dunkler als ihre und tropften ebenfalls. »Tut uns leid«, sagte er und kletterte der Frau hinterher.

Zuletzt schoben sich vier Finger über den Rand der Wanne,

und eine zweite Frau setzte sich auf, zierlicher als die erste und die Haare zu einem Dutt hochgesteckt. Es war die Frisur, die auch viele Mädchen bei uns auf dem Dorf hatten.

»Das ist Irene.« Hans zeigte auf die lächelnde junge Frau mit weißem Rock und nassen Knien, die gerade aus der Wanne kletterte.

»Das da ist Marlene, sie teilt sich mit Irene eine Studentenwohnung nur ein paar Straßen entfernt von hier. Allerdings sind sie irgendwie viel lieber in meiner Bude«, erzählte er und deutete auf die junge Frau mit dem blauen Kleid. »Und das da ist Karl, Marlenes Freund.« Er wandte sich an die drei aus der Dusche. »Ihr könnt froh sein, dass Emils Eltern nicht mitgekommen sind!«

»Bombig.« Irene lächelte.

»Du bist selbst schuld, wenn du uns einlädst.« Marlene zuckte mit den Schultern.

»Ich habe euch überhaupt nicht eingeladen.« Hans lachte.

»Wir sind immer herzlich willkommen, hast du gesagt«, korrigierte ihn Karl.

»Willst du ein Bier?« Irene sah mir in die Augen und lächelte.

»Klar«, antwortete ich.

Du hast es nie verstanden, Lotte, diese Sache mit Irene. Du fandest Irene von Anfang an seltsam. Ihre flapsigen Worte, ihre traurigen Augen. Mit Irene stimmt etwas nicht, hast du immer gesagt. Irgendwas stimmt da nicht. Und du hattest recht. Irene war schon damals schwierig. Es gab Stunden, in denen sie nur auf ihre Hände starrte und ihre Augen glasig wurden wie die einer Puppe. Ihre hellen Haare wurden hart und trocken, ihre Finger steif, und ihre Haut verwandelte sich in Kunststoff. Sie sah dann aus, als hätte sie jemand in die Ecke gelegt und dort zurückgelassen. Eine vergessene Puppe mit winzigem Mund.

Und dann gab es Stunden, in denen ihre Hände wild durch die Luft wirbelten: Zwischen ihren Fingern hing dann eine Zigarette und in ihrem schmalen Gesicht ein überlegenes Lächeln. Sie lachte laut, kaute gern mit offenem Mund Kaugummi und rief oft: »Bombig!«

Bald saßen wir im Kreis auf den bunten Sofas, unsere Füße lagen auf dem Tischchen in der Mitte. Eine Blume, dachte ich, und zwischen unseren nackten Füßen Blütenstaub. Hans hatte die Platte der Beatles aufgelegt. Bier wurde herumgereicht, Zigaretten. In unserer Dorfkneipe hatte ich beides schon einmal probiert, das Gesicht verzogen und gehustet. Hier war es etwas anderes, hier schmeckte es besser. Leicht und neblig und kühl und weit und dufte. Ich liebte es. Ich liebte die Musik. Zwar hatte ich schon ein oder zwei Lieder der Beatles gehört, heimlich, leise, aus dem Transistorradio von Freunden. Doch hier klangen diese Jungs mit den Pilzköpfen lauter, mutiger, verrückter. Wild und flott, grenzenlos. *Well my heart went boom, when I crossed that room.*

Solange die Beatles liefen, konnte ich kaum sprechen, ich konnte nur zuhören, die Augen immer weiter aufreißen und mir vorstellen, wie die Tapete um uns herum einriss, wie die Wände einstürzten, wie der Fußboden abhob und durch die Nacht davonsegelte. *We danced through the night, and we held each other tight.*

Mit diesem Tag würde sich alles ändern, ich würde ein anderer Mensch werden, die Welt würde eine andere werden: ab heute, wegen dieser Musik, wegen dieser Menschen, dieses Getränks und der Zigarette. Eschenbach war unendlich weit weg, meine Eltern waren winzig kleine Spielfiguren, verstaut in irgendeiner Kiste auf irgendeinem Dachboden, den man von hier aus noch nicht einmal erahnen konnte. Wir schwebten über der Stadt, und unsere Haare wehten im Wind. Jetzt verstand ich, warum sich hier alle die Haare wachsen ließen. Jetzt wollte ich das auch, ich würde die längsten Haare der Welt bekommen. Man brauchte lange Haare in diesen Zeiten: Die wehenden Haare zeigten der Welt, wie windig es war. Dass ein Sturm aufzog, einer, der alles verändern würde. Sie zeigten, wie hoch wir flogen, wie weit. *Now I'll never dance with another. Oooh!*

Marlene wiegte sich im Takt, Karl streichelte ihren Oberschenkel, Hans schüttelte die Haare, Irene sah mich an. Wir flogen gemeinsam durch die Nacht, und plötzlich hatte ich Lust, Irenes Hand zu nehmen, Hand in Hand würden wir uns vielleicht sicherer fühlen, doch ich traute mich nicht.

Irgendwann fragte Irene kaugummikauend: »Sollten wir langsam gehen?«, und sah Marlene an.

»Wegen der alten Kirschner?«

Irene zuckte mit den Schultern.

»Auf keinen Fall, wegen der gehe ich nirgendwohin.«

»Wegen wem?«, fragte ich.

»Das ist unsere Vermieterin.«

»Sie wohnt ein Stockwerk unter uns und hört nicht nur ganz genau, ob jemand die Treppe hoch- oder runtergeht, sondern auch, wer. Und wenn wir erst spät heimkommen, gibt es Ärger.«

»So wie gestern. Da hat sie uns mitten in der Nacht auf der Treppe erwischt, als wir gerade hochschleichen wollten. Sie ist ganz dunkelrot geworden und sagte, wir seien ungezogen und unverschämt, und wenn irgendjemand erfahren würde, dass wir uns nachts herumtreiben, bekämen wir große Probleme. Bald setzt sie uns vor die Tür.«

Marlene lachte. »Niemals tut sie das! Für das Geld kriegt die so schnell keine neuen Mieter da rein.«

»Oder sie ruft unsere Eltern an.«

»Unsinn. Die könnten sie wegen Kuppelei anzeigen. Dafür würde ich schon sorgen.« Marlenes großen Zähne glänzten.

»Mein Vater wird eher ihr glauben als dir.« Irene sah auf ihre Hände.

»Klar. Aber das weiß doch die alte Kirschner nicht.«

Irene lächelte.

»Und wo wohnst du?«, fragte ich Karl.

»In so einer Bruchbude, ein paar Straßen weiter.« Er zog an seiner Zigarette. »Aber das ist alles unwichtig, nebensächlich. Es gibt so viele wichtigere, größere Dinge, über die wir viel mehr reden sollten. Wie stehst du beispielsweise zum Schah?«

»Äh … na ja …« Ich hatte keine Ahnung, wovon er sprach.

Ohne weiter auf meine Verwirrung zu achten, begann Karl, vom Iran zu erzählen, von einem mächtigen Herrscher und davon, dass man diesen Diktator dringend stoppen müsste. Er erzählte, dass die Regenbogenpresse genau das Gegenteil bewirkte, indem sie dieses Monster in den schillerndsten Farben darstellte.

»Was ist das für ein Schah?«, fragte ich.

»Was ist das für ein Lied?«, fragte Irene, und Hans drehte die Musik etwas lauter. Karl sprach weiter, Irene und ich nickten im Takt, lächelten einander an.

»Was hast du jetzt vor, Emil?«, wollte Marlene irgendwann von mir wissen.

»Heute?«

Sie lachte. »Mit deinem Leben.«

»Ich gehe bei einem Schornsteinfeger in die Lehre.«

»Willst du nicht studieren?«

»Dafür sollte man gut sitzen und denken können.«

»Und das kannst du nicht?«

»Absolut nicht.« Ich zwinkerte, alle lachten. »Ich liebe die Freiheit. Und ich will auf die höchsten Dächer der Stadt klettern.«

»Guck dich doch an!« Marlene zeigte auf mich. »Du sitzt!«

»Lasst uns tanzen!« Ich sprang auf und hüpfte auf das Sofa.

Die anderen folgten mir, die Sofas sanken ein, wir lachten und wiegten die Hüften, schüttelten die Schultern, die Arme. *I been told when a boy kiss a girl, Take a trip around the world.*

Plötzlich sprang Hans ab, fast flog er durch das Zimmer, öffnete einen Schrank und holte eine Gitarre hervor. Hans hatte eine echte Gitarre! Wie ein Rockstar hängte er sie sich um den Hals und schrammelte ein paar Akkorde im Takt, wir lachten. *My girl says when I kiss her lips, gets a thrill through her fingertips.* Das Sofa unter meinen Füßen verschwamm mit dem Boden und mit meinen Schuhen, das Zimmer schwankte im Takt der Beatles. An meinem Ellbogen fühlte ich immer wieder Irenes Arm, sie lachte nah an meinem Ohr, und mir gefiel ihre Nähe.

Ich trank immer mehr Bier und wusste noch nicht, dass so mein erster richtiger Rausch begann, dass ich in diesem Moment hätte aufhören sollen zu trinken. Ich dachte an unser Dorf, daran, wie die Jugendlichen zu Hause jetzt vielleicht in der Kneipe saßen, unter der niedrigen Decke an dem großen Holztisch, und einen Stiefel tranken. So nannte man das zu Hause. Zwei Liter Bier passten in dieses gläserne Gefäß – und wer das schäumende Getränk aus Versehen über sich kippte, musste eine Runde ausgeben. Meist hatte ich den Älteren bei diesem Spiel zugesehen. Nur selten hatten sie mich kurz mitmachen lassen – wie erwachsen ich mich da gefühlt hatte. Und nun tanzte ich auf einem Sofa mitten in der Stadt, ich hielt immer wieder ein neues Bier in der Hand, und alle lachten mir entgegen.

»Weißt du eigentlich, wie dunkel es in einem Kamin ist?«, fragte mich Irene. Zuerst verstand ich sie nicht richtig, die Musik war zu laut.

»Was sagst du?«, rief ich, und Hans drehte den Schallplattenspieler leiser.

»In einem Kamin.« Irenes Wangen wurden rosa. »Weißt du, wie dunkel es da ist?«

»Eine sehr gute Idee!«, fand Hans.

Die anderen sprangen ab, versammelten sich vor dem größten der Sofas und rückten es beiseite.

»Es gibt da einen Ort in dieser Wohnung, den ich dir noch nicht gezeigt habe«, erklärte Hans.

»Ein düsterer Ort«, ergänzte Marlene. Und ich erkannte, worauf sie hinauswollten: Hinter dem Sofa versteckte sich ein stillgelegter Kamin, eine stumme Öffnung, weit geschwungen, daneben hing noch die Halterung für ein längst verschwundenes Kaminbesteck.

»Komm mit.« Irene lächelte. Und mit verstellter Stimme fügte sie hinzu: »Du brauchst keine Angst zu haben. Ich bin Django, und wenn du bei mir bleibst, wird dir kein Mensch etwas tun.«

Hans lachte.

»Du bist wer?« Ich runzelte die Stirn.

»Kennst du nicht *Django*? Das ist mein Lieblingsfilm!« Sie nahm meine Hand und zog mich zu sich herunter. Gemeinsam gingen wir auf die Knie und krochen hintereinanderher in die kleine Öffnung in der Wand.

»Ist das normal bei euch?«, wisperte ich.

»Wir verkriechen uns gern«, antwortete Karl. »Viel zu gern.«

Es war dunkel hier drin, es roch nach Ruß und verbranntem Holz, der Boden fühlte sich staubig an.

»Weiter geht es nicht«, flüsterte Irene, und in den wenigen Lichtstrahlen, die vom Wohnzimmer hereinfielen, sah ich, wie sie sich hinsetzte und die Beine anzog. Auch ich stoppte ab, trotzdem berührte ich noch ihre Knie und wurde rot. Auch die anderen hockten sich hin, im Kreis, ihre Rücken lehnten an der Wand, die Füße schoben sich in die Mitte. Alle berührten wir uns, alle wurden wir von den Wänden zusammengerückt. Arme, Beine, Hüften, Hände, Schultern. Jeder von uns war überall, zu viert füllten wir den Kamin vollständig aus.

»Herzlich willkommen …« Hans sprach ganz leise in der Dunkelheit.

»… an deinem neuen Arbeitsplatz.« Marlene kicherte.

»Aber irgendwie«, hauchte Irene nah an meinem Ohr, »ist es ganz wonnig hier.«

Wir lachten, und der Kamin gab unser Lachen zurück, doppelt, dreifach, vierfach. Es dröhnte in unseren Ohren, nur langsam wurde es leiser. Das Gelächter verflüchtigte sich durch den Kamin nach oben. Ich legte den Kopf in den Nacken, um dem Geräusch hinterherzuschauen. Hier unten war es eng und warm und dunkel und gemütlich. Aber über unseren Köpfen war so viel Luft, es ging so steil hinauf, die Öffnung war so weit über uns, dass mir schwindelig wurde.

Nur wenig später hing ich über einem Eimer und übergab mich.

»Musstest du ihm gleich so viel geben?«, hörte ich Marlene sagen. »Der ist ja völlig außer Betrieb gesetzt.«

»Er hatte höchstens vier Bier!«

»Schau dir den Heini an, der ist doch viel zu dünn für vier Bier.«

»Aber groß ist er«, warf Irene ein.

»Er verträgt trotzdem nichts.«

»Das ist mir wirklich peinlich«, krächzte ich zwischen zwei Krämpfen und beugte mich noch tiefer über den Eimer.

»Das muss dir nicht peinlich sein.« Marlene tätschelte meine Schulter. »Das kann jedem passieren.«

»Du musst dringend abgehärtet werden«, brummte Karl.

»Wir helfen dir dabei«, versprach Irene, und Hans lachte.

Ich brauchte lange in dieser Nacht, um einzuschlafen. Und ich brauchte eine ganze Weile, ehe ich mich endlich bei einem Schornsteinfeger vorstellte. Bis dahin trank ich noch einige Biere, ich rauchte einige Zigaretten, ich durchtanzte so manchen Beatles-Song. Bis mir Marlene einen Zettel in die Hand drückte.

»Du wolltest doch eine Lehre machen. Der Schornsteinfeger meiner Eltern ist gerade auf der Suche nach einem Lehrling«, sagte sie. Fast erschrak ich, als ich das hörte und die Adresse auf dem Zettel las. Jetzt war es also so weit. Ich musste mich aus unserer Höhle wagen, hinaus in die Stadt, ich musste versuchen, zwischen den rauchenden Häusern Fuß zu fassen, in den Kaminen und Schornsteinen der Stadtbewohner zu bestehen. Jetzt würde das beginnen, was ich in der Schulzeit »das richtige Leben« genannt hatte. In meinem richtigen Leben hätte ich alles im Griff, hatte ich gedacht, in meinem richtigen Leben wärst du an meiner Seite.

Ich trat also vor die Tür mit der Gewissheit, dass es schon klappen würde. Ich würde die Stelle schon bekommen, ich würde dir schon begegnen, sehr bald.

Hast du es auch gespürt? In meinen selbstverliebten Momenten, wenn ich betrunken bin und die Musik laut, stelle ich mir vor, dass du in dem Augenblick, in dem ich in der Stadt angekommen war, innegehalten hast. Du saßest vielleicht in einem Hörsaal oder in der Bibliothek, als es geschah. Es war kein großer Moment, im Gegenteil, es war ein ganz kleiner, unscheinbar. Du schautest auf, atmetest vielleicht einen unbekannten Geruch ein oder spürtest einen Windhauch auf dem Gesicht und lächeltest. Und wusstest, dass die Dinge schon ihren Lauf nehmen würden. Dass es schon gut so wäre, so oder so.

War es so? Wie sehr ich mir das wünschte.

»Wie kommt einer wie du auf die Idee, Schornsteinfeger zu werden?«

»Einer wie ich?«

»Einer, der noch nie in einem Schornstein war.«

»Sehen Sie mich an: Ich passe perfekt rein, ich bin groß und dünn.«

Der dicke Sippel lachte, und sein Bäuchlein bebte.

»Unterhaltsam bist du zumindest.«

»Und ich kann wunderbar klettern.«

Der dicke Sippel nahm mich noch am ersten Arbeitstag mit aufs Dach. Er beobachtete, wie ich über die Ziegel stieg, er kniff die Augen zusammen, schlug mir auf die Schulter. Und in einem kurzen Moment konnte ich über ihn hinweg auf die Stadt sehen. Ein Meer aus Dächern schien unter uns zu wogen, rote, graue, schwarze Ziegel glänzten in der Sonne, manche türmten sich wellenartig auf, andere zogen sich schüchtern bis an den Horizont zurück. Unter welchem Dach du wohl lebtest? Wie lange es wohl dauern würde, bis du einen Schornsteinfeger bräuchtest, bis du Herrn Sippel anriefest und dann ich vor deiner Tür stünde?

Ich bekam die Stelle, und auf dem Rückweg fand ich deine Antwort. Es war mein Tag, heute stimmte einfach alles. Schornsteinfeger zu sein, bringt Glück, dachte ich. Unter meine Botschaft am Bahnhof stand nun in deiner Schrift:

Lieber E. Du glaubst gar nicht, wie oft ich an den Bushaltestellen dieser Stadt nachgesehen hab, ob du mir irgendwann antwortest. Ich habe dich so sehr vermisst, dass mir der Arm vom vielen Winken längst wehtut. Ich will wieder mit dir Kaugummi kauen. Wollen wir tanzen? An dem Ort, an dem die Nacht azurblau wird? Dort warte ich auf dich. Deine L.

Ich las es, starrte die Worte an, las es wieder, verstand nichts, die Buchstaben zitterten vor meinen Augen, sie flimmerten, als wäre es heiß, als wären sie ein Trugschluss, eine Fata Morgana, eine Flasche Fanta in der Wüste, die ich niemals erreichen würde. Oder doch? Konnte es das bedeuten, was ich mir so sehr gewünscht hatte?

Ich hatte mir deine Antwort ausgemalt, ständig und immer wieder, ich hatte mir vorgestellt, wie du meine Nachricht entdecken und überlegen würdest, was die beste Antwort wäre. Und jetzt stand ich hier, und da waren Buchstaben, die zitterten, die von dir sein könnten. Mit meinem Blick versuchte ich, sie festzuhalten. Ich starrte, bis ich sie besser lesen konnte. Und dann ging ich in die Hocke und schrie vor Freude, und die vielen Passanten drehten die Köpfe, aber mir war es egal.

Die Nachricht musste von dir sein, kein anderer wusste von unseren Kaugummis, kein anderer hatte diese Schrift. Du warst in der gleichen Stadt wie ich, wie ich es gehofft hatte, und genau das musste es bedeuten. Du erinnertest dich an mich. Du warst echt, du wolltest mit mir Kaugummi kauen. Und tanzen. Und ich schrie, und dann tanzte ich mitten auf der Straße, die Arme in der Luft. In meinem Bauch war laute Musik, Bass und Melodie und hohe Töne, die höchsten Töne, die man sich vorstellen kann. Ich hatte es fast geschafft, ich war so nah dran, vielleicht würde ich dich tatsächlich wiedersehen.

Erst Minuten später überkam mich die Angst. Von welchem Ort sprachst du da? Wie sollte ich dieses Rätsel lösen? Heute ist es mir völlig klar. Deinen Lieblingsort kannte jeder in der Stadt. Woher solltest du auch wissen, dass ich noch nie davon gehört hatte?

Aber als Schornsteinfeger hatte ich bestimmt auch das Glück, über die Lösung dieses Rätsels zu stolpern. Also schrieb ich:

Liebend gern würde ich mit dir kauen und tanzen. Ich werde diesen Ort suchen. Bis gleich, dein E.

Über die Lösung stolperte ich ein paar Tage später. An diesem Tag hatte ich bereits Ruß unter den Fingernägeln, meine Augen brannten, ich hatte schon Bauchschmerzen, weil Herr Sippel nicht immer lachte, manchmal schrie er auch und fuchtelte wild mit den Armen herum. Ich war zwar groß und dünn, ich passte zwar gut in die dunklen Schornsteine, doch gründlich war ich nicht, mir fehlte es an Konzentration. Ständig dachte ich an dich und an azurblaue Nächte. Ständig fragte ich mich, wo du wohl auf mich wartetest.

»Junge!«, schrie Herr Sippel. »Hier spielt die Musik!«

Am Abend spielte die Musik wieder in unserer Sofakammer, eine große, dicke Zigarette ging herum, und Karl sprach über den Vietnamkrieg. »Das ist Völkermord«, sagte er immer wieder, man müsse etwas tun. »Ich habe große Lust, mit faulen Eiern zu werfen. Und zwar auf jeden, der zu diesem Unrecht schweigt.«

Marlene seufzte. »Das Problem ist nur: So viele Eier, wie wir dafür bräuchten, können wir gar nicht verfaulen lassen.«

»Wie recht du hast!«, rief Karl.

Hans und ich schwiegen zu diesem Unrecht – ich hatte noch immer wenig Ahnung von Politik, und Hans war abgelenkt. Immer dann, wenn die anderen lauter wurden, versuchte er, mir flüsternd seine Geschichte zu erzählen.

»Ist sie nicht schön?« Er nickte mit dem Kopf in Richtung Irene. »Sie ist eine Bombe. Ich glaube, sie ist die schönste Frau der Welt. Ich war schon in sie verliebt, als ich noch ein kleiner Junge war.«

»Was hast du gesagt?« Bei dem Hintergrundlärm konnte ich ihn kaum verstehen.

»Schau sie dir an.«

Ich sah Irene an. Sie strich sich eine Locke zurück in die Hochsteckfrisur, sah meinen Blick und schlug die Augen nieder.

»Alles an ihr ist perfekt. Die Augen. Die Hände. Guck dir ihre Schultern an.«

»Ihre was?«

»Weißt du, seit Jahren träume ich davon, einmal eine Weltreise zu machen. Einfach abzuhauen. Ich will Italien sehen, Spanien, am liebsten sogar Amerika. Aber Irene möchte hier nicht weg. Und solange ich noch die Hoffnung habe, dass wir irgendwann ein Paar werden, bleibe ich bei ihr. Für sie würde ich alles aufgeben, sogar einen solchen Traum!«

»Du musst sehr verliebt sein.«

»Ich verstehe nicht, wie man nicht in Irene verliebt sein kann. Sie ist so witzig! Sie kann völlig verrückt sein und laut, und dann ist sie wieder ganz leise, ganz traurig und verletzlich. Sollte irgendwer sie anrühren, ich schwöre, ich werde ihn zusammenschlagen. Den mach ich fertig, dem werde ich beide Hände brechen oder, noch besser, jeden einzelnen Finger.«

Heute ahne ich, was er damals gesagt haben muss. Doch an diesem Abend verstand ich höchstens die Hälfte.

»Was machst du mit ihren Fingern?«

»Irgendwann werde ich ihr Mann sein«, flüsterte Hans. »Ich werde um ihre Hand anhalten, ganz altmodisch. Ich frage ihren Vater. Und dann werden wir vielleicht doch noch gemeinsam verreisen, und wenn es nur Mallorca ist. Wir werden glücklich sein.« Seine Wangen glänzten.

»Ist sie denn auch in dich verliebt?«, fragte ich, und alle Köpfe drehten sich in meine Richtung. Ich hatte wohl zu laut gesprochen.

»Wer ist verliebt?«

»Niemand, niemand«, winkte ich schnell ab. »Ich habe nur

gerade zu Hans gesagt … also, ich habe ihn gerade gefragt … Angenommen, jemand sagt zu euch …«, setzte ich an, und Hans reichte mir die dicke Zigarette, ich zog daran, und es schmeckte seltsam, blumiger als sonst.

»Angenommen, zu euch sagt jemand: Wir treffen uns dort, wo die Nacht azurblau wird. Wo würdet ihr hingehen?«

Kurz runzelten sie ihre Stirnen – und dann lachten sie.

»Das weißt du nicht?«, rief Marlene.

»Wer hat das denn zu dir gesagt?«, wollte Hans wissen.

Irene verschränkte die Arme. Und Karl beschloss: »Emil, heute machen wir einen Ausflug.«

Es war ein warmer Abend, der Sommer war endlich da. Wir gingen ohne Jacken, und unsere Hemden waren dünn.

»Willst du was trinken?«, fragte mich Hans, und ich lachte.

»Ein kühles Bier bitte«, bestellte ich.

»Kommt sofort!«

Mein Cousin machte auf dem Absatz kehrt, lief schnurstracks auf eine grüne Haustür zu und drückte dagegen. Sie schwang auf. Ich blieb stehen und sah ihm hinterher.

»Hans?«

Irene lachte leise.

»Was tut er da?«

»Er holt dir dein Getränk.«

»Mein Getränk?«

»Du hast doch gerade ein Bier bestellt.«

»Ja, aber …«, stammelte ich. »Wer wohnt denn da?«

»Eine trübe Tasse«, antwortete Irene. »Karls Großonkel. Er lässt immer alles offen stehen und hat noch nie bemerkt, dass wir uns hin und wieder bedienen.«

Ich sperrte den Mund auf. »Hans bricht bei Karls Onkel ein und klaut Bier?«

»Der Alte muss uns immer mal einen ausgeben«, erklärte

Karl. »Eigentlich wäre er meiner Familie noch viel mehr schuldig, der alte Geizkragen. Ach was, der ganzen Welt wäre der reiche Sack was schuldig. So reich wie der sollte niemand sein, glaub mir.«

Hans kam zurück, drückte mir ein Bier in die Hand und schüttelte die Haare.

»Prost!«, rief er.

Ich musste lachen.

»Prost!«

Die Stadt leuchtete hell, überall waren Stimmen zu hören, vor den Kneipen saßen Menschen auf den Bürgersteigen und unterhielten sich.

»Wer will mitfahren?« Hans sah in die Runde.

»Du hast es nicht schon wieder getan!« Marlene verdeckte die Augen mit der Hand.

»Klar. Bisher hat das doch immer ganz wunderbar geklappt. Mal wieder ein lieber Gruß von unserem Freund.«

»Ich fahr nicht mehr mit dir.« Marlene schüttelte den Kopf.

»Ich auch nicht«, fiel Irene ein.

»Wovon sprecht ihr eigentlich?« Ich sah von einer zur anderen.

Doch da hatte Hans mich schon am Arm gefasst und hinter sich her durch ein Hoftor gezogen. Vor einem Moped blieben wir stehen. Hans holte einen Schlüssel aus der Tasche und steckte ihn ins Schloss.

»Woher hast du den?«

»Ist nur geliehen. Der hängt immer am Schlüsselbrett gleich neben der Wohnungstür. Bitte aufsteigen!« Er schwang sich auf den Sitz.

»Wir können doch nicht …«

Doch wie von allein bewegten sich meine Beine, und ich saß hinter Hans – ich hatte immer schon mal Moped fahren wollen.

»Klar können wir.« Hans gab Gas.

Die Maschine übertönte die Stadt, der Wind ließ Hans' Haare aufwirbeln. Wie schnell wir plötzlich waren und wie viel kleiner die Stadt wurde, übersichtlicher. Vielleicht kann ich sie doch eines Tages überblicken, dachte ich, vielleicht werde ich sie irgendwann in den Griff kriegen.

Und dann waren wir schon da. Schade, dass du das nicht gehört und gesehen hast, es muss ziemlich dufte ausgesehen haben: Hans bremste, seitlich kamen wir zum Stehen, und über mir leuchtete die blaue Schrift. »Blue Nights« stand da, und ich holte tief Luft.

Ich war noch nie in einem Tanzlokal gewesen. Bei uns auf dem Dorf wurde einmal im Jahr Kirmes gefeiert – glücklicherweise einmal im Jahr in jedem Dorf, sodass wir im Herbst von Kirmes zu Kirmes ziehen konnten. Was die anderen wohl denken würden, wenn sie mich jetzt hier sehen könnten? Normalerweise drängten wir uns samstagabends in die Säle der Gasthöfe und Kneipen und setzten uns auf Holzbänke, die an den Wänden aufgestellt worden waren. Dort saßen wir dann, lauschten der Kapelle, überlegten, welches Mädchen wir zum Tanzen auffordern könnten, und taten es dann doch nicht. Meist blieb ich schüchtern sitzen und unterhielt mich mit den anderen Jungs. Es waren schöne Abende gewesen. Und doch war es etwas ganz anderes, jetzt hier zu stehen. Da waren die Fremden mit ihren langen Haaren und die vielen jungen Menschen, die vor dem Blue Nights auf dem Bürgersteig saßen und rauchten. Musik drang aus dem Lokal, und sie klang ganz anders als unsere Kirmesmusik. Marlene, Irene und Karl hatten sich zwischen die anderen auf den Bürgersteig gesetzt. Jetzt sahen sie uns, wie wir das Moped abstellten, und standen auf.

»Du hast es überlebt!«, rief Marlene.

»Bombig«, sagte Irene.

»Schönen guten Abend zusammen!«, begrüßte uns eine Frau am Einlass, ihr Kleid war so kurz, dass ich mich nicht traute hinzusehen. »Ich wünsche eine azurblaue Nacht.«

Hans schlug mir auf die Schulter. »Da hast du's. Deine azurblaue Nacht. Und wen suchen wir? Eine dufte Kante?«

Er schob mich an der Frau vorbei in Richtung Eingang, die Musik wurde lauter. Ich antwortete nicht. Marlene ging voran, wir stiegen eine Treppe hinunter. Das Erste, was ich sah, war ein langer Tresen: Im Regal dahinter standen Martini, Rum und Whisky Flasche an Flasche, und langsam hüllte mich diese erste blaue Nacht ein. Sie roch nach Zigarettenqualm und Bier. Sie glänzte wie ein Schweißfilm auf Schultern und Dekolletés. Sie war eng und warm, und auf der Bühne stand die erste Band, die ich live sah: The Doves. Der Gitarrist trug ein Stirnband, der Schlagzeuger Schlaghosen und der Sänger einen dunkelbraunen Mantel aus Kaninchenfell. An den langen Tischreihen auf der anderen Seite des Raums grölten die Menschen, auf der kreisrunden Fläche vor der Bühne tanzten sie: jeder für sich, jeder mit fliegenden Haaren. Hans, Marlene und Karl zogen mich auf die Tanzfläche. Ich musste den Mund öffnen und die Hände, ich war so offen, als ich tanzte, und zum ersten Mal löste ich mich auf. Meine Beine verschmolzen mit allen Beinen, meine Arme mit allen Armen, meine Füße schlugen den einen großen, wilden Takt aufs Parkett. Wir alle waren eins, ein Tänzer, eine Nacht. Diese Nacht war jung, in dieser Nacht konnte alles passieren. Die Stadt war riesig, der schwarze Himmel weit. Wir waren wunderschön, laut und mutig. Wir konnten die Welt retten, wir würden die Welt verändern, heute noch.

Ich verschwand in dieser Nacht. Voll und ganz. Von mir blieb nichts übrig. Ich erinnerte mich erst dann wieder an diesen Emil, der ich sonst gewesen war, als ich zwischen allen Beinen deine sah. Es mussten deine sein. Du drehtest dich um, ich sah deine Haare um dich schlagen, Schwerter, dachte ich, und dann warst du zwischen den Tanzenden, den Minikleid-Frauen und den Bluejeans-Männern, den Rauchern, den Betrunkenen und den Schwebenden, zwischen den Tischen und der Bar verschwunden. Ich suchte dich. Auf der Tanzfläche, an der Theke, auf den Stühlen. Ich öffnete sogar die Tür zwischen Bühne und Bar, die in den kleinen Nebenraum führte: In schummrigem Licht standen hier kleine, runde Tischchen, in dunklen Ecken standen Mädchen nah vor Jungs und lächelten. Du warst nicht darunter. Ich suchte dich draußen auf der Straße und wieder drin. Der Gedanke, dass wir uns heute wiedersehen könnten, ließ mich hin und her rennen.

6. Kapitel

Jahrzehnte später, im Jahr 2019, rannte Milena hin und her. Theke, Garderobe, Tanzfläche, Einlass. Sie spürte das Wummern. Die Hitze. Die Menschen tanzten, schwitzten, grölten. Die anderen Menschen. Nicht Milena.

»Milena!«, rief der große Sven am Eingang.

»Chefin!«, rief Michi an der Garderobe.

»Hey, Süße!«, rief irgendein Betrunkener.

Und Milena rannte.

Die ganze vergangene Nacht hatte sie *Blaue Nächte* gelesen, im Morgengrauen war sie dann eingenickt, in ihrem Sessel. Der Tag war kurz gewesen, und bei ihrer Arbeit am Schreibtisch, während sie das Haus putzte, den Boden wischte, den Staub aus den Ecken fegte und das Bücherregal im Wohnzimmer neu sortierte, hatte Milena immer wieder an Emil gedacht, an Lotte und das Blue Nights. Im untersten Fach hatte sie zwei alte Fotoalben entdeckt. Gedankenverloren blätterte sie durch das erste und lächelte. Es zeigte Fotos ihrer Mutter – Jahrzehnte jünger, dunkle Haare, weiße Zähne. Die Bilder mussten aufgenommen worden sein, lange bevor sie Milenas Vater kennengelernt und mit ihm die Leitung des Blue Nights übernommen hatte. Sie lachte mit Freunden in die Kamera oder posierte an einem See, vor Bergen und an einem Strand.

Das zweite Album war noch älter als das andere und etwas

kleiner. Auf der ersten Seite stand in großen, geschwungenen Buchstaben: *Blue Nights 1965*. Kurz hielt Milena inne. Von diesem Album hatte ihre Mutter ihr nie erzählt. Vielleicht hatte sie selbst nicht mehr daran gedacht, dass sie es besaß. Wahrscheinlich stammte es noch aus dem Besitz von Milenas Vater.

Vorsichtig blätterte Milena die Seite um. Ein Schwarz-Weiß-Foto zeigte die dunkle Fassade des Tanzklubs, darüber die leuchtenden Lettern. Der Schriftzug »Blue Nights« war schon damals der gleiche gewesen wie heute, mit klaren, dicken Buchstaben. Nur die Straßenlaterne davor war eine andere: Der Hals weit geschwungen, der zylindrische Lampenschirm zeigte nach unten und malte einen hellen runden Schein auf die Straße. Die Flügeltür des Klubs stand weit offen. Männer in schicken Sakkos, manche mit Seitenscheiteln, andere mit wilder Haarpracht, und Frauen in Miniröcken, mit Kniestrümpfen und weißen Kragen unter den Pullovern, warteten in einer Schlange darauf, eingelassen zu werden. Milena blätterte weiter. Die nächsten beiden Bilder zeigten das Innere des Klubs: einmal menschenleer und einmal voller Gäste. Auf dem ersten konnte Milena das schwarz-weiße Schachbrettmuster auf dem Fußboden erkennen. Die Wände hatten eine dunkle Farbe, die Bühne und die Theke rechts waren halbrund. Hohe Barhocker mit runden Sitzen standen vor einem schlichten rechteckigen Tresen, und an der Wand reihte sich Flasche an Flasche.

Auf der linken Seite des Raums standen hinter einem geschwungenen Geländer lange Tische und Bänke. Unter der Decke hingen überall Ventilatoren, dennoch glänzte die Haut der Tänzer auf dem anderen Foto vor Schweiß. Sie standen eng aneinandergedrängt und sahen zur Band auf der Bühne: Die Musiker trugen Schnauzer und bunt gemusterte Sakkos, die Haare flogen um ihre Köpfe.

Wieder blätterte Milena um. Auf den nächsten Seiten stießen

Feiernde miteinander an, eine Frau mit kurzen Locken drückte einem Mann mit langen Haaren einen Kuss auf die Wange, ein Typ im Ledermantel fuchtelte mit den Händen in der Luft, eine Frau posierte in hohen Stiefeln auf einem der Hocker, ein Barkeeper mixte einen Martini, auf den langen Bänken hatten sich Gäste eingehakt und lachten, einer von ihnen war auf den Tisch gesprungen und riss die Arme in die Luft.

Die letzten Seiten des Albums zeigten den Nebenraum des Blue Nights: In schummrigem Licht standen hier kleine dreibeinige Tische, drumherum niedrige Polsterstühle, und an die Wände drängten sich runde Eckbänke. Hier steckten die Gäste die Köpfe zusammen, manche sahen sich tief in die Augen oder hielten sich eng umschlungen.

Milena seufzte. Ein wenig konnte sie die Faszination verstehen, die der Klub auf den jungen Emil vom Dorf ausgeübt haben musste. Er hatte etwas Geheimnisvolles, Aufregendes, Verruchtes.

Sie stellte das Album zurück ins Regal und ging in ihr Schlafzimmer, um sich für die Arbeit umzuziehen. Heute wählte sie ein schwarzes Minikleid. Sie sah in den Spiegel, strich es glatt und lächelte.

Sie sollte tanzen. Vielleicht nicht ganz so wild wie Emil, die Sechzigerjahre waren schließlich vorbei. Aber für ein paar Minuten könnte sie die Rufe der Mitarbeiter und Besoffenen einfach mal ignorieren und sich mitten auf die Tanzfläche stellen.

Milena ballte die Hände zu Fäusten, dachte: Ich schaffe das, und ging geradewegs durchs Getümmel. Zu Emils Zeiten war es wohl schon genauso eng und heiß gewesen. Doch ob die Menschen damals auch so nach billigem Parfüm und Schweiß gerochen hatten?

Dort, wo jetzt der DJ auf einem Podest stand, hatte früher die Liveband gespielt, überlegte Milena und streckte sich, um hinübersehen zu können. Die Theke war etwas niedriger gewesen als heute, die Barhocker hatten mehr Stil gehabt, und statt Fritz-Kola hatte auf den Regalbrettern an den Wänden Afri-Cola gestanden, statt Gin und Lillet hatte man Eierlikör getrunken.

Milena legte den Kopf in den Nacken. Heute hingen unter den Decken Scheinwerfer, damals waren es noch Ventilatoren gewesen. Sie schloss die Lider, rief sich die Fotos aus dem Album noch einmal ins Gedächtnis, dann öffnete sie die Augen. Fast konnte sie das alte Blue Nights jetzt vor sich sehen: das Holzgeländer vor den Tischreihen, die Bänke, das Schlagzeug auf der Bühne. Die Leute trugen wieder spitz zulaufende Brillen und Mittelscheitel, hoch zugeknöpfte Pullover und lange Zöpfe, kurze Kleider und karierte Hosen. Milena grinste. Sie begann, den Kopf im Rhythmus der elektronischen Musik zu bewegen. Dumm-dumm, dumm-dumm-dumm, dumm. Schade, dass kein Song von den Beatles lief, dachte sie, sah die ersten Bluejeans und Minikleider vor ihrem inneren Auge und wiegte die Hüften. Dumm-dumm, dumm-dumm-dumm, dumm. Ihre Schultern bebten, die Arme ließ sie zur Musik schwingen. Und dann, ganz langsam, übernahm die Musik die Führung, sie lenkte Milenas Knie, ihre Füße. Dumm-dumm, dumm-dumm-dumm, dumm. Sie lächelte, tanzte, öffnete die Augen. Wie bunt die Lichter waren, die Menschen, alle lächelten, und die Discokugel malte leuchtende Punkte auf ihre Köpfe.

Nicht weit von ihr entfernt tanzte ein Mann mit längeren Haaren und Dreitagebart, der Milenas Lächeln erwiderte. Wir alle sind eins, dachte sie, und vielleicht würde sie gleich in der Nacht verschwinden, genauso wie Emil, vielleicht gemeinsam mit diesem hübschen Mann. Sie lächelte ihm zu, tanzte, er lächelte zurück, tanzte, und plötzlich stützte sich eine fremde Hand auf ihrer Schulter ab, Milena hörte neben sich ein Würgen aus einem fremden Hals, und dann spürte sie auf ihrer Strumpfhose etwas Warmes, Feuchtes.

Statt in der Nacht zu verschwinden, stand Milena wenig später stinkend im Bad und versuchte, mit nassen Tüchern ihre Strumpfhose sauber zu kriegen.

»Fuck«, murmelte sie. »So eine Scheiße.«

Damals, vor zehn Jahren, hatte sie genauso geflucht.

Sie stützte sich am Waschbecken ab und sah in den Spiegel. »Lass das«, flüsterte sie sich zu. »Erinnere dich nicht an diese Zeit zurück.«

Doch es war zu spät. Schon dachte sie an den einen Tag im Oktober vor zehn Jahren zurück, als es warm gewesen war und statt der Discokugel die Sonne über ihrem Kopf gehangen hatte.

»Fuck«, hatte Milena damals geflucht. »So eine Scheiße.«

Sie hatte im Antiquariat ihres Opas gestanden, den Einband eines Buchs in der einen und den Buchblock in der anderen Hand. Es war eine Ausgabe von Honoré de Balzacs *Physiologie des eleganten Lebens*, die um 1910 erschienen war und mindestens zweihundert Euro kostete. Vielleicht könnte sie es reparieren, ohne dass ihr Großvater etwas merkte.

»Ich glaube, du brauchst eine Pause.«

Milena wirbelte herum. Sie musste das Glöckchen über der Tür überhört haben: Mitten im Raum stand Paul. Dunkler Stoppelbart, grüne Augen, tiefe Lachfalten.

»Hi«, sagte er und schob die Hände in die Hosentaschen.

»Hi«, sagte Milena und hoffte, sonst nichts mehr sagen zu müssen – bestimmt würde sie dabei keuchen oder sabbern.

Anderthalb Tage waren seit dem Kuss vergangen. Vier Mal hatte Milena in den Briefkasten geschaut und gehofft, Post von Paul zu finden. Viel öfter hatte sie sich vorgestellt, was er ihr schreiben könnte. Vielleicht würde es ähnlich klingen wie der Brief, den Napoleon einst an Josephine de Beauharnais geschrieben hatte: »Liebe Milena, seit ich fortgegangen bin, bin ich durchgehend niedergeschlagen. Mein Glück ist es, dir nahe zu sein.«

Oder so wie Schauspieler Richard Burton 1964 Elizabeth Taylor angeschmachtet hatte: »Liebe Milena, meine blinden Augen warten verzweifelt auf deinen Anblick.«

Vielleicht würde Paul aber auch im Beethoven-Style von 1812 formulieren: »Liebe mich, Milena, heute, gestern. Welche Sehnsucht mit Tränen nach dir, dir, dir, mein Leben, mein Alles.«

Doch Paul hatte auf all diese Worte verzichtet. Wortlos stand er jetzt vor ihr und betrachtete abwechselnd sie und den Boden.

»Hast du Lust auf einen Spaziergang?«, fragte er schließlich.

Und Milena nickte.

Es war einer dieser Herbsttage, die man als Kalenderbild festhalten möchte. Die einem im Spätsommer einreden können, der Herbst wäre schön, jeder Tag werde golden und blau werden. Die Blätter waren hell, der Himmel weit, Milena hatte Wind in den Ohren. Eine Weile waren sie schweigend nebeneinanderher gegangen, hatten immer mal wieder vom Boden aufgesehen, sich vorsichtig zugelächelt.

Irgendwann fragte Milena:

»Wohnst du auch in der Stadt?«

»Na ja. Am Stadtrand. Draußen am Fluss.«

»Das klingt schön.«

»Es geht.«

Wieder schwiegen sie, lächelten das Laub unter ihren Füßen an.

»Der Wind steht dir.«

»Was?« Milena blickte Paul an.

»Der Wind.« Er ahmte ihre Haare mit seinen Händen nach. Anscheinend flatterten sie wild um ihren Kopf herum.

Milena lachte.

»Willst du mal was Krasses sehen?«, fragte Paul.

»Wie krass ist es denn?«

»Ziemlich krass.«

»Na dann.« Milena nickte. »Zeig mal her.«

An diesem ersten Nachmittag liefen sie zum See hinunter. Kleine Wellen kräuselten sich darin, am Ufer bog sich das hellgrüne Gras.

»Früher war das hier ein Badesee«, erzählte Paul.

»Ich weiß«, antwortete Milena. »Mein Opa erzählt mir immer, wie die Jugendlichen hier geschwommen sind. Sie sind von den Bäumen aus ins Wasser gesprungen und bis zu einem kleinen Fischkutter getaucht, der da unten irgendwo vermodert.«

»Das muss toll gewesen sein.«

»Und dann kamen die Blaualgen.«

»Nur Blaualgen? Bist du dir sicher?« Langsam drehte Paul den Kopf und zog eine Augenbraue hoch.

Milena musste lachen. »Natürlich bin ich mir sicher.«

»Da gibt es aber auch diese andere Geschichte.«

»Was für eine andere Geschichte?«

Eigentlich wusste Milena, welche Geschichte Paul meinte. Doch wenn er ihr schon keine Briefe schrieb, dann wollte sie ihm wenigstens zuhören, wenn er ihr Geschichten erzählte. Sie verschränkte die Arme und lauschte seinen Worten, seinem rauen Ton, seinem Lächeln und Flüstern. Paul war ein guter Geschichtenerzähler, fand sie. Ob jemand, der so schön erzählen konnte, vielleicht eines Tages doch noch einen schönen Liebesbrief schrieb?

»Vor vielen Jahren«, erzählte Paul, »als die Wälder noch rot waren und der See violett …«

»Na, das ist aber schon sehr lange her«, warf Milena lachend ein.

Paul ließ sich nicht beirren: »Damals, als das Ufergras noch orange im Wind wehte, stand Tag für Tag eine junge Frau am Ufer. Morgens, bevor die ersten Badegäste kamen, und abends, bevor sich die Pärchen in den Büschen versteckten. Sie stand hier, genau an dieser Stelle, und sah auf den See hinaus.«

»Wie sah sie aus?«

»Ich denke, ihre Haut war lindgrün, ungefähr so wie dein T-Shirt heute.« Paul streckte die Hand aus und berührte Milena vorsichtig an der Schulter.

»Okay«, sagte Milena leise. »Ich kann es mir vorstellen.«

»Sie stand hier und dachte nach«, fuhr Paul fort.

»Worüber?«

Er stemmte die Hände in die Seiten. »Du willst es aber genau wissen.«

»Das ist ein wichtiges Detail!«

»Sie war unglücklich verliebt. Ihre große Liebe hatte sie verlassen. Sie stand also da und schaute auf den See und dachte an ihre Liebe. Und dann, irgendwann, in einer bewölkten Nacht, lief sie einfach los. Mit großen Schritten ging sie ins Wasser, sie lief tief hinein, bis sie nicht mehr stehen konnte, sie schwamm, bis sie nicht mehr schwimmen konnte, und dann sank sie immer tiefer ins Wasser hinab. Sie ertrank. Und kurz darauf schlug der See um. Blaualgen bildeten sich, die bis heute nicht verschwunden sind. Die Taucher, die ihre Leiche geborgen haben, waren die Allerletzten, die in diesem See geschwommen sind.«

»Wow.«

»Seit ihrem Tod ist auch niemand mehr im Häuschen des Bademeisters gewesen. Komm mit, Milena.«

Sie liefen den Pfad am See entlang, über eine Wiese bis zu einem dichten Gebüsch.

»Da drüben ist es.« Paul zeigte auf zwei Trauerweiden, hinter denen Milena eine Hauswand entdeckte.

»Hier ist alles zugewachsen«, sagte sie.

»Damals lagen die Badegäste im Schatten der Bäume. Aber seitdem man hier nicht mehr schwimmen kann, hat niemand die Pflanzen zurückgeschnitten.«

»Woher weißt du das alles?«

»Das ist mein Hobby.« Er lächelte. »Alte Orte und ihre Geschichten. Kommst du mit ins Badehäuschen?«

Milena nickte. »Klar.«

Paul schob Äste für Milena beiseite, sprang über totes Holz und half ihr hinüber, immer wieder biss er sich auf die Lippen, grinste und hüpfte ein wenig auf und ab, bis sie am Eingang einer baufälligen Hütte ankamen. Auf der einen Seite klaffte ein leeres Fensterloch in der Wand.

»Das hier war früher ein Kiosk.« Pauls Stimme klang leise, fast atemlos. Auf seinem Gesicht lag ein Lächeln. Wenn Milena ihn ansah, glaubte sie, einen aufgeregten kleinen Jungen neben sich zu sehen, der sich kaum zügeln konnte.

»Traust du dich?«, fragte er.

Milena lachte. »Klar trau ich mich.« Sie trat über die Türschwelle. Der Raum lag im Halbdunkeln, es roch nach Staub und feuchtem Stein. Hier und da standen alte Regale, auf einem niedrigen Tischchen lagen wild durcheinander irgendwelche Papiere, und an den mit Graffiti besprühten Wänden hing die Tapete in Fetzen hinunter.

»Das ist dein Hobby?« Milena sah Paul an.

»Ich fotografiere Orte wie diese.«

»Warum?«

»Sie haben eine ganz besondere Magie. Sie erzählen Geschichten, und die meisten davon will außer mir niemand mehr hören.«

»Und heute? Du hast gar keine Kamera dabei.«

Paul lächelte. »Heute wollte ich mit dir hier sein.«

Er sah Milena an, und Milena sah ihn an.

»Findest du es etwa nicht romantisch?«, fuhr er fort und grinste.

Er passte irgendwie hierher mit seiner Lederjacke und der zerrissenen Jeans. Für das Graffiti an den Wänden hatte der Sprayer Pauls Augenfarbe benutzt. So viel Vergangenheit, Verfall, Staub.

»Ich finde es traurig«, widersprach sie.

»Traurig? Dabei kannst du dir hier doch die fröhlichsten Geschichten ausmalen.« Er breitete die Arme aus und drehte sich im Kreis.

Milena wiegte den Kopf. »Das Problem ist nur: Egal wie fröhlich die Geschichte einmal gewesen ist, sie ist zu Ende.«

Paul ging einen Schritt auf Milena zu. Und noch einen. Plötzlich war er ganz nah, sie konnte seine Lederjacke riechen.

»Und das sagst du als Antiquarin? Geschichten sind nie Vergangenheit. Sobald etwas zu einer Geschichte geworden ist, bleibt es hier und jetzt und für immer.«

Milena lächelte. »Wie schön es wäre, wenn du recht hättest«, flüsterte sie. Da war es wieder, das Flüstern. Es lenkte Milenas Hände, ihre Füße, ihren Kopf. Paul und sie standen jetzt ganz dicht voreinander, Milenas Jacke streifte Pauls, ihre Finger streiften seine Lippen, und dann küssten sie sich.

Milena hatte geglaubt, ein Kuss wie dieser könne alles ausblenden. Er war gut: mutig, forschend, entschieden. Und doch ließ er das Badehäuschen nicht verschwinden. Es blieb, mit seiner Vergangenheit und all den Menschen, die hier verkauft und eingekauft, die Eis gegessen, Süßigkeiten genascht und Pommes aufgespießt hatten. Mit denen, die fröhlich gelacht, und denen, die nachdenklich vor sich hin gestarrt hatten. Mit der einen Frau, die irgendwann einmal ihre letzte Fanta, ihr letztes Eis am Stiel, ihre letzte Zuckerkette gekauft hatte, bevor sie ins violette Wasser gegangen war.

Milena spürte die Anwesenheit all dieser Menschen um sich herum, während sie Paul küsste, während Paul sie gegen eine Graffitiwand drückte, während sie Pauls Hose öffnete und Paul Milenas T-Shirt hochschob.

Zehn Jahre später, auf der Toilette des Blue Nights, atmete Milena tief ein und wieder aus. Sie starrte in den Spiegel.

»Aufhören«, sagte sie leise. »Du musst aufhören, daran zu denken.« Und aus ihrer Erinnerung an das Treffen mit Paul am See kehrte sie langsam wieder in die Gegenwart zurück, in der Paul weit weg war und Milena das Blue Nights leitete. Sie drehte den Wasserhahn auf und versuchte, sich das Gefühl von Pauls Haut von den Fingern zu waschen. Dann sah sie auf die Uhr. Es war fast drei – bald konnte sie nach Hause gehen, in ihr Antiquariat, sich in den großen weichen Sessel fallen lassen, das kleine Büchlein mit dem Titel *Blaue Nächte* in die Hand nehmen und wieder in Emils und Lottes Welt eintauchen.

Auf meiner Suche nach dir habe ich irgendwann die anderen verloren. Sie waren plötzlich verschwunden, die Bühne war leer, das Licht ging an. Es war ein Uhr nachts – Sperrstunde. Ich kniff die Augen zusammen. Du warst nirgends zu sehen. Überall nur verlaufene Mascara, rote Nasen und zerzauste Haare, das Glas in meiner Hand war leer und übersät mit meinen Fingerabdrücken, es wurde höchste Zeit, nach Hause zu gehen.

Später konnten mir die anderen nicht erklären, wieso sie ohne mich gegangen waren. Sie hätten mich nicht mehr gesehen, sagte Marlene. Ich sei einfach zwischen den Tanzenden verschwunden, sie habe geglaubt, ich sei längst allein nach Hause gegangen.

Ich hätte nicht mitgehen wollen, erklärte Irene. Sie hätte mich gefragt, ob ich auch noch mit den Musikern dieser einen Band weiterziehen wolle, aber ich hätte dankend abgelehnt und gesagt, ich wolle hier noch ein wenig weitertanzen.

Ich sei doch dabei gewesen, behauptete Karl. Er habe mir noch die halbe Nacht von Axel Springer erzählt und davon, dass man diesen riesigen Verlag endlich entmachten müsse, weil er einen viel zu großen Marktanteil habe. Er könne mit seiner schrecklich kitschigen Berichterstattung über den Schah von Persien die Meinung im ganzen Land lenken. Daran müsse ich mich doch erinnern, es sei so ein gutes Gespräch gewesen.

»Wem habe ich das denn sonst erzählt?«, überlegte Karl.

Hans runzelte nur die Stirn, dachte nach und murmelte: »Wie war das denn, wie war das denn?«

Sicherlich hatten sie es nicht absichtlich getan, doch am Ende dieser blauen Nacht stand ich allein in der Dunkelheit. Ich zitterte, mir war schwindelig. Die richtige Richtung hatte ich vergessen, ich lief in die falsche. Hier wurden die Straßen breiter, die Autos mehr, Fabrikhallen tauchten auf, und riesige Schornsteine bliesen schwarzen Rauch in den Sternenhimmel.

Ich fand es wunderschön. Fast so schön wie das rote Sofa am Straßenrand. Es stand da inmitten eines Grünstreifens, zwischen Büschen und zwei niedrigen Bäumen, und darauf saß ein alter Mann. Die Hände hatte er im Schoß gefaltet, er beobachtete die Autos, die ab und an vorbeifuhren. Wenn man ihn so anschaute, hätte man meinen können, er säße in seinem Wohnzimmer und sähe fern. Doch da waren auch die Abgase, die ihn umgaben, das Rauschen der Motoren und das Gras unter seinen glänzenden Schuhen.

Meine Beine taten mir weh, meine Füße waren wund. Meine Müdigkeit ließ mich glauben, dass ich träumte, und wie in einem Traum war ich mir sicher, ich könnte mich kurz neben dem Fremden ausruhen. Also steuerte ich auf den Mann zu.

»Guten Abend«, sagte ich.

»Setz dich, Junge«, antwortete der Mann, ohne mich anzuschauen. Seine Haut war dunkel, die kurzen Haare weiß. Ich ließ mich neben ihm nieder, sank ein und verschränkte wie er die Finger im Schoß, überkreuzte die Beine. Ich sah auf die Straße. Es war spät, dennoch fuhr immer wieder ein Fahrzeug vorbei, ein Autosalat. Dir würde er gefallen. Du würdest ganz große Augen bekommen, wenn du die Modelle sehen könntest: ein grüner Alfa Romeo Giulia, ein roter Mini Cooper S, irgendein schwarzer Mercedes. Hinter den Steuern blasse Gesichter, akkurat sitzende Hüte, glühende Zigaretten.

»Wo wollen die nur alle hin?«

»Sie haben viele Wege.« Die Stimme des Mannes kratzte so sehr, dass ich mich unwillkürlich räusperte. »Viele Ziele.«

Ich nickte. »Vielleicht sind sie auf der Suche.«

»Sicher sind sie das.«

Ich lehnte den Kopf zurück. Wie spät es jetzt war? Wie lange ich dich gesucht hatte? Wo du wohl stattdessen gewesen bist, in dieser Nacht?

»Du bist jung. Für dich gibt es noch sehr viele Straßen und noch mehr Autos.«

»Für ein Auto habe ich kein Geld.«

»Mit wem hast du heute getanzt?«, fragte er, als hätte ich gerade etwas völlig anderes gesagt.

»Mit niemandem«, wehrte ich ab. Und dann setzte ich doch noch hinzu: »Sie war nicht da.« Das hier war ja ein Traum, irgendwie, ich konnte ja sagen, was ich wollte, alles, was ich dachte.

»Vielleicht wusste sie nicht, dass du da sein würdest.«

Ich schüttelte den Kopf. »Das glaube ich nicht. Wissen Sie,

das Problem ist: Auch, wenn ich weiß, wo sie ist, und sie weiß, wo ich bin – es gibt immer noch etwas Drittes. Einen Chef, einen Umzug, einen dummen Zufall. Es gibt immer noch den ganzen Rest, und ich habe nicht die mindeste Ahnung einer Ahnung, wie man diesen Rest kleinkriegt.«

»Du könntest ihn aufessen«, schlug der Mann vor.

Ich runzelte die Stirn. Hatte er das gerade wirklich gesagt? Leise kicherte er. Ich setzte mich auf. Nahm er mich gerade auf den Arm? Oder war er einfach wahnsinnig? Klar, wer hier draußen mitten in der Nacht auf einem Sofa saß, musste wahnsinnig sein.

»Was ist mit Ihnen?« Ich versuchte, streng zu klingen. »Warum sitzen Sie hier herum?«

Ich sah den Alten an. Noch immer lächelte er vor sich hin.

»Ich habe zu lange gesucht. Jahrelang war ich auf der Suche, und es hat einfach nicht geklappt. Meine Füße sind wund, meine Beine schwer. Jetzt bleibe ich am Wegesrand sitzen. Sollte irgendwer irgendwo nach mir suchen, findet er mich vielleicht hier.«

Noch ein Mercedes fuhr vorbei, dann ein hellblauer Opel. War das ein Rekord P2 Coupé? Manche Fahrer sahen durch das Fenster, musterten uns – und dann waren sie schon vorbeigerast.

»Also haben Sie aufgegeben.«

»Wenn ich aufgegeben hätte«, sagte er langsam, drehte den Kopf und sah mich mit blassblauen Augen an, »dann hätte ich mir mein Sofa ins Wohnzimmer gestellt.«

In der Wohnung waren die Vorhänge zugezogen, fast alle Lichter waren aus, nur die Stehlampe mit den langen schwarzen Fransen am Schirm leuchtete im Wohnzimmer. Darunter, im Licht, hatte sich Irene auf dem ockerfarbenen Sofa zusammengerollt. Sie musste gehört haben, wie ich durch den Flur geschlichen war und kurz ins Wohnzimmer gesehen hatte, denn sie richtete sich auf, und am Ende dieser Nacht freute ich mich, ihr Lächeln zu sehen.

»Da bist du ja!«, rief sie und schob sich ein paar Strähnen zurück in ihren Dutt.

»Schläfst du heute hier? Aber … was ist mit der alten Kirschner?«

»Es ist besser, gar nicht heimzukommen, als so spät.«

»Verstehe.«

»Und wo warst du?«

»Ich habe mich verlaufen.«

»Im Blue Nights?«

»Nein, in der Stadt.«

Ich ließ mich neben sie aufs Sofa fallen, lehnte den Kopf zurück. Schade, dass ich hier nur auf die Tapete starren konnte. Ein wenig vermisste ich die Straße, die Autos, die Möglichkeit, dass du hinter einer der vielen Windschutzscheiben sitzen und mich auf meinem Sofa bemerken könntest.

»Ihr habt mich im Blue Nights vergessen«, bemerkte ich.

»Du bist vielleicht ein Heini. Du hast doch gesagt, dass du noch bleiben wolltest.« Irene legte ihre Hand auf meinen Oberschenkel. Ich sah auf ihre Finger. Wie warm sie waren. Es war eine Wärme wie im Waschzuber meiner Eltern, wie in der Sonne auf dem Pausenhof nach einer quälend langen Geschichtsstunde. Es war die erste warme Hand nach einem langen Irrweg, und ich muss zugeben, ich legte meine Hand auf ihre.

»Dabei habe ich sogar auf dich eingeredet!« Sie räusperte sich und verstellte die Stimme: »Allein würdest du nicht weit kommen. Und über die Brücke zu gehen, wäre sowieso verkehrt, lass dir das sagen. Es wäre wirklich besser, wenn du mit mir mitkommen würdest.« Sie lachte.

»War das wieder *Django*?«

»Dieser Film ist einfach dufte.«

Ich musste lächeln.

»Warum wolltet ihr denn schon gehen?«

»Na, wegen der Band, die zuerst aufgetreten ist! The Doves haben uns zu sich nach Hause eingeladen. Das habe ich dir doch erzählt!«

»Ach ja, stimmt«, log ich. An ein solches Gespräch hatte ich absolut keine Erinnerung – ich hatte währenddessen wohl den Raum mit meinen Blicken abgesucht und sonst nichts mitbekommen.

»Es war phänomenal! Die Jungs sind so nett. Und witzig! Sie haben eine riesige Küche, und Joe hat für uns Gitarre gespielt. Hans war völlig hin und weg, er hat sich ein paar Akkorde zeigen lassen.«

»Klingt gut.«

Sie lächelte. Und dann, leiser, sagte sie: »Ich hätte dich gern dabeigehabt.« Ihr Flüstern war rau, ich bekam eine Gänsehaut im Nacken und sah sie an. Eine Bombe. Die schönste Frau der Welt, hatte Hans sie genannt. Und jetzt wurde mir klar, was er meinte. Ihre Nase war völlig gerade, die Lippen hellrot. Sie war ungewöhnlich, sie roch gut, und Hans verehrte sie. Wen Hans verehrt, der muss verehrungswürdig sein. Und nun saß diese Frau neben mir auf dem Sofa, ihre Hand lag auf meinem Oberschenkel, und sie sah mir in die Augen.

Ich fragte mich, ob die Antwort am Bahnhof tatsächlich von dir gekommen war. Ob du wirklich in der Stadt warst, ob du wusstest, wo die Nacht azurblau werden konnte. Oder ob ich mir all das nur einbildete und meine Suche so erfolglos bleiben würde wie in dieser Nacht. Dann beugte ich mich vor, musterte Irenes Gesicht und mochte es sehr: die Puppenwimpern, die feinen Falten an ihren Mundwinkeln. Ich küsste Irene. Und

Irene lehnte sich mir entgegen und legte ihre Hände auf meinen Bauch, und während dieses Kusses ahnte ich, dass sie sich das, uns, diesen Moment schon gewünscht hatte, seitdem wir uns zum ersten Mal in Hans' Bad gesehen hatten.

An Hans dachte ich erst am nächsten Morgen. Ich lag in meinem Bett, es war schon spät, es roch schon nach Kaffee, und jetzt fiel mir Hans ein, schlagartig. Was er über Irene gesagt hatte, wie er sie angesehen hatte. Sollte irgendwer sie anrühren, hatte er gesagt, ich schwöre, ich werde ihm beide Hände brechen oder, noch besser, jeden einzelnen Finger. Würde er das auch mit mir machen? Mit meinen Fingern? Und was noch viel wichtiger war: Wäre er dann noch mein Freund? Hans war für mich der wichtigste Mensch in dieser Stadt. Er war nicht nur mein Cousin und damit der einzige Verwandte in meiner Nähe, sondern auch mein bester Freund, der Mittelpunkt meiner neuen Familie, der Inbegriff meiner aktuellen Welt.

Wie hatte ich nur Irene küssen können? Wie hatte ich ihn nur so vergessen können? Während ich in meinem Bett lag und nachdachte, wurde mir schlecht, ich drehte mich zur Seite und übergab mich. Hans durfte niemals von diesem Kuss erfahren. Es wäre besser gewesen, er hätte Irene geküsst und sie hätte ihm die Hand auf den Oberschenkel gelegt.

Was wäre wohl passiert, wenn ich es geschafft hätte? Wenn niemand erfahren hätte, was Irene und ich in dieser Nacht getan hatten? Vielleicht wäre dann alles anders gekommen. Vielleicht hätte ich dich dann niemals verloren.

»Dass du dich nicht schämst!« Der grauhaarige Mann lachte laut, aber böse, seine Augenbrauen waren ein einziger langer Strich. »Dass du dich tatsächlich traust hierherzukommen, du halbes Hemd. Dass du es wagst, mit mir zu sprechen. Mir geradewegs in die Augen zu sehen.« Er drehte den Kopf zu seinem Freund. »Schau dir diese Halbstarken an! Die verdienen eine Abreibung, findest du nicht?«

Und dann krempelte er sich tatsächlich die Ärmel hoch. Ich musste an mein Heimatdorf denken, an den wütenden Willi, wie wir ihn genannt hatten. Oft hatte er das Gleiche getan: die Hemdsknöpfe am Handgelenk geöffnet und die Ärmel hochgeschoben. Er hatte geschnauft, wenn er einen von uns beim Biertrinken erwischt hatte – oder einfach nur dabei, wie wir zu laut gelacht oder Kaugummi gekaut hatten. Und wir waren losgerannt, so schnell wir konnten. An der Backstube und dem brandneuen Dorfgemeinschaftshaus vorbei, vorbei an den Frauen mit ihren Waschzubern und den Männern mit ihrem Kautabak. Wir rannten bis in den Wald hinein, wir verteilten uns im Unterholz, weil er uns nicht allen folgen konnte, und irgendwann, wenn wir sein Schnaufen nicht mehr hörten, begannen wir zu lachen und sammelten uns auf der Waldlichtung.

»Er ist wahnsinnig!«, hatten wir gerufen. »Irgendwann kriegt er das alles zurück.«

Doch diesmal war es anders. In der Stadt gab es kein Unterholz, es gab nicht einmal einen Wald. Wir standen mit dem Rücken zur Wand, es war die Wand von Simones Milchbar, und Simone sah demonstrativ in die andere Richtung. Der wütende Mann hieß auch nicht Willi. Wir kannten seinen Namen nicht. Jetzt stand er vor Hans und fixierte ihn.

»Vielleicht hast du auch nur was vergessen.« Der Grauhaarige ging einen Schritt auf Hans zu. »Was hast du vergessen, Junge?«

»Ich weiß nicht, was Sie meinen.« Hans' Stimme klang viel erwachsener als die des Mannes. Ein wenig lächelte er sogar.

»Denk mal scharf nach.«

»Ich wüsste nicht, worüber. Meine Freunde und ich würden

hier gern einen Milchshake trinken. Wir bitten höflich darum, nicht weiter belästigt zu werden.«

»Belästigt?« Der Mann lachte auf. »Der Junge bittet darum, nicht belästigt zu werden!« Auch die zwei Männer rechts und links von ihm lachten jetzt. Einer war glatzköpfig, der andere klein und hager.

»Da hätte er wohl besser zum Friseur gehen sollen«, kommentierte der Glatzkopf.

»Er hätte auch seine Mama bitten können, ihm eine ordentliche Frisur zu schneiden«, bemerkte der Hagere.

»In jedem Fall hätte er es nicht wagen sollen, mit diesen Haaren hier hereinzuspazieren.«

»Warum interessieren Sie sich für meine Frisur?«, fragte Hans.

Statt einer Antwort ballte der Grauhaarige die Hand zur Faust und schlug sie Hans ins Gesicht.

»Raus hier!«, brüllte Simone.

»Stopp«, schrie Karl und versuchte, die beiden zu trennen. Doch da hatte Hans schon die Haare geschüttelt, die Faust geballt und zurückgeschlagen. Der Grauhaarige wurde an der Nase getroffen, das Blut spritzte, er taumelte zurück. Der Glatzköpfige musste einspringen. Er stieß Hans zurück und wollte ihn gerade am Kragen packen, doch Hans rammte ihm schon die andere Faust in den Bauch, schlug ihm ins Gesicht und stieß ihn zurück, sodass er gegen die Wand knallte.

Hans war stark und mutig, doch Karl, der noch immer den Grauhaarigen festhielt, und ich, der stocksteif danebenstand, waren keine Hilfe. Jetzt stürzten sich alle drei Männer gleichzeitig auf Hans und schlugen zu. Sie trafen ihn am Kinn, im Bauch, am Wangenknochen. Ich rannte hinaus auf die Straße und brüllte um Hilfe, und ich weiß nicht, was geschehen wäre, wenn nicht zwei Polizisten an der nächsten Kreuzung gestanden hätten, um den Verkehr zu regeln.

»Es tut mir so leid«, sagte ich später zu Hans. »Ich hätte lieber selbst helfen sollen.«

»Es ist schon in Ordnung.« Hans lächelte mit seinen dicken blutenden Lippen.

»Gar nichts ist in Ordnung, du siehst furchtbar aus«, widersprach Irene.

Zu dritt saßen wir auf der Rückbank des Polizeiautos, Irene in der Mitte, Hans rechts und ich links von ihr. Karl und Marlene hatten nicht mehr hineingepasst. Außerdem wären sie niemals freiwillig in ein Polizeiauto gestiegen. »Wir lehnen diese Macht des Staates kategorisch ab«, hatte Karl mir einmal erklärt, und Marlene hatte die Arme verschränkt und hinzugefügt: »Alles Faschisten.«

Die Polizisten lenkten das Auto nun durch die Stadt in Richtung Krankenhaus. Als die Beamten die Milchbar betreten hatten, lag Hans bereits unter den Schlägern begraben und japste nach Luft. Die Polizisten hatten die Menschentraube auseinandergepflückt und schnell begriffen, dass Hans der Einzige war, der den einen Arm nicht mehr bewegen konnte, der pfeifend atmete und humpelte, also hatten sie sich dafür entschieden, ihn ins Krankenhaus zu bringen.

Jetzt sahen wir ihre Schirmmützen und ihre dunkelblau uniformierten Schultern von hinten.

»Lieb von dir«, sagte Hans leise zu Irene. Er lehnte den Kopf zurück und schloss die Augen.

»Erhol dich ein bisschen.« Irene tätschelte ihm die Schulter.

Schon seit Beginn dieser Autofahrt drückten sich ihre Beine gegen meine, unsere Schultern lehnten aneinander. Ich versuchte, beides zu ignorieren, sah aus dem Fenster, dachte an Hans. Er blutet, dachte ich. Er hat Schmerzen, vielleicht ist seine Rippe gebrochen, vielleicht ist etwas mit seinem Bein. Hans wurde gerade verprügelt von ein paar konservativen, aggressiven Schlägern. Sieh aus dem Fenster, ermahnte ich mich. Sieh Irene nicht an. Schau auf die Bäume, die Häuser, die anderen Autos.

Ein Abarth-Simca, eine Giulietta SZ, ein Aston Martin fuhren vorbei. Wie schön diese Autos sind, dachte ich. Stell dir vor, du könntest dir eines Tages auch so einen Citroën leisten oder, noch besser, diesen neuen Audi! Doch meine Gedanken schweiften ab, ich konnte Irenes Haare riechen, und dann lag ihre Hand auf meinem Oberschenkel. Ich sah Irene an, schüttelte den Kopf. »Nicht jetzt, nicht hier«, sollte das heißen. Irene drehte den Kopf in Hans' Richtung, seine Augen waren noch immer geschlossen, sie zuckte mit den Schultern. Ihre Finger streichelten über mein Knie. Ich versuchte, sie wegzuschieben, doch sie ergriff meine Hand und hielt sie fest, sah mir in die Augen. Sie strich über meine Wange, über mein Kinn und zog es zu sich hinunter. Ein kurzer Blick zu Hans – er schien zu schlafen –, und wir küssten uns.

Ganz kurz nur, dachte ich. Dann entziehe ich mich wieder. Die Augen hielt ich offen, um zu Hans hinüberschielen zu können. Was für ein schlechter Mensch ich doch war. Nur weil ich nicht Nein sagen konnte, saß ich mit dem zusammengeschlagenen Hans in einem Auto und küsste seine große Liebe. Oder? Küsste ich Irene wirklich nur, weil ich ihr diesen Wunsch nicht abschlagen konnte? Gab es in Wahrheit nicht ganz viele Gründe? Da waren ihr Geruch, ihr Gesicht, ihre schmalen Hände. Meine Suche nach Nähe und Bestätigung, mein Egoismus.

Heute, wenn ich ganz ehrlich zu mir selbst bin, weiß ich: Es fühlte sich einfach gut an, eine Frau zu bekommen, nach der sich ein anderer, einer, den ich bewunderte wie niemanden sonst, seit Jahren sehnte.

Jetzt wischte sich Hans mit geschlossenen Augen einen Tropfen Blut vom Kinn. Er seufzte auf, und Irenes Zunge schob sich in meinen Mund. Mein Kopf wurde heiß, meine Hände feucht. Ich war elektrisiert. Und ich mochte, wie Irene ganz leicht lächelte, während sie mich küsste. Ich glaube, in diesem Moment verliebte ich mich in sie. Die Polizisten vor uns merkten von alledem nichts. Ihre Mützen schwankten in den Schlaglöchern der Straßen, manchmal warfen sie sich kurze Sätze zu. Unbemerkt von ihnen schob Irene ihre Hand unter mein Hemd, und Hans' schlafender Kopf drehte sich in unsere Richtung. Ich berührte Irenes Unterlippe mit dem Daumen, Hans atmete pfeifend ein. Irene griff mir in die Haare, Hans atmete rasselnd aus. Ich legte meine Hand auf Irenes Oberschenkel, sie seufzte – und Hans öffnete die Augen. Sofort ließ ich Irene los, riss die Hände in die Luft. Hans starrte uns an. Er sagte kein Wort. Seine Augen waren so rot wie seine Lippen, seine Augenbrauen erschienen mir sehr schwer. Er starrte, schwieg. Und die Polizisten fuhren uns Kurve um Kurve weiter durch die Stadt. Ob sie wohl spürten, dass die Luft in diesem Auto dünner wurde? Dass es plötzlich heißer wurde, hier drin, enger? Kurz überlegte ich, die Tür aufzureißen und mich in den Fahrtwind zu werfen. Kein Aufprall konnte schlimmer sein, als unter Hans' Blicken sitzen zu bleiben. Doch was für ein Feigling wäre ich dann gewesen? Ich hatte es verdient, mit ihm hier eingesperrt zu sein. Ich hatte all das verdient, was später noch folgen sollte.

Wahrscheinlich wolltest du von dieser Autofahrt nicht so viele Details erfahren – und ich kann es dir nicht einmal verübeln. Doch ich musste es so genau erzählen. Ich möchte dir nichts mehr unterschlagen, von nun an werde ich völlig aufrichtig zu dir sein. Du musstest es so genau erfahren, um vielleicht im Ansatz nachvollziehen zu können, wie ich mich so verrennen konnte.

Wir hielten vor dem Krankenhaus, die Polizisten öffneten uns die Türen. Zu dritt blieben wir vor dem Eingang stehen und warteten, bis das Auto davongefahren war. Dann sagte Hans: »Geh nach Hause, Irene.«

Sie sah ihn an, dann mich und nickte.

»Gute Besserung.« Sie drehte sich um. Ihr Rock wippte, während sie sich entfernte.

Ich schwieg, sah auf den Boden, wartete. Welchen Finger würde er mir zuerst brechen? Ich vergrub alle zehn tief in der Jackentasche und zog den Kopf ein. Irgendwas musste geschehen, irgendwann würde Hans irgendetwas sagen. Doch er schwieg. Ich spürte nur seinen Blick auf meinen viel zu kurzen Haaren, auf meinem schmalen Gesicht und den jungenhaften Schultern. Sicher fragte er sich, was Irene an mir fand. Wie sie mich ihm vorziehen konnte. Und ich verstand es selbst nicht. Ich war ein Kind, ein Junge vom Dorf – wie konnte eine Frau wie Irene mich küssen wollen? Mich anstelle des langhaarigen, Gitarre spielenden mutigen Kerls, der Hans war?

»Hör zu«, begann ich und hob den Kopf. Da spürte ich Hans' Faust an meinem Kinn. Er hatte so heftig dagegen geboxt, dass meine Zähne aufeinanderschlugen und mein Kopf zurückwirbelte. Ich taumelte. Er versenkte die andere Faust, an dessen Knöcheln sich gerade erst Grind gebildet hatte, in meinem Bauch. Ich hustete, krümmte mich zusammen, doch Hans packte mich am Hemdkragen und richtete mich wieder auf, um mir noch einmal ins Gesicht zu schlagen.

»Dir werde ich garantiert nicht zuhören«, keuchte er, und ich spürte seinen Atem auf meinen pochenden Wangenknochen. Sein Gesicht verzerrte sich vor Wut oder Schmerz oder Traurigkeit, er hustete wie ich und hielt sich den Bauch mit der freien Hand.

»Wenn ich könnte, würde ich dich fertigmachen. Du würdest nicht mehr aufstehen.«

»Es tut mir so leid«, stammelte ich und spürte, wie mir

Tränen über die Wangen liefen. »Ich habe nicht die mindeste Ahnung einer Ahnung wieso … wie …«

»Natürlich weißt du wieso.« Und dann sackte er zusammen, mitten auf dem Bürgersteig. Er ächzte, verdrehte die Augen und war wieder weg. Ich riss die Krankenhaustüren auf und rief, so laut ich konnte, nach einem Sanitäter.

Sie gipsten Hans das Bein ein und verbanden ihm den Kopf. Mit mir sei alles okay, hatten sie gesagt und mir nur die Wunde über dem Auge desinfiziert. Stundenlang wartete ich anschließend im Gang darauf, endlich zu Hans gelassen zu werden – dem es wesentlich schlechter ging als mir.

Draußen wurde es dunkel, und währenddessen, Hunderte Kilometer entfernt, hob ein Polizist namens Karl-Heinz Kurras seine Dienstpistole, Hunderte Kilometer entfernt sank ein Student namens Benno Ohnesorg zu Boden. Eine Krankenschwester eilte an mir vorbei, ein Besucher, der mir gegenüber auf einem Stuhl saß, bohrte in der Nase, und ich schaute immer wieder auf die Uhr, während man in Berlin gerade einen 26-jährigen Mann in ein Krankenhaus brachte.

Damals, an diesem 2. Juni 1967, ahnte ich davon nichts. In Berlin war ich noch nie gewesen, von dem Schah, gegen den dort die Studenten demonstrierten, hatte ich nur flüchtig von Karl gehört, meine Gedanken wanderten ausschließlich von Hans zu Irene bis zu dir, weiter kamen sie nicht. Sie kreisten im Grunde um mich selbst.

»Es war ein riesiger Fehler«, begann ich, als ich endlich neben Hans saß. »Ich werde mich von ihr fernhalten.«

Hans starrte mich an. Sein Auge war mittlerweile zugeschwollen, die Wunde an seinem Mund dunkelrot, fast braun geworden. Die Haare ragten zerzaust aus seinem Verband hervor.

»Denkst du, ich hätte nichts gemerkt?« Er sprach leise, das

Atmen fiel ihm sichtlich schwer. »Vom ersten Tag an. Natürlich habe ich gesehen, wie sie dich angeschaut hat. Wie sie immer neben dir saß. Ich wusste es schon, als ihr euch in diesem verdammten Bad kennenlerntet. Also dachte ich, ich erzähle es dir. Vielleicht bist du dann vorsichtiger, machst ihr keine Hoffnungen, vielleicht geht es dann irgendwann wieder vorbei.«

»Es tut mir leid.«

»Sei still.« Er schnaufte, sah an die Decke. »So kenne ich Irene nicht. Und wir sind seit Kindertagen befreundet. Sie hat mich nie so angesehen wie dich. Niemanden hat sie je so angesehen. Wenn sie betrunken war, hat sie hin und wieder einen geküsst, aber nie häufiger als einmal, es hat ihr nichts bedeutet. Wenn sie Gefühle für mich hätte, wüsste ich es längst. Dann wären wir schon ein Paar, ich habe es oft genug versucht. Aber sie liebt mich nicht, nicht so. Dich liebt sie. Und du liebst sie, das sehe ich.«

»Ich …«

»Du sollst still sein.«

»Entschuldige.«

»Weißt du, Emil, ich mag dich. Du bist ein guter Kerl. Aber merk dir jetzt jedes einzelne meiner Worte.«

Ich nickte. Er hatte gesagt, er würde mich mögen, und das war in diesem Moment das Einzige, was ich hören wollte. Vielleicht würde er mir doch noch verzeihen.

»Irene hat viel durchgemacht. Mehr, als wir uns vorstellen können. Sie hatte es nicht leicht, mehr musst du nicht wissen. Aber wenn du ihr jetzt wehtust, dann kommst du nicht so glimpflich davon, verstanden? Ich kann dir vielleicht irgendwann verzeihen, dass ihr ein Paar werdet, aber ich werde es dir nicht verzeihen, wenn du ihr wehtust.«

Ich sah ihn an und wusste nicht, was ich antworten sollte. Ich wollte ihm von dir erzählen, von meiner großen Hoffnung, dich wiederzufinden. Doch vielleicht warst du ja nur ein Hirngespinst. Ich dachte an Irene, die auch außerhalb meines Hirns existierte, so richtig, die mich küsste, die mich wollte, nicht Hans. An Hans, der mir irgendwann vielleicht verzeihen würde, der mir jetzt auftrug, Irene glücklich zu machen. Und vielleicht konnte ich das. Vielleicht konnte ich sie retten. Und sie mich. Ich mochte Irene, sehr sogar, ich würde sie gern wieder küssen. Und vielleicht würde ich dich mit jedem Kuss ein wenig vergessen.

»Schwör es mir«, sagte Hans.

»Ich schwöre es dir«, antwortete ich. Und viele Kilometer entfernt, in einem ganz anderen Krankenhaus, starb währenddessen ein Student. Viele Kilometer entfernt wurde etwas losgetreten, etwas Großes, viele Kilometer entfernt begann etwas, nein, alles, sich zu verändern. Noch wusste ich davon nichts. Noch saß ich neben Hans und gab mein großes Versprechen und glaubte, wichtiger als dieses eine große Versprechen könnte auf der ganzen weiten Welt nichts sein.

Und dann sah ich dich wieder. Natürlich nicht sofort danach, nicht in derselben Nacht. Aber wenn ich jetzt zurückdenke, dann folgten beide Erlebnisse direkt aufeinander. Gerade hatte ich noch Hans geschworen, Irene glücklich zu machen, und dann standest du, größer als früher, das Gesicht schmaler, nur das Kinn noch genauso selbstbewusst gereckt, im blau-rot-grünen Licht unseres Tanzlokals. Du tanztest. Nicht so, wie man bei uns auf dem Dorf tanzte, nicht mit einem Jungen, du wurdest nicht herumgewirbelt. Du tanztest ganz allein. Dir war egal, wer neben dir tanzte, ob dich irgendwer beobachtete. Die Arme hattest du weit ausgebreitet, deine Füße wirbelten über den Boden, als gäbe es dort keine ausgetretenen Zigarettenstummel und zerbrochene Glasflaschen. Du nahmst dir deinen Raum, erobertest ihn mit jedem Schritt neu. Dein Kleid war blau, azurblau, und kurz, es endete über dem Knie, und deine Waden waren noch genauso schön wie damals in der Schule, als Achim von ihnen geschwärmt hatte. Wenn er dich jetzt sehen könnte, dachte ich. Wenn sie dich alle sehen könnten.

Ich vergaß, zu atmen, zu blinzeln, zu lächeln, den Mund zu schließen. Niemand wusste, wo du warst, was aus dir geworden war, niemand konnte sehen, wie du jetzt im Blue Nights tanztest, nur ich. Du warst echt, ganz wirklich, ganz da. Deine Frisur war anders als früher, jetzt peitschten keine langen Zöpfe mehr hinter dir durch die Luft. Offen fielen dir deine Haare auf die Schultern, hell und glatt, und deine Stirn wurde verdeckt von einem vollen Pony. Deine Augen wirkten in dem schmaler gewordenen Gesicht größer als früher, und wenn ich genau hinsah, waren all deine Sommersprossen noch da.

Ich stand nur wenige Meter von dir entfernt und bewegte mich nicht. So lange hatte ich von dir geträumt, an dich gedacht, gehofft, dich wiederzusehen, und jetzt stand ich hier, und es konnte gar nicht wahr sein, das konnte doch gar nicht echt sein. Du und ich an einem Ort, im gleichen Moment: statt irgendwann und irgendwo genau hier und jetzt.

»Alles gut?«, rief mir Karl ins Ohr und klopfte mir auf die Schulter.

»Alles gut«, murmelte ich, ohne ihn anzusehen. Er und Marlene waren an diesem Abend die Einzigen gewesen, die mit ins Blue Nights hatten kommen wollen: Hans war noch zu krank, und Irene hatte diesmal keine Lust gehabt.

»Heute nicht«, hatte sie schulterzuckend gesagt. Damals hatte ich nicht die mindeste Ahnung einer Ahnung gehabt, was sich hinter diesem Satz verborgen hatte. Und im Blue Nights war ich sogar froh darüber.

Langsam ging ich auf dich zu. Dabei versuchte ich, in den

Knien ganz locker zu bleiben, ich versuchte, mich an dich heranzutanzen, so lässig wie möglich. Hast du das bemerkt? Wann hast du mich gesehen? Ich kam dir immer näher, und irgendwann musst du mich zum ersten Mal bemerkt haben, irgendwann musst du erkannt haben, dass ich es war, dessen Knie so zitterten, dessen Hände bebten, dessen Blick flimmerte, während er dich ansah. Doch du ließest dir nichts anmerken, du tanztest, du lächeltest mich an, als hätten wir uns genau heute, genau um diese Uhrzeit, genau hier verabredet, als würden wir das häufig tun. Du spiegeltest meine linkischen Bewegungen, als wäre das unser Freitagnachtritual, als würden wir ständig gemeinsam tanzen. Wir tanzten, du und ich, dein Kleid und meine zu weite Bluejeans, die Hans zu klein geworden war und die er daher mir geschenkt hatte, deine hellen Schultern und mein zerknittertes Hemd, deine Sommersprossen und meine Zahnlücke, wir tanzten mit weit schwingenden Armen und riesigen Schritten, mit Schritten, die kleine Dörfer mit der großen Stadt verbinden konnten, unsere Kindheit mit unserer Jugend, die verrücktesten Wünsche, unsere absurdesten Hirngespinste Stück für Stück mit dem echten Leben, der Wirklichkeit, dem Hier und Jetzt.

Was alles irgendwie gleichzeitig geschah:

1. Wir tanzten.
2. Wir standen draußen in der Dunkelheit.
3. Deine Haare flogen.
4. Die Nacht dröhnte uns in den Ohren.
5. Wir schwitzten.
6. Wir froren.
7. Wir lachten.
8. Du sangst lauter als die Band.

9. Du bissest dir auf die Lippen.
10. Die Band spielte etwas von den Beatles.
11. Wir tanzten zu den Rolling Stones.
12. Wir saßen nebeneinander an einem der Tische.
13. Wir tranken Fanta mit Rum.
14. Wir standen nah voreinander, mitten im Lärm.
15. Wir standen nah voreinander, im ruhigeren Nebenraum.
16. Du rochst nach Kaugummi.
17. Wir schwiegen.
18. Wir redeten.

»Es ist schon spät«, sagtest du.

»Musst du nach Hause?«

»Meine Eltern schlafen. Aber manchmal wachen sie auf.«

»Heute bestimmt nicht.«

»Warum bist du in der Stadt?«

»Wegen dir.«

»So ein Unsinn.«

»Ich hatte gehofft, dich hier zu finden.«

»Tatsächlich?«

Ich lächelte.

»Und ich hatte gehofft, dass du irgendwann nach mir suchen würdest.«

Wieder wusste ich nicht, was ich sagen sollte.

»Und was denkst du, jetzt, wo du mich gefunden hast?«

»Dass doch noch alles gut wird.«

»Spinner.«

»Was denkst du denn?«

Du sahst zu Boden, schobst dir eine Strähne hinters Ohr. Und noch eine.

»Dass du vor dreiundzwanzig Tagen hättest hier sein sollen«, sagtest du schließlich.

»Was war vor dreiundzwanzig Tagen?«

»Da … also … Da habe ich mich verlobt.«

Du konntest es zwar nicht sehen, aber ich taumelte. Mit ausgestreckten Armen fiel ich, in Zeitlupe, tief, tiefer, und im Boden vibrierte der Bass. Was macht uns aus? Wann wir taumeln? Oder wie gut wir es verbergen können?

»Herzlichen Glückwunsch«, sagte ich mit einem möglichst breiten Lächeln.

Du runzeltest die Stirn. »Danke schön.«

»Das freut mich.«

»Ja.«

»Ich habe auch eine Freundin. Vielleicht bist du ihr sogar schon begegnet, sie ist oft im Blue Nights.«

Deine Sommersprossen konnte ich jetzt nicht mehr erkennen.

»Wie schön.« Du nicktest. Und dann, noch mal: »Wie schön.«

Später in dieser Nacht, als ich in die WG zurückkam, stand Irene rauchend an meinem Fenster und drehte sich zu mir um. Sie lächelte. Sie trug das schwarze Kleid, das ich so gern mochte, und ihr Gesicht wurde angeleuchtet von Kerzenschein.

Erst am nächsten Tag begriff ich, warum sie nicht mitgekommen war ins Blue Nights. Dass sie die Zeit genutzt hatte, um den Plattenspieler in mein Zimmer zu tragen und Kerzen anzuzünden.

»Na?«, flüsterte sie. »War's bombig im Blue Nights?«

Die Beatles sangen: *Someone to love, somebody new, someone to love, someone like you.*

»Was machst du denn hier?«, fragte ich leise.

»Wenn du magst, bin ich nachts jetzt öfter hier. Die alte Kirschner ist in Italien. Drei Wochen lang.«

Ich ging auf sie zu. Und ich küsste sie. Und ich zog erst sie aus, dann mich. Und mein allererstes Mal war warm und kurz und atemlos, und am Ende griff das Feuer einer Kerze auf mein am Boden liegendes Hemd über, und Irene löschte es mithilfe eines Wasserglases. Wir lachten. Und dann lag ich neben Irene und sah an die Decke und wurde ganz still.

»Alles in Ordnung?«

Ich schwieg. Schließlich machte ich: »Mmh.«

»Die anderen sind oben«, sagte Irene irgendwann. »Wollen wir auch?«

»Wo denn oben?«

»Warst du da noch nie?«

Sie stand auf und warf mir das Hemd zu, meine Hose. Wir zogen uns an, und mit einem riesigen Brandfleck auf der nassen Hemdbrust folgte ich ihr hinaus in den Hausflur, auf die Treppe, bis zum Dach.

Karl schlug mir auf die Schulter. »Gut, dass ihr da seid!« Er stemmte die Hände in die Seiten, Marlene verschränkte die Arme, und Hans hielt ein Luftgewehr in der Hand. Ich starrte ihn an.

»Was machst du da?«

»›Das ist ein schönes Spielzeug. Es ist genauso viel wert wie hundertfünfzig Gewehre‹«, zitierte Irene Django mit verstellter Stimme.

Hans drehte mir den Rücken zu, zielte auf eine Straßenlaterne und drückte ab. Es klirrte, und das Licht ging aus.

»Es ist zu hell«, erklärte er und legte wieder an.

»Wir brauchen die Dunkelheit«, fügte Marlene hinzu. »Heute soll es finster sein.«

»Aber – warum?«

Karl zog die Augenbrauen hoch. »Das fragst du noch?«

»Er hat es nicht geschafft«, erklärte Marlene. »Er ist tot, Emil.«

»Wer ist tot?«

»Benno Ohnesorg«, antwortete Karl.

»Benno wer?«

Karl warf eine Zigarette auf den Boden, und Hans drückte ab, es knallte und klirrte, und ich zuckte zusammen.

»Er war ein Student.«

»Er hat niemandem etwas getan.«

»Es war nur auf dieser Demonstration in Berlin, weißt du? Sie haben friedlich gegen den Schah demonstriert, an der Uni sagt das jeder.«

»Sie haben ihn erschossen.«

»Die Polizei war's.«

»Einfach so.«

»Und dann haben sie auch noch gelogen! Sie haben alles verleugnet und den Demonstranten die Schuld gegeben.«

»Der Polizeichef, sogar der Bürgermeister!«

»Und natürlich der Springer-Konzern.«

»Nur die Studenten haben von Anfang an die Wahrheit gesagt, da bin ich mir sicher.«

»Wir haben beschlossen, dass wir hier und heute in unserer kleinen Stadt ein Zeichen setzen wollen.«

»Heute soll es finster sein.«

Hans zielte und schoss.

»Jetzt du.« Er legte mir das Luftgewehr in die Hände. Ich sah erst ihn an, dann Irene. Ihr Dutt war zerzaust.

»Na los.«

Ich hatte nicht die mindeste Ahnung einer Ahnung, was wir mit diesem Studenten in Berlin zu tun hatten. Aber ich verstand schon, dass es wichtig war. Dass ihm Unrecht widerfahren war. Dass wir solidarisch sein mussten, dass wir wütend waren. Dass wir jetzt ein Luftgewehr in den Händen halten und zielen sollten. Also legte ich an, suchte die nächste Laterne, fand sie eine

Seitenstraße weiter und schoss. Beim ersten Mal traf ich nicht. Auch nicht beim zweiten. Aber danach traf ich – immer wieder. Ich zielte, schoss, zielte, schoss, zielte, schoss. Bis unser Haus von feinen Scherben eingekreist war, bis unser Dach im Dunkeln lag, bis wir die Arme umeinander legten, rauchten und uns sicher waren, die solidarischsten, die verrücktesten, die mutigsten Menschen der ganzen Stadt zu sein.

In diesen Tagen waren wir voller Wut und gleichzeitig voller Schwung. Auf Bettlaken schrieben wir Sätze wie: »Wir trauern um Benno Ohnesorg«, »Solidarität mit Vietnam« oder »Nieder mit dem Schah!«, und hängten sie an unsere Fassade. Wir bastelten Plakate und besuchten jede Demo in unserer Stadt – auch wenn sie noch so klein war.

Ich habe dir das nie erzählt, aber an einem anderen Abend, es war schon spät, die Nacht war dunkel, und die Straßenlaternen vor unserem Haus hatte niemand repariert, da reichte mir Hans eine besonders lange, dicke Zigarette. Ich zog daran, und es kribbelte in meinen Füßen und in meinem Kopf. Langsam lehnte ich mich zurück. Und dann, mit einem Mal, bemerkte ich, dass ich keinen normalen Kopf hatte. Ich saß auf unserem Sofa, und dort wo ich zuvor noch Haare, Haut und ein menschliches Gehirn gehabt hatte, trug ich nun einen Taubenkopf auf dem Hals.

Ich schaute hinüber zu Hans, zu Irene, Marlene und Karl. Bei ihnen war es das Gleiche. Ihre Körper waren wie immer: jeweils zwei Arme, zwei Beine, Miniröcke und Bluejeans. Doch auch sie besaßen nun Vogelaugen und Schnäbel. Ihr Taubengefieder war blau, grün, weiß. Wir waren halb Mensch, halb Vogel geworden. Was für eine Nacht, dachte ich und drehte meinen Taubenkopf zurück. Aus Vogelaugen starrte ich auf unsere ockergelbe Tapete, kicherte, und dann dachte ich zum ersten

Mal seit langer Zeit an meinen Vater und an meine Mutter. An das Kruzifix über unserer Küchentür, ich hörte sie ins Schloss fallen, ich sah den Rosenkranz zwischen Mutters Fingern. Wie er vorsichtig auf dem weißen Tischtuch abgelegt wurde.

»Kuchen?«

Ich sah meine Mutter vor mir, die in die Runde lächelte, über den Tisch gebeugt. Ihr Rücken war krumm von all dem Teig, den sie immer wieder geknetet hatte. Sie löste Stück um Stück vom Blech und servierte ihn der Verwandtschaft. Der Tante, der Großmutter, dem Vater. Sie kauten und lächelten.

»Da war die Karin doch schon wieder nicht in der Kirche!«

»Na so was.«

»Gibt es das denn?«

»Der Heinrich sieht auch gar nicht gut aus.«

»Stimmt, die Karin muss sich besser um ihn kümmern.«

»Und wie geht es dem Emil in der großen Stadt?«

»Weit weg ist er.«

»Seine Haare sind lang geworden.«

Ich hörte das Schmatzen der Verwandtschaft und stellte mir vor, wie meine Familie die Vorhänge schloss. Jeder legte sich auf ein Sofa, einzeln, jeder hob eine Wolldecke über sein Gesicht. Muffig war es darunter, ein Schweißfilm legte sich auf ihre Stirnen. Sie glaubten, das wäre gemütlich, so wie früher, es wäre alles so wie immer, sie wären sicher.

Sie sahen uns nicht. Wir waren weit weg. Zwischen ihnen und uns lagen viele Straßen, Dörfer, Schienen. Doch das hieß nicht, dass es uns nicht gab.

In Hans' Wohnung standen wir auf, wir balancierten unsere Taubenköpfe auf unseren Menschenhälsen, verließen die Wohnung und gingen hinaus. Wir liefen durch die Straßen, durch die Dunkelheit und stiegen ins Blue Nights hinab, Schnabelrock und Beatgefieder. Wenn meine Eltern mich so sehen könnten, dachte ich und lachte. Wenn sie meinen Kopf sehen könnten! Meine Bewegungen! Sie haben Tauben noch nie tanzen sehen, Menschen noch nie gurren hören. Sie wussten nichts. Und wollten nichts wissen von all dem. Dabei würde es ihnen vielleicht gefallen – die Beatles, die Rolling Stones, das neue Leben –, irgendwann.

Wir tanzten. Wir zuckten mit den Federn und rissen die Arme in die Luft. Wir klapperten mit den Schnäbeln, plusterten uns auf. Bis zu dieser Nacht hatten wir es geliebt, hier in unserem Klub unter uns zu sein, in unserem Keller. Doch heute, mit unseren Taubenköpfen, war es anders. Es war die erste Nacht, in der wir spürten: Es konnte nicht für immer so bleiben. All das war begrenzt, vergänglich. Wir tanzten, wir sangen, wir lachten, aber gleichzeitig war uns klar: Wir waren keine Fledermäuse, wir konnten hier unten nicht fliegen.

Es war nach Mitternacht, als wir schließlich aus dem Blue Nights kletterten, aus unserem Nest. Wie hart der Aufprall sein würde, war uns egal.

Wir standen auf der Straße und sahen uns um. Außer uns Taubenmenschen gab es hier niemanden. Meine Mutter, mein Vater, meine Verwandtschaft, all die Menschen, die so waren wie sie, waren in ihren Wohnzimmern geblieben, unter ihren schweren Wolldecken. Ich stellte mir das vor: in der Mitte der Fliesentisch, dahinter schwere Wandschränke. Ihre Wolldecken rochen nach Staub. Sie sahen nicht, dass die Bowlengläser in ihren Vitrinen längst zitterten. Sie hörten nicht, dass draußen vor ihren Haustüren etwas vor sich ging, dass sich da etwas grundlegend veränderte. Dabei hätten sie nur die Decken zur Seite schieben, sie hätten sich nur aufsetzen müssen. Ein paar Schritte, und sie wären beim Fenster gewesen. Sie hätten nur die Vorhänge aufziehen brauchen, dann hätten sie uns gesehen.

Nach und nach landeten immer mehr von uns Taubenmenschen auf der Straße. Zwischen den parkenden Autos, den Scheiben der Milchbar und des Kiosks wurden wir immer mehr. Unsere Federn glänzten im Licht der Leuchtreklame. Wir sahen einander an. Rote, schwarze, weiße Schnäbel. Zornesfalten und Augenringe. Wir hatten lange nicht geschlafen. Wir hatten lange nicht geschrien. Ein schwarzer Schnabel wippte, ein roter fiel ein. Eins, zwei, eins, zwei. Und schon tanzte der ganze Schwarm. Unsere Körper waren stark und schwer und bodenständig, doch unsere Köpfe vogelleicht. Wir waren eins, und in einer gemeinsamen Bewegung sahen wir hinauf zu den verschlossenen Fenstern.

»Seht ihr, wie es langsam hell wird?«, riefen wir. »Steht auf. Kommt heraus zu uns.« Wir sahen uns an und wussten, was zu tun war. Gemeinsam kletterten wir auf die Laternen, auf Kioskdächer und den Balkon der Milchbar. Wir stiegen, so hoch wir konnten, und starrten auf all die zugezogenen Vorhänge.

»Macht die Fenster auf. Seht zu, wie aus unseren glatten Rücken Flügel wachsen.« Wir gurrten.

»Schaut, wie wir abheben. Wenn ihr euch jetzt traut, erlebt ihr vielleicht, wie wir fliegen lernen!«

7. Kapitel

Lächelnd sah Milena von dem Büchlein auf. Emils Generation hatte zu diesem Zeitpunkt wohl noch keine Ahnung gehabt, wie viel sie tatsächlich bewegen würde. Wie viel sich ändern würde in den folgenden Jahrzehnten. Dass sie für Milena und ihre Generation eine völlig andere Welt schaffen würde.

Mit einem Mal bekam Milena Lust, auch auf einer Laterne zu sitzen. Eigentlich sollte sie viel häufiger den Schnabel öffnen und die Flügel ausbreiten, für ihre Meinung einstehen und kämpfen, damit auch ihre Generation etwas für die nachfolgenden hinterlassen würde. Hatte sie jemals rebelliert? Einmal war sie auf einer Demo gegen Rechts gewesen, einmal für den Atomausstieg. Aber sonst?

Milena kämpfte höchstens gegen ihre Mutter und dagegen, dass sie immer wieder im Blue Nights verschwand. Sie wollte ihr zeigen, wie viel Spaß Lesen machte und wie schön es war, abends früh ins Bett zu gehen und morgens früh aufzuwachen. Aber das war doch keine echte Rebellion, dachte Milena. Und war es überhaupt richtig?

»Was hast du eigentlich für eine coole Mutter?«, hatte Paul gemeint, damals, vor über zehn Jahren, als die beiden ihr zufällig in der Stadt begegnet waren. Paul und Milena waren gerade durch die Seitenstraßen gestreift, auf der Suche nach einem kleinen verfallenen Häuschen, das Paul hier irgendwo gesehen hatte. Er rannte immer wieder über die Straße, um in Gassen hineinzuschauen oder sich an der Bushaltestellenkarte zu orientieren, er sprang auf und ab, und dann umschlang er Milenas Bauch, um sie hochzuheben und zu rufen: »Kannst du es irgendwo sehen?«

Milena lachte, doch sehen konnte sie es nicht.

»Komisch, vielleicht war es doch in der Parallelstraße«, überlegte Paul. Gerade wollte er wieder über die Straße rennen, als neben ihnen ein schwarzer Audi scharf bremste. Milenas Mutter saß am Steuer und ließ nun das Fenster herunterfahren.

»Vorsicht!«, rief sie und lächelte. Dann erkannte sie ihre Tochter am Straßenrand. »Ach! Milena, Schatz!« Sie schob sich die dunkle Sonnenbrille in die Haare.

»Mama.« Milena beugte sich zu ihr runter. »Tut uns leid.«

»Hauptsache, niemandem ist was passiert.« Sie lachte.

»Wo willst du denn hin?«

»Mal raus. Ich dachte, ich fahr irgendwohin. An den See oder so. Wollt ihr mit?«

»Äh … ich …« Milena schielte zu Paul hinüber, der neben ihr stand.

»Hallo, ich bin Paul.« Paul trat einen Schritt vor und gab Milenas Mutter durch das geöffnete Fenster hindurch die Hand.

»Monika. Lass dich nicht überfahren!«

»Ich versuch's.«

»Wollt ihr vielleicht mit an den Eschenbacher See? Das Wasser soll dort ganz wunderbar sein.«

Milena schüttelte den Kopf. »Wir haben schon was vor. Viel Spaß, Mama!« Sie trat zurück und winkte. Ihre Mutter winkte auch, lächelte und gab Gas.

»Wow«, sagte Paul hinterher.

»Ja.« Milena senkte den Kopf und schob die Hände in die Taschen.

»Ich kenne sonst niemanden, der mit seiner Mutter angeben kann.« Paul hob anerkennend die Augenbrauen.

»Sie ist toll«, gab Milena zu. »Aber nicht einfach.«

»Was meinst du?«

Milena hob die Schultern. »Sie arbeitet zu viel. Sie lacht unglaublich laut. Weißt du, manchmal hätte ich gern eine gemütliche Mutter, die nachts schläft und tagsüber mit mir Kuchen isst.«

Paul lachte. »Man will wohl immer das, was man nicht hat. Ich hätte gern deine Mutter. Jung, erfolgreich, locker.«

»Wie ist denn deine?«

»Ach.« Jetzt senkte Paul den Kopf und vergrub die Hände in den Hosentaschen. »Lass uns nicht über meine Mutter sprechen.«

Damals hatte Milena keine Ahnung von Pauls Familie gehabt. Sie hatte nur an ihr angespanntes Verhältnis zu ihrer eigenen Mutter gedacht und sich gefragt, wann das Blue Nights sie wohl gestern verschluckt und wann es sie wieder ausgespuckt hatte. Ob sie seitdem genug geschlafen hatte.

Milena hatte wieder diese Wut, diese Genervtheit gespürt. Wenn ihre Mutter ihr rechtzeitig Bescheid gegeben hätte, dass sie sich heute einen freien Tag gönnte, hätte sich Milena mit ihr verabredet. Dann wäre sie sehr gern mit ihr an den See gefahren. Aber wie immer hatte Monika sich spontan entschieden und dabei zu spät an Milena gedacht.

Jetzt, über zehn Jahre später in ihrem Lesesessel, rieb sich Milena die Augen und dachte nach. Anstatt mit ihren Freundinnen ins Blue Nights zu gehen und von Monika Gratisdrinks anzunehmen, anstatt während der Schulzeit hinter der Bar zu jobben oder sich einen DJ für ihre Geburtstagsparty vermitteln zu lassen, hatte Milena gar nicht gefeiert. Gar nicht gejobbt. Gar nicht getanzt. Sie hatte gelesen, eine Ausbildung gemacht, gearbeitet. Sie hatte nachts geschlafen, tagsüber gebacken und

Kuchen an ihre Freundinnen verteilt. Ihre Rebellion war es gewesen, brav zu sein.

Während sie nun von Emils Leben las, spürte sie zum ersten Mal eine Sehnsucht. Zum ersten Mal hatte sie tatsächlich Lust, zu tanzen, irgendetwas in die Nacht hinauszubrüllen, ihre Strukturen aufzubrechen und aus dem Rahmen zu fallen. Vielleicht war das Blue Nights doch kein wildes Tier, dachte sie. Vielleicht war es nicht nur böse. Für Emil war es ein wichtiger Ort gewesen – vielleicht der wichtigste. Hier hatte er seine Lotte wiedergefunden, hier hatte er sich frei gefühlt. Und auch ihre Mutter hatte hier ihren Vater kennengelernt. Vielleicht hatte das Blue Nights eine gute, eine sanfte Seite.

Milena lächelte, strich über die Buchseite, die gerade aufgeschlagen vor ihr lag, und las weiter.

Erinnerst du dich an unsere Stunden auf den Straßenlaternen? In der Zeit, in der du immer mal zu unserer Gruppe dazugestoßen warst? Du stelltest keine Fragen, in der Morgendämmerung klettertest du einfach mit uns hinauf.

»Die Laternen sind alle kaputt«, sagtest du nur, und Marlene kicherte.

»Wir mögen die Dunkelheit.«

An diesem Morgen kanntest du schon die ganze Gruppe. Durch unsere gemeinsamen Tanzabende im Blue Nights warst du schnell mit allen bekannt geworden. Klar, so ganz Teil von uns wolltest du nicht werden – das wäre dir wegen Irene zu unangenehm gewesen. Doch hin und wieder schlossest du dich uns an, und ich kann dir kaum beschreiben, wie riesig ich mich jedes einzelne Mal darüber freute. Wie aufgeregt ich war. Meine Wangen und mein Magen brannten.

An diesem Morgen auf den Straßenlaternen hattest du dich schon öfter mit Karl unterhalten, der dir gern von der parlamentarischen Untersuchung der Demonstrationen während des Schahbesuchs erzählte und dich über deine Meinung zum Tod von Benno Ohnesorg ausfragte. Du kanntest Marlene, die dich beobachtete, wenn sie glaubte, du würdest es nicht bemerken. Du hattest schon mit Hans gesprochen, der dir erzählte, wie gern er eine Weltreise machen, welche Orte er irgendwann einmal sehen wollte. Und du hattest Irene kennengelernt, die immer nur an dir vorbeisah. Bis heute weiß ich nicht, wie viel sie verstanden oder was sie über uns gewusst hat. Sie wollte vielleicht glauben, dass Hans derjenige gewesen war, der dich in unsere Gruppe gelockt hatte. Dass du im Blue Nights seinetwegen mit uns tanztest, dass du seinetwegen immer mal wieder in unser Sofazimmer kamst, um nach der Sperrstunde noch mit uns anzustoßen. Doch viel wahrscheinlicher ist, dass sie die Wahrheit gewusst hat, die ganze Zeit.

Ich werde nie vergessen, wie du aussahst, als du auf dem gebogenen Hals einer Straßenlaterne saßt. Den Pony verwuschelt, die dunklen Augen glitzernd. Deine Beine baumelten in der Dämmerung. »Ihr seid verrückt«, riefst du. »Wahnsinnig!«

»Psst«, machte Karl.

Und Hans empfahl: »Versuch, dich unauffällig zu verhalten.«

Wir hatten die Laternen am Marktplatz besetzt. Hier standen sie dicht an dicht im Kreis. Mit ausgestreckten Armen konnten wir uns beinahe berühren. Stumm und kreisrund lag der Platz unter uns. Wir saßen zwischen den Bäumen, grinsten, sahen uns an. Und immer wenn unter uns eine Nachteule auf dem Heimweg war oder ein früher Vogel zur Arbeit spazierte, gurrte einer von uns so laut, dass die da unten vor Schreck ganz wach wurden. Manche lachten erleichtert, als sie uns entdeckten, andere schrien auf oder rannten davon. Wir liebten dieses Spiel, wir hätten es stundenlang spielen können, jede Nacht.

In der Nacht, in der du dabei warst, quietschte es irgendwann unter uns: Der Briefträger strampelte auf seinem Postfahrrad über den Platz, bremste und stieg ab. Er stellte sein Fahrrad gegen eine Häuserwand und gähnte so lange und laut, dass ich überlegte, ob er mit diesem Gähnen Morgen für Morgen den letzten Rest der Nacht aufwirbelte und wegpustete. Gerade wollte er wieder auf sein Fahrrad steigen, als hinter ihm Marlene von ihrer Laterne sprang. Der Postbote schrie auf.

»Entschuldigen Sie, wissen Sie, wie ich wieder nach Hause komme? Ich habe mich verlaufen.«

Der Briefträger kratzte sich am Kopf.

»Wo wohnen Sie denn?«

Und während Marlene sich erkundigte, in welcher Stadt sie denn hier sei und wie lange man laufen müsste, bis man ans Meer komme, kletterte Hans leise auf den Platz hinab, schnappte sich das Postfahrrad und radelte davon.

Wir konnten nicht glauben, was Marlene und Hans da gerade getan hatten. Mit großen Augen sahst du mich an, und ich zuckte mit den Schultern. Was soll ich machen?, sollte das heißen. Sie sind nun mal verrückt.

»Wo ist mein Fahrrad?« Der Postbote sah sich um. »Haben Sie irgendwas gesehen?«

»Ich habe nicht die mindeste Ahnung von einer Ahnung, was passiert ist«, antwortete Marlene.

»Es tut mir leid, ich kann Ihnen nicht helfen.« Der Briefträger begann, in den Büschen rund um den Marktplatz nach seinem Fahrrad zu suchen. Sobald ihn seine Suche tiefer in die Straßen der Stadt hineingeführt hatte, kletterten wir hinunter.

»Was ist denn mit euch los?«, fragte Karl.

Marlene lachte.

»Ach, Hans wird das Fahrrad an der nächsten Straßenecke abgestellt haben. Nur ein kleiner Streich. Ich gehe jetzt ins Bett.«

Karl nickte. »Mir fallen die Augen zu.«

»Mir auch.« Irene schaute mich an. »Gehen wir?«

Ich sah auf den Boden. Solange du bei uns warst, konnte ich nicht nach Hause gehen.

»Geht schon mal vor«, bat ich Irene. »Ich suche Hans und komme mit ihm nach.«

Du schwiegst. Die anderen gingen. Und dann waren wir allein. Wir liefen nebeneinanderher durch das Morgengrauen, du warst blass und deine Lippen rot.

»Soll ich dich nach Hause bringen?«

»Besser nicht. Ich habe meinen Eltern erzählt, ich übernachte heute bei einer Freundin.«

Ich sah dich von der Seite an und fand dich unendlich mutig. Was deine Eltern wohl tun würden, wenn sie die Wahrheit wüssten? Wie dein Verlobter reagieren würde, wenn er sehen würde, dass du gerade mit mir durch das Morgengrauen spaziertest?

»Lass uns nach Hans suchen«, schlugst du vor. Also streiften wir durch die Altstadt und vorbei am längst verriegelten Blue Nights, bogen hier ab und dort ein, hielten Ausschau nach Hans und redeten. Ich erzählte dir von unserem Dorf oder zumindest von dem, was ich in den letzten vier Jahren, bevor ich in die Stadt gezogen war, so mitbekommen hatte. Dass dein alter Hof noch immer stand, dass deine Freundin Heike mit meinem Freund Bernd verlobt war, dass man jetzt die Dorfschule schließen und alle Kinder der Nachbardörfer gemeinsam auf eine große Schule schicken wollte.

»So schade«, sagtest du. »Unsere Schule war toll.«

»Ja.« Ich überlegte. Und dann traute ich mich: »Warum seid ihr damals gegangen? Von heute auf morgen? Du hast dich nicht einmal verabschiedet.«

Zunächst schwiegst du. Ich hörte unsere Schritte auf dem Asphalt. Vier Schuhe, zwei leise surrende Fahrradreifen. Und dann, endlich, fingst du an zu reden.

»Sicher erinnerst du dich an die Erhardts, die Besitzer des Hofs.«

Ich nickte. »Einer war alt, und einer war jung.«

»Ihre Hosen waren dreckig.«

»Und ihre Finger gelb vom vielen Rauchen.«

Beide mussten wir grinsen. Doch als du weitersprachst, verschwand das Lächeln aus deinem Gesicht.

»Der Junge mochte meine Mutter. Ich wusste das schon seit Jahren. Mein Vater wusste es. Und meine Mutter wusste es auch. Anfangs hatte sie es einfach ignoriert, immer wieder hatte sie ihn abgewiesen. Sie vermied es, mit ihm allein zu sein, und wenn es draußen dunkel wurde, blieb sie lieber in ihrer Kammer. Doch ein paar Tage bevor wir gegangen sind, veränderte sie sich. Sie wurde blass und still und ängstlich. Wenn sie glaubte, sie wäre allein, weinte sie lautlos am Fenster. Mein Vater kennt sie gut, er verstand schnell. Eines Abends ging er auf den jungen Erhardt los und schlug ihm ins Gesicht. Meine Mutter riss ihn zurück, um Schlimmeres zu verhindern. Ich glaube, an dem Abend haben meine Eltern beschlossen, mit uns wegzugehen. Also sind wir gegangen. Meine Eltern haben mir nie erklärt, was genau vorgefallen war. Heute denke ich, es wäre besser gewesen, meine Mutter hätte meinen Vater nicht zurückgehalten. Er hätte dem Erhardt den Kopf einschlagen sollen.«

Ich hatte keine Ahnung, was ich antworten sollte, also schwiegen wir eine Weile. Und dann erzähltest du weiter, von deinem neuen Leben. Davon, dass dein Vater mittlerweile im Werk arbeitete und deine Mutter putzte, dass sie sich ein eigenes kleines Haus gekauft hatten, am Stadtrand, und ein Auto. Du erzähltest, wie sehr du Autos liebtest. Du liebtest, wie sie rochen, wie sie klangen, ihre Lichter und ihren Qualm. Bei achtzig auf der Landstraße fingst du gern an zu singen. Du machtest gerade deinen Führerschein. »Ist das nicht toll? Meinen eigenen Führerschein.« Du träumtest von einem Alfa Romeo Giulietta, der könne sogar bei Rallyes mitfahren. So sportlich und gleichzeitig elegant. Du wolltest selbst so einen Wagen haben, einsteigen und davonfahren, wohin auch immer, und laut dabei sein: rasend laut, ohrenbetäubend schnell. Du wolltest in einer großen, dunklen Abgaswolke verschwinden. Heinrich, der Chef deines Vaters, könnte dir ein solches Auto besorgen, sagtest du. Er sei reich und freundlich und habe sich in dich verliebt. Mit ihm hättest du dich verlobt, im Frühling kommenden Jahres sei es dann so weit. Dann würdet ihr heiraten, aber das Auto, das bekämst du hoffentlich schon an deinem achtzehnten Geburtstag.

Und dann entdeckten wir Hans – leider. Am liebsten hätte ich gemeinsam mit dir weiter nach ihm gesucht. Doch am See entdeckten wir ihn schließlich. Hier lag er auf der Liegewiese im Licht der aufgehenden Sonne und schlief, das Fahrrad lehnte an einem Baum. Ich blieb stehen und starrte dich an. Hoffte, dass wir Hans noch nicht wecken müssten.

»Wie alt ist dein Chef?«

»Sehr alt.« Du lachtest. Fröhlich war dein Lachen nicht. »Aber er hat mir versprochen, mir das Studium zu finanzieren.«

»Du willst studieren?«

»Ich will Englisch und Deutsch studieren, vielleicht werde ich Lehrerin.«

Ich schwieg.

»Schau nicht so. Meine Eltern würden mich nie studieren lassen, wenn er sie nicht davon überzeugt hätte. Er ist auf meiner Seite, er unterstützt mich. Dafür bin ich ihm dankbar.«

Ich nickte. Und hätte am liebsten geschrien. Wie hätte ich dir das als Schornsteinfeger ermöglichen sollen? Ich, immer noch ein Junge, immer noch mit Zahnlücke und ohne Geld, wie sollte ich dir gerecht werden?

Wir sahen auf den See, glatt und klar lag er vor uns.

»Ich bin oft hier«, erzähltest du. »Manchmal komme ich her, nur um hier zu stehen und den See zu betrachten. Es ist schön, nicht wahr?«

»Und wie«, sagte ich. »Bist du glücklich mit ihm?« Ich sah dich an.

Du zucktest mit den Schultern.

»Heute Morgen werden so viele Menschen vergeblich auf ihre Post warten.« Du schautest über deine Schulter zum Postfahrrad.

»Wir könnten das verhindern.«

Du lächeltest. »Ich bin dabei.«

Hans schlief tief und fest weiter, während wir das Fahrrad an ihm vorbei zur Straße schoben. Du rechts, ich links vom Lenker, die Müdigkeit brachte uns immer wieder zum Lachen.

Es dauerte viele Stunden, bis wir Brief für Brief in fremde Postkästen geworfen hatten. Unsere Beine waren schwer, unsere Augen konnten wir kaum noch offen halten. Doch wir liefen weiter, wir entzifferten die Adressen, suchten Straßenschilder und Hausnummern und kicherten. Immer wieder sahen wir uns an, immer wieder berührten sich unsere Hände auf dem Lenker, über dem Fahrradkorb und an den Briefschlitzen.

Heute frage ich mich manchmal, ob wir zu unkonzentriert gewesen sind. Sicherlich haben wir an diesem Vormittag unzählige Briefe vertauscht und falsch eingeworfen. Die Menschen mussten wahrscheinlich tagelang durch die Stadt laufen, um die Post zurückzutauschen. Manche von ihnen haben die Karte aus dem Italienurlaub, die Glückwünsche zur Konfirmation oder den Liebesbrief des treuen Verehrers vielleicht niemals bekommen – unseretwegen. Wir waren schuld. Das muss der Grund dafür sein, dass meine Briefe bis heute einfach nicht bei dir ankommen wollen. Das Schicksal rächt sich an schlechten Briefträgern, und ich habe nicht die mindeste Ahnung, wie ich es milde stimmen soll.

Es war längst Morgen, als ich dich schließlich nach Hause brachte. In deiner Straße konnten wir kaum noch stehen.

»Bis hierher«, sagtest du. »Besser, uns bemerkt keiner.«

Ich nickte und kämpfte, um dich aus meinen müden Augen noch scharf zu sehen.

»Danke für diese wunderschöne Nacht.« Du beugtest dich vor und gabst mir einen Kuss auf die Wange.

»Schlaf schön«, sagte ich.

»Schlaf schön«, antwortetest du.

Und dann ging ich nach Hause. Ohne Hans, den wir hatten schlafen lassen, aber dafür mit einem quietschgelben Fahrrad, das wir auf dem Rückweg am Marktplatz abstellten. Genau an dem Ort, wo der Briefträger am frühen Morgen nichtsahnend abgestiegen war.

Irene lag in meinem Bett, als ich nach Hause kam. Die Sonne schien durch die Vorhänge. Sie gähnte und drehte sich zu mir um.

»Guten Morgen.« Sie lächelte.

»Ich muss dir etwas sagen«, fing ich an.

Irene runzelte die Stirn, strich sich ein paar Haare aus dem Gesicht und setzte sich auf.

»Was hast du, Emil?« Sie war blass. »Geht es dir gut?«

»Es ist alles in Ordnung.«

»Sicher?«

Ich atmete tief ein.

»Nein, es …«

»Was ist?« Sie griff nach meiner Hand und zog mich zu sich aufs Bett.

»Ich weiß nicht … Ich bin mir nicht …«

»Was?«

»Du …«, stammelte ich. »Wir …«

»Was ist mit uns?«

Mir war, als hätte ich nicht ausgeatmet, seitdem ich hier eingezogen war. Als wären all die Wochen in dieser Stadt, in dieser Wohnung, im Blue Nights ein einziges langes Einatmen gewesen und nun wüsste ich nicht, wohin mit all der Luft, nun fand mein Atem nicht mehr hinaus.

»Vielleicht sollten wir …« Ich sah Irene an. Sie lächelte.

»›In deinem Alter sollte man sich nicht so viele Sorgen machen.‹« Sie sprach mit verstellter Stimme und stupste mich gegen die Schulter. »›Das ist nicht gut für die Gesundheit.‹«

»Django?« Ein klein wenig konnte ich ausatmen. Wir lachten leise.

Dann hielt Irene plötzlich inne und schlug sich die Hand vor den Mund. »Tut mir leid«, murmelte sie zwischen ihren Fingern, sprang auf und rannte ins Bad.

»Was hast du?« Ich folgte ihr und hörte sie hinter geschlossener Zimmertür würgen.

»Alles gut«, rief sie dann. »Mir ist nur etwas übel.«

Ich wartete im Flur, bis sie wieder herauskam.

»Ich hätte nicht so viel trinken sollen. Entschuldige. Was wolltest du sagen?«

»Ach«, murmelte ich. »Es ist nichts. Lass uns noch ein wenig schlafen.«

Erinnerst du dich an die Nacht, in der wir die Petards zum ersten Mal live hörten? So voll habe ich das Blue Nights noch nie erlebt. Die Menschen trugen Lederjacken trotz der Hitze, und überall wirbelten Haare auf und ab. Deine Arme glänzten, so heiß war es. Dein Kleid war gelb mit weißen Streifen, und jeder im ganzen Klub musste dich anschauen. Wie hell du leuchtetest. Wie glücklich du aussahst, während du den Petards zuhörtest.

Ich folgte deinem Blick: Diese Musiker hatten lange Haare und Schnauzer, sie sahen so frei aus, so wild. Wir lauschten ihrer Musik, und ihre Melodien waren gefühlvoll, ihre Lieder rhythmisch. Wir bewegten erst den Kopf im Rhythmus mit, dann den ganzen Körper. Es brauchte nur wenige Töne, und wir waren dieser Band verfallen. Und gleichzeitig ahnten wir, dass wir von nun an, jedes Mal wenn wir eines ihrer Lieder hören würden, aneinander denken müssten. Ich an dich und du an mich. Sie sangen, und wir sangen mit: *Can't you see, that's not for you? Can't you see, that's not for you?*

Auf der Tanzfläche war es so eng, dass sich hin und wieder unsere Hände berührten. Wie hätten sie sich bei dieser Enge auch verfehlen sollen? Die tanzende Menge schob uns immer näher aneinander. Hans, Karl, Marlene und Irene waren irgendwo anders, ich wusste es nicht, ich wollte nicht wissen, wo sie waren. Vielleicht waren sie draußen, um sich abzukühlen, oder im Nebenraum an einem der kleinen Tische. Irene war es in dieser Nacht zu heiß, außerdem mochte sie die Musik nicht, sie hatte keine Lust zu trinken, also war sie schon mal nach Hause gegangen.

Wie konnte man nur die Musik der Petards nicht mögen? Unserer Petards? *Well you touch the sky. Don't you know it is wrong?* Unsere Hände berührten sich, unsere Arme, unsere Hüften. Ich dachte an Kaugummi und Kaffee, spürte deine Hitze, sah dein Lächeln. Du blicktest mich an, während du tanztest und sangst. *Yeah, yeah and you reach for the stars, you are not so strong.* Meine Hände lagen an deiner Taille. Nur ganz kurz, dachte ich. Ich wollte nur wissen, wie sich das anfühlte. Ich zog dich näher an mich heran. Gleich würde ich wieder loslassen, woandershin schauen, ganz bestimmt. Niemand würde es sehen, es wäre so kurz, dass es gar nicht wirklich geschah, dachte ich, doch dieser eine verschwindend kleine Moment, der gehörte uns.

Und dann strecktest du dich und legtest deine Arme um meinen Hals, und schlagartig streckte sich mit dir auch der Moment, er schien unendlich. Ich strich über deinen Rücken, versuchte, mir jeden Millimeter dieses Moments zu merken. Du vergrubst deine Hände in meinen Haaren, ich bekam eine Gänsehaut. Deine Wange lag jetzt an meiner Wange. Dein Oberkörper lehnte an meinem, sogar unsere Beine berührten sich, wir tanzten so eng, wie ich noch nie mit irgendjemandem getanzt hatte, so eng, wie niemand sonst auf dieser Tanzfläche sich traute zu tanzen. *Everything is gonna work out fine …*

Meine Hand wanderte deinen Rücken hinauf bis zu deinem Nacken, ich streichelte deinen Hals, und du sahst mir in die Augen. Wir lehnten uns mit der Stirn aneinander. *If you just know your destiny and you use your time.* Ich vergaß, dass ich längst hatte loslassen wollen, dass ich woandershin schauen sollte.

»Gehen wir hoch?«, fragte ich irgendwann. »Gehen wir raus?«

»Wohin?«

»An den See. Oder in den Wald. Irgendwohin, wo es leise ist, wo wir allein sind.«

Du lächeltest, und ich fühlte mich mutig, stark wie ein Star. Ich hatte mich immer gefragt, wie es sich für erfolgreiche Musiker wohl anfühlte, wenn die schönsten Mädchen zu ihnen auf die Bühne sprangen, hinter die Bühne kamen, zu ihnen ins Auto stiegen und mit ihnen in den Wald fuhren. Was für ein Leben, hatte ich immer gedacht. Und jetzt stand ich hier mit dir und schlug dir etwas ganz Ähnliches vor, und du lächeltest, und ich liebte mit einem Mal mein eigenes Leben. Deine Lippen waren nah. Nur ein paar Millimeter, dachte ich, nur kurz, ich wollte nur wissen, wie …

»Du kleines Arschloch!«, brüllte Hans, riss mich zurück und warf mich auf den Boden. Ich prallte gegen fremde Beine, brachte fremde Menschen ins Taumeln, sie schrien auf, verschütteten ihre Getränke auf mein neues Hemd.

Hans stand über mir, breitbeinig.

»Reiß dich zusammen!« Er war so laut, dass es vermutlich auch die Petards hinter ihren Mikros hören konnten.

»Wenn du noch einmal Scheiße baust, dann bring ich dich um, Junge! Ich schwör's dir!«

Die Menschen hatten einen Kreis um uns gebildet und schauten auf uns hinab. An den Tischreihen waren sie aufgestanden, um mich besser sehen zu können. Schnell rappelte ich mich auf.

»Ich … ich wollte …«, stotterte ich und sah mich um. Du warst verschwunden.

»Du hast gar nichts begriffen! Wie kannst du Irene nur in so eine Lage bringen?«

»Es tut mir leid.« Ich sprach so leise, dass es vermutlich niemand hören konnte, niemand außer mir selbst.

Irene sagte es mir am nächsten Tag. Sie stürmte in mein Zimmer. »O mein Gott, Emil.« Ihre Augen waren weit geöffnet, die Wangen rot vom Wind, den dünnen Mantel hatte sie noch an. Ihre Straßenschuhe klackerten mir entgegen. Ich wusste nicht, ob sie sich freute oder ängstlich war, die Lippen presste sie aufeinander, ein dünnes Lächeln.

»Was ist passiert?«

»Ich war beim Arzt.«

»Ist alles in Ordnung?«

Sie schaute auf den Boden und legte sich die Hände auf den Bauch. Dann blickte sie auf. »Dass es so schnell geht, hätte ich nicht gedacht.« Und erst jetzt begriff ich.

Wie kannst du Irene nur in so eine Lage bringen?, hatte Hans gesagt. Du hast gar nichts begriffen.

Wie lange hatte er es schon gewusst? Wie blind war ich gewesen? Wenn ich mich jetzt zurückerinnerte, fiel mir auf, wie müde sie in den vergangenen Wochen häufig gewesen war. Dass sie kaum noch mit uns feiern ging. Wann hatte sie eigentlich das letzte Mal Alkohol getrunken? Und dann dachte ich an die eine Nacht zurück, in der sie sich übergeben hatte. Ich hätte es ahnen können. Ich hätte es verhindern können – müssen! Vor ein paar Wochen. Jetzt konnte ich nichts mehr tun. Ich konnte nur dastehen, Irene ansehen, ihr Lächeln, ihre Hände.

»O mein Gott, Emil.« Ihre Augen glänzten feucht.

Ich breitete die Arme aus, sie kam auf mich zu, und dann drückte ich sie, so fest ich konnte. All das tat mir leid. Es tat mir so schrecklich leid, dass es nur eine Entschuldigung gab, nur eine Lösung.

»Wir kriegen das hin. Wir halten zusammen. Alles wird gut. Du brauchst keine Angst zu haben«, versprach ich ihr leise. »Ich bin Django, und wenn du bei mir bleibst, wird dir kein Mensch etwas tun.«

Sie lachte.

»Wir heiraten«, schlug ich vor.

»Ja«, sagte sie. »Wir heiraten.«

Von diesem Tag an ließ mich Hans nicht mehr aus den Augen. Dich und mich ließ er nicht mehr allein. Wir tanzten, wir sangen, wir stießen an, und all das taten wir unter seinen Blicken. Wenn wir uns ansahen, wenn wir uns beim Tanzen auch nur einen Schritt näher kamen, wenn unsere Hände aus Versehen das gleiche Glas berührten – Hans bemerkte es. Sofort senkten wir die Blicke. Unsere gemeinsame Geschichte hätte damit vielleicht ihr Ende gefunden, wenn Hans nicht zum Geburtstag ein Transistorradio geschenkt bekommen hätte.

Dieses Radio schien alles zu verändern. Wenn wir jetzt das Haus verließen, kam die Musik mit. Wir lachten laut und hoben das Gerät über unsere Köpfe. Die Musik begleitete uns durch die Straßen bis zum Marktplatz. Wir setzten uns in die Mitte des Laternenkreises und drehten unseren Lieblingssender AFN lauter. Am liebsten hörten wir Wolfman Jack und sein Wolfsgeheul, seine Blues- oder Rock-'n'-Roll-Auswahl. Wir lehnten Rücken an Rücken und bewegten die Köpfe im Rhythmus der Musik, rauchten, streckten die Bier- und Fantaflaschen in die Luft.

»Auf uns!«, rief Marlene.

»Auf uns!«, riefen wir.

Die Spaziergänger sahen zu uns herüber, manche schüttelten den Kopf, andere kamen näher.

»Dürfen wir uns dazusetzen?«, fragte ein langhaariger Junge mit einer Zigarette im Mundwinkel.

»Klar.« Marlene winkte ihn und seine zwei Freunde herbei. Sie trugen lange Mäntel, ihre Frisuren sahen ungewaschen aus.

Dass deine und meine Geschichte weiterging, habe ich nur dem Transistorradio zu verdanken und diesen drei Gammlern, wie mein Vater vermutlich gesagt hätte.

»Wo kommt ihr her?«, fragte Hans.

»Heute?«

»Na gut, wo kommt ihr heute her?«

»Aus Paris.«

»Wie, aus Paris?«

»Wir reisen um die Welt.«

»Gestern waren wir in Paris, morgen geht's weiter nach München. Und dann fahren wir in den Süden.«

Hans' Augen wurden riesengroß. Er fuhr sich durch die Haare, sperrte den Mund auf und schloss ihn wieder.

»Hyperphänomenal«, antwortete Irene für ihn. Es war ihr neues Lieblingswort. Sie zog das Y ganz lang, das A noch länger. »Hyyperphänomenaaal.«

»Ihr habt ein Auto?« Marlene beugte sich nach vorn und zog an ihrer Zigarette.

Die drei lachten. »Nein, woher denn? Wir trampen.«

Alle drehten wir die Köpfe zu Hans, unserem Weltenbummler im Herzen – er strahlte übers ganze Gesicht.

»Und das geht so einfach?«

»Klar«, sagte der eine Junge. »Manchmal warten wir ein paar Stunden, bis einer anhält, aber wir sind immer irgendwo angekommen.«

»Der Superknaller«, fand Hans.

»Wie lange macht ihr das schon?«, wollte Marlene wissen.

»Ein paar Wochen. Den Sommer über trampen wir – solange das Geld eben reicht. Im Winter fahren wir dann nach Hause zum Arbeiten und Geldverdienen.«

»Leute!« Hans streckte den Rücken. »In diesem Moment habe ich das Gefühl, es ist so weit. Wir sollten auch aufbrechen. Ich will endlich die Welt sehen.«

»Mmh«, machte Marlene. »Ich weiß nicht, ob wir gleich die ganze Welt schaffen. Aber ich finde, wir sollten wenigstens bis nach Rom oder Venedig trampen.«

»Wir kommen mindestens bis nach Spanien«, versicherte Hans.

»Okay, okay.« Karl lachte. »Ich bin dabei. Den verlogenen Mist in diesem Land kann ich sowieso nicht mehr länger ertragen.«

Irene riss die Augen auf. »Hyperphänomenal!«

»Euer Ernst?« Ich sah von einem zum anderen.

»Ein Semester sollten wir uns das mal gönnen. Studieren können wir auch im Winter noch. Mich hält hier nichts.« Marlene trank einen großen Schluck.

»Mich auch nicht«, pflichtete Karl ihr bei.

Hans lachte. »Ihr habt so recht!«

Ich schwieg.

Ich dachte an dich und das Blue Nights, an unsere Musik, an deine Tanzbewegungen, an unsere Blicke. An die Hoffnung, jeden Abend aufs Neue, dich wiederzusehen. An die Momente, in denen ich dich dann wiedersah, zwischen den Tanzenden, inmitten des Lärms. Ich dachte an dein Lächeln. Wenn ich dich schon nicht küssen durfte, musste ich zumindest in deiner Nähe bleiben. Ich dachte an Herrn Sippel mit den vielen Schornsteinen, an das Geld, das ich bei ihm verdiente, um irgendwann einmal eine eigene Wohnung mieten oder sogar ein Haus kaufen zu können. Und dann dachte ich an Irene und das Baby. Mein Baby. Ich biss mir auf die Lippen. »Und wo wollt ihr wohnen?«

»Das sehen wir dann.«

»Es ist warm im Süden. Da kannst du überall schlafen.«

Sie versuchten nicht einmal, uns zum Mitkommen zu überreden.

»Das verstehen wir.« Marlene nickte.

»Das ist völlig okay«, fand auch Hans.

»Klar«, sagte Karl.

Mir war kalt geworden, dabei war der Abend mild, die späte Sonne schien mir auf den Nacken.

»Wann kommt ihr wieder?«

»Spätestens im Herbst.«

»Im Herbst?« Irene sprach etwas zu laut.

»Das sind nur ein paar Monate!«, versuchte Hans, sie zu beruhigen.

Deine und meine Geschichte wäre vielleicht nicht weitergegangen, wenn sich Marlene, Hans und Karl nicht schon am nächsten Tag diese Pappschilder gebastelt hätten. »München« stand darauf. Sie hatten nur wenige Taschen gepackt, stellten sich an die Hauptstraße und streckten die Daumen raus.

Irene und ich standen Arm in Arm in der zweiten Reihe.

»Schickt uns Postkarten«, bat Irene.

»Ruft mal an«, sagte ich.

»Passt auf euch auf.« Hans sah nur mich an. »Passt bloß auf euch auf, habt ihr mich verstanden?«

Seine Stimme klang tief, seine Augenbrauen standen enger beisammen als sonst. »Ich will, dass ihr aufeinander achtgebt.«

»Mach dir keine Sorgen.« Ich sprach leise. »Ich versprech's.«

Das Auto, das sie schließlich einsammelte, war rot, ein Mercedes Benz 190c, der Fahrer war jung und winkte sie rauchend herein.

»Viel Spaß!«, rief Irene.

»Kommt heil zurück!«, rief ich.

Und dann waren wir allein.

Während du und ich einander unser großes Versprechen gaben, verdaute ich noch mein Hochzeitsmenü. Konntest du das Grummeln meines Magens hören? Hast du den Essensduft in meinen Haaren gerochen? Schmecktest du die Nachspeise auf meiner Zunge?

Irene und ich waren zu meinen Eltern nach Eschenbach gefahren. Mein Vater klopfte mir auf die Schulter. Heilige Mutter Gottes, rief meine Mutter und sah zum Kruzifix hinauf. Sie umarmte meine zukünftige Frau, und Irenes Augen waren so groß, dass nicht einmal der Rücken meiner Mutter sie vollständig verdecken konnte. Kurz darauf saßen wir bereits im Gasthaus meines Onkels. Er hatte teigige Hände und Augen wie

Suppe mit Eierstich. Gratulation!, rief er und tischte uns seinen Vorschlag für unseren großen Tag auf. Als Vorspeise: Krabbencocktail. Hyperphänomenal, fand Irene. Delikat, entschied meine Mutter. Klasse, bekräftigte mein Vater.

»Ist dir nicht gut?«, fragtest du mich später am Abend, als ich wieder zurück war im Blue Nights. Als das Lokal mich schon umschlossen hatte wie ein flauschiger, warmer Kaninchenmantel.

»Es geht schon. Ich habe nur zu viel gegessen.«

»Du bist blass.«

»Ich muss dir was beichten.«

»Aha.«

»Ich hätte es dir längst erzählen sollen.«

»Ja?«

»Es fällt mir nicht leicht.«

»Nun sag schon«, sagtest du.

Genau das hatte auch Irene gesagt, am Mittag, im Gasthaus meines Onkels. Nun sag schon, findest du es genauso bombig wie ich?

Ihre Gabel steckte tief in einem Rumpsteak, das Fleischwasser floss an den Zacken entlang und ergoss sich über den Teller bis zum Leipziger Allerlei, das daneben erbsengrün und karottenrot leuchtete. Irene setzte das Messer hinter die Gabel und begann zu säbeln. Sie musste fest drücken, damit die Oberfläche des Fleisches aufplatzte. Darunter war es rot und blutig. Auf den Punkt gebraten, bemerkte meine Mutter strahlend. Klasse, meinte mein Vater. Der Superknaller, fand Irene.

Und ich schwieg.

»Vielleicht will ich gar nicht hören, was du mir da beichten willst«, sagtest du im Blue Nights. Es war eng, du wurdest gegen mich gedrückt, deine Arme lagen um meinen Hals.

»Ich muss es dir aber sagen.«

»Nein.« Du schütteltest den Kopf. »Noch nicht. Solange ich nichts weiß, ist das, was ich tun möchte, nicht ganz so unmoralisch.«

»Was möchtest du denn tun?«, flüsterte ich.

»Und du?«, wispertest du.

Ich liebe diese Kroketten!, hatte mein Vater am Mittag gerufen und sich eine Krokette nach der anderen zwischen die Zähne geschoben. Ich fragte mich, wie viele Kroketten wohl in einen kauenden Mund passten. Zum Nachtisch gab es Birne Helene. Die Frucht knirschte zwischen meinen Zähnen, das Eis ließ mich zusammenzucken.

»Ist dir heiß?«, fragte ich dich später im Blue Nights. Ich streichelte deine Oberarme und spürte eine Gänsehaut unter meinen Fingern.

»Ja«, antwortetest du. Der Bass ließ unsere Beine zittern.

Du legtest deine Hände auf meine Wangen und sahst mir in die Augen.

»Hast du Angst?«

»Nein«, sagte ich. Doch, was ich meinte, war: Ja! Ich habe riesige Angst. Ich habe so große Angst, dass mir schlecht und schwindlig ist, dass meine Hände nass sind und meine Lider nervös. Ich fürchte mich vor der Zukunft, vor jedem neuen Tag, ich habe Angst vor Irene, ich habe Angst vor dir, und am allermeisten Angst habe ich vor diesem Baby. Vor meinem Baby. Einem Baby, das meine Augen haben könnte und Irenes Mund, einem Baby, das sie austragen wird, das sie mir entgegenstrecken wird. Schau. Wie es dich ansieht. Einem Baby, das mein Baby sein wird, so sehr, dass ich alles für dieses Kind tun werde, dass ich alles aufgeben werde, dass ich unglücklich werde, damit es die Chance hat, die winzig kleine Chance, glücklich zu werden. Ich habe riesige Angst vor dem Unglück, vor einem besiegelten Schicksal, vor meinem Fehler und vor allen Fehlern, die ich noch begehen werde. Ich habe Angst vor dem Moment, in dem Irene alles begreift. In dem mein Baby alles begreift. In dem ich dir Lebewohl sagen muss. Und vor der ewig langen, vor der unendlichen Zeit danach.

All das sagte ich nicht. Ich lächelte und log. »Wovor sollte ich Angst haben?«

Noch etwas Sahne?, hatte mein Onkel am Mittag im Gasthaus gefragt und einen großen Löffel auf meine Birne gekleckst.

Es ist so wonnig in diesem Gasthaus, hatte Irene seufzend gesagt.

Dann ist es beschlossen, hatte meine Mutter verkündet, und mein Vater hatte mit der flachen Hand auf den Tisch gehauen. Jawohl!

Wenige Stunden später im Blue Nights, zwischen Tänzern und Tönen, zwischen Bier und Martini, zwischen Bühne und Bar, kamst du mir immer näher. Kam ich dir immer näher. Kamen unsere Nasen einander so nah, dass sie sich beinahe berührt hätten. Du lächeltest, und ich schluckte, und dann küssten wir uns. Es war unser zweiter erster Kuss. Er war völlig neu und sehr alt, uralt, ich fühlte mich, als würde ich einen verloren geglaubten Hut wiederfinden, als würde ich auf ein längst vergessenes Foto stoßen. So war das damals, dachte ich. So ist es heute. So sollte es werden. Wir küssten uns, und deine Lippen und deine Zunge und deine Zähne und dein Geruch waren mir neu, schwindelneu, gänsehautanders.

»Ich muss dir was sagen.«

»Nein.«

Meine Hände unter deiner Bluse, dein Atem in meiner Nase.

»Ich werde nicht zuhören.«

Deine Hände auf meinem Hemd, unter meinem Hemd, in meinem Nacken.

»Lass uns gehen.«

Auf dem Weg zum See schmeckte ich deinen Kuss und Birne Helene auf der Zunge, ich spürte deine Hitze auf meinem Gesicht und das Rumpsteak in meinem Magen. Schweigend liefen wir bis zum stillen Wasser.

»Ich habe mich verlobt.«

»Ich weiß.«

»Irene ist schwanger.«

»Ja.«

»Ich würde dich trotzdem gern küssen.«

Und wir küssten uns. Und wir fanden diese Bank am Wasser. Von der Bank konnte man auf die schwarze Wasseroberfläche sehen. Und hinüber zum Badehäuschen.

»Meinst du, wir kommen da rein?«

»Natürlich.«

Küssend stolperten wir hinüber zur verschlossenen Tür, betasteten das Fensterglas.

»Hier!« An der Rückseite hattest du ein gekipptes Fenster entdeckt. Du schobst die Hand zwischen Scheibe und Fensterrahmen – ein Ruck, und das Fenster stand offen.

»Nach dir.« Ich beobachtete dich, wie du in den Kiosk klettertest. Deine Beine, deine Arme. Ich folgte dir, so schnell ich konnte. Und zwischen Kasse, Süßigkeiten und Getränken sanken wir zu Boden. Ich fühlte die Kälte der Wand im nackten Rücken. Ich fühlte deine Wärme auf mir. Neben uns lag jetzt ein kleiner Turm aus Kleidern: meine Hose, dein Höschen. Deinen Rock schoben wir hinauf, meine Knöpfe öffneten wir. Deine Beine waren ganz warm. Du setztest dich auf meinen Schoß, und ich wollte schreien, so laut, dass der See hinter den Holzwänden Wellen schlug, aber ich biss die Zähne aufeinander.

»Psst«, machtest du.

Und ich verschluckte dein Geräusch, ich ließ meinen Schrei in langen Atemzügen über deine Haut wandern, und du küsstest mich, so lange, bis ich Birne Helene, Rumpsteak und Krabbencocktail vergessen hatte, bis sich mein Magen frei und leicht anfühlte, bis ich nur noch Kaugummi und Kaffee schmeckte und etwas Neues, Martini vielleicht, Dry Martini.

»Ich habe eine Idee«, sagtest du später, als wir erschöpft und zitternd am Tresen lehnten und an zwei Zuckerketten knabberten. Deinen Arm um meinen Bauch, meine Arme um deine Schultern gelegt.

»Wir sollten uns jetzt, hier und heute, am 18. Mai, etwas versprechen.« Du bissest eine Zuckerperle von der Gummischnur ab.

»Ja. Das sollten wir.« Und der Zucker verteilte sich auf meiner Zunge.

Versprich mir, dass ihr einander gut behandelt, hatte meine Mutter mir vor einigen Stunden noch zugeflüstert. Nach dem Essen hatte sie mich beiseitegenommen, am Arm hatte sie mich gezogen, damit ich langsamer lief und mich zu ihr hinunterbeugte. Irene ist gut zu dir, oder?, fragte sie. Das ist sie doch?

Ja, Mutti.

Und du bist gut zu ihr?

Natürlich.

Es ist das Wichtigste, dass ihr einander immer respektvoll behandelt.

Das werden wir, Mutti.

An diesen Moment dachte ich im Badehäuschen, kurz nur, ich dachte an den Hut meines Vaters, an den fröhlich wippenden Dutt meiner Verlobten.

Und dann sagtest du, im Badehäuschen, auf dem Fußboden: »Eines sollten wir uns versprechen.« Ich werde nie vergessen, wie du mich dabei ansahst: dein Pony zerzaust, dein Blick geordnet, geradeaus. Der Mond schien durchs Fenster herein, er ließ das Holz der Hütte aufleuchten, die Fanta- und Colaflaschen reflektierten sein Licht. Bald würden hier wieder Badegäste ein und aus gehen, sie würden ihre Pfennige über den Tresen schieben. Ein Eis am Stiel, bitte, würden sie bestellen. Nur jetzt, in der Nacht, hatten wir das Häuschen ganz für uns allein.

Ich nahm deine Hände und lächelte, und dann stimmte ich dir zu, in allem. Wir sahen einander in die Augen, Wellen, Wind und die Musik aus dem Blue Nights im Ohr. Sie durchzuckte noch unsere Arme und Beine, während wir unseren Schwur leisteten. In meinen Ohren summte es, in meiner Lunge lag der Zigarettenqualm fremder Tänzer, zwischen unseren Fingerspitzen Zuckerperlen. Wir lächelten und gaben uns ein großes Versprechen, komme, was da wolle, in jedem Fall, egal, was passiert.

Erinnerst du dich? Denkst du auch noch manchmal daran? Wenn die Tage nicht richtig hell werden, wenn ich aus dem Fenster sehe und draußen kein einziger Mensch vorbeigeht, der dir auch nur im Entferntesten ähnelt, wenn ich fürchte, ich könnte dein Gesicht vergessen, dein Räuspern, den Schwung deiner Ellbogen, dann denke ich an unser Versprechen. Immer wieder denke ich dann an das, was wir uns geschworen haben. Es ist noch nicht alles verloren, denke ich dann. Komme, was da wolle. Gilt das noch? Nach allem, was ich getan habe? Wirst du dich daran halten? Ich werde es, darauf kannst du dich verlassen. In jedem Fall, ganz egal, was noch passiert.

8. Kapitel

»Ganz egal, was passiert, ich werde dich nicht loslassen«, hatte Paul damals gerufen. Während Milena jetzt daran dachte, musste sie wieder lachen. Sie saß in ihrem Lesesessel, draußen war es hell geworden. Und sie dachte an den Tag zurück, an dem eines ihrer Beine schon auf dieser alten Fensterbank gelegen, das andere aber noch einen Meter über dem Boden gebaumelt hatte. Paul stand auf der anderen Seite des Fensters, er hielt ihre Arme fest und versuchte, Milena ins Haus zu ziehen.

»Keine Angst, ich lasse dich nicht los!«

Dabei lachte er. Er lachte genauso laut wie Milena, und vor lauter Lachen kam Milena keinen Zentimeter voran. Ihre und seine Arme zitterten mit jedem Laut, und das Zittern des einen Arms löste ein Zittern im anderen aus.

»Komme, was da wolle!« Paul kicherte.

Milenas Finger wurden feucht. Sie wusste nicht, wessen Schweiß es war, sie spürte nur, wie ihre und seine Hände aneinander abzurutschen drohten. Also schluckte sie ihr Lachen hinunter, spannte den Bauch an und zog sich zu Paul hinauf. Sie fiel ins Haus, er fiel im Haus, sie fiel auf ihn drauf, und beide kullerten über den Boden.

»Wo sind wir hier?« Milena schaute an den kahlen Wänden hinauf.

»Wir räumen es aus. Es soll abgerissen werden.«

»Du arbeitest hier drin?«

»Genau.«

»Und warum sind wir dann durchs Fenster eingestiegen?«

Paul lächelte. »Für das Abenteuer.« Er küsste ihren Hals. »Oben habe ich etwas für dich aufgehoben, komm mit.«

Er sprang auf und nahm ihre Hand. Ihre Schritte auf dem alten Holzfußboden quietschten, während sie durch den Raum gingen, den Rahmen ohne Tür passierten und auf die Treppe zusteuerten. An den Wänden hing noch eine gelbe Tapete mit braunen Karos, eine Truhe mit abgenutztem Blumenpolster stand einsam in der Ecke.

Sie stiegen in den zweiten Stock hinauf. Unterm Dach war es stickig und warm. Es roch nach staubigem Holz und feuchten Kissen. Paul öffnete eine Tür und bückte sich ein wenig, um die Wohnung zu betreten. Der Flur war lang und dunkel. »Hier entlang.« Paul führte Milena in ein kleines Wohnzimmer.

Jetzt, Jahre später in ihrem Lesesessel, runzelte Milena bei dieser Erinnerung die Stirn. Konnte das sein? Sie sah den Raum noch genau vor sich: An den Wänden verlief rundherum ein langes Regalbrett, auf dem sich alte Bücher aneinanderreihten. Außerdem standen vier Sofas im Zimmer: grün, rot, ockerfarben und gelb. War es tatsächlich so gewesen? Hatte das Wohnzimmer so ausgesehen wie das in *Blaue Nächte*? Milena schüttelte den Kopf. Sicher spielte ihr Gedächtnis ihr einen Streich, und sie schmückte ihre Erinnerungen nur deswegen mit Bildern aus Emils Büchlein aus, weil die Wohnung aus einer ähnlichen Zeit gestammt haben musste. Dabei gefiel ihr die Vorstellung. Und es war keineswegs unmöglich. Vielleicht hatte sie Emils Wohnung noch mit eigenen Augen sehen dürfen.

Damals hatte Paul auf einem der Sofas eine Wolldecke ausgebreitet. Auf dem Tischchen in der Mitte standen eine Kerze, eine Flasche Rotwein und zwei Gläser.

»Es ist der letzte Raum, den wir ausräumen müssen«, erklärte er. »Für dich habe ich alles so gelassen, wie es war. Also fast.«

Milena drehte sich im Kreis. »Es ist toll hier.« Schweigend schaute sie sich um. Dann fügte sie hinzu: »Es sieht aus, als wäre hier seit Jahrzehnten niemand mehr gewesen. Als hätten die Bewohner ganz plötzlich alles verlassen.«

Paul nickte. »Du hast recht. Sie sollen einfach verschwunden sein – vor sehr langer Zeit. Niemand weiß wohin.«

»Ist das wieder eine deiner Legenden?«

»Erinnerst du dich an die Geschichte vom Mädchen, das eines Tages in den See gegangen ist?«

»In bunter Vorzeit, ja.«

»Man erzählt sich, dass genau dieses Mädchen vor ihrem Tod mit der Wohnung verbunden gewesen sein soll. Willst du die Geschichte hören?«

»Unbedingt.«

Beide setzten sich auf die Wolldecke, und Paul schenkte ihnen Wein ein.

»Vor langer Zeit, als die Sofas noch nach Sahne schmeckten und die Bücher nach Erbsen mit Möhren, da traf sich in diesem Raum eine verschworene Gruppe junger Menschen. Sie saßen genau hier, wo wir jetzt sitzen, tranken Bier und nahmen LSD. Sie wollten zusammen sein, laut, frei und ungestüm. Sie wollten gut zueinander sein und trotzdem alles haben, die Welt verändern. Sie wollten zu viel. Eines Nachts ertrank eine von ihnen im See. Und schon am Tag darauf verschwanden auch all ihre Freunde. Bis heute weiß niemand, was mit ihnen geschehen ist. Seitdem steht die Wohnung leer. Hin und wieder haben mögliche Mieter einen Vertrag unterschrieben – doch sie sind alle zurückgetreten, noch bevor sie einziehen konnten. Es ist, als würde ein Fluch auf der Wohnung lasten. Als würde jemand – oder etwas – die Räume frei halten. Für den Fall, dass die Verschwundenen irgendwann wieder zurückkehren.«

Er nippte an seinem Glas, und der Wein spiegelte sich in seinen Augen, sie schienen kleine Wellen zu schlagen.

»Eine traurige Geschichte«, sagte Milena.

»Ja. Das Haus wird bald abgerissen – und sie sind nie zurückgekehrt.«

»Wann genau?«

»Was?«

»In wie vielen Tagen wird es abgerissen?«

»In drei.«

»Also ist noch nicht alles verloren. Sie haben noch drei Tage Zeit.«

Paul lächelte, nickte.

»Stimmt.« Er legte einen Finger auf ihre Unterlippe. »Noch drei Tage.«

Milena und Paul hatten noch vier, doch das ahnte Milena nicht. Sie fasste ihm ins Haar, in den Nacken, er zog sie an sich heran und küsste sie. Bald lagen beide ausgestreckt auf der Wolldecke, er auf ihr, und ihr Blick wanderte an all den Büchern entlang, an all den Geschichten, den erzählten und ungehörten, bis hinauf zu einem kleinen quadratischen Fenster, weit oben in der Ecke.

Drei Tage später starrte sie es wieder an, doch von außen. Paul und Milena standen da und sahen zu dem kleinen Fenster hinauf, ganz weit oben unterm Dach. Milena dachte an den Abend auf diesem ausgesessenen Sofa zurück, sie nahm Pauls Hand, während der Greifer des Baggers ein Stück Dach vom Haus riss. Staub wirbelte auf. Schutt flog durch die Luft, Holz und Stein und Putz und Mörtel. Zuerst wurde das Dach zerfetzt, dann der oberste Stock. Die Balken brachen wie ein Husten, die Fenster wie ein Niesen, die Wände zitterten. Schüttelfrost. Schwindel. Die Böden sackten ein, und überall war Staub, Dreck. Die

Luft wurde krank, eine Tröpfcheninfektion, Milena und Paul steckten sich an. Sie atmeten die Reste dieses verlassenen Hauses, der vergessenen Zimmer, der verflogenen Erinnerungen ein, sie nahmen sie durch Nase und Mund auf, all das zirkulierte in ihrem Blut.

Paul und Milena sahen sich an, während der Schutt krachend verladen wurde, und ahnten, dass sie nicht hätten hier sein sollen. Dass sie nicht hätten zusehen dürfen, wie das hier zu Ende ging. Sie küssten sich, es war ein langer, verzweifelter Kuss, und zwischen ihren Zähnen knirschte der Staub.

Milena wollte die Erinnerung nicht zulassen, die in ihren Gedanken stets auf den Abriss des alten Hauses folgte. Doch sie konnte sich nicht dagegen wehren. Sie sah Paul und sich selbst wieder im Taubenschlag ihres Großvaters liegen. Milenas Rücken lehnte an der Tür, Pauls Kopf lag in ihrem Schoß. Sie streichelte seine Haare.

»Ich liebe dich«, flüsterte Paul.

»Ich liebe dich«, flüsterte Milena.

Sie schwiegen. Milenas Lieblingstaube, die Nummer 519 mit dem dunklen Schnabel und dem blauen Hals, flatterte auf. Und Paul sagte: »Ich muss dir etwas erklären.«

Milenas Lunge wurde winzig klein. In so eine kleine Lunge konnte kein Mensch hineinatmen, da passte nichts rein, da kam nichts raus. Sie war starr und hart und erbsengroß. Die Nummer 519 atmete und antwortete für Milena, sie gurrte und schritt mit wackelndem Kopf auf Paul zu.

»Ich wollte es dir schon am ersten Tag sagen, gleich nach dem Kuss. Aber dann stand dein Großvater im Raum. Am See wollte ich es dir sagen, doch dann war unser Treffen so perfekt, ich konnte nicht. Ich wollte es dir in der alten Wohnung sagen und beim Abriss. Aber …«

»Aber was?« Milenas Stimme klang hart und trocken und winzig, erbsengroß. »Dann war der Bagger so laut?« Was er wirklich sagen wollte, ahnte sie schon. Er richtete sich auf und setzte sich ihr gegenüber. Die Knie angewinkelt, die Arme darauf abgestützt. Wie schön er war. Sein ernster Blick. Der schmale Mund. Seine dunklen Bartstoppeln warfen Schatten in sein Gesicht.

»Es tut mir leid.«

»Ja.«

»Die Reihenfolge ist falsch.«

Die 519 sah von Paul zu Milena und zurück.

»Die Reihenfolge?«

»Ich hätte mich zuerst trennen müssen.«

»Das hättest du.«

»Und dich dann küssen.«

»Du hast eine Freundin?«

»Ich bin verheiratet.«

Er sah auf den Boden zwischen seinen Knien, und die 519 plusterte sich auf. Ein großer, wütender Taubenball stand jetzt zwischen ihnen beiden.

»Du bist erst neunzehn!«

Paul zuckte mit den Schultern. »Das ist eine lange Geschichte.«

»So lang kann eine Geschichte gar nicht sein, wenn man neunzehn ist.«

»Und das weiß man mit einundzwanzig?« Paul lächelte schwach, doch Milena konnte nicht, sie verschränkte die Arme und sah an die Decke, dorthin, wo sich auf den Balken Tauben duckten.

»Ich lasse mich scheiden.«

»Wie das klingt.«

»Es tut mir leid.«

Milena sah Paul an, und Paul sah Milena an, und ihre Blicke begegneten sich. Und Milena bemerkte, dass sein Bartschatten länger, seine Augen dunkler, die Lippen schmaler geworden waren. Wie schön er war. Dennoch. Gerade deswegen. Gerade jetzt.

»Wie geht die Geschichte?«

»Was?«

»Die lange Geschichte. Wie geht sie?«

»Willst du sie wirklich hören?«

Milena nickte.

Nach dieser Nacht würde sie noch unzählige Male an diese Geschichte denken. Sie würde sich so oft an sie erinnern, dass sie bald nicht mehr wissen würde, was davon wirklich aus Pauls Mund gekommen war und was sich Milena selbst dazu gedichtet hatte. Sie würde sich immer wieder vorstellen, wie Paul dieses andere Mädchen zum ersten Mal gesehen, zum ersten Mal umarmt hatte. Immer wieder würde sie an seine Stimme denken, mit der er leise, gepresst erzählt hatte: »Vor langer Zeit, als es noch keine Mütter und keine Väter auf der Welt gab, als noch niemand daran dachte, dass es einmal Tanten, Onkels oder Großeltern geben könnte, da erschien, mitten in einem kleinen dunklen Zimmer, ein kleiner heller Junge. Er saß da, und mit einem Mal wusste er, dass er sechs Jahre alt war und einen Namen hatte. Er wusste, dass er mit einem Namen und einem Alter nicht bleiben konnte, wo er war. Also machte er sich auf den Weg. Er lief durch lange Straßen, vorbei an riesigen Häusern und fand schließlich einen Ort, an dem er nicht das einzige Kind war. Hier gab es viele Kinder mit Namen und Alter, eines davon hieß Sarah. Es war sechs Jahre alt, ganz genauso wie er.«

»Das ist ihr Name? Sarah?«

»Wir haben uns kennengelernt, als wir noch Kinder waren.

Beide hatten wir niemanden, nur die Betreuer. Also wurden wir eine eigene winzige Familie.«

»Das ist schön.«

»Mit neun Jahren beschlossen wir, dass wir irgendwann heiraten würden. Mit zwölf entschieden wir über den Namen unseres zukünftigen Kindes, mit sechzehn zogen wir in eine Zweizimmerwohnung. Und mit achtzehn feierten wir Hochzeit.«

»Also seid ihr seit einem Jahr verheiratet?«

»Seit sechzehn Monaten.«

»Glücklich?«

Paul lächelte. »Dann wäre ich nicht hier.«

Milena zog die Augenbrauen hoch. »Wie nett.«

»So meinte ich das nicht.«

»Okay.«

»Wir hätten das nicht tun sollen, wir sind viel zu jung. Wir klammern uns seit dreizehn Jahren aneinander. Keiner weiß, wie das Leben ohne den anderen wäre.«

»Also befriedigst du hier deine Neugier?«

Paul zuckte mit den Schultern. »Nicht nur.«

»Du probierst die Freiheit aus?«

»Milena!«

»Was?«

»Ich kann nicht aufhören, an dich zu denken.«

Milena schwieg.

»Mit dir bin ich ein anderer Mensch. So hibbelig und aufgeregt, ich habe plötzlich so viel Energie! Sonst erzähle ich keine Geschichten. Ich rede überhaupt nicht viel. Ich bin eher der schweigsame Typ. Und melancholisch. Einsilbig. Ich starre ständig vor mich hin.«

Milena musste lachen. »Unsinn.«

»Wenn ich bei dir bin, mag ich mich selbst viel mehr. Und ich mag dich. Dein schönes Gesicht, deine verträumten Blicke, die Wimpern, die Nasenlöcher, deine kleinen Zähne, die runden Ohrläppchen, alles einfach.«

Milena sah auf den Boden.

»Ich hätte dich nicht küssen dürfen. Nicht so.«

»Ich habe dich geküsst«, korrigierte sie ihn.

»Sicher?«

Paul lächelte schief, sein Gesicht kam näher, sie fühlte seine Hand auf der Wange, seine Lippen öffneten ihre, seine Zunge. Ihr Gesicht brannte.

»Warte«, flüsterte sie.

»Sorry.«

Er lehnte sich zurück, sah sie an. Und sie wusste, dass er sie viel lieber anfassen, sich auf sie legen, sich zwischen ihre Beine schieben würde.

»Du bist also in einem Kinderheim aufgewachsen?«, fragte sie trotzdem. Sie musste es fragen.

Paul nickte.

»Und deine Eltern sind …?«

»Ich kann mich nicht an sie erinnern. Ich weiß nur, dass sie dreihundert Kilometer entfernt leben und ich sie nicht kennenlernen möchte. Wahrscheinlich wohnen sie auf der Straße, vielleicht hat sich mein Vater schon totgesoffen, keine Ahnung.«

Milena schluckte.

»Aber das ist okay«, fuhr er fort.

»Du hast ja Sarah.«

»Nein!« Er rieb sich das Gesicht mit beiden Händen. »Es funktioniert nicht, es geht nicht, wir haben uns irgendwie getäuscht.«

»Irgendwie.«

»Ja.«

Milena lehnte den Kopf gegen die Tür. Langsam wurde

ihr kalt. Die 519 stand jetzt ganz nah an Pauls Bein, ihr Kopf zuckte – in Richtung Milena und dann in Richtung Paul.

»Willst du dich wirklich trennen?«

Paul nickte, die 519 flatterte, sprang auf seine Schulter, und Milena traf eine Entscheidung. Eine Entscheidung, die sie zehn Jahre lang bereuen würde. Was für eine dumme Idee das gewesen war, würde sie denken, immer wieder, Nacht für Nacht, Tag für Tag. Wie naiv, wie unsinnig, wie selbstzerstörerisch.

»Darf ich vorstellen?«, flüsterte Milena. Einfach so. »Das ist die Nummer 519. Meine Lieblingstaube. Ich schenke sie dir.«

»Was?« Paul grinste und drehte den Kopf zur Taube. »Aber …«

»Es ist eine gute Taube. Sie ist wertvoll.«

»Aber ich …«

»Ich schenke sie dir, und du musst das Geschenk annehmen.«

»Aber … warum?«

Milena schwieg. Sie betrachtete den Vogel zum vielleicht letzten Mal: Er tippelte auf Pauls Schulter hin und her.

»Die Taube kennt den Weg zurück zu mir. Wenn du dich wirklich trennst, wenn du es tatsächlich getan hast, dann lass sie einfach fliegen.«

Paul runzelte die Stirn. Er sah erst die Taube an, dann Milena.

»Sie fliegt zurück zu dir?«

»Genau«, flüsterte Milena. »Sie fliegt zurück zu mir.«

Heute denke ich gern an unser Versprechen zurück. Doch an den Tagen, kurz nachdem wir gemeinsam im Badehäuschen gesessen und es einander, Zuckerperlen in der Hand, Lichtreflexionen der Colaflaschen im Gesicht, gegeben hatten, da hatte ich Angst. Ich konnte den Gedanken nicht ertragen.

Ich versuchte, ihn wegzuschieben und die Hochzeit zu planen. Was ich alles tat, um nichts tun zu müssen:

1. Gemeinsam mit Irene stellte ich eine Liste an Hochzeitsgästen zusammen.
2. Ich streichelte Irenes Bauch.
3. Ich schrieb zweiunddreißig Einladungskarten: »Liebe/r xy! Wir feiern Hochzeit, und du bist herzlich eingeladen.« Immer wieder: »Liebe/r xy! Wir feiern Hochzeit, und du bist herzlich eingeladen!« Ich schrieb und schrieb, bis mein Handgelenk schmerzte, bis meine Finger steif wurden.
4. Ich hielt Irenes Hand.
5. Ich kaufte ein Babybett und stellte es in eine kleine Kammer im Haus meiner Eltern.
6. Ich räumte das alte Kinderzimmer meiner großen Schwester aus. Seit fast zehn Jahren hatte es leer gestanden. Nun würden Irene und ich ins Haus meiner Eltern ziehen, direkt neben das Baby. Das Baby würde direkt neben uns einziehen.

Tagsüber befasste ich mich mit der Hochzeit und dem Baby, nachts tanzte ich mit dir. Neben dir, vor dir, hinter dir. *She came to me out of the sun.* Ich werde nie vergessen, wie deine Oberarme glänzten. Wie hoch deine Schuhe waren. *Bright rays of light remained in her hair.* Ich werde nie vergessen, wie schnell du dich drehtest, wie dein Rock wirbelte und deine Beine. Sie glänzten im Dickicht der Absätze, der Hosenbeine und Laufmaschen. Zwischen all dem glänztest und wirbeltest du, deine Waden, deine Knie, glatt und stark und sicher. *I spent the whole day looking for a way to make love.* Wie du schmunzeltest. Als wüsstest du ganz genau, was ich dachte. Was ich mir vorstellte. Was ich gern mit dir gemacht hätte. Hier und jetzt. Und dein Nacken. Dein leicht geöffneter Mund. *Waiting for the night time to hold tight my sweet lady.* Unsere Füße näherten sich einander, das Licht der Discokugeln tanzte in deinen Haaren, auf deiner Stirn, deinen Lippen. Ich legte meine Hände an deine Taille. Warm und weich, und am liebsten hätte ich dich fester angefasst, dich an mich gezogen, ich hätte dir gern das Kleid hochgeschoben bis über den Bauchnabel. Ich streichelte deine wiegenden Hüften und dachte dabei an deinen nackten Bauch. Ich dachte an dich und mich im Badehäuschen und wollte den Druck deiner Waden wieder im Rücken fühlen. Du warfst die Haare zurück, dein Lächeln, deine Wangen waren warm, ich konnte es spüren, obwohl ich sie nicht berührte. *She'll be fading with the sun, when his light will be gone.*

»Gehen wir raus?«, sagtest du mir ins Ohr. Und ich nahm deine Hand, und keiner bemerkte, wie wir gemeinsam über die Tanzfläche liefen, die Treppe hinauf. Oder, was wahrscheinlicher war: Alle bemerkten es, aber keiner würde etwas sagen. Wir kehrten den Tänzern den Rücken zu, und wir liebten sie alle, jeden einzelnen, ihre Offenheit, ihre Verschwiegenheit, ihre Treue. Wir liebten diese azurblauen Wände, die alles zusammenhielten, die niedrige Decke, die alles verbarg, was hier unten geschah. Und die Musik, die so laut war, dass niemand hörte, was man sich zumurmelte. Seitdem Hans, Marlene und Karl weg waren und Irene schwanger, war das Lokal zu unserem Rückzugsort geworden. Es war sicherer Hafen, warmes Nest und große weite Welt zugleich. Wir fühlten uns geborgen. Und doch waren unsere Finger feucht vor Aufregung, doch konnte nur das Tanzen verbergen, wie sehr uns die Knie zitterten. Alles war möglich hier unten, alles konnte passieren, jede Nacht aufs Neue.

Seit Tagen passten Irenes Eltern ganz genau auf ihre Tochter auf: Nachdem Marlene in die Welt hinausgezogen war und ihre WG mit ihr bei der alten Kirschner aufgegeben hatte, nachdem ich mich mit Irene verlobt und Irene ihrer Mutter die Schwangerschaft gebeichtet hatte, musste sie wieder zu Hause wohnen, in ihrem alten Kinderzimmer. Sie hatte keine andere Wahl: Abends blieb sie daheim. Mich durfte sie bis zur Hochzeit nur dann treffen, wenn es hell war. Tagsüber versprach ich ihr, immer für sie da zu sein, nachts tanzte ich mit dir. Ich wusste, wie schlecht, wie gemein und furchtbar das von mir war, und doch nahm ich immer wieder deine Hand, tanzte mit dir, gemeinsam drehten wir den Tänzern den Rücken zu und stiegen die Treppe hinauf, in Richtung See.

Die Nächte waren mild. Erinnerst du dich daran, wie warm sie waren? Dieser Sommer wurde immer heißer. Tagsüber bei der Arbeit lief mir der Kaminruß die Schläfen hinab. Kleine schwarze Bäche malten mir Muster ins Gesicht und auf den Rücken, und in meinen Stiefeln stand der Schweiß.

Wenn es hell war, traf ich Irene im Sonnenschein, ich gab ihr einen Kuss auf die Stirn, streichelte ihren Bauch und versuchte, den Angstschweiß in meinem Nacken, das schlechte Gewissen in meinem Magen zu vergessen. Am Abend suchte ich mit dir den Schatten, die Bäume, die Keller, wir seufzten und zogen einander aus.

Unsere Schultern und Wangen waren rot, vorsichtig streichelte ich deinen Sonnenbrand. Erinnerst du dich daran, wie wir es eines Nachts nicht mehr ausgehalten haben? Wie wir losgerannt sind, hinein ins Wasser? Wir hatten Algen zwischen den Zehen und See im Mund, wir prusteten und lachten, und unsere Küsse schmeckten nach Ufersand. Rücklings legten wir uns auf die Wasseroberfläche und schauten in den Himmel.

»Ich habe dieses seltsame Gefühl, als würde dieser Sommer

niemals aufhören«, sagtest du, und deine Schultern, dein Bauch, deine Knie tanzten mit dem Wasser. »Als würde es immer heißer werden.«

Ich lächelte. »Das wäre schön.«

Und der Sommer tat uns den Gefallen. Er wurde immer wärmer, immer länger. Es wurde der heißeste Sommer seit 1959.

»Hast du sie etwa nicht im Fernsehen gesehen?« Irene sah mich ungläubig an.

»Was?«

»Die Hochzeit natürlich.«

»Welche Hochzeit?«

»Sie war wunderschön.«

»Wovon redest du?«

»Emil! Im Mai hat Elvis seine Priscilla geheiratet. Sie waren so elegant.«

»Ah.« Ich lächelte.

»Es ist hyperphänomenal, wie schön sie waren. Was gäbe ich für Priscillas Kleid … Und ihre Frisur!«

»Du bist auch sehr schön.«

»Emil, darf ich dich um etwas bitten?« Irene zog die Schultern hoch und lächelte mich an.

»Immer.«

»Würdest du dir die Haare so frisieren wie Elvis?«

»Was soll ich?«

»Nur für die Hochzeit!«, rief Irene und lachte.

Wir schaukelten auf dem See, und mit jeder Nacht wurde das Wasser wärmer. Es wurde Morgen, es wurde Mittag, du wurdest achtzehn.

»Endlich«, seufztest du, und von den Hälsen verschwanden die Krawatten, von den Beinen die Strumpfhosen. Unsere

Nacken und Knie wurden röter, der See wurde heißer. Es wurde Nachmittag, es wurde Nacht, und wir rannten wieder ins Wasser, um in den Himmel zu schauen. Ein paar Äste hingen zwischen uns und dem Mond. Meine Finger suchten deine, sie waren schon ganz schrumpelig.

»Mir ist immer noch heiß.«

»Ich glaube, uns wird für immer heiß bleiben.«

Wir drehten die Köpfe, um uns anzusehen, und in deinen hellen Augen lag klar und ruhig der dunkle See.

»Schau!« Irene saß an einem helllichten Tag vor dem Fernseher meiner Eltern. »Emil! Sie zeigen die Hochzeit noch mal, guck schnell!«

Ich sah auf den kleinen Röhrenfernseher. Elvis lächelte Priscilla an, und sie rückte ihren dichten weißen Schleier zurecht. Ihre Augen waren ganz dunkel geschminkt, ihre Nase war klein und spitz.

»Dieser Lidstrich!« Irene ging näher an den Apparat heran. »Den krieg ich doch bestimmt auch hin, oder?«

»Aber sicher«, sagte ich. »Du wirst wunderschön aussehen.«

Der dunkle See schlug Wellen in deinen hellen Augen, er schwappte und spritzte, als ich am Uferrand auf dir lag. Ich hielt deine Hände fest, ich drückte sie vorsichtig in den Schlamm. Meine Zehen und Knie lagen in der nassen Erde, sie bohrten sich immer tiefer hinein. Du lagst unter mir und sahst mich an, geweitete Nasenlöcher, unterdrücktes Seufzen.

»Hör nicht auf«, flüstertest du. »Du darfst nicht aufhören.«

Ich nicht, du nicht, dieser Sommer nicht. Dieser heißeste Sommer seit 1959 sollte niemals aufhören, er durfte niemals enden. Wir lagen im Schlamm, wir wuschen uns im Wasser, wir schwitzten am Ufer, und die Hitze fühlte sich an, als hätte sie alle Jahreszeiten längst verbrannt, als gäbe es nirgends Abkühlung auf dieser Welt, nur diesen einen Sommer, und wir genossen es, wie sehr er uns zum Schwitzen brachte.

»Das ist er!« Irene zeigte auf ein Schaufenster, in dem sich die Sonne spiegelte.

»Was meinst du?«

»Der Schleier! So einen hatte Priscilla auch, oder nicht?«

»Doch, ja.«

»Hyperphänomenal.«

»Er ist sehr schön.«

»Meinst du, er würde mir stehen?«

»Mit Sicherheit«, sagte ich, und Irene lächelte.

Die Hitze war längst im Blue Nights angekommen, überall glänzende Schultern und feuchte Haarsträhnen. Wenn man sowieso schwitzt, kann man auch tanzen, dachten wir und tanzten. *Hold the sun in the sky.* In dieser einen Nacht war dein Kleid rot, du hattest die Haare hochgebunden, die Hände hieltst du hoch über deinem Kopf. *Keep her light burning high – for the lady.* Die Luft war dicht und schwer und feucht, sie lastete auf unseren Köpfen, stand uns in den Nasenlöchern. *Only when we're tired.* Wir sangen und lachten, und du legtest deine Arme auf meine Schultern. Wie im Badehäuschen, dachte ich. Deine Stirn an meiner. Gestern im Badehäuschen hatte ich dir das Kleid bis über den Bauchnabel geschoben, ich hatte mich zwischen deine Knie geschoben, ganz langsam. *I'll make a special sunset – for the lady.* Im Blue Nights umfasste ich deine Hüften, und du öffnetest den Mund.

Und dann, als hätte uns ein Sturm erfasst, ein Tropensturm, wirbeltest du zurück. Ich öffnete die Augen und sah dich fallen, rücklings, die Arme ausgestreckt. Dein Rücken schlug zuerst auf den Boden, dann dein Kopf. Und über dir stand ein Mann. Kleiner als ich, die Schultern breiter als meine, die Haare grau meliert. Er trug eine braune Krawatte. Ich fragte mich noch, ganz kurz, ob er nicht schwitzte damit, doch schon im nächsten Moment traf mich seine Faust am Kinn. Ich fiel zu Boden, und er trat mir in den Bauch. Ich krümmte mich. Mist, dachte ich, wenn Lotte das sieht. Lotte darf mich so nicht sehen, alle, aber nicht Lotte. Doch dein Verlobter trat mir noch einmal in den Bauch und noch einmal, bis ihn jemand zurückhielt.

Dass ich nicht stärker gewesen war, tut mir leid, dass ich nicht mutiger war. Dass ich liegen blieb, dass mir die Tränen kamen. Ich sah, wie er dich am Arm packte und hochzerrte, hinter sich her, die Treppe hinauf. Es tut mir leid, dass ich nicht aufstehen konnte, um euch hinterherzurennen, dass ich nur dort lag, gekrümmt, meinen Bauch pochen und pulsieren fühlte und ahnte, dass der Sommer jetzt vorbei war.

In der nächsten Nacht ging ich ins Blue Nights, obwohl meine Rippen schmerzten und ich wusste, dass du nicht da sein würdest. Ich setzte mich an den Tresen und sah die Treppe hinauf zur Tür. Es wurde elf, es wurde zwölf, es wurde später. In der Dunkelheit lief ich zum See, ich schaute durchs Fenster in unser Badehäuschen, doch du warst nicht da. Ich stand am Wasser und sah auf die dunkle Oberfläche, doch du tanztest dort nicht mit den Wellen. Im Morgengrauen lief ich bis zu der Straße, zu der ich dich nachts einmal begleitet hatte. In welchem Haus du wohntest und ob es überhaupt in dieser oder in einer der umliegenden Straßen stand, wusste ich nicht, ich ging auf und ab, versuchte, durch die Fenster in fremde Küchen und Esszimmer zu schauen, sah auf alle möglichen Klingelschilder, doch nirgends fand ich deinen Namen, nirgends begegnete mir ein bekanntes Gesicht. Gegen sieben Uhr verließen die ersten Männer mit Hut die Häuser, sie stiegen in ihre Autos und fuhren davon. Dein Verlobter und dein Vater waren nicht unter ihnen.

Es dauerte vier Nächte, bis ich deine Botschaft fand. Vier Nächte, in denen ich immer wieder im Blue Nights saß und wartete, in denen ich zum See lief, zum Badehäuschen und in dein Viertel. Erst am vierten Morgen hatte ich einen Kunden am Bahnhofsplatz. Aus alter Gewohnheit sah ich zur Bushaltestelle hinüber und dachte an unsere Nachrichten. An meinen ersten Tag in der Stadt. Einmal wollte ich unsere Worte noch lesen. Ich ging näher ran und legte den Kopf in den Nacken. Und nahm meinen schwarzen Hut ab. Unter unseren alten Botschaften stand jetzt eine neue – verfasst in deiner Handschrift. Wieder und wieder las ich sie und lachte leise. Die Buchstaben standen kreuz und quer, manche waren groß, andere klein. Du warst vielleicht in Eile gewesen, aufgeregt vielleicht, vielleicht hatten dir die Hände gezittert. Aber du hattest mir geschrieben.

»Ich komme täglich um 7.45 Uhr her. Ein Stück könnte ich dich mitnehmen.«

Ich sah auf die Uhr – es war 7.14 Uhr – und kämmte mir die Haare mit feuchten Händen. Ich strich mein schwarzes Sakko glatt. Schornsteinfeger bringen Glück, dachte ich, und setzte meinen Hut wieder auf. Es musste einfach stimmen. Heute musste ich mir selbst Glück bringen. Meinen Kunden vergaß ich, stattdessen blieb ich stehen und wartete – einunddreißig Minuten lang. Immer wieder sah ich auf die Uhr, auf deine Botschaft, auf meine Hände, auf die Straße, zum Horizont, zurück zur Botschaft, zurück auf meine Uhr. Ein Bus fuhr vor, ich spähte hinein. Er war fast leer, in den Reihen sah ich nur ein paar wenige, fremde Gesichter. Hattest du das mit deiner Botschaft gemeint? Ein Stück könnte ich dich mitnehmen. Mit dem Bus? Es war 7.39 Uhr. Nein, dachte ich. Das konnte es nicht sein. Ich stieg nicht ein, der Bus fuhr davon.

Es wurde 7.40 Uhr, 41, 42. Ein paar Autos kamen vorbei. Ein Abarth 1000 TC, ein Audi Variant, ein Fahrrad, der Fahrer nickte mir zu.

43, 44, 45. Kurz war die Straße leer. Dann hörte ich eine Vespa, einen Austin 110, einen Alfa Romeo Giulietta. Ich runzelte die Stirn. Tatsächlich? Er war strahlend gelb, der Lack blitzte in der Sonne. Der Wagen rauschte heran – lange Kühlerhaube, runde Scheinwerfer –, und dann quietschten die Bremsen. Hinter der Windschutzscheibe erkannte ich deinen Pony, dein Kopf ruckte nach vorn, als du das Auto zum Stehen brachtest.

Du lächeltest, beugtest dich herüber zur Beifahrertür und öffnetest sie von innen.

»Toller Anzug.«

»Tolles Auto.« Meine Stimme kratzte im Hals. Ich stieg ein. Das Auto roch nach dir. Kaffee, Kaugummi und ein Hauch von Dry Martini.

»Ist das jetzt dein Wagen?«

Du legtest den ersten Gang ein und gabst Gas, wir wurden in die Sitze gedrückt.

»Ich liebe ihn. Er hat 74 PS.«

»Nicht schlecht.«

»Willst du wissen, wie schnell er wird?«

Du sahst mich von der Seite an. Glänzende Wangen, gerötete Augen.

»Klar.«

Wir sahen auf die Straße, beide in die gleiche Richtung, geradeaus. Du tratst das Gas durch. Die Häuser verschwanden, der Stadtrand lag hinter uns. Felder konnte ich sehen, Bäume, die Straße. In Wellen führte sie über Hügel und in Mulden hinein, bei jeder Unebenheit hüpften wir in unseren Sitzen. Du öffnetest die Fenster, und der Wind versuchte, so schien es mir, meine Augen zu schließen.

»Wo fahren wir hin?«, riefst du gegen den Lärm des Motors und der Wälder.

»Was?«

»Ich habe Geld für zwei Tankfüllungen dabei.«

»Wie bitte?«

»Wir könnten zur Autobahn, und dann sind wir weg.«

»Einfach so?«

»Die Frage ist viel eher: Fahren wir in den Norden oder in den Süden?«

»Meinst du das ernst?«

»Die Richtung ist mir egal.«

Du lachtest. Du warfst den Kopf in den Nacken und lachtest, und ich wunderte mich darüber, dass du durch deine wirbelnden Haare hindurch noch die Straße erkennen konntest. Wie laut wir waren. Wie schnell. Ich hätte den Kopf zurücklehnen sollen, ich hätte genießen sollen, dass deine Haarsträhnen meine Wange kitzelten, ich hätte lächeln sollen und »Norden« sagen. Oder »Süden«. Jedenfalls weit weg. Aber ich dachte an Irene und an das Versprechen, das ich ihr gegeben hatte: Wenn du bei mir bleibst, wird dir kein Mensch etwas tun. Ich dachte an das Baby, das meine Augen haben könnte – oder, schlimmer, diese Lücke zwischen den Schneidezähnen.

»Warte, Lotte.«

»Was?«

»So geht das nicht.«

»Wie?«

»Lass uns reden.«

»Was sollen wir?«

»Wir sollten erst mal reden«, rief ich, so laut ich konnte, und du tratst auf die Bremse, ganz plötzlich, ganz fest, es quietschte, wir schlingerten, du rissest das Lenkrad herum, und meine Schulter stieß gegen deine Schulter, unsere Köpfe schleuderten gegen die Sitze, während wir in ein Feld hineinrasten und inmitten riesiger Sonnenblumen zum Stehen kamen. Eine große gelbe Blüte schwankte vor und zurück, leicht streifte sie dabei die Windschutzscheibe, als wollte sie sagen: Alles gut. Nichts passiert.

»Also gut«, keuchtest du. »Lass uns reden.«

Du sahst mich an, und ich sah dich an, und deine Wangen waren so rot, deine Augen so hell, dass ich ein wenig lächeln musste.

»Was?«, fragtest du, aber da lächeltest auch du schon. Ich begann zu lachen, und du konntest nicht anders, du lachtest mit. Laut und klar, und die Sonnenblume schwankte dazu im Wind.

Du griffst nach meiner Hand. Endlich, dachte ich, deine Hand musste einfach nach meiner greifen, ich streichelte deine Finger. Du berührtest meinen Nacken, meine Haare, ganz einfach, es war nichts dabei, es gab keine Grenze, kein Stocken, kein Zögern, kein: »Warte noch, wir müssen reden.« Wir müssten reden, wir müssten stocken, es müsste doch eine Grenze geben, etwas müsste mich abhalten, zurückziehen, nach Hause bringen, da müsste doch das Gewissen sein, die Pflicht, die Vernunft. Doch in diesem Auto mit 74 PS gab es all das nicht. Es gab nur einen Duftbaum, der nach Vanille roch. Du küsstest mich. Es musste einfach passieren. Einmal noch, nur kurz, nur hier, ich musste einfach noch einmal wissen, wie du heute rochst, wie du heute schmecktest, dich anfühltest. Dein Kleid musste ich dir einmal noch über deinen Bauchnabel schieben, ich musste ihn noch einmal streicheln. Du lehntest den Kopf zurück gegen das Fensterglas, und ich küsste deinen Hals, zog dir deine Strümpfe die Knie hinunter, schob deine Beine auseinander. Deine Hüften waren warm, deine Arme fest um meinen Hals geschlossen. Ich atmete dir auf den Nacken, in dein Ohr hinein, ich öffnete deinen Mund, deinen lächelnden Mund, auch deine Augen waren offen und weit, und deine Hände strichen über meinen nackten Rücken, die Hose noch, noch ein Stück.

Später erzähltest du mir, dass das wichtig für dich gewesen sei. Dass du in diesem Auto dieses Erlebnis gebraucht hattest, mit mir, zwischen den Sonnenblumen, den zerdrückten und den schwankenden. Du kurbeltest die Fensterscheibe hinunter, ohne dich aufzurichten. Mit blassen Beinen lagst du da und lächeltest. Ich zündete deine Zigarette an, und du bliest den Rauch zum Fenster hinaus.

»Findest du es erotisch, wie ich Auto fahre?«

»Erotisch?«

»Er sagt das.«

»Wer?«

»Er mag es, wenn ich die langen Handschuhe trage.«

Ich zog an meiner Zigarette und schickte meinen Rauch deinem hinterher.

»Es ist gut, dass ich mit dir gefahren bin. Heute«, sagtest du.

»Was meinst du?«

»Jetzt ist es wirklich mein Wagen. Jetzt fahre ich ihn. Nicht er.«

»Fährt sonst immer er?«

»Das meine ich nicht.«

Ich verstand nicht richtig, was du meintest, aber ich ließ es so stehen. Ich hatte das Gefühl, es wäre wichtig. Dass deine Sätze im Raum standen. Oder eher: im Auto, in deinem Auto, deinem ganz allein. Du zogst noch mal an deiner Zigarette, dann schnipptest du den Stummel durch die halb geöffnete Scheibe, zogst deine Strümpfe wieder an.

»Ich werde wegfahren. Entweder in den Süden oder in den Norden. Du kannst mitkommen. Wenn du möchtest.«

Ich zog mir das Hemd wieder über. Du lächeltest und schobst deinen Rock über deine Oberschenkel.

»Wann fährst du?«

»Spätestens Samstag.«

»Samstag schon?«

»Ja.«

Ich stieg in meine Hose, knöpfte sie zu.

»Ich fahre so oder so. Aber ich fände es sehr schön, wenn du mitkommen würdest.«

Ich nickte, sah dich an. »Gehen wir vorher tanzen?«

Du lächeltest. »Gern.«

»Und danach fahren wir weg.«

»In den Norden oder in den Süden?«

»Egal.«

»Irgendwohin. Aber erst mal tanzen wir.«

»Oh ja. Ein allerletztes Mal im Blue Nights.«

9. Kapitel

Milena saß in ihrem Sessel, den Rücken vorgebeugt, die Stirn auf das Büchlein gelegt, als sie aufschreckte. Draußen dämmerte es. Es war schon viel zu spät, fast hätte sie verschlafen. Sie sprang hoch, bahnte sich einen Weg durch das mit Kisten und Bücherstapeln zugestellte Antiquariat und hastete ins Haus. Ein Kleid, dachte sie, sie brauchte schnell ein Kleid, schwarz, Strumpfhosen, den Blazer, ihre Handtasche. Und dann ins Blue Nights. Ein paar Tage noch, das hatte sie ihrer Mutter versprochen.

»Hast du es gefunden?«, hatte ihre Mutter sie vorhin am Telefon gefragt.

»Keine Ahnung wie, aber ja.«

»Und? Was denkst du darüber?«

»Ich mache noch ein bisschen weiter.«

»Weiter mit was?«

»Mit dem Blue Nights. Ein paar Tage zumindest. Bis ich es fertig gelesen habe.«

Ihre Mutter hatte leise gelacht. »Danke«, hatte sie gesagt.

Jetzt, am späten Abend, rannte Milena die Straße hinunter. Es hatte geregnet, das Wasser spritzte auf, sobald Milena mit ihren flachen Stiefeln in die Pfützen trat. Wie die Häuser wohl damals ausgesehen hatten? Zu Emils und Lottes Zeiten? Jetzt gab es hier und da ein paar Schaufenster. H&M, 02, um die Ecke war ein McDonald's. Sie bog in die entgegengesetzte Richtung ein, in die Straße mit den niedrigeren Häusern und den spitzen Dächern. Ein paar Türen saßen schief, in einem der Schaufenster standen ein Schallplattenspieler und ein antiquarischer Ohrensessel, ein anderes präsentierte kunstvolle Lampen und buntes Geschirr. Weiter unten dann tauchten die ersten Bars auf. Martins Hütte, die Bar Anna. Immer mehr Menschen waren unterwegs, Milena musste jetzt Slalom laufen.

»Entschuldigung? Tut mir leid! Sorry, darf ich mal?«

Die Schrift des Blue Nights leuchtete auf den Bürgersteig und in die Gesichter der ersten Menschen in der Schlange. So spät hätte sie wirklich nicht kommen sollen. Am Eingang stand der große Sven.

»Mensch, Milena, du bist viel zu spät!«

»Ich weiß!« Sie wollte auf den Bürgersteig springen, stolperte und wäre hingefallen, wenn Sven sie nicht aufgefangen hätte.

»Huch!«, rief Milena und lachte. Sven lachte auch, sie konnte sein Lachen durch seinen Pullover spüren. Der Pullover war weich, die Schultern darunter warm. Irgendwie roch er nach Schokokuchen.

»Vorsicht!« Er stellte sie mit sicherem Griff wieder auf beide Beine.

»Hast du gebacken?«, fragte Milena zerstreut.

»Woher weißt du das?«

»Schon gut.«

Sie winkte ab, lachte nervös und hatte plötzlich große Lust auf Schokolade.

»Ich sollte mich beeilen.« Dann rannte sie an der Schlange vorbei zur Treppe und sprang hinunter. Zum ersten Mal vergaß sie, dass sie das Blue Nights noch vor wenigen Tagen mit einem röchelnden Tier verglichen hatte. Ohne nachzudenken, warf sie sich in seinen Rachen.

Sie brauchte nur wenige Minuten, um das Personal zusammenzutrommeln. Michi von der Garderobe, dem Milena nie irgendetwas zugetraut hätte, hatte in der Not die Zügel übernommen und bereits alles geregelt. An der Bar standen schon die Getränke bereit, nur ein paar zusätzliche Kisten Bier und Wodka musste Milena noch aus dem Keller nachordern, die Tanzfläche war aufgeräumt und sauber, und der DJ, der hier seit Jahren auflegte, hatte schon aufgebaut.

»Ihr seid die Besten!«, rief Milena. »Ohne euch liefe heute nichts.«

Dann ließ sie die Tore öffnen. Die Menschen strömten herein. Was fanden sie alle am Blue Nights? Nacht für Nacht war es hier um elf Uhr schlagartig gut gefüllt. Klar, ab ein Uhr wurde es erst richtig voll, und doch: Es gab keinen Abend, keinen Zeitpunkt, an dem der Klub halb leer gewesen wäre, zu dem die Gäste gelangweilt in der Ecke gesessen hätten. Sie kamen immer wieder, sie tanzten schon beim Hereinstürmen und rissen die Arme in die Luft. An der Musik konnte es kaum liegen – dieser DJ hatte wenig Ahnung. Tagsüber versuchte er seit Jahren, sein Abi zu schaffen. Nachts kombinierte er auch mal die Ärzte mit Sido. Selbst der Alkohol war so gut oder schlecht wie überall. Es roch nach abgestandener Luft, die Wände waren heruntergekommen, der Fußboden nackt. Es musste etwas anderes sein, das die Menschen zwischen diese Decke und diesen Fußboden, zwischen die alte Bühne und die Theke zog. Etwas, das länger währte als ein Hit oder ein Shot, etwas, das die Nächte überdauerte, die Jahre.

Milena zog es wieder nach oben, an die frische Luft. Sie vergrub die Hände in ihren Jackentaschen und lehnte sich neben Sven an die Wand.

»Hier oben alles gut?«

Sven musterte die Neuankömmlinge vor dem Klub, um sie dann mit ernster Miene passieren zu lassen.

»Alles bestens. Bei euch unten auch?«

»Zum Glück ja. Dank euch. Ihr seid ein tolles Team.«

Er zuckte mit den Schultern. »Monika hat bei uns gute Arbeit geleistet.«

»Das glaube ich. Meine Mutter ist die Beste.«

Sven drehte den Kopf und sah Milena aus den Augenwinkeln an.

»Du macht das aber auch nicht schlecht.«

»Doch!« Milena lachte. »Dieser Klub ist überhaupt nicht mein Ding.«

»Nicht?« Sven winkte drei junge Männer in Jeansjacken vorbei. »Was ist dein Ding?«

»Ich habe ein Antiquariat.«

»So etwas gibt es noch?«

»Bei mir schon.«

»Ich lese nie.«

»Versuch es mal. Heute zum Beispiel habe ich beim Lesen alles um mich herum einfach mal vergessen können.«

»Und dann kommst du zu spät zur Arbeit.« Von der Seite sah Milena, dass Sven grinste. »Wer viel liest und träumt, kommt zu spät«, schlussfolgerte er.

Milena lachte. »Ich glaube nicht, dass das eine Regel ist.«

»Wer weiß.«

»Was machst du denn gern?«

Sven stoppte zwei Mädchen, eines im kurzen roten Kleid, das andere in einem bauchfreien weißen Top.

»Habt ihr eure Ausweise dabei?«

Sie kramten in ihren Handtaschen. Während Sven wartete, sagte er: »Ich glaube, du träumst zu viel.« Er sah Milena nicht an dabei. »Du solltest öfter selbst leben – im Blue Nights zum Beispiel. Es passt gut zu dir.«

»Auf keinen Fall! Es ist furchtbar.«

Sven sah auf die Ausweise, die ihm entgegengestreckt wurden, und ließ beide Gäste vorbei. Dann erst drehte er den Kopf zurück zu Milena.

»Ich habe angefangen zu backen.«

»Ich wusste es. Schokokuchen?«

»Schoko-Walnuss-Kuchen.«

»Bringst du mir mal was mit?«

Er schüttelte den Kopf.

»Warum nicht?«

»Ich bring dir das Rezept mit, dann kannst du es dir durchlesen und vom Geschmack träumen.« Er grinste, und Milena musste lachen.

Sie stieß ihm in die Seite und sagte: »Ich geh noch mal runter.«

»Mach das. Und, Milena?«

»Ja?«

»Leg die Bücher mal weg.«

Milena runzelte die Stirn. »Ich werde darüber nachdenken.«

»Vielleicht bring ich dir dann sogar ein richtiges Stück Kuchen mit.«

Milena lächelte, drehte sich um und stieg die Treppe hinunter, zurück ins Blue Nights.

Die ganze Nacht gingen ihr Svens Worte nicht mehr aus dem Kopf: Du träumst zu viel. Du solltest öfter selbst leben.

Später im Bett wälzte sich Milena von einer Seite auf die andere und dachte nach. Auch am nächsten Tag, während sie frühstückte, den Papierkram erledigte und mit ihrer Müdigkeit kämpfte, dachte sie an Svens Worte.

Am Nachmittag setzte sie sich in ihren Lesesessel und nahm *Blaue Nächte* in die Hände. Emil hatte ganz am Anfang seines Buches einen Schlussstrich gezogen und war dann mit seiner Quickly durch die Gegend gefahren, um Lotte wiederzufinden und seinen Fehler wiedergutzumachen. Wie lange hatte er wohl gesucht und gehofft und geträumt? Wie lange hatte Lotte auf ihn gewartet? Lange genug? Würden sie sich letztlich wiederfinden?

Auch Milena wartete – seit Jahren. Auch Milena träumte. Irgendwo gab es Paul noch, davon war sie überzeugt. Irgendwo dachte er vielleicht auch an sie. Und vielleicht würde auch er sich irgendwann eine Quickly kaufen, vielleicht würde auch er seine Fehler wiedergutmachen wollen und nach Milena suchen. Sie könnten doch irgendwann wieder zueinanderfinden.

Well you touch the sky, hatten die Petards in Emils Buch gesungen. *If you just know your destiny and you use your time.* Die Petards – plötzlich hatte Milena einen Schriftzug der Band vor Augen. Ein Cover. Irgendwo hatte sie eine Schallplatte dieser Band doch schon einmal gesehen.

Sie stand auf, ging rüber ins Wohnzimmer und bückte sich zur Schallplattensammlung ihres Vaters hinunter, die sie bei ihrem Auszug von zu Hause hatte mitnehmen dürfen, ebenso wie seinen Plattenspieler. Eine LP nach der anderen klappte sie um – und richtig, hier lag sie. *A Deeper Blue* von den Petards. Milena nahm sie in die Hand. Die Schrift war grellrot, der Hintergrund blau, und in der Mitte standen die vier Musiker. Sie traten aus der Farbe heraus, als würden sie sie sprengen, als wäre das Blau Geschenkpapier – es rollte sich um sie herum auf. Sie trugen gemusterte Hemden, hatten lange Haare und Schnauzer. Milena drehte die Platte um und las den Text, der auf der Rückseite abgedruckt war. Das Wort Petards werde auf der zweiten Silbe betont und bedeute Knallfrösche, stand da, »und ihr Auftritt wurde der Knaller«. An sechs Tagen die Woche seien sie ausgebucht gewesen. »Das verdanken sie ihrer duften Musik, die das Publikum von den Schemeln fegt.« Und etwas weiter unten: »Die Petards sind fab!«

Milena lächelte und suchte nach dem Jahr der Veröffentlichung: 1967. Diese Lieder konnten es also gewesen sein, die Emil und Lotte damals live im Blue Nights gehört hatten. Milena fischte das Vinyl aus der Verpackung und legte es vorsichtig auf den Plattenteller. Sie senkte die Nadel irgendwo auf die Platte nieder und richtete sich langsam auf.

Es knisterte, dann ertönten die ersten Klänge. Milena lächelte. Sie klangen bitter und fröhlich zugleich, ein wenig traurig und gleichzeitig kämpferisch. *Every hour that you stand alone and you don't know where to roam turns your mind a deeper blue.* Milena breitete die Arme aus, und allein in ihrem dunklen Wohnzimmer begann sie zu tanzen. *What you want is out of line, what you think is without rime, what you've got that fades away, and every time you try to pray turns your mind a deeper blue.*

Milena lauschte und tanzte und dachte an die alten Fotos vom Blue Nights. An die langen Tische und Bänke, an die Bühne und die Band. Vor ihrem inneren Auge füllten sich die Schwarz-Weiß-Bilder mit Farbe und setzten sich in Bewegung: Die Ventilatoren begannen, sich zu drehen, der Barkeeper mixte einen Martini. Die Hemden der Musiker waren bunt gemustert, laut und voller Inbrunst spielte die Band, und vor der Bühne sangen fröhliche, kämpferische Menschen in roten, grünen, blauen Kleidern, junge Leute, die die Welt verändern würden.

Milena tanzte und träumte, während die Petards sangen: *Inside it's cold and my mind turns a deeper blue.*

Liebe Lotte, eines musst du mir glauben: Ich wollte es wirklich tun. Ich hatte mir die richtigen Worte schon zurechtgelegt. Ich hatte sie mit aufs Dach genommen. Die richtigen Worte und Irene, wir saßen da oben auf alten Klappstühlen, weil ich glaubte, von hier aus hätte ich Abstand. Einen Draufblick, einen Überblick. Ich blickte über Irenes Kopf hinweg in Richtung des Sees, unseres Sees. Irgendwo dort unten stand unser Badehäuschen. Fast in meinem Sichtfeld, irgendwo unter meinen Augen, über Irenes Blicken.

Ich wollte ihr sagen: Irene, ich liebe dich. Irgendwie liebe ich dich, aber ich liebe dich nicht genug. Weißt du, ich hätte es niemals so weit kommen lassen dürfen. Ich hätte mich nicht in dich verlieben dürfen. Irene, ich liebe deine Filmzitate, du bist hyperphänomenal, aber du konntest nicht gewinnen, weil vor vielen Jahren bereits Lotte gewonnen hat. Ich verspreche dir, dass ich immer für das Baby da sein möchte. Aber ich bin besser da, wenn ich jetzt gehe. Ich gehe jetzt. Leb wohl.

Sie sah mich an, und hinter ihr konnte ich die Laternen erkennen. Im Dämmerlicht brannten sie wieder. Jemand hatte sie repariert, endlich. Es war schon spät, Irene hatte sich an diesem Abend von zu Hause wegstehlen können, da ihre Eltern unterwegs waren. Ich musste wieder daran denken, wie wir hier oben gestanden hatten, mit Marlene, Karl und Hans. Wie ich gezielt hatte.

Ich musste lächeln.

»Woran denkst du?« Irene steckte sich eine Strähne zurück in ihren Dutt.

»Daran, was wir schon miteinander erlebt haben.«

Irene sah über die Dächer. Die Laternen, den See, das Wäldchen. Irgendwo dazwischen stand das Blue Nights, aber von hier oben konnte ich es nicht erkennen.

»Dinge zu erleben, ist mit dir viel leichter«, sagte Irene leise.

»Findest du?«

»Ich denke, du wirst ein guter Vater sein.«

»Wie kommst du darauf?«

»Ich vergleiche dich mit meinem Vater, und dann bin ich mir sicher.«

Ich runzelte die Stirn. Irene sprach nicht oft über ihren Vater. Ich hatte ihn bereits kennengelernt, ganz kurz. Er war ein großer blonder Mann mit dickem Schnauzer. Seine Handgelenke waren breit, sein Händedruck fest und kalt. Er hatte mich akzeptiert – und doch war ich froh gewesen, mich nach dem zweiten Stück Blechkuchen verabschieden zu können.

»Dein Vater war nicht gut zu dir?«

Irene lachte auf. »Nein.«

»Meiner zu mir auch nicht.«

Ich musste an damals denken, an den Nachmittag vor meiner Heubodennacht bei dir. An den Ball und die kaputte Scheibe und das Radio. An Vaters Handfläche, an Vaters Handrücken.

»Musstest du auch davonrennen?«

»Ich bin viel gerannt.«

»Ich auch.«

»Ich habe mich oft versteckt.«

»Immer wieder.«

Irene rieb sich das Gesicht. »Ich weiß, dass du ganz anders bist.«

»Ja«, sagte ich.

Vielleicht hätte ich die Kurve noch gekriegt, wenn ich in diesem Moment gesagt hätte: Irene, ich möchte ein guter Vater sein. Aber erst mal muss ich gehen. Du wirst einen anderen Mann finden, der gut zu dir und dem Kind ist. Jeder würde sich über die Chance freuen, gut zu dir sein zu dürfen. Wenn ich jetzt bleibe, mache ich uns auf Dauer beide unglücklich. Also gehe ich.

Nur einen Moment wollte ich noch sitzen bleiben, bevor ich ihr das endlich sagte. Ich wollte diese Vorstellung genießen: Irene und ich im Kino, Irene und ich auf dem Heimweg, Irene und ich und dazwischen unser Kind, jeder hielt eine Hand fest. Ein Kind, das niemals vor irgendjemandem davonlaufen würde. Es hielte Schritt mit uns. Langsam, Schritt für Schritt für Schritt.

Doch gerade als ich anfangen wollte zu reden, schob Irene die Hand in die Tasche und zog zwei Kinokarten hervor.

»Was ist das denn?«

»Kinokarten. Aber nicht irgendwelche.«

»Sondern?«

»Es sind Karten für eine Premiere. Für die Premiere.«

»Die Premiere von was?«

»James Bond 007 – Man lebt nur zweimal.«

»Du hast Premierenkarten bekommen?«

»Natürlich.«

»Nicht schlecht!«

»›Das war noch nicht alles. Einen Schuss habe ich noch drin. Aber das wäre ein bisschen zu einfach.‹«

»Was meinst du?«

»Keine Ahnung, das war nur ein Filmzitat aus *Django.«*

Sie lächelte. Und in diesem Moment wusste ich, dass ich das mit Irene nicht jetzt und hier auf diesem Dach, über den Laternen und mit *James-Bond*-Karten in der Hand beenden konnte, nicht mit unserem Kind unter ihrer Bauchdecke, nicht mit dem Abendwind in den Ohren. Jetzt nicht, schien er zu flüstern, tu es jetzt nicht. Irene war als Kind ebenfalls gerannt. Unser Kind sollte nicht rennen. Irene liebte mich, hier und jetzt auf diesem Dach. Für sie musste ich nicht abhauen in den Norden oder in den Süden. Für sie musste ich nichts weiter tun, als sitzen zu bleiben. Zu schweigen.

Es war so einfach. In meinem Kopf passte das alles irgendwie zusammen. Das hier war mein Leben. Ich hatte es mir vor Wochen so ausgesucht, als diese Kerze auf mein Hemd gefallen war, als es Feuer fing. Ich hatte es mir so ausgesucht, als ich das Luftgewehr in die Hände genommen und gezielt hatte. Ich hatte es so gewollt. Das konnte kein Irrtum gewesen sein. Ich würde niemals mehr vor mir selbst Respekt haben, wenn ich das jetzt plötzlich hinwarf. Wenn ich eine Frau – eine umwerfende Frau – mit meinem Kind sitzen ließe.

Du und ich, das erschien mir mit einem Mal wie eine weit entfernte Geschichte aus Kinderzeiten. Ein Ausrutscher in der Nacht. Ein Wahn, den ich endlich aufgeben musste. Wie ein Drogenrausch, dem ich mich nächtelang hingegeben hatte, nach dem ich süchtig geworden war. Den ich aufgeben musste. Ich brauchte nur einen Entzug – einen kalten Entzug. Viele Männer hatten Affären. Viele Männer gingen tanzen, fuhren mit ihren Geliebten ins Grüne und versteckten sich in Sonnenblumenfeldern. Sie traten wieder hervor. Sie entschuldigten sich und machten weiter. Es hatte doch immer auch Tage gegeben, an denen ich nicht an dich gedacht hatte. So viele Stunden, in denen ich trotzdem glücklich war. In denen ich nichts gebraucht hatte als das Hier und Jetzt und Irenes Arme. Du warst vielleicht nur eine Flucht gewesen. Vielleicht hatte ich immer dann an dich gedacht, wenn die Wirklichkeit mich überfordert hatte. So wie andere zu LSD griffen oder zur Kinokarte. Du warst vielleicht nur Ausgleich für das echte Leben gewesen.

Plötzlich war ich davon überzeugt, dass ich damit aufhören konnte. Ich konnte frei von dir sein. Mich der Realität stellen. Den einfachen, richtigen Weg gehen, den ich vor Wochen eingeschlagen hatte. Ich musste nicht umkehren, nicht abdrehen. Ich musste nur meine Realitätsflucht in den Griff kriegen. Und dann, dort oben auf diesem Dach, auf dem es immer dunkler wurde, entschied ich, dass ich es schaffen, dass ich sofort damit anfangen würde. Ich fühlte mich mutig und stark. Als würde ich das einzig Richtige tun, als wäre ich ein Held.

Dabei war ich so schwach. Ich war so unglaublich armselig.

Und dumm. So dumm, dass ich nicht verstand, wie sehr ich diese Entscheidung noch bereuen würde. Ich küsste erst die Kinokarten, dann Irene. Gemeinsam gingen wir die Treppe hinunter, hinein in Hans' Wohnung.

»Noch vier Wochen«, sagte Irene.

»Vier Wochen und dann?«

»Dann ziehen wir zu deinen Eltern.«

»Ja.« Und ich glaubte daran, dass ich mit diesem Umzug, mit Hans' Wohnung auch dich hinter mir lassen könnte.

Aus dieser Vorstellung erwachte ich erst Tage später. Da hatte ich meinen Schlussstrich längst gezogen – quer durch die ganze Stadt. Ich hatte geglaubt, das wäre nötig, um dich zu vergessen. Ich war davon überzeugt gewesen, es bräuchte nur einen deutlichen Strich, straßenlang, promenadenweit, fassadentief, um wieder zurechtzukommen, klar zu sehen. Ich könnte dich aus meinem Leben streichen, hatte ich geglaubt, mit diesem Strich. Ich könnte dich und mich einfach durchstreichen, ungeschehen machen. Niemals passiert, niemals gesehen, niemals geküsst, auf der Tanzfläche berührt, im Sonnenblumenfeld geatmet, niemals im Badehäuschen ausgezogen. Ich hatte gehofft, ich könnte mit meiner Entscheidung für den Schlussstrich auch die Jahre vergessen, in denen ich von dir geträumt hatte. In denen ich Kind war und unsere Botschaften wieder und wieder gelesen hatte. In denen ich mir eine gemeinsame Zukunft ausgemalt hatte, im Hochsitz, auf dem Heuboden. Die Nacht, in der ich dir Stroh um den Finger gewickelt hatte. All das wollte ich durchstreichen, abschneiden, hinter mir lassen, eine ferne Erinnerung.

Also ließ ich dich im Blue Nights sitzen. Also verwehrte ich uns den allerletzten Tanz. Also zog ich meinen Schlussstrich, kehrte nach Hause zurück und legte mich in mein schmales

Bett. Ich blieb liegen. Sah an die Decke. Und wartete, bis diese letzte Nacht, diese letzte Chance, endlich vertan war.

Als ich begriff, was ich da getan hatte, wie unglaublich falsch es gewesen war, da warst du schon verschwunden. Du warst längst in deinen Alfa Romeo Giulietta gestiegen und hattest Gas gegeben. An unserem verwüsteten Sonnenblumenfeld warst du vorbeigefahren. Du hattest schon die Autobahn genommen, in den Norden oder in den Süden, ich wusste es nicht.

Ich schrie. Ich heulte. Ich hasste mich. Reue fühlt sich an wie eine Magen-Darm-Grippe. Wie Krämpfe und Fieber. Sie schmeckt nach Essig und Putzmittel, auf meiner Zunge lag Seifenlauge. Reue verätzt dich, sie frisst dich von innen auf. Sie holt dein Innerstes nach außen, bis nichts mehr drin ist und auch das Außen eingeht. Ich hätte dich niemals gehen lassen dürfen. Also kaufte ich mir eine Quickly, um zumindest annähernd so schnell zu sein wie du. Ich versuchte, dir hinterherzufahren, ich suchte dich in allen Städten und Tanzlokalen, in allen Sonnenblumenfeldern und Hochsitzen, auf Heuböden und Straßenlaternen.

Doch ich fand dich nicht. Mein Schlussstrich war der größte Irrtum meines Lebens, das begriff ich so plötzlich und grundlegend, dass meine Hände zitterten und ich nichts mehr greifen, nichts mehr richtig festhalten konnte. Das Zittern war mit einem Mal da, und es ist bis heute geblieben.

Mit jedem Tag, mit jeder Nacht, in der ich dich gesucht hatte, wuchs meine Bereitschaft, Irene und das Kind zu verlassen, sobald ich dich wiedergefunden hätte. Ich verachtete mich dafür – doch ich wusste auch, dass ich mich noch mehr verachten würde, dass ich mich verlieren würde, wenn ich dich für immer verloren hätte.

Liebe Lotte, ich wünsche mir, dass wir noch eine Chance haben. Ich wünsche mir, dass dir dieses Buch in die Hände fällt, dass du es von Anfang bis Ende liest, dass du es verstehst. Dass du verstehst, wie dumm und verachtenswert ich bin. Und wie sehr ich dich liebe. Wenn du das hier liest: Bitte melde dich. Bitte verzeih mir. Ich wohne in unserem alten Dorf, in Eschenbach, ich warte dort auf dich. Jahr für Jahr für Jahr. Und sollten wir uns verpassen, hoffe ich, dass du dich an das Versprechen erinnerst, das wir uns damals, Zuckerperlen zwischen den Fingern, Colaflaschenreflexionen im Gesicht, im Badehäuschen gegeben haben.

»Eines sollten wir uns versprechen«, hattest du gesagt.

»Wenn du bei Irene bleibst und ich bei Günter und wenn wir nach vielen Jahrzehnten immer noch aneinander denken, dann sollten wir uns noch ein letztes Mal treffen. Im Blue Nights.«

»Wann?«

»Wenn wir steinalt sind.« Du lachtest. »Wenn ich siebzig bin!«

Ich lachte. »Wie die Leute gucken werden!«

»Dufte. Heute in zweiundfünfzig Jahren. Wir treffen uns am 18. Mai 2019.«

»Und wenn es das Blue Nights bis dahin gar nicht mehr gibt?«

»Dann treffen wir uns eben an der alten Adresse.«

»Sehr gut.«

»Aber irgendwie bin ich mir sicher, dass das Blue Nights bleibt. Viel länger als wir.«

»So was darfst du nicht sagen.«

»Ich werde da sein. Du auch?«

»Oh ja. Ich auch.«

»Versprochen?«

»Versprochen.«

»Komme, was da wolle.«

»In jedem Fall.«

»Egal, was passiert.«

Weißt du noch? Erinnerst du dich? Ich werde es nicht vergessen. Ich werde dort auf dich warten. Am 18. Mai 2019. Ich werde da sein. Du auch?

10. Kapitel

Den letzten Absatz las Milena mehrmals. *Ich werde dort auf dich warten.* Und dann das Datum. Der 18. Mai 2019. Das war erst wenige Tage her. Am 18. Mai 2019 war Milena selbst im Blue Nights gewesen. Sie hatte selbst dort gearbeitet. Sie hatte an der Tür gestanden, Menschen hereingelassen, Menschen abgewiesen. Ihr war die Nase gebrochen worden.

Jetzt wurde ihr Gesicht wieder heiß, ihre Finger nass, ihr Magen schmerzte. Es war das Gefühl, das sie immer dann beschlich, wenn sie einen Fehler gemacht hatte. Wenn sie beim Ausparken gegen ein fremdes Auto gestoßen war. Wenn sie vergessen hatte, die Tauben zu füttern. Sie starrte auf das Büchlein, und es starrte zurück wie hungrige Vogelaugen, wie ein zerbrochener Scheinwerfer. »Ach, Milena!«, schien es zu sagen. »Konntest du nicht besser aufpassen?«

Ich werde da sein. Du auch?

Milena lehnte sich zurück, versuchte durchzuatmen. Sie saß in ihrem Lesesessel im dunklen Antiquariat, nur die alte Stehlampe mit den langen Fransen am Schirm leuchtete. Ihre Füße steckten in warmen Hausschuhen, um die Schultern hatte sie eine Wolldecke gelegt. Draußen ging langsam die Sonne auf. Wo Emil in diesem Moment wohl war? Und Lotte? Milena wusste es nicht, aber sie wusste jetzt, wo beide am 18. Mai 2019 gewesen waren.

»Ich bin verabredet«, hatte der uralte Mann betont, der vor wenigen Tagen unbedingt ins Blue Nights hatte gehen wollen. »Ich muss hinein.«

Groß war er nicht mehr gewesen, aber noch schlaksig. Seine Zahnlücke war längst verschwunden, mit seinen eng beieinanderstehenden Dritten hatte er Milena angelächelt. »Lassen Sie mich nur kurz hinuntergehen«, hatte er sie gebeten, und seine Stimme hatte sanft und dunkel geklungen. »Ich habe das Geld für den Eintritt dabei.«

Milena hatte Nein gesagt, immer wieder. Obwohl sie seine Verzweiflung gesehen hatte.

»Früher war das Blue Nights ein Tanzlokal. Hier gab es Beatmusik«, hatte er ihr erklärt.

Erst jetzt verstand Milena, was er im Klub gewollt hatte. Sie hatte geglaubt, er wüsste nicht mehr, was er tat. Sie hatte ihn abgewiesen, und er hatte einen Herzinfarkt bekommen.

Er wird vielleicht niemals erfahren, dass kurz darauf eine alte Frau aus dem Klub gekommen war, dachte Milena. Nur wenige Minuten später. Hätte Milena ihn nicht davon abgehalten, wäre Emil vielleicht hinuntergegangen. Er hätte sich im Lokal umgeschaut, und schnell wäre sein Blick auf die elegante Frau an der Theke gefallen. Er hätte gesehen, dass sie wiedergekommen war, trotz seiner Entscheidung. Sie hätte sich umgedreht, ihn angelächelt. Langsam wäre er auf sie zugegangen. Nach all den Jahren. Nach all den ungehörten Liedern, den ungetanzten Tänzen, den stehen gelassenen Drinks. Nach all den verpassten Chancen diese eine. Er hätte sich mit seinen wackeligen Beinen, den dünnen, schlaffen Armen, den knochigen Schultern und der altersgroßen Nase einen Weg durch die Tanzenden gebahnt, langsam, aber sicher. Nichts hätte ihn aus dem Tritt bringen können. Er wäre bei ihr angekommen, und vielleicht wäre es noch nicht zu spät gewesen.

Verzweifelt fuhr sich Milena durch die Haare. Wenn sie es doch nur geahnt hätte. Wenn sie doch nur nachgedacht hätte. Wenn sie ihn doch nur gefragt hätte, was er dort unten gesucht hatte. Sie hätte dieses Wiedersehen nach zweiundfünfzig Jahren ermöglichen können. Stattdessen war sie der Grund gewesen, warum sich Emil und Lotte am 18. Mai 2019 nicht noch einmal begegnet waren.

Milena sprang auf und lief hinüber zu dem schwarzen alten Telefon mit Drehscheibe, das auf dem Tresen stand. In Momenten wie diesem wäre es einfacher, ein Gerät mit integriertem Telefonbuch zu haben, dachte sie. Zahl um Zahl wählte Milena aus. Wieso war diese Handynummer auch so lang?

»Hallo?«

»Ivy?«

»Milena?«

»Was machst du gerade?«

»Eis essen.«

»Mit wem?«

»Sein Name ist … warte kurz.« Ihre Stimme wurde leiser. »Sorry, wie heißt du noch mal? Martin?« Jetzt wurde sie wieder lauter: »Sein Name ist Martin.«

»Okay. Wie schlimm wäre es, Martin sitzen zu lassen?«

»Ich denke, es wäre okay. Martin, wäre es okay, wenn ich jetzt gehe? Ja, es ist okay.«

»Super, bis gleich.«

»Wohin gehe ich denn?«

»Du kommst zu mir. Wir müssen herausfinden, in welches Krankenhaus ein alter Mann namens Emil vor ein paar Tagen eingeliefert worden ist. Er hatte einen Herzinfarkt.«

»Ein alter Mann.«

»Um die siebzig.«

»Emil wie?«

»Einfach Emil.«

»Warum müssen wir das herausfinden?«

»Wir ermöglichen ihm ein Wiedersehen mit seiner großen Liebe.«

»Das ist nicht dein Ernst.«

»Warum?«

»Der kriegt doch eh keinen mehr hoch.«

Milena verdrehte die Augen – dann musste sie lachen.

»Mann, Ivy. Vielleicht ja doch!«

Auch Ivy lachte. »Mit Medikamenten hat er eine Chance.«

»Komm einfach her!«

Milena legte auf und stellte sich Ivy vor. Wie sie von ihrem Stuhl in der Eisdiele aufsprang, diesem Martin einen Handkuss zuwarf und sich im Rennen ihren Fahrradhelm überstülpte. Wie der Helm ihre blonden Haare verschluckte und Ivys Kopf rot aufleuchten ließ. Milena hatte keine Ahnung, wie weit Ivy heute schon gefahren war. Zwanzig Kilometer? Dreißig? Manchmal setzte sich Ivy direkt nach der Arbeit im Krankenhaus aufs Rad und fuhr ohne Plan fünfzig Kilometer in irgendeine Richtung. Durch Dörfer und Wälder, über Wiesen und Felder.

Einmal hatte sie vergessen, dass sie Radfahrerin war, und die nächste Autobahnauffahrt genommen. Auf dem Beschleunigungsstreifen trat sie fest in die Pedale. Statt den Blinker zu setzen, schaltete sie einen Gang höher.

Milena stellte sich gern vor, wie Ivy damals über die Autobahn gesaust war mit ihrem roten Fahrradhelm. Wie sie dabei diabolisch gegrinst hatte und immer schneller geworden war. In Wahrheit wäre sie beinahe mit einem alten BMW zusammengestoßen. Der Autofahrer hupte, Ivy schlingerte und stürzte auf dem Standstreifen vom Fahrrad. Zum Glück hatte sie sich nichts gebrochen.

Normalerweise fuhr Ivy auf dem Radweg und landete in kleinen Städtchen. Hier suchte sie jedes Mal nach einer Eisdiele und bestellte sich eine Kugel Kirscheis. Sie setzte sich an ein Tischchen, strahlte den schönsten Mann des Eiscafés an, und meistens setzte er sich neben sie. Wie schön dieser Martin wohl gewesen war? Nicht schön genug, entschied Milena, wenn Ivy so bereitwillig aufgesprungen war. Wenn sie sich sofort auf ihr Rad geschwungen hatte, um Milena zu helfen.

Es dauerte zweiundvierzig Minuten, bis ihre beste Freundin bei ihr war. Sie klopfte gegen die Ladentür, Milena öffnete den Seiteneingang. Zwei Strähnen klebten feucht in Ivys Stirn, sie waren der einzige Hinweis darauf, dass sie gerast sein musste. Ihr Atem ging indessen ganz ruhig.

»Also, was ist los mit dem alten Sack?«, erkundigte sich Ivy grinsend. Und Milena begann zu erzählen. Von ihrer Mutter im Krankenbett. Von dem Büchlein in der Schublade unter den vielen Groschenromanen. Von Emils Geschichte. Von Lottes Geschichte. Vom Blue Nights, wie es einmal gewesen sein musste. Von Emils und Lottes letzter Verabredung. Und davon, wie sie am 18. Mai 2019 mit Milenas Kopfschütteln, mit Emils Zusammenbruch, mit dem Heulen der Sirenen ins Wasser gefallen war.

»Okay«, sagte Ivy schließlich. »Dir ist klar, dass dieser Emil wahrscheinlich tot ist?«

Milena riss die Augen auf. »Auf keinen Fall ist er tot. Ich bin mir sicher.«

»Aber er hatte einen Herzinfarkt.«

»Wer einen solchen Liebesbrief schreibt, der muss ein Happy End bekommen.«

»Mein Gott, Milena.« Ivy verdrehte die Augen. »Niemand muss hier irgendetwas. Der Typ hat's doch selbst versaut! Er hätte seine Verabredung vor Jahrzehnten einhalten müssen.

Und dann hatte er ewig Zeit, um das wieder hinzubiegen. Jetzt ist er schon ganz schön alt. Was will er denn jetzt noch reißen?«

»Die beiden könnten noch einmal glücklich sein.«

»Für ein paar Jahre höchstens.«

»Reicht das nicht?« Milena lächelte. »Für wie lange planst du denn, mit einem Typen glücklich zu sein?«

Jetzt musste auch Ivy lächeln. »Du willst das unbedingt?«

»Auf jeden Fall.«

»Okay. Dann rufe ich Heiner an.«

Milena klatschte in die Hände, umarmte Ivy. »Danke!«, rief sie. Und dann: »Wer ist Heiner?«

»Ein Oberarzt bei uns an der Klinik.«

»Aha.«

Dass Ivy Operationstechnische Assistentin im städtischen Krankenhaus war, hatte Milena schon oft geholfen. Ivy konnte über ihre Kontakte zu Ärzten auch sonntags Rezepte organisieren, sie kam mitten in der Nacht an starke Schmerzmittel heran. Sie kannte für jedes Zwicken einen Spezialisten und wertete noch so langweilige Cafégespräche durch blutige Details auf. Wenn sie dabei war, gab es eitrige Abszesse zum Käsekuchen, offene Knochenbrüche zum Schokomuffin und geronnene Blutlachen zum Latte macchiato. Außerdem hatte Milena vor ein paar Tagen nur durch Ivy so schnell erfahren, dass ihre Mutter vor dem Blue Nights gestürzt war.

»Emil«, sagte Ivy jetzt in ihr Handy. »Einfach Emil. Genau. Am 18. Mai. Ich weiß, dass du nichts sagen darfst. Okay. Verstehe. Ach, super. Vielen Dank!«

Ivy legte auf, sah Milena an und zog eine Augenbraue hoch.

»Wir haben ihn.«

»So schnell?«

»Heiner sagt, er darf uns keinerlei Auskünfte über einen Emil im Klinikum, Raum 256, geben.«

Milena lachte.

»Dann mal los!«

Milena zog die Knie hoch und hielt sich fest. Die ersten Meter schlingerte Ivys Rad noch, und Milena versuchte, das Schwanken auszubalancieren. Doch je schneller Ivy fuhr, desto sicherer fühlte sich Milena auf dem Gepäckträger. Sie lachte. Unter Ivys Rädern buckelte das Kopfsteinpflaster. Vielleicht war vor vielen Jahren auch Emil darübergefahren mit seiner Quickly, überlegte Milena. Vielleicht hatte er sich immer wieder umgesehen und gehofft, auf dem Bürgersteig Lottes Pony, Lottes Lachen, Lottes Kleid, Lottes Knie auszumachen. Wieder und wieder.

Vielleicht waren sie über genau diesen Bürgersteig auch einmal zusammen gelaufen, Hand in Hand, mitten in der Nacht. Fachwerkhäuser säumten die Straße. Sie waren älter als Emil, Lotte und Milena zusammen. Sie mussten damals schon auf das Paar herabgesehen haben, krumm und schief und altklug, aber voller Gemütlichkeit.

Als Ivy nach rechts abbog, schwankte das Rad. Die Geschäfte und Cafés wurden weniger, die Straße breiter, die Häuser quadratischer. In der Ecke stand ein Waschsalon, und in der Ferne konnte Milena schon Burger King erkennen. Ob es diese Straße zu Emils Zeiten auch schon gegeben hatte? Wahrscheinlich nicht. Wahrscheinlich hatte sich hier ein Feld erstreckt. Ein Sonnenblumenfeld vielleicht. Die Wolken darüber waren grau, es roch nach Mairegen. Ein Geruch zumindest, den auch Emil kennen musste. Und Lotte. Ein Geruch, der sich in den letzten Jahrzehnten wohl nicht geändert hatte.

»Denkst du an Regen?«, hatte Paul einmal Milena gefragt. Sie hatten am See gesessen. Es war einsam dort, sie waren die Einzigen gewesen.

»Wieso an Regen?«, hatte Milena geantwortet. Sie krempelte ihre Ärmel hoch, es war warm.

»Deine Finger sehen nach Regen aus.«

Er hatte darübergestrichen. Ihre Fingernägel waren oval, fast ein wenig spitz, wie Tropfen vielleicht. Wie Regenflüsse. Ihre Regenfinger verschränkten sich mit seinen Händen. Sturmhände waren es an diesem Nachmittag. Orkanhände. Und Milena ließ sich auf die Picknickdecke sinken, sie lag da, auf dem Rücken, im Wind, im Sturm, und lachte.

»Was lachst du?« Ivy drehte sich zu ihr um und sah sie aus den Augenwinkeln an.

»Nur eine Erinnerung.«

»Muss eine schöne Erinnerung gewesen sein.«

»Ja«, murmelte Milena und spürte den ersten Tropfen des Mairegens auf ihrer Stirn.

»Emil – und weiter?« Die Krankenschwester verschränkte die Arme, runzelte die Stirn. Mit der Schulter lehnte sie im offenen Türrahmen des Raums 256. Das Krankenbett, das Milena und Ivy hinter ihr sehen konnten, war leer.

»Einfach Emil.«

»Einfach Emil gibt's hier nicht.«

»Wir kennen seinen Nachnamen nicht, aber er müsste eigentlich hier in diesem Raum liegen. Komm schon, Sonja!« Ivy lächelte ihre Kollegin an. »Hilf uns.«

Sonja verdrehte die Augen. »Okay, okay. Jung heißt er. Emil Jung. Aber er ist nicht mehr hier.«

»Wurde er verlegt?«, wollte Milena wissen.

»Ist er tot?«, fragte Ivy.

Sonja schüttelte den Kopf. »Er wurde entlassen.«

»So schnell?«

»Heute Morgen ist er weg.«

»Mist.«

»Weißt du, wo er wohnt?«

Sonja zog die Augenbrauen hoch.

»Bitte, schau kurz nach. Es ist wirklich wichtig.«

»Ich muss nicht nachschauen. Er hat es mir oft genug erzählt. Er kommt aus Eschenbach.«

»Er wohnt immer noch in Eschenbach?«

»Sonja, du bist die Beste!«, sagte Ivy und boxte ihrer Kollegin gegen die Schulter.

Und dann holte sie gemeinsam mit Milena ihr Auto.

Nach einer Dreiviertelstunde Fahrt bremste Ivy den Wagen am Rande Eschenbachs, und Milena dachte an eine leere Packung Toffifee. Daran, wie es ist, viel zu spät auf eine Party zu kommen. Alles war schon aufgegessen, die Musik leise gedreht, die letzten Gäste zu betrunken zum Tanzen.

Eschenbach war leer. Viele Hauseingänge waren zugewachsen, Fenster eingeschlagen, in den Ställen standen keine Kühe mehr. Nur auf der Bank vor einem Haus saß noch ein alter Mann mit einer Flasche Bier. Er würde wohl hier sitzen bleiben, bis die letzte Flasche ausgetrunken war, bis er nicht mehr sitzen konnte und von der Bank fiel. Emil war es jedenfalls nicht.

»Was ist denn hier passiert?«, fragte Ivy.

»Die Eschenbacher sterben offenbar alle weg«, mutmaßte Milena. Und in Gedanken fügte sie hinzu: Paul würde dieses Dorf lieben.

Sie konnte die Büsche am Wegesrand rascheln hören, weit in der Ferne bremste irgendwo ein Auto. Hier war Emil aufgewachsen. Durch diese Straßen war er als Kind gelaufen, in diesem Dorf hatte er Lotte kennengelernt, hier hatte alles angefangen. Milena hatte sich Eschenbach malerisch vorgestellt. Die Häuser schief, die Höfe buckelig im Straßenlaternenlicht, den Himmel ockerfarben. Doch in Wirklichkeit waren die Fassaden schäbig. Viele Gartenzäune waren zerbrochen, die meisten Gardinen verschmutzt, der graue Himmel war unendlich weit entfernt.

»Verständlich, dass Lotte nie zu ihm zurückgekehrt ist.« Ivy sah auf ihr Handy. »Die Nächste links.«

Zum Glück standen alte Menschen noch im Telefonbuch, dachte Milena und folgte ihrer Freundin. Andernfalls hätten sie hier jedes Haus nach dem Namen Jung absuchen müssen. Sie bogen links ab, jetzt lag ein kleiner Dorfplatz vor ihnen. Ein paar Bäume, zwei Bänke, dahinter eine Gaststätte. »Zur alten Backstube« stand über dem Eingang, doch in dem kleinen Glaskasten daneben fehlte die Speisekarte.

»Dahinten müsste es sein.« Ivy zeigte quer über den Platz die Straße hinunter.

Vielleicht war diese Gaststätte einmal das Backhaus gewesen, von dem Emil geschrieben hatte. Vielleicht war er hier als Kind umhergelaufen, hatte die Geschichten des Dorfs gehört, Mehl in die Haare bekommen. Im Vorbeigehen strich Milena über die Rückenlehne einer Bank – und blieb stehen. Das Holz war rau unter ihren Fingern, aufgeritzt. Sie beugte sich hinunter, rückte ihre Brille zurecht – vorsichtig, weil ihre gebrochene Nase noch immer wehtat. Waren das Buchstaben?

Milena lächelte. In die Rückenlehne dieser Bank musste jemand vor vielen Jahren etwas eingeritzt haben. So wie alles in diesem Dorf hatte wohl auch diese Bank einmal als Briefpapier gedient. Wörter, ganze Sätze, lange Botschaften standen dort. Der Regen und die Sonne und die Jahre hatten sie aufquellen und wieder abstumpfen, aufweichen und eintrocknen lassen. Doch wie die Farbe eines spitzen, fest aufgedrückten Bleistifts auf weißem Papier ließen sich auch die Buchstaben aus dieser Bank nicht ganz wegradieren. Etwas schimmerte noch immer hindurch. »Weil … Momente … Kaugummiblasen sind«, las Milena.

Es dauerte etwa sechs Minuten, zwei Straßen und fünf Treppenstufen, bis Milena den Satz für wahr hielt. Bis sie glaubte, dass Emil ihn nicht nur für sich und Lotte in diese Bank geritzt hatte, sondern für alle, die gern Kaugummis und Momente kauten.

»Das müsste es sein«, sagte Ivy und zeigte auf das Haus Nummer acht.

Es war eines der schäbigsten Häuser der Straße. Das Dach saß so schief wie ein ausgebeulter Hut, der einst weiße Putz war längst schwarzgrau geworden, und die Fenster waren so dreckig, dass Milena nirgends hindurchsehen konnte. Die Haustür stand offen.

»Dieser Emil scheint ja echt Vertrauen in seine Nachbarschaft zu haben.« Ivy zuckte mit den Schultern. »Andererseits gibt's da wahrscheinlich ohnehin nichts mehr zu holen.«

Milena ging voran, die Treppenstufen zum Eingang hinauf.

»Willst du einfach reingehen?«

Doch da hatte Milena die Schwelle schon überschritten, da stand sie schon im Flur. Ihr Blick fiel auf eine steile Holztreppe. Von oben näherten sich Schritte. Jemand kam ihr entgegen.

»Entschuldigung? Tut mir leid, dass wir hier einfach so hereinplatzen. Wir sind auf der Suche nach Emil. Ist er da?«

Jetzt sah sie Schuhe, Beine, Hüften. Darüber tauchte eine Umzugskiste auf, getragen von zwei Männerhänden. Der Typ dahinter reckte den Hals und sah Milena entgegen. Dunkler Vollbart, blaugrüne Augen. Er blieb stehen, starrte sie an. Sie starrte zurück, öffnete den Mund.

Milena stand stocksteif in diesem Hauseingang und sah, wie sich der Moment vor ihr auftat wie eine riesige Kaugummiblase. Riesengroß und weich und klebrig und süß. Milena fragte sich, wie groß das Jetzt noch werden könnte, bevor es platzte. Wie die Chancen standen, dass es für immer weiterwachsen, dass es immer und immer größer werden würde.

Das war Paul. Er stand im selben Moment wie sie selbst in Emils Dorf, in Emils Haus, und sein Bart war länger geworden, seine Wangenknochen stachen deutlicher hervor, auf der Stirn lagen jetzt zwei dünne Falten. Aber er sah noch aus wie Paul, er stand da wie Paul, er starrte sie an wie Paul. Die Blase wurde größer und heller, und vielleicht würde sie sich so weit ausdehnen, bis sie die gesamte Zeit ausgefüllt hatte, in der sich Milena und Paul nicht gesehen hatten. Vielleicht könnte sie so groß werden wie zehn Jahre, wie über dreitausendsechshundertfünfzig Tage, wie über dreitausendsechshundertfünfzigmal in den Briefkasten geschaut und nichts gefunden, wie über dreitausendsechshundertfünfzigmal im Garten gelegen und nichts gesehen. Aber dann platzte die Blase doch. Und das Platzen klang ganz genauso wie ihr eigener Name.

»Milena?«

Plötzlich hing ihr die Blase im Gesicht, auf der Brille, klebrig und zäh. Sie versuchte, die Kaugummireste beiseitezuschieben. Zu lächeln oder zumindest zu nicken. Paul lächelte zurück. Oder nickte er? Und dann riss der Griff seines Umzugskartons.

Ratsch.

Der Karton kippte zwischen Pauls Händen, zwei Bücher fielen heraus und sprangen die Treppe hinunter, bis zu Milenas Füßen. Sie musste grinsen. »Du packst die Kartons immer noch zu voll?«

»Ich vergesse immer wieder, wie schwer Bücher sind.« Paul fasste den Karton unter dem Boden und kam ihr entgegen.

»Was macht ihr hier?« Er lächelte.

Milena drehte sich zu Ivy um. Fast hätte sie vergessen, dass ihre beste Freundin auch da war. Ivy lehnte mit verschränkten

Armen im Türrahmen und sah grinsend von einem zum anderen.

»Das ist Ivy«, erklärte Milena.

»Hallo!« Paul gab ihr die Hand. »Ich bin Paul.«

»Glaub mir, das weiß ich.« Ivy lachte.

»Ivy!«, zischte Milena. Sie hätte ihr gern vors Schienbein getreten.

»Wir suchen Emil. Und du? Was machst du hier?«

»Ich räume Emils Haus aus. Meine Firma hat den Auftrag bekommen. Das Grundstück soll verkauft werden.«

»Ist Emil tot?«, fragte Ivy.

»Er ist doch nicht tot, oder?« Milena biss sich auf die Lippen.

»Vor Kurzem habe ich jedenfalls noch mit ihm telefoniert.« Paul stellte den Karton ab. Zwischen Milenas und seinen Füßen stand jetzt diese Umzugskiste voller Bücher, halb geöffnet, halb eingerissen und so groß, dass man sich darüber kaum zur Begrüßung umarmen konnte. Man konnte nur dastehen, er dort, sie hier, und einander anschauen.

»Dann seid ihr ausgerechnet heute auch diesen weiten Weg gefahren?«

»Viele Kurven.« Milena nickte und ärgerte sich gleichzeitig über ihre Antwort. Wie dumm sie klang.

»Verrückt.« Paul schüttelte den Kopf. »Wie lange ist das jetzt her?«

»Was?«

»Dass wir uns das letzte Mal gesehen haben.«

Von Nahem waren seine Stirnfalten tiefer. Auf den Wangen hatte er jetzt größere Poren. Seine Lippen sahen schmaler aus, als Milena sie in Erinnerung hatte. Sie wiegte den Kopf, hoffte, es sähe nachdenklich aus. Dann antwortete sie – als wäre es geraten: »Zehn Jahre vielleicht?«

»Zehn Jahre!«

»Also ich muss mal dringend … ähm … gehen.« Ivy drehte sich um und lief die Stufen zum Hauseingang hinunter.

»Ivy!«, rief Milena.

»Wenn du mich suchst, ich bin beim Alten Backhaus. Da wollte ich mir unbedingt noch die … äh … die Speisekarte angucken.« Ivy lachte, winkte und war weg.

»Die ist witzig.«

»Sehr witzig.« Milena verdrehte die Augen.

»Also …« Mit der Fußspitze stieß Paul leicht gegen den Umzugskarton. »Warum sucht ihr diesen Emil?«

Milena lächelte. Paul hätte fragen können, wie es ihr so ginge. Er hätte: »Und sonst so?«, sagen können und nicken. Er hätte sich danach erkundigen können, was sie jetzt eigentlich beruflich machte, ob sie noch im Antiquariat arbeitete und wie das Geschäft so lief. Stattdessen stellte er die Frage, die Milena heute am liebsten beantworten wollte. Die nach Emil.

»Emil ist der Autor eines kleinen Buchs«, erklärte sie. »Oder besser: eines Liebesbriefes. Wir wollen ihm sein Happy End schenken, weil ich schuld daran bin, dass er es nicht bekommen hat.«

Paul runzelte die Stirn. »Ich glaube, ich brauche dazu mehr Informationen.«

»Wie viel Zeit hast du?«

Paul lachte.

»In der Küche stehen noch Stühle. Wollen wir uns kurz setzen?«

Und dann saßen Paul und Milena nach zehn Jahren, nach über dreitausendsechshundertfünfzigmal in den Himmel geschaut und nichts gesehen, in Emils Küche auf Emils Stühlen. Sie sahen nicht, dass sich der Streifen Raufasertapete über dem Fenster Millimeter für Millimeter von der Wand löste, hörten nicht, dass der Wasserhahn alle drei Sekunden tropfte, und bekamen nicht mit, dass von der Decke zwei winzige Kugelkäfer fielen. Sie dachten nicht darüber nach, dass die Wände und die Decke und der Fußboden voll waren mit diesen Käfern, dass es hier überall krabbelte, dass das ganze Haus lebte.

Sie glaubten, sie wären allein und hätten alle Zeit der Welt.

Milena erzählte von Emils Brief und versuchte, nicht zu überlegen, wie weit ihr Knie von seinem Knie entfernt war. Sie beschrieb das Eschenbach der frühen und das Blue Nights der späteren Sechziger und fragte sich gleichzeitig, ob sich Pauls Fingerspitzen auf ihrer Unterlippe noch immer so warm anfühlen würden. Sie erzählte von Emils und Lottes Wiedersehen und senkte den Blick, nur damit sein Blick ihren kurz darauf wieder treffen konnte. Sie berichtete von dieser Verabredung weit in einer Zukunft, die heute schon eine Vergangenheit war, und fragte sich, was er wohl tun würde, wenn sie sein Gesicht in ihre Hände nehmen würde, jetzt und plötzlich, einfach so.

»Seid ihr euch sicher, dass dieser alte Mann tatsächlich euer Emil ist?«

»Welcher Emil könnte er denn sonst sein?«

»Irgendein anderer?«

Milena zog die Augenbrauen hoch. »Wie viele Zufälle soll es eigentlich noch geben?«

»Wir haben uns hier getroffen, in diesem Geisterdorf am Ende der Welt. Es kann jeden Zufall geben.«

Milena lächelte. Und sagte nicht, was sie über Zufälle dachte. Und Paul lächelte. Und sagte nichts weiter.

Sie lächelten beide, sahen sich an. Hörten auf zu lächeln, aber sahen sich immer weiter an.

Über Milenas Kopf kugelte irgendwann ein winziger Käfer aus einem Spalt in der Decke. Er fiel durch die Luft und landete in Milenas Haaren.

»Du hast da was«, sagte Paul und zeigte auf ihren Kopf.

»Was?«

»Ich weiß es nicht.« Einen Moment ließ er seine Hand in der Luft schweben. Dann griff er nach dem Käfer und zog ihn langsam aus Milenas Haaren.

»Ah.« Er balancierte ihn auf dem Zeigefinger. »Die sind hier überall. Das ganze Haus ist befallen.«

Milena und Paul schauten sich den Käfer an, rund und klein, kurze Beine, lange Fühler, doch gerade als er Pauls Finger hinunterkrabbeln wollte, zerdrückte Paul ihn mit dem Daumen.

»Ich kann euch helfen.« Er wischte seine Käferfinger an einem Taschentuch sauber.

»Wie?«

»Ich weiß, wo Emil ist.«

11. Kapitel

Sie fuhren mit zwei Autos, Paul in seinem Auto vorneweg, Ivy und Milena in Ivys hinterher. Milena starrte auf Pauls rote Scheinwerfer. Auf seine Bremslichter. Sie versuchte, durch die dunklen Scheiben seinen Hinterkopf zu erkennen.

»Oh mein Gott«, sagte Ivy.

»Ja.«

»Es ist unglaublich, dass ihr euch hier trefft, in Emils Haus. In diesem hinterletzten Kaff.«

»In einem Geisterdorf am Ende der Welt.«

»Ist er noch verheiratet?«

»Ich habe ihn nicht gefragt.«

»Ach, Milena! Das wäre das Erste, was ich gefragt hätte.«

Milena lachte. »Wäre es nicht!«

»Mit Sicherheit!« Ivy schlug mit der flachen Hand aufs Lenkrad. »Er sieht echt gut aus.«

»Habe ich doch gesagt!«

»Aber dass er so heiß ist! Vom Kistenschleppen hat er garantiert schöne Oberarme.«

»Du solltest mal seinen Bauch sehen.«

»Darf ich?«

Wieder lachte Milena. Sie konnte kaum aufhören zu lachen. In ihrem Bauch hatte sich über Jahre so viel Gelächter angesammelt, so viele Gluckser, Prust- und Kicherlaute, dass es mindestens dreitausendsechshundertfünfzig Tage dauern würde, sie alle rauszulassen.

»Das ist doch ein Zeichen, oder?«

»Was?«

»Dass ich ihn hier treffe! Während ich versuche, Emil ein Happy End zu verschaffen.«

Milena dachte daran, wie lange Emil gehofft hatte, noch mit seiner Lotte zusammenzukommen, wie lange Lotte auf ihn gewartet hatte. Daran, dass Lotte damals vielleicht länger hätte sitzen bleiben sollen, an der Bar im Blue Nights. Emil war ja zurückgekommen, er hatte sich dann ja doch für Lotte entschieden. Er hatte sie verzweifelt gesucht, sie hatte es nur nicht gewusst, all die Jahre.

Auch Milena hatte es vielleicht nur nicht gewusst. Und Paul hatte vielleicht nur nicht gewusst, dass Milena noch immer an ihn dachte. Vielleicht könnten sie nun alles aufklären, alle Missverständnisse, alle Unklarheiten. Vielleicht könnten sie nun zueinanderfinden, Emil und Lotte, Paul und Milena.

»Du träumst zu viel«, hatte der große Sven gesagt, doch er hatte sich geirrt. Geduldig zu sein und weiter zu träumen, hatte sich gelohnt. Da war sich Milena jetzt sicher.

Ivy wiegte den Kopf. »Keine Ahnung, ob das ein Zeichen ist. An die Scheiße mit dem Universum oder Gott glaube ich nicht. Aber immerhin ist es eine Chance.«

Milena nickte. Und ließ zwei Kicherlaute und einen Gluckser aus ihrem Mund stolpern.

Paul fuhr am Eschenbacher Ortsschild vorbei, dann beschleunigte er.

»Wo fahren wir hin?«

»Zurück in die Stadt.«

»Das ist nicht dein Ernst.«

»Emil wohnt mittlerweile in einem Altenheim.«

»Eine Dreiviertelstunde von zu Hause entfernt?«

»Hier draußen gibt es vermutlich keine Altenheime.«

»Nein. Hier draußen gibt es gar nichts mehr. Außer einen ziemlich heißen Entrümpler.«

In den Gängen roch es nach Desinfektionsmittel, der Fußboden glänzte, und die Wände waren glatt. Wie Emil sich wohl bisher davon abgehalten hatte, sie mit seinem Taschenmesser zu bearbeiten?

Eine Frau mit Halbglatze fuhr auf einem Rollstuhl an ihnen vorbei, aus einem der Räume rief jemand: »Du schummelst doch schon wieder!«

Paul klopfte an eine Tür.

»Herr Jung?«

Milena betrachtete verstohlen Pauls Hand. Die Adern traten etwas mehr hervor als früher. Die Finger seiner Sturmhände sahen kräftiger aus. Sie stellte sich vor, wie er sie durch ihre Haare schob, unter ihr T-Shirt, wie er ihren BH öffnete. Wie er ihr in langen, langsamen Bewegungen über den Rücken strich. Wie sie auf ihm lag, laut atmend, den Mund und die Augen offen.

»Herr Jung?«

Paul öffnete die Tür. Das Bett war ordentlich gemacht, der Schrank geschlossen, auf dem Tischchen stand eine Schale mit rosa Kaugummis. Ivy nahm eines und steckte es sich in den Mund.

»Ivy!«

»Was?«

Paul rieb sich das Kinn mit zwei Fingern und zog die Augenbrauen hoch. War dieser Gesichtsausdruck neu? Oder hatte Milena ihn früher schon beobachtet? Sie war sich nicht sicher. »Er ist nicht hier«, sagte Paul.

Milena sah sich um. Auf einer Kommode stand eine Kaffeemaschine, daneben Fotos von einer Frau und einem kleinen Kind. Das musste Emils Tochter sein – und seine Enkelin. Dahinter ein Schwarz-Weiß-Foto. Milena trat näher, nahm es in die Hand. Und lächelte. Ein Straßenzug war auf dem Bild zu sehen. Niedrige Häuser, Schaufenster, ein Tabakladen, ein Café. Daneben: das Blue Nights. Die Schrift schien selbst auf dieser alten Fotografie einen bläulichen Schimmer zu haben. Eine Menschentraube stand davor, ausgestellte Röcke, lange Haare. Und im Vordergrund, auf der Straße, stand eine sehr junge Frau mit hellem Pony und dunklem breitem Lidstrich. Sie lachte in die Kamera, leicht nach vorn gebeugt, ihr Rock endete weit über dem Knie.

»Ist sie das?« Ivy nahm Milena das Foto aus der Hand.

»Das muss sie sein.«

»Hübsch, diese Lotte.«

Paul steuerte auf die Tür zu. »Ich frage mal herum, wo Emil sein könnte.«

Er ging hinaus, und Milena schaute ihm hinterher. Sein Rücken war tatsächlich ziemlich breit, auch sein Nacken schien stärker geworden zu sein, nur der Hintern in der dunklen Jeans schien so klein und fest geblieben zu sein wie vor zehn Jahren.

»Milena!«

»Was?«

»Starr nicht so!«

»Ich starre überhaupt nicht!«

Milena sah aus dem Fenster. Unter ihr lag eine breite Straße voller Autos, die Scheinwerfer an Scheinwerfer am Altenheim vorbeifuhren. Ein Autosalat, hätte Emil gesagt. Zwischen zwei Büschen am Wegesrand sah Milena etwas Rotes. Einen Stuhl vielleicht? Nein. Milena lächelte. Ein Sofa war es. Und darauf saß jemand. Sie legte die Hand auf den Fensterrahmen.

»Ich weiß, wo Emil ist«, rief sie. »Warte hier, Ivy. Ich bin gleich wieder da.«

Die dürren Hände hatte er im Schoß gefaltet, auf seiner dunkelblauen Stoffhose. Er schaute auf die Straße, als wäre sie sein Fernseher. Als würde da ein Film laufen, den er schon oft gesehen hatte, bei dem er aber wieder und wieder hoffte, dass es diesmal ausnahmsweise ein anderes Ende nehmen würde.

»Guten Tag«, begrüßte ihn Milena.

Emil drehte den Kopf.

»Hallo, junge Dame.«

Milena trat näher.

»Darf ich?«

»Natürlich.«

Sie sank in das Sofa ein, verschränkte die Finger wie Emil im Schoß und überkreuzte die Beine. Die Straße war laut, es roch schmutzig, jemand hupte, ein anderer ließ den Motor aufheulen.

»Wo wollen die nur alle hin?« Milena lächelte.

Emil drehte sich zu ihr um, hob die buschigen Augenbrauen. Die Haut an seinen Wangen war von tausend feinen Falten durchzogen.

»Sie haben viele Wege.« Er sprach langsam.

»Viele Ziele«, ergänzte Milena. »Vielleicht sind sie auf der Suche.«

Emil runzelte die Stirn und musterte Milena schweigend.

»Und Sie? Sind Sie auch auf der Suche?«, fragte sie.

»Nein, nicht mehr. Ich habe zu lange gesucht. Meine Füße sind wund, meine Beine schwer. Heute sitze ich nur noch am Wegesrand.«

Milena nickte. »Ich weiß. Sollte irgendwer irgendwo nach Ihnen suchen, findet er Sie vielleicht hier«, zitierte sie aus Emils Liebesbrief.

Er öffnete den Mund, doch er sagte nichts.

»Ich bin Antiquarin und habe ein Exemplar von *Blaue Nächte* gefunden, Herr Jung. Ihren Brief an Lotte. Ich habe ihn gelesen.«

Emil sah sie nur an, er antwortete nicht.

»Entschuldigung, dass ich Sie hier so überfalle. Ich habe Sie schon überall gesucht. Ich bin Milena, und wir kennen uns bereits. Am 18. Mai wollten Sie ins Blue Nights. Sie hatten eine wichtige Verabredung, aber ich habe Sie nicht reingelassen.«

Noch immer schwieg der alte Mann.

»Und dann habe ich Ihr Büchlein gefunden. Ich verstehe jetzt, was passiert ist. Und es tut mir unendlich leid.«

Emils Augen waren jetzt ganz groß, Milena konnte rote Adern darin erkennen.

»Ich bin gekommen, weil ich Ihnen unbedingt etwas sagen muss. Kurz nachdem der Krankenwagen Sie abgeholt hatte, kam eine Frau aus dem Blue Nights. Sie war ungefähr so alt wie Sie, und sie trug ein azurblaues Kleid. Ich denke, es könnte Lotte gewesen sein.«

»Meine Lotte?« Seine Stimme war so leise, dass Milena sie unter all dem Autogetöse kaum hören konnte. »Sie ist gekommen?«

Milena nickte. »Sie ist gekommen.«

Zwischen Ivy, Paul, Emil und Milena stand ein Mensch-ärgere-dich-nicht-Spiel. Die vier hatten sich in den Gruppenraum des Altenheims gesetzt. Keine einzige Figur hatte es bisher aufs Spielfeld geschafft. Emil starrte auf die Würfel, ohne sie zu berühren. Alle anderen starrten Emil an.

»Ich habe lange gespart«, erzählte er mit leiser Stimme. »Dann konnte ich endlich einen Freund aus dem Blue Nights überreden, mir zu helfen. Er arbeitete in einer Druckerei. Ich gab ihm so viel Geld, wie ich nur konnte. Dafür druckte er meine Zeilen an Lotte zweihundertmal. Ihre Adresse hatte ich ja nicht, aber ich wollte unbedingt, dass Lotte sie liest. Also klapperte ich sämtliche Buchhandlungen im Umkreis ab und bat die Händler, das Büchlein auszulegen. Immer wieder erzählte ich meine Geschichte. Immer wieder bat ich die Mitarbeiter darum, nach Lotte Ausschau zu halten und am besten jeder jungen Frau, bei der es sich um Lotte handeln könnte, das Heft in die Hand zu drücken. Die Leute mochten meine Geschichte. Sie fanden sie tragisch und schön zugleich, das Büchlein verkaufte sich gar nicht mal so schlecht. Sogar die Lokalzeitung berichtete damals darüber. Ich habe sehr gehofft, dass Lotte es irgendwann lesen wird.«

»Aber …« Ivy runzelte die Stirn. »Sie waren noch mit Irene zusammen?«

Emil nickte.

»Hatten Sie keine Angst, dass Irene mal auf das Heft *Blaue Nächte* stoßen könnte?«

Emil zuckte mit den Schultern.

»Ich hätte es in Kauf genommen. Allerdings hat meine Frau Buchhandlungen gehasst. Mit Literatur konnte sie nicht viel anfangen, sie las nur für die Uni. In ihrer Freizeit schaute sie lieber Filme. Vielleicht wollte sie damit ihren Vater ärgern. Er war sehr intellektuell und konservativ.«

»Sie hätte aber doch von der Geschichte hören können. Über Freunde oder Verwandte.«

Emil zuckte mit den Schultern. »Ich hielt das für unwahrscheinlich. Irene hieß in Wirklichkeit gar nicht Irene. Ich habe viele Details und alle Namen geändert, außer Lottes und meinen. Darüber, dass jemand meine Frau auf das Büchlein hinweisen könnte, habe ich kaum nachgedacht.«

»Und was ist mit Hans, Marlene und Karl? Was wäre gewesen, wenn sie es gelesen und Irene darauf gestoßen hätten?«

Emil kniff die Lippen zusammen. »Ich habe sie nie wiedergesehen. Sie sind damals in den Süden gefahren und bis heute nicht zurückgekommen.«

Milena sah ihn erstaunt an.

»Ist ihnen etwas passiert?«

Emil zuckte mit den Schultern. »Ich denke nicht. In den Siebzigern haben wir noch Briefe von ihnen bekommen. Anscheinend sind sie in die USA gezogen und haben dort gemeinsam einen großen Bauernhof gekauft.« Er lächelte. »Ich bin mir sicher, dass es ihnen gut ergangen ist.«

»Irene hat das Buch also nie gelesen?«

»Nein. Aber meiner Tochter ist es irgendwann in die Hände gefallen.« Emil rieb sich die Stirn. »Wir hatten jahrelang keinen Kontakt deswegen, sie war sehr enttäuscht.«

»Das ist schlimm«, sagte Milena.

»Mittlerweile hat sie mir glücklicherweise verziehen.«

»Wie lange haben Sie denn nach Lotte gesucht?«, fragte Ivy.

»Ihr dürft ruhig du sagen.« Emil lächelte sein zahnlückenloses Lächeln.

»Okay. Wie lange hast *du* Lotte gesucht?«

»Ich habe bis heute nicht aufgegeben.« Er kicherte. »Ich fahre natürlich nicht mehr mit einer Quickly herum. Und doch …«

»Und doch suchst du sie bis heute.«

»Was heißt suchen? Reicht es, wenn man bei jeder Frau aufschaut und Ähnlichkeiten in ihrem Gesicht finden möchte? Wenn man immer den weiteren Weg nach Hause geht, weil es mit jedem Meter mehr Möglichkeiten gibt, einander zu begegnen? Wenn man länger an befahrenen Straßen stehen bleibt, weil Lotte so gern schnelle Autos gefahren ist?«

»Wahrscheinlich nicht«, meinte Paul.

Das musst du gerade sagen, dachte Milena und musterte ihn. Er rieb sich das Kinn. Wieder diese Geste. Dann ließ er die Hand sinken und trommelte mit beiden Zeigefingern leise auf den Tisch. Milena runzelte die Stirn. So etwas hatte Paul früher nicht gemacht. Oder doch? Am liebsten würde sie ihre Hände auf seine legen und »Schhh« flüstern. Doch sie zwang sich, wegzusehen.

»Ich finde schon, dass es ausreicht«, sagte Ivy.

»Letztlich hat es aber nicht funktioniert.« Emil zuckte mit den Schultern. »Jedenfalls habe ich Lotte nicht gefunden. In all den Jahren nicht.«

»Vielleicht finden wir sie.«

»Wie wollt ihr das machen?«

»Am 18. Mai ist sie nachts in ein Taxi gestiegen. Wenn wir das richtige Unternehmen finden, könnte uns vielleicht der Fahrer weiterhelfen.«

Emil kniff die Lippen zusammen. Dann die Augen.

»Wie sah sie aus? Geht es ihr gut?«

»Das kann ich nicht beurteilen«, antwortete Milena. »Aber als sie da unten saß, im Blue Nights, sah sie aus, als würde sie sich an diesem Ort wohlfühlen.«

»Das klingt, als wäre sie dieselbe geblieben.«

Ivy tippte so lange auf dem Autoradio herum, bis sie den Sender mit den Oldies gefunden hatte. *When I was younger, so much younger than today, I never needed anybody's help in any way*, sangen die Beatles. Ivy trommelte aufs Lenkrad, trällerte vor sich hin. Emil schaute aus dem Fenster, schwieg. Und dahinter saß Paul neben Milena. Jedes Mal wenn Milena zu Paul hinübersah, schaute Paul zurück. Jedes Mal erschrak sie kurz, sah wieder weg, sah wieder hin. Und dann verkeilten, verfingen sich ihre Blicke ineinander, ein bisschen wie zwei Seiten eines Reißverschlusses, ein bisschen wie Haare und die Rückseite eines eingeschalteten Föhns. Es ziepte, trotzdem musste Milena weiter hinschauen.

Bis Ivy durchs Auto rief: »Bin ich hier richtig?«

Milena zuckte zusammen, sah nach vorn. »Äh. Ja. Weiter geradeaus.«

Sie hatten sich dafür entschieden, das alteingesessene Taxiunternehmen in der Parallelstraße des Blue Nights anzusteuern. Vielleicht kannte Lotte es noch von früher und hatte am 18. Mai dort angerufen.

Paul sah Milena immer noch an, mit großen, hellen Augen, die Lippen leicht geöffnet. Ob er noch genauso küsste wie vor zehn Jahren? Ob er ihr dabei eine Hand auf die Wange legen würde, einen Finger in den Mundwinkel? Ob er zwischendurch innehalten würde, ihr in die Augen sehen, auf den Mund, lächeln? Näher kommen, ihren Mund öffnen, noch ein bisschen weiter?

»So.« Ivy bremste, schaltete den Motor aus. Plötzlich war das Fahrtrauschen weg, der Föhn aus, Milena öffnete die Autotür.

Im Büro des Taxiunternehmens saß ein kleiner Mann mit gelben Zähnen hinter einem noch gelberen Tresen und hatte keine Lust zu reden.

»Sie ist wunderschön«, sagte Emil.

»Ihr Kleid war azurblau«, fügte Milena hinzu.

»Es geht um eine Romanze«, erklärte Ivy.

»Eine große, tragische Liebesgeschichte«, schwärmte Paul.

Und Milena musste sich konzentrieren, um den Kopf nicht in Pauls Richtung zu drehen.

»Mir doch schnurz«, antwortete der Mann und zog die Nase hoch. »Am 18. Mai waren bestimmt zehn unserer Fahrer unterwegs. Die sind hundertmal zum Blue Nights gefahren. Was soll ich da jetzt machen?«

Er raschelte mit seiner Zeitung, als wären Emil und seine jungen Begleiter Fliegen, die er mit diesem Geräusch verjagen könnte.

»Können Sie uns vielleicht die Kontaktdaten der Fahrer geben?«

»Nein.«

»Kommen Sie schon. Nur die Handynummern.« Ivy versuchte es mit ihrem Eisdielenlächeln, doch der Mann runzelte die Stirn. »Vergesst es.«

»Vielleicht können Sie uns sagen, wann die Fahrer wieder unterwegs sind.«

»Ich schätze mal, am Wochenende.«

»Wir könnten Freitag- oder Samstagnacht die Taxifahrer ansprechen, die vor dem Blue Nights halten«, schlug Milena vor.

»Alle Taxifahrer am Blue Nights?« Ivy riss die Augen auf. »Das klingt ziemlich unorganisiert und zeitaufwendig.«

Paul nickte. »Total.« Dann grinste er und rieb sich das Kinn. »Aber es könnte klappen.«

»Ich denke, es ist unsere beste Möglichkeit«, pflichtete ihm Milena bei, und alle nickten.

Vor dem Blue Nights, zwischen hochhackigen Schuhen, glühenden Zigaretten, Jeansbeinen und rot geschminkten Lippen, stand Emil auf einen Stock gestützt da und sah sich schmunzelnd um. Milena überlegte, was er wohl dachte. Ob er die jungen Leute mit seiner damaligen Clique verglich? Sie starrten ihn an, manche lachten, andere schüttelten den Kopf. Niemand schien darüber nachzudenken, dass sie alle nur dadurch so kurze Röcke tragen, einander küssen und die Haare über die Schultern werfen konnten, weil Emils Generation damit vor sehr langer Zeit einmal angefangen hatte.

Neben Emil lehnte Ivy an der Wand, mit verschränkten Armen.

»Wo bleibt denn eigentlich Paul?«, überlegte Milena.

Ivy zuckte mit den Schultern. »Keine Ahnung.«

»Meint ihr, er kommt noch?«

»Männer können dumm sein«, stellte Emil fest.

»Ach …« Ivy zuckte mit den Schultern. »Frauen auch.«

Milena lachte, sah sich um – und hielt inne. Mitten auf der Straße, im Licht der Laterne, stand er plötzlich. Dunkle Lederjacke, helle Augen. Er lächelte, und ganz genauso, wie sie es sich vor ein paar Tagen noch gewünscht hatte, breitete er die Arme aus.

»Na dann«, rief er. »Legen wir los!«

»Entschuldigung, darf ich Sie was fragen?«

»Hallo, haben Sie einen Augenblick Zeit?«

»Wir suchen jemanden.«

»Sie ist sehr schön.«

»Ziemlich alt.«

»Und sie heißt Lotte.«

»Haben Sie Lotte vor ein paar Tagen nach Hause gefahren?«

Sie sahen in viele Taxifahrergesichter: Vollbärte, graue Augen, gegelte Haare, freundliche Lippen, hohle Wangen, gerunzelte Stirnen.

»Nein.«

»Nie gehört.«

»Meine Kunden am Blue Nights sind viel jünger.«

»Etwa siebzig? Keinesfalls.«

»Ich erinnere mich nicht.«

»Tut mir leid.«

Einmal, als sich Milena in ein Auto hineingebeugt hatte, die Brille zurechtrückte, den Kopf zurückzog und sich umdrehte, trat sie Paul auf den Fuß.

Einmal, als Paul eine Autotür öffnete, streifte sein Arm Milenas Hüfte.

Einmal, als beide im gleichen Moment zum selben Taxi

laufen wollten, blieben sie stehen und sahen einander an. Milena fragte sich, ob Pauls Augenfarbe eigentlich noch die gleiche war wie früher. Ob sich seine Blicke verändert hatten. Wie sehr sich hinter der älter gewordenen Haut seiner Stirn auch seine Art zu denken gewandelt haben könnte. So lange standen sie da, dass der Taxifahrer erst die Lichthupe betätigte und dann mit lautem Motorgeheul davonfuhr.

»Wir haben unser Taxi verpasst«, sagte Milena.

»Wir kriegen ein neues«, versprach Paul.

»Und wenn dieses Taxi das richtige war?«

»Das war es nicht. Das richtige kommt noch, ich weiß es.«

Paul lächelte, und Milena lächelte – und dann, endlich, kam das richtige Taxi.

»Entschuldigung, waren Sie vor ein paar Tagen schon einmal hier?«

»Jedes Wochenende.«

»Haben Sie letztes Wochenende vielleicht eine alte Dame am Blue Nights abgeholt? Blonder Dutt, blaues Kleid?«

»Vielleicht.«

»Wir suchen diese Frau. Ganz dringend. Erinnern Sie sich an ihre Adresse?«

Der Taxifahrer wiegte den Kopf. »Die darf ich Ihnen eigentlich nicht sagen.«

»Das ist meine Oma«, log Milena. »Sie ist etwas orientierungslos.«

»Vielleicht sollten Sie besser mit der Polizei sprechen?«

»Es dauert viel zu lang, bis die uns hilft. Könnten Sie nicht ein Auge zudrücken? Ich möchte nur schauen, ob es ihr gut geht.«

Der Taxifahrer sah aufs Lenkrad. »Na gut. Ich sollte sie irgendwo an der Berliner Brücke absetzen.«

»Perfekt. Würden Sie uns hinfahren?«

»Ausnahmsweise.«

Emil setzte sich mit dem Stock zwischen den Knien auf den Beifahrersitz, Milena saß hinten in der Mitte zwischen Ivy und Paul. Ihr Oberschenkel lag an Pauls Oberschenkel, ihre Hüfte berührte seine Hüfte, bei jeder Kurve stießen ihre Schultern aneinander, und Milena wunderte sich, dass sie trotzdem noch blinzeln, atmen, schlucken konnte. Wie gut so ein Körper funktioniert, dachte sie.

»Haben Sie ein Radio?«, fragte Ivy den Taxifahrer.

»Ich höre nie Radio.«

»Eine CD?«

»Nein.«

»Was würdest du jetzt gern hören, Emil?«

»Ich bin mir nicht sicher.«

»Die Petards vielleicht?«

Emil lachte leise. »Ja, das wäre schön.«

Ivy wischte ein paarmal auf ihrem Handy herum, dann konnten sie Gitarrenklänge und Rufe hören. Eine immer wiederkehrende kleine Melodie, die langsam größer zu werden schien. Das Auto war ein wenig lauter als das Smartphone, den Text verstand Milena aber trotzdem – weil Emil mitsang: *I've met a lot of people with happy smiling faces. Saw their deepest feelings and heard a bunch of phrases. Remember their behaviour in oh so many cases. Keep on, keep on, keep on going my way.*

Auf der Rückbank lächelten sie alle, Ivy bewegte den Kopf zum Takt der Musik, Paul trommelte mit zwei Zeigefingern auf seine Oberschenkel, Milena schunkelte nach rechts und links. Und beim nächsten Refrain stimmten alle mit ein: *Keep on, keep on, keep on going my way.*

Vielleicht würde Lotte heute ihren Emil wiedersehen. Ob sie sich noch mögen würden nach so vielen Jahren? Ob sie noch wüssten, worüber sie reden könnten? Ob sie sich noch immer berühren wollen würden, ob sie den Geruch des anderen noch mögen würden?

Paul roch noch wie damals, nach Leder und alten Möbeln und Sonnenschein, nur sein Parfüm hatte er gewechselt, es war jetzt herber. Aus den Augenwinkeln sah Milena, dass Paul sie verstohlen betrachtete.

»Hier ist es.« Der Taxifahrer bremste, Emil zahlte.

»Wir danken Ihnen ganz herzlich. Sie glauben gar nicht, wie viel Sie heute für uns getan haben.«

»Nein.« Der Fahrer lachte. »Das glaube ich nicht.«

Auf der Brücke war es windig. Unter der Brücke lagen Schienen, ein heilloses Durcheinander. Wie sollte da ein Zug seinen Weg finden?

»Warst du hier schon mal?« Milena sah Emil an, der sich auf das Geländer stützte.

»Noch nie.«

»Was glaubst du, wo würde Lotte wohnen?«

»Vielleicht in der Nähe eines Bahnhofs. Oder einer Autobahnauffahrt.« Emil lächelte.

»Wir sollten uns aufteilen«, schlug Ivy vor. »Emil und ich klappern die Häuser auf dieser Seite der Brücke ab, Paul und Milena gehen auf die andere Seite.«

Alle nickten.

»Wir gucken uns am besten die Klingelschilder an«, meinte Milena. »Wie ist Lottes Nachname?«

»Früher hieß sie Fischer. Aber das ist lange her.«

»Vielleicht hat sie ihren Namen behalten.«

»Das war in den Sechzigern. Auf keinen Fall heißt sie heute noch Fischer.« Ivy zuckte mit den Schultern. »Außer, sie hat sich scheiden lassen und ihren Mädchennamen wieder angenommen.«

»Schauen wir mal«, sagte Paul und schaute Milena an.

»Mal schauen«, sagte Milena und schaute Paul an.

»Schaut mal lieber, dass ihr loskommt«, rief Ivy. Sie hielt Emil ihren Arm hin, er hielt sich an ihr fest, und gemeinsam drehten sie den anderen beiden den Rücken zu.

Für den Weg über die Brücke zog sich Milena ihre Kapuze über den Kopf. Sie lief schweigend neben Paul her, der Wind kroch ihr unter die Jacke, an den Beinen hatte sie eine Gänsehaut. Wie lang eine Brücke sein kann, dachte sie. Wie schön es sein kann, einen Wind zu teilen, einen Weg, einen Ausblick, ein Schweigen.

Erst auf der anderen Seite drehte Paul den Kopf zu ihr. »Wie geht es dir?«

»Ich mag diese Nacht.«

»Und wie geht es deinem Opa?«

»Er ist tot.«

»Das tut mir leid.«

»Ja.«

»Ich hätte ihn gern noch einmal gesprochen.«

»Was hättest du ihn denn fragen wollen?«

»Wie es dir geht.«

»Du hast mich gerade selbst gefragt.«

»Dein Opa hätte es vielleicht besser gewusst.«

Milena lächelte. »Das ist wahr.«

»Was ist aus dem Antiquariat geworden?«, fragte Paul.

»Was ist aus deiner Ehe geworden?«, fragte Milena.

Plötzlich war sie da, diese Frage, dabei hatte Milena sie gar nicht stellen wollen, nicht hier, auf dem Bürgersteig vor einem dunklen Reihenhaus, vor einem Gartenzaun und einem vollen Briefkasten. Nicht im Gehen, nicht im Stehenbleiben. Paul stellte sich auf beide Beine, sah erst auf den Boden, dann in Milenas Gesicht. Und Milena wusste die Antwort.

»Ich habe das Antiquariat übernommen«, erzählte sie schnell. »Nachdem mein Opa gestorben ist, bin ich eingestiegen. Zu mir kommen viele Stammkunden, das Geschäft läuft, auch wenn es hart ist. Für immer wird es nicht gehen, vielleicht mache ich eine Weiterbildung. Oder ich steige in das Tanzlokal meiner Mutter ein. Ich wollte das nie, aber seit ein paar Tagen gefällt es mir plötzlich. Es war ja immer schon da, ein bisschen wie eine Großtante, die ich mein Leben lang kannte, auf allen Familienfeiern gesehen hab, mit der ich aber nicht sprechen wollte. Die ich irgendwie peinlich fand. Und plötzlich merke ich, dass sie eine verrückte alte Lady ist mit einem großen Herzen, einem guten Gedächtnis und richtig viel Taktgefühl. Die feiern kann und Witze reißen, weißt du, was ich meine?«

»Ich bin immer noch verheiratet«, antwortete Paul. »Ich bin mir immer noch nicht im Klaren darüber, ob es richtig ist. Zwischen ihr und mir ist sehr viel Platz, zu viel, denke ich manchmal. Ich mache viele Überstunden und bin meistens unterwegs. Wir haben eine Tochter, Carla, über die wir uns häufig streiten. Der Taube habe ich eine große Voliere in den Garten gestellt, jeden Tag höre ich sie gurren. Ich habe sehr viel an dich gedacht, Milena.«

Milena atmete aus. Paul atmete ein.

»Ich sollte nicht mit dir hier herumstehen«, sagte er. »Mitten in der Nacht an einem Ort, an dem ich noch nie war.«

»Wo solltest du denn dann stehen?«

»Ich sollte dich nicht küssen. Wie kann ich dich noch immer küssen wollen?«

Paul atmete aus. Milena atmete ein.

»Ich dachte, das wäre nur noch in meinem Kopf, ein Gedanke wie eine Zigarette oder ein Glas Wein, etwas, das mich aus dem Alltag holt, das ein Kribbeln im Kopf und einen Schleier im Blick auslöst, aber nichts Reales. Und jetzt bist du hier.«

»Du bist auch hier«, sagte Milena.

»Du stehst vor mir. Einfach so.«

»Du stehst auch einfach so vor mir.«

Milena lächelte. Paul trat einen Schritt vor, legte eine Hand auf Milenas Wange. Gemeinsam atmeten sie ein, atmeten aus.

»Wir sollten die Klingelschilder absuchen.«

»Ja.« Doch seine Hand blieb liegen.

»Wir müssen Lotte finden.«

»Das müssen wir.« Doch sein Finger lag auf ihrem Mundwinkel.

»Stell dir vor, Emil könnte heute noch mit ihr sprechen.«

»Stell dir das mal vor.«

Milena legte ihre Finger auf seine Finger, lehnte ihre Wange in seine Handfläche. Er war noch immer verheiratet, dachte sie. Er hatte eine Tochter. Trotz allem, was er und sie gehabt hatten, trotz ihrer Taube in seinem Käfig, trotz ihrer dreitausendsechshundertfünfzig Blicke in den Himmel hatte er eine Familie gegründet. Er hatte sich nicht für Milena entschieden, in all den Jahren nicht. Also nahm sie seine Hand und löste sie von ihrem Gesicht.

»Schauen wir mal.« Sie lächelte und ließ seine Finger los.

»Mal schauen.« Er sah auf den Boden.

Weber, lasen sie. Müller, Schmidt, Neumann, Schulze. Überall waren die Lichter aus, hier und da ging ein Bewegungsmelder an. Der Wind ließ nach, es wurde kälter. Kreuz und quer gingen Milena und Paul über die Straße, hin und her, von Gartentor zu Gartentor, von Hauseingang zu Hauseingang.

»Fischer!«, rief Paul plötzlich. Kurz überlegte Milena, ob seine Stimme heute heiserer klang als früher. Irgendwie rauer, verbrauchter, von all den Wörtern, die er in ihrer Abwesenheit ausgesprochen hatte. Dann schob sie den Gedanken weg und antwortete: »Echt jetzt?«

Es war ein Mehrfamilienhaus, weiße Wände, kleine Balkone, graue Dachziegel. Fünf Namen standen auf dem Klingelschild, und im Erdgeschoss schien jemand mit dem Nachnamen Fischer zu wohnen.

»Wir sollten Ivy anrufen«, schlug Milena vor.

»Tu das.«

»Ich?«

»Ach so.« Paul lachte. »Du hast immer noch kein Handy? Hast du ihre Nummer?«

»Ich weiß sie auswendig.«

Milenas Finger waren kalt und steif. Langsam tippte sie die Nummer in Pauls Handy und hielt es sich ans Ohr.

»Hallo?«

»Ich bin's.«

»O Mann, wir haben uns schon Sorgen gemacht!«

»Hier wohnt jemand namens Fischer!«

»Tatsächlich?«

»Kommt ihr her?«

»Jetzt noch? Emil konnte nicht mehr, wir sind heimgefahren.«

»Schon?«

»Hast du mal auf die Uhr geguckt?« Ivy lachte. »Heute Nacht können wir sowieso nichts mehr machen.«

»Aber wir sind so nah dran!«

»Das freut mich. Es ist toll, dass ihr nah dran seid. Apropos nah dran: Genieß die Nacht, meine liebe Milena!« Ivy lachte noch einmal, dann legte sie auf.

Milena gab Paul sein Handy zurück.

»Sie sagt, es sei zu spät, um jetzt zu klingeln.«

»Da könnte sie recht haben.«

Milena nickte. Sie sollte gehen und im Blue Nights nach dem Rechten sehen, überlegte sie. Danach sollte sie schlafen und morgen wiederkommen. Gerade wollte sie das vorschlagen, da sagte Paul: »Alte Leute stehen oft früh auf. Wir könnten noch ein bisschen warten.«

»Es ist kalt.« Trotzdem blieb sie stehen.

»Die Vögel zwitschern schon.« Paul sah in den Himmel. »Vielleicht haben wir Glück.«

Milena nickte. »Vielleicht. Aber ich warte nicht mehr lang.«

Und sie meinte es so. Er presste die Lippen aufeinander. Und dann setzten sie sich auf die Kante des Bürgersteigs, die Arme auf den angewinkelten Knien, den Blick auf die leere Straße gerichtet.

»Was, wenn es nicht Lotte ist?«

»Vielleicht ist sie es.«

»Erinnerst du dich an deine Geschichte von der Frau, die in den See gegangen ist? Vor vielen Jahren?«

»Natürlich. Seitdem ist niemand mehr im See geschwommen.«

Milena nickte. »Als ich Emils Buch gelesen habe, hatte ich immer wieder diesen Gedanken: Was, wenn die Frau, von der du erzählt hast, Lotte gewesen ist?«

Paul legte den Kopf schief.

»Du glaubst, sie hat es wegen Emil getan?«

»Du hast gesagt, sie sei häufig am See gewesen. Das war Lotte auch. Du sagtest, sie hätte Liebeskummer gehabt. Genau wie Lotte.«

»Ich glaube, viele Frauen waren oft am See. Und viele Frauen hatten Liebeskummer. Es war sicher nicht Lotte. Außerdem hast du doch in der einen Nacht eine alte Frau im Blue Nights gesehen.«

Milena nickte. »Ich hoffe, das war nicht nur Zufall.«

»Ich glaube nicht an Zufälle.«

Und über ihrem Kopf, hinter einem Fenster im Erdgeschoss, ging ein Licht an.

Milena drückte die Klingel, und Paul zuckte zusammen, so laut drang das Geräusch durch das gekippte Küchenfenster zu den beiden nach draußen. Kurz war es still. Dann klapperte es. Jemand schlug das Fenster zu, um es kurz darauf ganz aufzureißen.

»Verschwinden Sie sofort von meinem Grundstück! Es ist mitten in der Nacht – das ist eine Unverschämtheit!«, rief eine schrille Stimme. Milena kniff die Augen zusammen. Am Fenster stand eine zerknitterte Frau. Wie alt sie war, konnte Milena nicht einschätzen. Vielleicht siebzig, vielleicht erst vierzig, ihr Gesicht war blass und dünn.

»Bitte entschuldigen Sie, dass wir so spät stören.«

»Ich rufe die Polizei!«

»Einen Augenblick, wir kommen wegen Emil.«

»Wer?«

»Emil Jung. Er war da, am 18. Mai. Er ist gekommen.«

»Ich habe keine Ahnung, wovon Sie sprechen.«

»Sind Sie nicht Frau Fischer?«

»Woher wissen Sie das?«

»Lotte Fischer?«

»Mein Name ist Marianne Fischer, und wenn Sie nicht sofort verschwinden, setzt es was!«

Mit einem lauten Knall schlug Marianne Fischer das Fenster zu, das Licht ging aus, Paul und Milena standen im Dunkeln.

Langsam gingen sie die Straße hinunter.

»Wir sollten uns ein Taxi rufen.«

»Wo sind wir eigentlich?«

»Keine Ahnung.«

»Irgendwo an der Berliner Brücke.«

»Ja.«

Sie liefen, schwiegen.

»Wie sollen wir das nur Emil erklären?«, flüsterte Milena. »Wir hätten ihm keine Hoffnung machen sollen.«

Paul zog die Schultern hoch. »Ich habe noch Hoffnung. Wir können sie immer noch finden.«

»Wie denn?«

Milena sah über das Brückengeländer auf das Wirrwarr aus Gleisen, das unter ihnen verlief. Sie würde gern Ordnung reinbringen. Sie wüsste gern, welche Schiene wohin führte. Und auf einmal hatte sie eine Idee.

»Wir brauchen ein Taschenmesser!«, rief sie.

»Damit kann ich jetzt nicht dienen. Aber mit einem Stift.« Paul lächelte – er hatte verstanden.

Sie bückten sich, schrieben, lachten. Und als sie ins Taxi stiegen, um zurückzufahren, hinterließen sie auf dem Geländer eine Botschaft, die sich von einer Seite der Brücke bis zur anderen hinüberzog.

Liebe Lotte, am 18. Mai bin ich da gewesen, doch vor dem Blue Nights hatte ich einen Herzinfarkt. Ich suche dich. Ich habe nie aufgehört, an dich zu denken. Denkst du auch noch an mich? Bitte melde dich – bei den Mitarbeitern des Blue Nights oder zumindest auf diesem Geländer. Genau wie früher … Ich muss dich wiedersehen. In Liebe, dein Emil.

12. Kapitel

Milena hatte geglaubt, das Erste, was sie von der Nummer 519 hören würde, wäre ein Flügelschlag. Sie würde das Tier weit oben am Himmel sehen, schwebend, schwarz gegen die Sonne. Sie dachte, ein Blick in den Himmel – und sie wüsste alles, sie wüsste, welche Entscheidung Paul getroffen hatte, welche Entscheidung sie selbst treffen würde, wie es jetzt weitergehen musste. Doch so war es nicht. Stattdessen fiel die Nummer 519 neben ihr ins Gras. So schwer und dumpf wie ein altes Buch.

Milena stand im Garten ihres Großvaters, an der Stelle, an der sie so oft gelegen hatte, und sah nicht mehr in den Himmel. Sie starrte auf den Boden. Dort lag der Vogel, die Flügel hingen schlaff im Gras. Das Gefieder glänzte noch, die Augen waren schon starr. Milena verschränkte die Arme, runzelte die Stirn. »Das ist jetzt nicht dein Ernst«, sagte sie leise. Und dann lauter: »Das ist jetzt nicht dein Ernst, verdammt!«

Sie bückte sich, um die Taube in beide Hände zu nehmen. Ihr Körper war noch lauwarm. Milena schüttelte den Kopf. Überlegte, ob sie weinen oder lachen sollte. Nach all den Jahren, in denen sie gewartet hatte – das? Noch immer kopfschüttelnd griff sie nach dem Zettel, der am Taubenfuß hing. Er war gefaltet, laminiert, gelocht und mit einem Bindfaden befestigt. Darauf stand:

»Ich hätte sie schon vor vielen Jahren fliegen lassen sollen. Ich hoffe, es ist noch nicht zu spät. Treffen wir uns heute um sechzehn Uhr am See?«

Die Beerdigung fand im engsten Kreis statt: nur Milena, Ivy und das tote Tier. Mit einer kleinen Schippe warf Milena Erde auf die Nummer 519.

»Irgendwie ist das witzig«, fand Ivy.

»Witzig?«

»Na, dass der Vogel einfach so tot vom Himmel fällt! Nach all den Jahren. Darf ich auf dieser Beerdigung ausnahmsweise ein kleines bisschen lachen?«

»Nein, Ivy! Man lacht nicht, wenn einer stirbt!«

»Okay.«

»Was glaubst du, bedeutet das?«

»Dass der Vogel jetzt tot ist?«

Milena nickte.

»Es bedeutet, dass er uralt war. Dass Paul ein richtig feiger Sack ist, der das hier bis zur letzten Sekunde hinausgezögert hat. Und dass du nie wieder hier herumliegen und warten musst. Gott sei Dank! Möge das Vieh in Frieden ruhen.« Ivy bekreuzigte sich. »Und es bedeutet auch, dass wir ein bisschen lachen können. Das ist ein schöner Tag! Das Tier ist endlich tot!«

Milena stieß Ivy in die Seite.

»Was denn?«

»Hab ein bisschen mehr Respekt vor den Toten!«

Ivy grinste. »Und? Gehst du hin?«

»Zum See?« Milena wiegte den Kopf. »Schon. Ich will wissen, was er zu sagen hat.«

Sie klopfte die Erde auf dem frischen Grab fest, drückte einen Stock hinein und band Pauls Zettel an das Holz. Dann richtete sie sich auf und sah zu, wie er im Wind flatterte. Pauls Hoffnung, Milenas Hoffnung, ihre Verabredung am See. All das wehte auf und ab, und Milena versuchte, sich das einzuprägen, diesen Moment, in dem die Entscheidungen noch nicht getroffen waren, in dem alles noch möglich schien, in dem einzig und allein die Nummer 519 tot war.

An diesem Nachmittag um sechzehn Uhr war das Wasser grün und das Ufergras grau. Paul stand da, und gegen das Sonnenlicht war er so dunkel wie seine Lederjacke.

»Sie hat es also geschafft«, sagte er. »Ihren letzten Flug.«

»Mehr oder weniger. Sie ist tot in meinen Garten gefallen.«

»Das tut mir leid.«

»Länger konntest du wohl nicht warten.«

»Ich konnte nicht länger warten.«

Paul nahm seine Hände aus den Jackentaschen, und Milena nahm eine Haarsträhne aus dem Mund.

»Meine Frau und ich werden uns trennen«, sagte er.

Milena schwieg.

»Wir haben darüber schon oft gesprochen. Darüber, dass wir uns nicht mehr guttun und dass sie wegwill, dass wir keine Gefühle mehr füreinander haben. Sie will Carla mitnehmen, erst mal.«

Milena schwieg.

»Ich hoffe, ich habe die Nummer 519 nicht zu spät fliegen lassen.«

»Ich weiß es nicht.«

Paul streichelte ihre Handrücken, langsam kam er näher. Seine Augen waren weit offen. Sie konnte seine Haut riechen, seine Nase an ihrer Nase fühlen. Wie oft sie sich das vorgestellt hatte, diesen Geruch, dieses Kitzeln. Das Atmen, ein und aus, den Blick in die Augen, rechtes Auge, linkes Auge. Wie oft sie in ihren Erinnerungen nach seiner Augenfarbe gesucht hatte. Wie oft sie geglaubt hatte, den Schwung seiner Lippen in fremden

Gesichtern zu entdecken. Hatte er schon immer diese scharfen Wangenknochen gehabt? Diese tiefe Stirn? Hatte er sich früher auch schon in Momenten wie diesen leicht auf die Lippen gebissen?

Sie flüsterte: »Nicht so. Nicht jetzt. Ich werde nicht diejenige sein, die dir über deine Trennung hinweghilft.«

Sie ließ seine Hände los. »Lass uns zur Berliner Brücke gehen.« Sie trat einen Schritt zurück. »Vielleicht hat Lotte geantwortet.«

Sie gingen schweigend. Paul sah auf die Straße, auf seine Lederschuhe, auf Milenas Sneakers. Milena sah geradeaus. Laterne, Mülleimer, Laterne – immer geradeaus, immer bis zur nächsten Kurve.

Zuerst wurde der Wind stärker, dann begriff sie, dass diese Laterne, dieser Mülleimer bereits auf der Brücke standen. Sie waren da. Hier war ihre Botschaft – und darunter stand eine Antwort.

»Paul!« Milena fasste ihn am Oberarm.

»Oh, krass«, sagte Paul. Gleichzeitig bückten sie sich, um die neuen Worte unter den alten lesen zu können:

Lieber Emil, ich denke jeden Tag an dich. Doch vielleicht war dein Herzinfarkt ein Zeichen. Wir sollten weiterhin so aneinander denken, wie wir waren: einen Kaugummi im Mund, einen heißen Kaffee in der Hand. Nicht so, wie wir sind. Ich mag die Vorstellung, dass du mir, trotz allem, winkst. Noch immer: deine L.

Milena runzelte die Stirn, ihr stand der Mund offen. »Bitte was?« Lotte war noch da, sie hatte tatsächlich ihre Nachricht gelesen – und sie hatte Nein gesagt. Nach all den Jahren, nach all dem Warten und Hoffen, nach der missglückten Verabredung, nach zweiundfünfzig Jahren hatte sie tatsächlich Nein gesagt. Wie konnte sie diese Chance einfach so verstreichen lassen?

Milena schluckte. Bisher hatte sie gedacht, Lotte wäre machtlos gewesen. Verletzt. Das Opfer. So wie Milena. Sie glaubte, die beiden hätten ähnlich gelitten: Lotte am Tresen des Blue Nights und Milena in ihrem Garten. Es wäre Emils Fehler gewesen, dass Lotte so viele Jahre hatte warten müssen. Es hätte an traurigen Umständen gelegen, dass er seinen Fehler so lange nicht hatte wiedergutmachen können. Nicht an Lotte. Doch war es wirklich so gewesen? Milena schluckte. Oder hatte sie sich getäuscht?

Sie sah Paul an. »Wir sind zu spät.«

»Das glaube ich nicht.«

»Sie will ihn nicht sehen.« Milena legte den Kopf zurück, rieb sich die Augen hinter der Brille.

»Da bin ich mir gar nicht so sicher. Und viel wichtiger ist: Sie lebt! Sie ist nicht die Frau im See. Und sie hat geantwortet!«

»Du glaubst, es ist noch nicht zu spät?«

Paul holte sein Handy aus der Tasche und fotografierte Lottes Antwort.

»Wer weiß«, antwortete er. »Lass uns Ivy anrufen. Wir sollten Emil besuchen.«

Auf dem Tisch zwischen Emil, Ivy, Milena und Paul stand an diesem Abend ein Schachbrett. Ein paar weiße und schwarze Bauern hatte Emil schon vorgerückt – er hatte gegen sich selbst spielen wollen, als sein Besuch eingetroffen war.

Jetzt hielt Paul ihm sein Handy unter die große Nase. Emil las, kratzte sich die Stirn. Wischte sich über die wässrigen Augen. Er schwieg.

»Wir haben sie fast gefunden«, berichtete Paul.

»Aber sie will mich nicht sehen.« Emils Stimme klang ein wenig nass, ein wenig wie ein glucksender Bach voller Steine und Schlick, dessen Wasser sich immer tiefer in der Landschaft vergrub.

Milena schaute auf ihre Fingernägel.

»Wir geben jetzt nicht auf«, meinte Ivy. »Was hast du zu verlieren, Emil?«

Er zuckte mit den Schultern. »Ich weiß doch noch nicht einmal, wo sie wohnt.« Als würde sich das Wasser in einem Becken stauen, als würde es immer mehr werden, immer voller, und dahinter hörte man schon den reißenden Wasserfall. Er faltete die Hände im Schoß, sah auf das Schachbrett. »Vielleicht habe ich meine allerletzte Chance vertan. Ich muss begreifen, dass ich meinen Fehler nicht wiedergutmachen kann. Dass die Erinnerungen genügen müssen. Wie sie es geschrieben hat – wir sollten aneinander denken, wie wir gewesen sind.«

»Das ist alles mein Fehler«, warf Milena ein. »Ich bin schuld daran, dass ihr euch am 18. Mai nicht getroffen habt. Ich bin es, die eure letzte Chance vertan hat.«

»Oh mein Gott.« Ivy verdrehte die Augen. »Einen Scheiß habt ihr vertan! Wir schaffen euch einfach eine neue Chance.«

»Und wie willst du das machen?« Milena verschränkte die Arme.

Ivy lächelte.

»Ich habe eine Idee.«

Als sie das nächste Mal auf der Berliner Brücke standen, waren sie zu viert. Emil stützte sich auf einen Stock, seine wenigen Haarsträhnen wehten im Wind.

»Meint ihr wirklich, das kann funktionieren?«, fragte er.

»Natürlich.« Ivy drückte ihm den Stift in die freie Hand.

Paul hatte die Hände in den Taschen seiner Lederjacke vergraben. Mit großen, ernsten Augen sah er Milena an, als würde er ihr zuhören, als würde er wissen wollen, was sie ihm zu sagen hatte. Doch sie sagte nichts. Ihr Kopf war leer. Ihr Mund war leer, nicht mal ihre Zunge spürte sie noch oder ihre Zähne. Ihr Hals war eine trockene Regenrinne, hohl und hart und nutzlos. Sie sah hinunter auf all die Schienen. Und dann auf die Worte, die Emil mit langsamen, großen Bewegungen auf das Geländer schrieb:

Liebe Lotte, mein Herzinfarkt war nur ein Herzinfarkt. Das Zeichen ist, dass wir noch immer aneinander denken. Am 12. Juli wird eine große Sechzigerjahrefeier im Blue Nights stattfinden. Es wird Martini geben, Fanta mit Rum und die Musik der Petards. Tanzt du noch einmal mit mir auf unsere Lieblingslieder? Ich winke dir, immer, dein E.

Ivys Wagen hatte sich in der prallen Sonne aufgeheizt. Milena atmete die warme Autoluft ein, es roch nach Sommerferien und Tankstelle. Sie lehnte den Kopf zurück, während auch die anderen einstiegen. Die Türen knallten, Ivy gab Gas, und Pauls Lederjacke knarzte.

»Wo soll ich dich rauslassen, Paul?«, fragte Ivy.

»Am Marktplatz hält mein Bus.« Er rieb sich mit der flachen Hand das Kinn, und Milena fragte sich, ob er das früher auch schon gemacht hatte – erinnern konnte sie sich daran nicht.

»Quatsch, ich fahr dich heim. Wo wohnst du?« Ivy sah über ihre Schulter.

»Ach, der Bus fährt alle zehn Minuten.«

»Jetzt sag schon, wo du wohnst!«

»Das ist viel zu weit.«

»Paul!«

Also holte Paul Luft und lotste sie durch das Neubaugebiet bis zur Stadtgrenze, durch Wiesen und Felder, durch einen kleinen Wald bis zu einem Schild mit der Aufschrift: »Willkommen in Efeuswalde«.

»Links, rechts, wieder rechts, noch mal links, dort vorn, hinter der Fußgängerampel, das ist es«, erklärte Paul.

Das war es, Ivy bremste, Milenas Oberkörper ruckte nach vorn, und dann stand das Auto vor Pauls Haus. Milena wollte nicht durchs Fenster sehen, zu dem Gebäude, in dem Pauls Kind aufwuchs, in dem er mit seiner Frau schlief, in der sie zusammen kochten, Hausaufgaben machten, fernsahen, sich stritten, sich versöhnten, Kindergeburtstage feierten.

Milena wollte nicht wissen, wie all das aussah, Pauls Haustür, die Gardinen an den Fenstern, das Dach. Sie wollte Emils Hinterkopf fixieren, den weichen weißen Haarkranz. Doch ihr Blick rutschte auf der spiegelglatten Halbglatze aus und flog durch das Autofenster. Es war eine Doppelhaushälfte aus den Siebzigerjahren mit einer graubraunen Fassade. Die Fensterrahmen waren blau, und an der Hauswand lehnte ein kleines rosafarbenes Kinderrad.

»Danke, Ivy.«

Milena spürte Pauls Blick auf ihrer Wange, doch den Kopf drehte sie nicht.

Sie hörte, wie sich die Tür auf Pauls Seite öffnete.

»Macht's gut«, sagte er. »Bis morgen.«

Sie starrte weiter auf das Kinderrad, auf den kleinen Lenker und die Hello-Kitty-Klingel. Auf diesem Rad hatte Paul seiner Tochter vielleicht das Fahrradfahren beigebracht. Er war hinter ihr hergelaufen, eine Hand am Sattel, eine am Gepäckträger, und hatte laut gelacht. Auf dem Bürgersteig hatte vielleicht seine Frau gestanden. Sie hatte vielleicht in die Hände geklatscht und genauso laut gelacht wie er.

Paul ging am Kinderrad vorbei, dann schaute er zum Auto hinüber, in Milenas Augen. Sein Gesicht schien sagen zu wollen: Ich wollte nicht, dass du das siehst.

Milena blinzelte und stellte sich den Flur hinter der Haustür vor, den Schuhschrank, die Kinderschuhe darin, die Damenschuhe. Sie überlegte, wie groß wohl die Küche war, ob es eine Badewanne gab, welches Shampoo seine Frau benutzte. Welche Tapete das Kinderzimmer und welche Farbe die Bettwäsche im Schlafzimmer wohl hatte. Ob man vom Schlafzimmerfenster aus die Voliere im Garten sehen konnte? Ob man, wenn das Fenster gekippt war, vor ein paar Tagen noch das Gurren der Taube hatte hören können? Paul hatte vielleicht hinter dem Fenster gestanden und hinuntergesehen. Unten hatte die 519 blaugrün in der Morgensonne geglänzt, geflattert, sich aufgeplustert, sie war von einer Stange zur nächsten gehüpft.

Jetzt öffnete sich hinter Paul die Haustür, und eine Frau trat heraus. An ihrer Hand hing ein Mädchen. Es schüttelte die Finger seiner Mutter ab und rannte auf Paul zu.

»Carla!« Paul bückte sich zu seinem Kind hinunter.

Seine Frau verschränkte die Arme und sah zum Auto hinüber. Kurz hatte Milena das Gefühl, als würde sie ihr direkt in die Augen sehen, forschend. Dann gab Ivy Gas, und Milena wurde in den Sitz gedrückt.

Es war ganz still im Auto. In der Stille hörte Milena nur das Brummen des Motors, das Rauschen des Fahrtwinds und ihre eigenen Gedanken, aber die ganz laut. Paul hat nie im Garten gelegen wie ich, dachte sie. Er hat nie in den Himmel gesehen und gewartet.

Sein Leben war weitergegangen. Er hatte ein Kind gekriegt, eine Tochter, die rennen konnte und Fahrrad fahren. Er hatte ein Haus gekauft, er war bei seiner Frau geblieben. Sie war echt. Sie war keine Irene, kein Hindernis in einem Buch, das es zu überwinden galt. Für Paul war sie die Realität. Die einzige Realität. Paul hatte sich für diese Frau entschieden – an jedem Tag, an dem er geblieben war.

Erst hinter dem Wald, zwischen den Feldern und Wiesen, sagte Ivy: »Tut mir leid, Milena, ich habe nicht nachgedacht.«

Milena schwieg.

»Das Haus sieht aus, als wären die beiden so richtige Langweiler. Totale Spießer. Der ist doch garantiert nicht glücklich hinter seinen blauen Fensterrahmen«, behauptete Ivy.

Dann wurde es wieder still. Stumm fuhren sie durch das Neubaugebiet der Stadt, durch die schmaler werdenden Straßen bis zu Emils Heim.

»Trinkt ihr einen Kaffee mit mir?«, fragte er. »Ich möchte euch etwas erzählen.«

In der Cafeteria gab es Streuselkuchen. Der Kristallzucker knirschte zwischen Milenas Zähnen, der Hefeteig war staubtrocken. Milena musste immer wieder fest zubeißen, um die Masse in ihrem Mund kleinzukriegen. Um die Gedanken kleinzukriegen, die in ihrem Kopf klumpten und klebten.

»Lecker«, murmelte Ivy und nahm sich einen großen Löffel Sahne.

Emil kratzte sich die Stirn. Seinen Kuchen hatte er nicht angerührt. Er redete. Und weder Ivy noch Milena unterbrachen ihn, zwei trockene Kuchenstücke lang.

»Ich kann mir vorstellen, wie du dich fühlst, Milena. Es ist viel Zeit vergangen. Paul ist jeden Tag aufgestanden und hat immer wieder die gleiche Entscheidung getroffen. An jedem einzelnen Morgen hätte er die Bettdecke zurückschlagen und alles anders machen können. Die Taube war da, er hätte ihr zuhören und die Tür öffnen können. Stattdessen ist er neben seiner Frau eingeschlafen und neben ihr aufgewacht. Er hat die Voliere geputzt, immer wieder. Erst jetzt möchte er das nicht mehr. Vielleicht ist es für dich zu spät. Für ihn aber nicht. Klar, es gibt Entscheidungen, die brauchen nur wenige Sekunden. Nehme ich noch ein Stück Kuchen? Möchte ich Sahne? Gehe ich schlafen? Stehe ich auf?«

Er atmete tief durch und sah aus dem Fenster. Dann sprach er weiter.

»Und dann gibt es Entscheidungen, die brauchen länger. Die brauchen Stunden oder Tage. Und manche brauchen Jahre. Ich bin jahrelang mit meiner Frau zusammengeblieben. Jeden Abend bin ich neben ihr eingeschlafen und am nächsten Morgen neben ihr aufgewacht. Ich bin mit ihr ins Kino gegangen. Wir waren in sämtlichen *James-Bond*-Filmen, wir haben alle *Django*-Varianten gesehen. Wir haben über dieselben Witze gelacht, in derselben Küche gekocht, gemeinsam geduscht, uns an den Händen gehalten und ein Kind bekommen. Wir haben es Ulrike genannt, den Namen fanden wir beide schön. Wir haben es taufen lassen, wir haben es gefüttert und später zur Schule gefahren. Im Auto haben wir einander angelächelt, wir haben ihren Gitarrenunterricht gezahlt und bei ihren Konzerten nebeneinandergesessen. Wir sind gemeinsam nach Italien gefahren und im selben Auto zurückgekommen. Wir haben einander Geburtstagsgeschenke gemacht, jedes Jahr aufs Neue. Wir haben Ostern gefeiert und Weihnachten. Es war schön. Jeden Tag habe ich mich gefragt, wie es überhaupt schön sein kann. Und ob das reicht. Wann ich es beenden muss. Wie ich es beenden kann. Warum ich es beenden möchte. Wo ich hinwill. Und ob ich überhaupt noch Kraft in den Beinen habe. Wenn ich vor dem Spiegel stand, habe ich mich gefragt, ob nicht wenigstens mein Spiegelbild glücklich ist. Und wenn nicht, warum ich dann nicht einfach meinen Hut nehme und gehe. Ob das überhaupt noch möglich wäre. Wie lange es noch möglich ist. Warum ich es noch immer nicht getan habe.

Die Fragen waren ständig da. Jeden Tag. Und mit jedem Jahr kamen neue Fragen dazu, niemals Antworten. Ulrike wurde achtzehn, neunzehn, zwanzig. Ich hörte auf zu essen. Ich schlief nicht mehr. Ich konnte kaum atmen. Ich wurde bleich und müde und dünn, und dann machte ich eines Tages plötzlich Schluss. Ihr könnt jetzt sagen, ich habe einfach zu lange für diese Entscheidung gebraucht, zwanzig Jahre sind eine viel zu lange Zeit für eine einzige Entscheidung – aber heute bin ich froh um jedes einzelne Jahr. Ich glaube, manche Entscheidungen nehmen sich die Zeit, die sie brauchen. Manche Fragen müssen sich erst im ganzen Körper ausbreiten, bevor man irgendwo, im kleinen Finger oder im großen Zeh, die richtige Antwort findet. Hätte ich meine Antworten früher gefunden, hätte ich die Konsequenzen vielleicht nicht ertragen. Ich hätte auf der anderen Seite des Spiegels gestanden, zurückgeschaut und mich gefragt, warum ich gegangen bin, ob es nicht besser gewesen wäre zu bleiben und wie ich mir jemals verzeihen soll. Meine Frau hat schon Probleme gehabt, als Ulrike noch ganz klein war. Schon damals gab es Tage, an denen sie nicht aus dem Bett kam, an denen sie die Tür abschloss und kein einziges Geräusch aus dem Schlafzimmer drang. Es gab Wochen, in denen im ganzen ersten Stock kein Licht brennen durfte. Es gab Filmpremieren, in denen meine Frau nicht auf die Leinwand sah, sondern zwischen ihre Schuhe. In denen sie Popcorn in den Händen hielt, ohne es zu essen. Es stand hinterher auf unserem Küchentisch, und es gab Wochen, in denen es trocken wurde und Ameisen anzog. Abendelang stand meine Frau am See und sah aufs Wasser. Am liebsten stand sie da an windigen Tagen, wenn die Oberfläche sich kräuselte und sie ihr eigenes Spiegelbild nicht sehen konnte. Wenn das Wasser schwarz schien und tief. Sie sprach oft davon, wie es wohl wäre, hineinzugehen und nicht mehr herauszukommen. Sie wollte es dunkel und tief und stumm wie in einem leeren Kinosaal, in dem kein Film mehr lief, in dem niemand mehr zuschaute, in dem alles irgendwann einmal passiert war, in dem nun nichts mehr passierte, nie wieder. Ein paar Tage nachdem ich gegangen war, ging auch meine Frau. Ich zog aus, und sie ging ins Wasser, und keiner von uns kam zurück. Trotz allem bin ich froh, dass wir so lange beieinander waren, dass wir so lange aufeinander aufgepasst haben. Ich weiß, Pauls Gedanken müssen nicht die gleichen sein wie meine, sicherlich ist seine Situation eine ganz andere, und seine Frau ist nicht wie meine Frau. Aber vielleicht hilft es dir trotzdem, meine ganze Geschichte zu kennen.«

Erst jetzt wandte Emil sich seinem Kuchenstück zu und begann zu essen.

Milena legte ihre Gabel hin, nahm ihre Brille ab, wischte sich übers Gesicht.

»Das tut mir so leid«, flüsterte sie.

»Ich weiß nicht, was ich sagen soll«, bemerkte Ivy.

»Es ist lange her«, sagte Emil und kaute.

Milena wollte allein sein. Sie verabschiedete sich von Ivy und Emil und lief langsam den Bürgersteig vor dem Altenheim entlang. Die Hände vergrub sie in den Jeanstaschen.

Sie dachte an den jungen Emil, an den mittelalten Emil, an Irene, die gar nicht Irene hieß, in einem leeren Kino. Sie dachte an Ulrike. Wie sie wohl aussah? Seit wann sie wieder mit Emil sprach? Und wie oft? Ob sie ihn manchmal im Altenheim besuchte? Was wohl Pauls Tochter von ihm dachte und was sie über ihn denken würde, wenn Paul ihre Mutter verließe, was es mit ihr machen würde? Was würde es mit Paul machen? Und was mit Milena?

Früher hatte sich Milena oft gewünscht, Paul nie kennengelernt zu haben, ihm ihre Taube niemals geschenkt zu haben. Im Nachhinein hätte sie am liebsten alles anders gemacht. Und auch Emil hätte seine Entscheidungen nach der einen Nacht, in der er seinen Schlussstrich gezogen hatte, am liebsten zurückgenommen. Doch was war mit den Entscheidungen, die er danach getroffen hatte? Was war mit den Entscheidungen, die Milena jetzt noch treffen könnte?

So lange hatte sie geglaubt, nichts an ihrer Situation ändern zu können. Sie hatte gedacht, es läge nicht in ihrer Hand, wie ihre Geschichte weiterginge. Sie war nun einmal verliebt. Sie lag im Garten und träumte und glaubte, eine Taube und ein Paul würden irgendwann darüber entscheiden, wie ihre Geschichte weiterginge. Doch jetzt begriff Milena, dass auch das eine Entscheidung gewesen war. Immer wieder hatte sie sich dafür entschieden, in den Himmel zu sehen. Noch einmal und noch einmal und noch einmal. Es war ihre Entscheidung gewesen, nichts zu ändern. Sie wollte in Paul die eine große Liebe sehen, die ihr Großvater in ihrer Großmutter, die ihre Mutter in ihrem Vater gesehen hatte. Sie wollte an Paul festhalten, als könnte sie damit die Zeit anhalten, als könnte sie so verhindern, nach ihrem Vater und ihrem Großvater noch mehr Menschen zu verlieren, noch mehr Veränderungen durchzumachen.

Beim Lesen hatte sie Emils Geschichte so romantisch gefunden: zwei alte Menschen, die jahrzehntelang aneinander dachten. Emil und Lotte – das könnten auch Paul und Milena sein, hatte sie gedacht und gehofft. Doch genau diesen Gedanken fand sie nun bedrohlich. Die beiden hatten ein gemeinsames Leben verpasst. Sie hatten zweiundfünfzig Jahre lang ein anderes Leben geführt, zweiundfünfzig Jahre lang hatten sie immer nur voneinander geträumt. Hinter Emils romantischem Liebesbrief steckte so viel Traurigkeit, so viel Dummheit.

Milena wollte ihr Leben nicht wartend an einer Bar verbringen, so wie Lotte es vielleicht getan hatte. Oder auch nicht. Schließlich hatte Lotte sich nun dagegen entschieden, Emil nach all den Jahren wiederzusehen. Wie es ihr ergangen war, konnte Milena nicht wissen. Sie wusste nur: Lotte konnte Nein sagen. Und das sollte Milena jetzt vielleicht auch tun. Das romantische Warten, die tragischen Geschichten fand Milena in der Literatur zwar schön – doch für ihr eigenes echtes Leben wünschte sie sich zum ersten Mal etwas anderes.

Plötzlich war sie müde. Unendlich müde. Sie setzte sich auf das rote Sofa am Straßenrand, auf dem auch Emil gesessen hatte, und kramte ein Notizbuch aus ihrer Tasche, einen Stift. Dann versuchte sie, ihre Gedanken wie Emil in einem Brief zu ordnen. Sie schrieb drauflos, ohne Anrede, ohne Grüße, ohne Adressat und ohne Absender. Ihre Buchstaben waren kaum zu lesen, schon gar nicht mit halb geschlossenen Augen, und doch tat es gut, hinter einem Schleier aus zitternden Wimpern zu erahnen, dass da tatsächlich Worte aufs Papier flossen.

Ich war nie ein schreckhafter Mensch, aber wenn ich eine Stimme gehört habe, die deine hätte sein können, wenn ich einen Bart gesehen habe, der deiner hätte sein können, bin ich zusammengezuckt. Jetzt ist beides ständig da, und ständig zucke ich zusammen. Viel länger noch und heftiger als früher. Das Zucken strengt mich an wie Krämpfe. Wadenkrämpfe, Bauchkrämpfe, ich habe viel zu viel trockenen Kuchen gegessen, viel zu viel Zucker, Hefe und Streusel aus Erinnerungen an früher, an falsche Vorstellungen von damals, an eine unwahrscheinliche Zukunft und eine verpasste Gegenwart.

Wie gern ich immer mit dir in eine vergessene Villa einbrechen wollte. Wie gern ich sie mit dir gekauft und restauriert hätte. Ich wollte einen neuen Fußboden verlegen, bunte Tapeten an die Wände kleistern und die Decke streichen. Und dann hätte ich mit dir in der gleichen Küche Kuchen gebacken, ohne Streusel und nicht zu trocken, wir hätten dasselbe Badezimmer benutzt, auf demselben Sofa gesessen und die Füße auf dasselbe Wohnzimmertischchen gelegt. Ich wollte beim Aufwachen dieselbe Bettwäsche sehen wie du. Ich wollte hören, wie du die Geschirrspülmaschine ausräumst, wie du deine Jacke anziehst und fragst, was ich vom Bäcker will.

Aber zwischen dir und mir liegen mittlerweile zehn Jahre. Sie sind so groß wie zehn Länder, so tief wie zehn Seen, so lang wie zehn Autobahnen. Und ich habe keine Ahnung, womit wir diese Entfernung überbrücken können. Ob wir das überhaupt tun sollten. Besser wäre es, ich könnte meine Gedanken aus meinem Kopf kriegen, aus meinem ganzen Körper. Ich will Brechmittel nehmen und alles auskotzen, ich will es rausschneiden, ich will ein Taschenmesser, und ich will, dass es scharf ist. Ich will dich endlich vergessen, und du sollst mich endlich vergessen. Es wäre besser gewesen, du und ich wären mit der 519 vom Himmel gefallen, so schwer und leblos wie ein altes Buch.

Wer bist du, dass du mich nach zehn Jahren nun doch wieder küssen möchtest? Wer wäre ich, wenn ich den Kuss erwidern würde? Für dich bin ich Ausweg, Trostpflaster, Hoffnungsfunke, Rechtfertigung, Entschuldigung, Kompliment, Schmeichelei. Ich werde nicht mehr in den Spiegel schauen können, wenn ich das jetzt zulasse. Zehn Jahre habe ich gewartet. Zehn Jahre hast du mich warten lassen. Zehn Jahre dachte ich, ich warte auf dich. Doch jetzt weiß ich: Ich habe all die Jahre nur auf mich gewartet. Ich weiß, ich brauchte ein bisschen länger. Ich war ein bisschen langsam. Aber es ist noch nicht zu spät. Ich bin jetzt da. Nach all der Zeit sitze ich hier, bei mir, ich bin endlich bei mir angekommen. Und ich verstehe, dass es hier nicht um uns geht.

Es geht um dein Leben, und es geht um mein Leben. Es geht um die Entscheidungen, die wir treffen. Jeden Tag aufs Neue. Einzeln. Wir müssen lernen zu sehen, wie einzeln wir sind.

Ich kann dich vergessen. Ich kann zusehen, wie du und ich endlich vom Himmel fallen. Ich höre schon, wie wir leise im Gras aufschlagen. Ich sehe schon, wie wir auf dem Boden auseinanderkullern. Ich brauche dich nicht, und du brauchst mich nicht. Wir sind jeder für sich vollständig, ein Ganzes, genug. Jeder für sich braucht nur sich selbst. Jeder für sich ist alles. Jeder für sich ist jetzt endlich eins.

Und dann stand Milena auf. Ein Körper, ein Bewusstsein. Schritt für Schritt lief sie den ganzen Weg bis zum See. Das Ufergras war einfach grün, der Himmel grau, die Bäume braun. Ein paar Blätter wehten im unsichtbaren Wind. Milena zog Schuhe und Strümpfe aus und hielt ihre Zehen ins verbotene Wasser. Es war kalt und farblos. Ein Spiegelbild gab es an diesem Tag nicht, nur Wellen. Milena stellte sich vor, wie in der Mitte des Sees, tief unter der stumpfen Oberfläche und wenige Zentimeter über dem schlammigen Boden, Irene schwebte. Die Arme und Beine weit ausgebreitet, ihr Kleid stieg von ihrem Körper hinauf. Die blonden Haare hatten sich aus ihrem Dutt gelöst, sie waren meterlang geworden und waberten um ihren Kopf herum. Es war ganz still dort unten. So still und dunkel wie in einem leeren Kinosaal. Das Bild schien angehalten, seit Jahrzehnten, und niemand konnte es sehen. Niemand außer Milena.

»Es tut mir so leid«, flüsterte sie. »Alles, was dir passiert ist. Alle Entscheidungen, die Emil getroffen hat, alle, die Lotte getroffen hat, und vor allem all jene, die du selbst getroffen hast.« Sie wartete noch, bis die Wörter Zeit genug gehabt hatten, um über die Wasseroberfläche geweht zu werden, um weit draußen, in der Mitte des Sees, abzutauchen und immer tiefer zu sinken. Dann ging Milena rückwärts, trocknete ihre Füße am Gras ab und zog Schuhe und Strümpfe wieder an.

Sie nickte dem verfallenen Badehäuschen zu, der alten Bank, dem verwilderten Ufer dahinter und ging zurück in Richtung Innenstadt.

Als sie die Türen des Blue Nights öffnete, war sie allein. Es war völlig leer, natürlich, es war Sonntag. Sie ging die Treppe hinunter und betrat die Tanzfläche, schaute zur Discokugel hinauf, die sich nicht drehte, zur Theke hinüber, an der niemand trank, zu den Boxen, aus denen keine Musik drang. Und begann zu tanzen. Milena tanzte mit sich selbst. Eine Tänzerin, mit weit schwingenden Armen, großen Schritten und einem breiten Lächeln im Gesicht. Ein einziger Tanz. Keiner konnte ihn sehen, doch er zählte. Er war gut und wichtig und schön, und in Milenas Körper war ein Takt, sie war Musik und Gegenwart und Hitze und Atemlosigkeit. Milena keuchte und spürte das Hier und Jetzt. Und sie spürte sich selbst.

Ihr kam wieder in den Sinn, dass das Blue Nights auch ein Dach hatte, von dem ihre Mutter manchmal sprach, dass man dort oben den Himmel sehen könne und den Sonnenuntergang. Milena sprang die Treppe hinauf, öffnete die Tür neben der Garderobe, die meist verschlossen blieb, und stieg weiter hinauf bis zur nächsten Tür und zur nächsten Treppe, und dann stand sie ganz oben, und da war wirklich der Himmel – über dem See noch Wolken, über der Stadt schon blau –, da war wirklich die Sonne, hinter der Stadtgrenze wurde sie rot.

Milena lachte. Und in diesem Moment wusste sie, dass sie es nun schaffen würde, die richtigen Entscheidungen zu treffen. Die erste traf sie schon jetzt: Milena würde nie wieder im Garten liegen und warten, auf niemanden. Denn Milena war jetzt endlich da.

13. Kapitel

»Was machst du denn hier oben?«

Milena drehte sich um. Der große Sven stand plötzlich vor ihr, in den Händen eine Thermoskanne Kaffee und einen Becher. Im Abendlicht erinnerte sein Gesicht sie an eine verschlossene Tür.

»Ich wollte mir den Himmel angucken. Und du?«

Sven zuckte mit den Schultern. »Ich trinke hier jeden Abend meinen Kaffee.«

Erst jetzt sah Milena, dass neben dem kleinen Schornstein ein paar Klappstühle standen. Er griff danach und baute zwei von ihnen auf, mit Blick auf die Stadt.

»Willst du auch einen Schluck trinken?« Er zeigte auf den freien Stuhl. Milena setzte sich, nahm den qualmenden Becher entgegen. Sie trank – heiß und schwarz – und beobachtete das röter werdende Licht auf den Dächern.

»Du sitzt jeden Abend hier oben?« Milena gab ihm den Becher zurück. »Dabei hältst du doch nichts vom Träumen.«

»Richtig. Aber ich mag den Sonnenuntergang. Und den Aufgang.«

»Wer mag das nicht?« Milena lächelte.

»Ich mag alles, was irgendwie dazwischen ist.«

Milena runzelte die Stirn. »Was zum Beispiel?«

Sven nahm einen Schluck. »Die Dämmerung.« Er überlegte

und fügte hinzu: »Ortsschilder. Züge. Autobahnen. Flughäfen. Eingangshallen. Klingelschilder.«

»Und Türschwellen«, ergänzte Milena.

»Genau!« Jetzt drehte Sven den Kopf und lächelte. Und Milena starrte ihn an. So freundlich hatte sie sein Gesicht noch nie gesehen. Sein Mund war leicht geöffnet, die Mundwinkel weit nach oben gezogen, und so schien es Milena, als würde sich eine Tür öffnen, eine Klubtür vielleicht. Plötzlich wurde es wärmer hier oben auf diesem Dach, und Milena bekam Lust auf Martini, auf einen Rausch. Wenn sie ganz genau hinsah, ganz genau hinhörte, konnte sie irgendwo hinter Svens Augen Musik hören. Sie lächelte zurück, senkte den Blick und trank von dem Kaffee, den Sven ihr gerade wieder gereicht hatte.

Sie schwiegen. Dann schaute er sie von der Seite an und sagte: »Du siehst heute anders aus.«

»Wie sehe ich denn aus?«

»Irgendwie leichter.«

»Du meinst, ich habe abgenommen?«

Sven lachte. »Nee, im Gegenteil.«

»Na danke!« Milena lachte mit.

»Nein, ich meine: Du siehst gleichzeitig stärker aus. Ich kann es nicht beschreiben.«

Milena nickte. »Ich fühle mich auch anders. Mir geht es jetzt viel besser.«

»Du hast mehr Farbe im Gesicht. Und irgendwie sehen deine Schultern kräftiger aus.«

»Das kann nicht sein.«

»Doch, auf jeden Fall!«

Wieder lächelte Sven, und Milena dachte an eine weit geöffnete Schwingtür, an ausgebreitete Arme, an eine zurückgeschlagene Bettdecke. Sie lächelte zurück.

»Ein schönes Ritual hast du da«, sagte sie. »Wenn ich darf, komme ich morgen wieder.«

»Sehr gern.« Und diesmal blieb Svens Tür offen.

Auf dem Heimweg ging Milena schnell, fast hüpfte sie. Wie mild der Abend war, wie hell der aufgehende Mond. Sie fühlte sich, als könnte nun alles passieren. Sie könnte Paul vergessen. Sie könnte ihre Abende auf Dächern verbringen. Fremde Türen öffnen. Den großen Sven küssen. Jetzt, da sie nie wieder im Garten liegen musste, hatte sie plötzlich so viel Zeit. So viele Möglichkeiten. So viele Ideen.

Kurz musste sie an Emils Worte von den Entscheidungen denken, die so lange dauern können. Doch dann schüttelte sie den Kopf. Es gab Entscheidungen, die man einfach treffen sollte, Dinge, die man einfach wissen musste, aus dem Bauch heraus. Emil hatte Lotte gesucht und nicht gefunden. Paul hingegen hatte die ganze Zeit über gewusst, wo Milena war. All die Jahre. Trotzdem hatte er ihr die Taube erst jetzt geschickt. Und mittlerweile war Milenas Entscheidung gefallen: Sie brauchte Paul nicht mehr. Sie konnte ihn gehen lassen.

Milena hatte schon die Tauben gefüttert, sich von ihrer Mutter telefonisch einen Rat zu einer Getränkebestellung abgeholt, einen neuen DJ engagiert und die Suppe von gestern aufgegessen, als ihr Blick am Briefkastenschlüssel neben der Haustür hängen blieb. Wie lange war das jetzt her? Zwei Tage? Oder drei? Sie lächelte. So lange hatte sie seit zehn Jahren nicht mehr vergessen, den Briefkasten zu leeren. Mit leichtem Magen und sicheren Fingern griff sie nach dem Schlüssel, ging hinaus, öffnete den Kasten – und hielt inne. Darin lag ein Brief. Es war ein dicker weißer Umschlag, der weder von einer Bank noch von einer Versicherung kam, denn es hatte jemand ihren Namen und ihre Adresse per Hand darauf geschrieben.

Langsam griff sie nach dem Kuvert, zog es heraus. Die Buchstaben waren weich und geschwungen und sahen aus wie: »Ich hätte sie schon vor Jahren fliegen lassen sollen.« Der Brief war von Paul, das wusste sie schon, ehe sie ihn aufriss und ihr viele kleine Zettel entgegenflatterten. Keiner von ihnen hatte je an einem Taubenfuß gehangen, sie waren nie durch die Luft geflogen, doch sie waren alle laminiert und in einer Ecke gelocht. Nach und nach hob Milena sie vom Boden auf.

Liebe Milena, ich kann dir nicht erklären, warum ich so lange gebraucht habe. Vielleicht ist die Zeit schuld. Gerade war sie noch da. Ich hab mich nur kurz umgedreht, plötzlich war sie verschwunden. Sie hat sich nicht einmal verabschiedet. Ich vermisse dich.

Liebe Milena, ich vermisse dich. Das Gefühl sitzt in meinem Magen, und es ist so groß, dass sonst nichts mehr reinpasst, ich habe seit Tagen nicht gegessen. Gehst du mit mir essen?

Liebe Milena, treffen wir uns um 15 Uhr auf ein Eis?

Liebe Milena, treffen wir uns um 18 Uhr auf einen Döner?

Liebe Milena, treffen wir uns um 20 Uhr in der Pizzeria?

Liebe Milena, ich habe von dir geträumt. Deine Haare waren dunkler und deine Haut heller, und der Himmel war grün und die Bäume violett. Erinnerst du dich an das Haus, dessen Abriss wir beobachtet haben? In meinem Traum standest du davor und lächeltest, und hinter deinem Rücken baute es sich wieder auf. Stockwerk für Stockwerk. Die Steine setzten sich wieder zusammen, die Splitter wurden zu Fenstergläsern und die Ziegel zu einem Dach. Und dann öffnete sich die Haustür. Wollen wir reingehen?

Liebe Milena, dass ich damals geheiratet habe, war ein Fehler. Ich hatte geglaubt, wenn ich Ja sagen kann, ist es auch das Richtige. Aber es war falsch. Man kann zu so vielem Ja sagen, jeden Tag, man kann jeden Tag so vieles geschehen lassen. Weiterzulaufen ist leicht. Es ist leicht, die falsche Frau auszusuchen, den falschen Ring, das falsche Sakko. Viel schwerer ist es, stehen zu bleiben. Nein zu sagen. Es ist so schwer, an die richtige Frau die richtigen Worte zu schreiben und sie an einen Taubenfuß zu binden.

Liebe Milena, ich bleibe jetzt stehen. Ich schreibe dir. Diesmal binde ich meine Worte fest. Ich frage mich, wie weit du wohl in der Zwischenzeit gegangen bist. Bin ich zu spät? Wo kann ich dich abholen?

Liebe Milena, machst du mit mir einen Spaziergang durch die Stadt? Ich hole dich ab, dein Paul.

Liebe Milena, ich hole dich jetzt ab, dein Paul.

Liebe Milena, ich kann nicht mehr zählen, wie viele Briefe an dich ich schon geschrieben habe und wie oft ich geglaubt habe, ich würde sie bei nächster Gelegenheit an die Nummer 519 binden. Gleich nach dem Duschen, gleich nach dem nächsten Bier, gleich am nächsten Morgen. Sie liegen alle in einer kleinen Schachtel, ganz hinten in meinem Schreibtisch, und zeigen mir, wie feige ich bin. Sicher kannst du mir meine Feigheit nicht verzeihen. Und ich kann sie dir nicht erklären. Es gibt keine Entschuldigung. Nur eine Entscheidung. Kommt sie zu spät?

Liebe Milena, ich schreibe dir zum schlechtesten Zeitpunkt. Meine Frau ist schwanger. Aber umso länger ich jetzt warte, desto schlechter werden die Zeitpunkte. Und irgendwann ist die Zeit weg, und alles, was bleibt, ist ein Punkt, ein endgültiger Schlusspunkt.

Liebe Milena, sicher bin ich zu spät. Meine Tochter ist gestern drei Jahre alt geworden, und sie hat mir gesagt, ich hätte ein trauriges Gesicht und traurige Hände. Darf ich dich noch einmal sehen?

Liebe Milena, dass ich mich erst jetzt melde, werde ich mir nie verzeihen. Meine Tochter ist vier Jahre alt, und sie sagt, ich bin zu langsam. Sie hat so recht.

Liebe Milena, ich denke jeden Tag an dich. Meine Tochter ist fünf Jahre alt und fragt mich, warum ich so oft nachdenke. Ich denke noch immer darüber nach, was ich ihr antworten soll.

Liebe Milena, wachst du auch manchmal auf und fragst dich, wo um alles in der Welt du bist?

Liebe Milena, wo bist du? Wo bin ich? Können wir uns irgendwo treffen?

Liebe Milena, ich habe von dir geträumt. Der Himmel war lila und der See orange, und wir haben im alten Badehäuschen miteinander geschlafen. Ich konnte deine Haut fühlen und deine Haare riechen, und um uns herum flogen die Tapeten wieder an die Wände, die Regale bauten sich wieder auf, und die vermoderten Süßigkeiten wurden wieder bunt. Treffen wir uns am See?

Liebe Milena, heute war ich in deiner Stadt, und ich habe so sehr gehofft, dich irgendwo auf der Straße oder in einem Café zu treffen. Wir hätten uns einfach noch einmal kennenlernen können. Hallo, ich bin Paul, und mit dir würde ich gern ganz von vorn anfangen.

Liebe Milena, können wir noch einmal ganz von vorn anfangen? Heute war ich in deiner Stadt, und von der Ferne habe ich eine Frau gesehen, die dir ähnelte. Siehst du dir heute noch ähnlich? Erinnerst du dich an mein Gesicht? Ich denke jeden Tag an deins.

Liebe Milena, denkst du noch manchmal an unseren ersten Kuss? Ich habe geträumt, ich stünde wieder im Antiquariat, wieder zum allerersten Mal, ich würde dich noch einmal zum ersten Mal sehen, und wir würden uns wieder küssen, ohne einander zu kennen. Doch diesmal sind die Regentropfen die Schaufensterscheibe hinaufgeflossen, sie haben sich vom Glas gelöst und sind in den Himmel zurückgeflogen. Und dann war es draußen plötzlich trocken und klar. Ich war plötzlich ganz klar – und habe das Richtige getan. Ich muss nun endlich das Richtige tun.

Liebe Milena, heute stand ich vor deinem Antiquariat, doch es war geschlossen, niemand war da. Ich habe nur mein Spiegelbild in der Scheibe gesehen und meine Feigheit verflucht. Darf ich wiederkommen? Wann bist du da?

Liebe Milena, ich habe von dir geträumt. Du lagst in deinem Garten, und du hattest Wände und eine Tür und Fenster und ein Dach, und das Gras unter dir war grau wie die Straße, und am Himmel war Gewitter, und du hast hinaufgeschaut und nichts gesehen, und dann bist du zerbröckelt. Die Tür ist rausgefallen, die Fenster zersplittert, die Wände sind eingestürzt. Da waren nur noch Staub und Sägespäne, und dann war da nichts mehr. Ich habe dich gesucht. Mit den Knien bin ich über den Boden gerutscht, und mit den

Fingern habe ich das Gras abgeklopft, aber ich konnte dich nicht finden.

Liebe Milena, ich kann nicht mehr zählen, wie oft ich die 519 fliegen lassen wollte. Ich habe mir vorgestellt, wie ich sie in die Hände nehme, ganz vorsichtig, und ihr einen Zettel an den Fuß binde. Ich wollte so gern sehen, wie sie abhebt und deine Richtung findet, einfach so. Ich wollte selbst eine Brieftaube sein und die Richtung finden, einfach so, aber ich habe mich Tag für Tag in meiner Voliere verkrochen. Ich dachte, so tue ich das Richtige, so wäre ich ein guter Mensch, ein guter Ehemann, ein guter Vater. Ich habe es versucht und dabei alles falsch gemacht. Es tut mir leid. Gibst du mir noch eine Chance?

Liebe Milena, wer entscheidet, ob eine Entscheidung richtig oder falsch ist? Was das Richtige ist und was das Falsche? Ist es richtig, wenn es mir gut geht? Oder wenn es meiner Frau gut geht? Oder meiner Tochter? Ist es falsch, nur weil ich leide? Das habe ich mich lange gefragt. Heute habe ich verstanden, dass ich nicht das Richtige tun kann, wenn sich alles so falsch anfühlt. Diesen Brief zu schreiben, das fühlt sich endlich richtig an.

Liebe Milena, wie kann es sein, dass so viele Jahre vergehen und ich dich trotzdem nicht vergessen kann? Was ist das in mir, das an dir festhält? Lange habe ich geglaubt, es wäre vielleicht eine Gewohnheit. Manche Menschen sagen ständig »weißt du?« oder »ohne Scheiß«, und ich denke an dich.

Ich habe mich nicht mehr getraut, dir zu schreiben – vielleicht hast du mich vergessen, vielleicht haben wir beide uns bis zur Unkenntlichkeit verändert, vielleicht bilde ich mir dich nur ein. Oder du liebst mich längst nicht mehr, du hast mich nie geliebt, wir kennen uns viel zu wenig, viel zu kurz, vielleicht haben wir uns nie richtig gekannt, und ich gebe etwas auf, und du zuckst nur mit den Schultern, und dann ist da nichts mehr, gar nichts, dann habe ich nicht mal mehr eine Taube im Garten, nicht mal mehr den Traum von einem anderen Leben. Lange Zeit hat mir das gereicht: das eine Leben und der Traum vom anderen. Aber jetzt weiß ich: Wenn ich alt bin, werde ich vielleicht aufwachen, und das könnte ich nicht ertragen.

Liebe Milena, du weißt es vielleicht nicht mehr, aber vor vielen Jahren hast du mir diese Taube gegeben. Heute bekommst du sie zurück. Willst du sie noch?

Liebe Milena, hier ist Paul, der Idiot, dem du diese Taube gegeben hast. Er hat alles völlig falsch gemacht.

Liebe Milena, das war mal deine Taube. Ich war mal dein Paul. Erinnerst du dich an mich?

Liebe Milena, sicher hast du mich vergessen. Ich will nur, dass du weißt: Vergessen kann ich dich nicht.

Milena stand vor dem Briefkasten, den Boden voller Zettel, den Kopf voller Sätze, obwohl sie längst nicht alle gelesen hatte. Es waren so viele, dass sie noch stundenlang hätte weiterlesen könnte. *Vielleicht ist die Zeit schuld … Tag und Nacht habe ich nachgedacht … Ich habe alles völlig falsch gemacht.* Stimmt, dachte Milena, wie hatte Paul nur alles so falsch machen können?

Sie hockte sich auf den Boden und betrachtete die Briefe. Ein Mosaik aus Entschuldigungen und Zweifeln, aus ungenutzten Möglichkeiten und nie gegangenen Auswegen. Traurig sahen sie aus, wie Splitter oder Scherben. Mit den Fingern fuhr Milena hindurch. Vielleicht waren sie aber auch ein großes Puzzle. Vielleicht konnte man sie zusammensetzen. In der richtigen Reihenfolge würden sie möglicherweise ein Ganzes ergeben.

Sie ließ ihren Blick über die vielen Wörter schweifen, die vielen Kommas und Punkte. Punkt, Punkt, Punkt. Und ganz langsam fügten sich Pauls vergangene zehn Jahre zusammen. Natürlich gab es Leerstellen: all die Momente, in denen er die Briefe in eine Schachtel gelegt hatte, statt sie abzuschicken – sie kamen nicht vor in seinen Texten. Und doch: Paul hatte auch an Milena gedacht, jeden Tag. Er hatte auch gelitten, all die Jahre.

Milena lachte, leise und trocken, rieb sich über das Gesicht, schüttelte den Kopf. All die Jahre hatte sie geglaubt, dass Pauls Ehefrau Glück gehabt hatte, weil sie Paul gekriegt hatte. Erst jetzt begriff sie, wie falsch das gewesen war. Einander zu kriegen, war nicht das Problem. Viel schwerer war es, einander glücklich zu machen. Paul und seine Frau waren nicht glücklich gewesen – genauso wenig wie Emil und Irene.

All die Jahre hatte sich seine Frau gewünscht, irgendwann einmal Post von Paul zu bekommen. Immer wieder hatte sie sich, im Gras liegend, vorgestellt, wie er ihr genau in diesem Moment einen Brief schrieb. Und nun, nach all dem Hoffen und Warten, war dieser Traum wahr geworden – und was hatte sie davon? Gar nichts. Paul und sie hatten zehn Jahre verpasst. All die Liebesbriefe, die sie sich immer gewünscht hatte, lagen vor ihr – doch sie brachten ihr die verlorene Zeit nicht zurück.

»Was für ein Idiot!« Ivy schnaubte. Seit ein paar Minuten hockte sie mit Milena vor der Haustür zwischen Pauls Briefen und nahm einen nach dem anderen in die Hände. »Gott, was hat der denn für ein trauriges Leben geführt? Wie kann man nur so dumm sein?«

»Er könnte einem fast ein bisschen leidtun, oder?«

»Aber nur ein bisschen.« Ivy setzte sich in den Schneidersitz und las weiter. »Dieses ständige Rumgeeiere. Wie kann man denn so wenig Rückgrat haben? Der hat überhaupt keins, der ist ein Regenwurm! Da braucht der echt zehn Jahre, bis er endlich mal zu Potte kommt!« Ivy fuchtelte in der Luft herum, wirbelte ein paar Briefe auf und wurde immer lauter. »Ihm war doch von Anfang an klar, dass diese Ehe nicht funktionieren würde. Er hat dir immer wieder geschrieben und war dann trotzdem zu feige, daraus die Konsequenzen zu ziehen. Stell dir mal vor, seine Frau hätte die Schachtel mit den Briefen gefunden.«

Milena schüttelte den Kopf. Dann schwiegen sie beide und lasen weiter.

»Zumindest entschuldigt er sich immer wieder«, sagte Ivy irgendwann, diesmal etwas leiser. »Und er nennt sich selbst einen Idioten.«

»Das hat mir auch gefallen.« Milena grinste.

»Der ist halt wirklich bis heute voll in dich verschossen.«

»Wohl eher in eine verklärte Erinnerung.«

»Auch möglich. Allerdings habt ihr euch ja mehrmals wiedergesehen. Vielleicht hat er die Erinnerung schon mit der Gegenwart abgeglichen.«

»In so kurzer Zeit ist das ja wohl kaum möglich.«

»Dann bist du aber auch in eine verklärte Erinnerung verknallt.«

»Auf jeden Fall«, erwiderte Milena.

»Er hat immer wieder von dir geträumt«, fuhr Ivy fort. »Mir fällt niemand ein, mit dem ich seit zehn Jahren keinen Kontakt habe und von dem ich immer noch träume.« Sie schüttelte den Kopf.

»Ihr seid beide total verrückt! Was läuft nur falsch bei euch?«

Milena zuckte mit den Schultern. »So einiges anscheinend. Weißt du, ich habe in den letzten Tagen viel Zeit zum Nachdenken gehabt, und ich glaube, eigentlich ging es die ganze Zeit gar nicht um Paul. Es ging die ganze Zeit nur um mich. Es ging darum, was ich mit meinem Leben machen will und wie ich mit mir selbst umgehen möchte. Ich brauche Paul nicht.«

Ivy starrte Milena an, beugte sich vor und legte ihr die Hand auf die Stirn. »Was ist los mit dir? Bist du krank?«

Milena lachte.

»Im Gegenteil. Ich versichere dir hiermit hoch und heilig: Ich bin gesund. Und ich werde nie wieder im Garten herumliegen.«

Ivy riss die Augen und den Mund auf. Dann warf sie die Hände in die Luft und rief: »Halleluja!«

Wieder lachte Milena.

»Und was machst du jetzt mit diesem Würstchen?« Ivy deutete mit der flachen Hand auf die Briefe.

Milena zuckte mit den Schultern. »Ich glaube, das ist gar nicht so wichtig.«

»Bitte was?«

»Wichtig ist, dass ich weiß, was ich mit mir selbst mache. Paul habe ich zehn Jahre lang nicht gesehen – er ist heute anders als der Paul, den ich immer im Kopf hatte. Manchmal kommt mir sogar seine Stimme fremd vor. Ich glaube, wir müssten uns erst mal neu kennenlernen.«

Ivy legte den Kopf schief. »Und hast du darauf Lust?«

Milena lächelte. »Ich bin schon neugierig. Und ich muss zugeben: Die Briefe kamen zwar viel zu spät, aber ich mag sie. Es könnte sein …« Milena senkte den Blick. »Es könnte sein, dass ich sie noch das ein oder andere Mal lese.«

»Was du nicht sagst.« Ivy lachte. »Aber wehe, ihr lernt euch ein bisschen kennen, habt eine gute Zeit, und dann schickst du ihn irgendwann heim und gibst ihm ein Tier mit. Keine Taube. Nicht einmal ein Taubenei! Auch keinen Schmetterling oder Maikäfer. Gar nichts.«

Milena musste lachen. »Versprochen. Ganz egal, was passiert, Paul kriegt kein Tier von mir.«

»Auch keinen Marienkäfer«, sagte Ivy.

»Auch keinen Marienkäfer.«

14. Kapitel

Der Gitarrist trug ein Stirnband, der Schlagzeuger Schlaghosen und der Sänger einen dunkelbraunen Kaninchenfellmantel. Milena konnte nicht anders, sie musste grinsen, als sie die Band The Doves betrachtete. Es war fast wie in Emils Liebesbrief – das Publikum grölte mit, und die Musiker bewegten ihre Köpfe im Takt. Nur dass sie in die Jahre gekommen waren. Die langen Haare waren ergraut oder ausgefallen, die Ohren und Nasen größer geworden, ebenso wie die Bäuche. Und doch sangen sie, lachten und spielten, so laut sie konnten.

Es war heiß und eng im Blue Nights. An diesem Abend hatten sie um neunzehn Uhr geöffnet, und es war schlagartig voll gewesen. Überall tanzten junge und alte Menschen – vor allem alte –, sie trugen wehende Röcke, Plastikohrringe, Beatles-Perücken und karierte Sakkos. Wie schnell so mancher Opa und so manche Oma noch tanzen konnten, dachte Milena. Ein Mann in Jeans und mit Halbglatze schwang die Arme hin und her, ein anderer mit einem dünnen weißen Pferdeschwanz wirbelte seine Partnerin über die Tanzfläche.

Die blaue Nacht hüllte Milena ein, sie glänzte wie ein Schweißfilm auf Schultern und Dekolletés. Neben der Bühne warf ein Beamer alte Autogrammkarten fast vergessener Bands an die Wand – wallende Mähnen, gemusterte Anzüge, coole Mienen. Milena dachte lächelnd an Emils erste blaue Nacht vor so vielen

Jahrzehnten in denselben Räumen. Sie sah zu ihm hinüber. Er saß auf einem Barhocker an der Theke. Seinen Stock hatte er an den Tresen gelehnt, in der Hand hielt er ein Glas Fanta mit Rum. Sein Blick hing an der Treppe. Er saß da und wartete, und von Zeit zu Zeit nippte er an seinem alten Lieblingsgetränk.

»Hast du sie schon gesehen?«

Milena drehte den Kopf. Neben ihr war Ivy aufgetaucht. Heute trug sie ein gelbes Minikleid, weiße Kreolen und einen dicken schwarzen Lidstrich und wiegte ihre Hüften im Takt der Musik. Milena schüttelte den Kopf.

»Es ist noch früh.« Sie sah auf die Uhr. »Erst halb neun.«

»Lotte ist doch auch nicht mehr die Jüngste. Sie wird bestimmt nicht um elf grölend und besoffen hier eintreffen wie ein Teeny.«

Milena lachte.

»Danke schön!«, rief der Sänger der Doves jetzt. »Es war mir eine Ehre, noch einmal für euch spielen zu dürfen!« Er legte die Hand auf seine Brust und deutete eine Verbeugung an. Seine grauen Locken fielen ihm über die Schulter. Dann griffen die Musiker nach ihren Gitarren und zogen sich zurück.

»Wer kommt jetzt?«, fragte Ivy.

Milena lächelte. »Schau hin.«

Die Gäste drehten sich zur Bühne, sahen ins Scheinwerferlicht, warteten. Auch Emil wartete, nippte an seinem Glas. Und dann kam Milenas Mutter Monika auf die Bühne. Die weißen Strähnen in ihren dunklen langen Haaren leuchteten. Sie strahlte – ihre Wangen waren wieder rot, ihr Rücken wieder straff. Wie viel besser sie aussah, seitdem sie aus dem Krankenhaus entlassen worden war, dachte Milena. Zwar humpelte sie noch ein wenig, musste sich immer wieder abstützen oder hinsetzen, doch sie hatte es sich nicht nehmen lassen, Gastgeberin dieser Party zu sein.

Unglaublich stolz war sie auf Milena gewesen. »Was für eine tolle Idee von euch«, hatte sie geschwärmt, als ihre Tochter ihr von der Idee für eine Sechzigerjahreparty berichtet hatte. Milena hatte ihr alles erzählt: von dem Büchlein, das sie gesucht und gefunden hatte, von der Verabredung, die sie unabsichtlich verhindert hatte, von Emil und Lotte und von ihrem großen Plan, sie heute Nacht zusammenzubringen.

»Gott, ist das schön«, hatte ihre Mutter gesagt und war sofort in die Planungen eingestiegen. Sobald sie im Boot gewesen war, war alles ganz leicht gewesen: Monika hatte Kontakte zu Musikern, sie wusste, wo man Flyer drucken lassen konnte, welche Medien man anschreiben und woran man noch alles denken musste. In alle Schritte hatte sie Milena einbezogen, gemeinsam hatten sie die gesamte Veranstaltung auf die Beine gestellt – und Milena hatte es gefallen. Die Vorfreude, die Telefonate, die Ideen, der gemeinsame Stress.

»Milena, du wärst eine tolle Partnerin«, hatte ihre Mutter gesagt. »Es macht richtig Spaß mit dir. Du bist so strukturiert. Und kreativ! Ich war sowieso schon begeistert, wie mühelos du das Organisatorische übernommen hast, während ich im Krankenhaus war. Du hast alles super hingekriegt!«

»Ach, Mama.« Milena hatte zwar abgewunken, doch heimlich hatte sie gelächelt. Sie hatte sich die blauen Buchstaben über dem Eingang angesehen und versucht, das wilde Tier mit dem großen Maul zu erkennen, das sie hier früher immer vermutet hatte. Sie hatte versucht, seinen rasselnden Atem zu hören und daran zu denken, wie es früher, als Milena noch ein Kind gewesen war, zuerst ihren Vater und dann ihre Mutter verschluckt hatte. Verschluckte es heute auch Milena? Ohne dass sie davon etwas merkte?

Milena schüttelte den Kopf. Wenn es sich so anfühlte, verschluckt zu werden, dann war es gar nicht so schlimm. Sie konnte frei atmen, sie freute sich auf die Nacht, seit Tagen fand sie selbst die Sterne schön. Wenn das Blue Nights ein Tier war, dann war es riesig und weit und grenzenlos, ein blaues Weltmonster, das schnurren konnte, das Menschen zusammenbrachte und sie tanzen ließ. Sie mochte sogar seine Farbe. Vage erinnerte sich Milena daran, dass sie Blau als Kind kühl und abweisend gefunden hatte. Doch seitdem sie gemeinsam mit Ivy, Emil und Monika die Sechzigerjahreparty organisiert hatte, seitdem sie hoffte, auf diesem Weg Emil mit Lotte zusammenzubringen, sah sie in der Farbe Blau einen hellen Himmel, eine feste Umarmung, einen warmen Klang. Sie entwarf blaue Flyer, kaufte sich eine blaue Jacke und lackierte sich die Fußnägel blau. Irgendwie hübsch, fand sie.

Und als könnte ihre Mutter auf der Bühne Milenas Gedanken hören, lächelte sie ihr jetzt zu. »Herzlichen Dank an The Doves!«, rief sie. »Und jetzt begrüßt mit mir vier Jungs, die für uns die alten Stars wieder auf die Bühne holen: The Traditionals!«

Auf die Bühne stürmten jetzt vier junge Männer in schwarzen Anzügen, weißen Hemden und mit roten Schuhen.

»Dieses Lied stammt aus einer Zeit, in der die Menschen alle noch lange Haare hatten«, erklärte der Sänger, und dann legte die Band los, ohne weitere Umschweife.

Searching for a crazy thing to do, sangen die Musiker, und das Publikum sang mit. *Took me 'round the world to find a clue.*

»Das ist von den Petards!« Ivy lächelte.

Milena nickte. »Die Petards selbst spielen nicht mehr zusammen. Einer ist schon verstorben, ein anderer wohnt im Ausland …«

»Schade.« Ivy hob die Schultern. »Aber schön, dass diese Jungs die Lieder noch draufhaben.«

Milena sah sich um. Ivy hatte recht, die Coverband machte

ihren Job gut. Die Menschen lagen sich in den Armen. Wie ein einziges großes Pendel schwang das Publikum hin und her. *I want you all to look and point at me. Star a thing that you have never seen*, sangen die Musiker.

»Na, mein Schatz?« Monika stand jetzt vor Milena inmitten der Tanzenden. Sie breitete die Arme aus, drückte ihre Tochter an sich. »Bist du zufrieden?«

»Und wie! Es ist toll.«

»Vielleicht kannst du mich jetzt ein bisschen verstehen.« Ihre Mutter zwinkerte.

»Ein bisschen schon«, gab Milena zu.

»Überleg es dir, Liebes. Du könntest ins Blue Nights einsteigen. Das Antiquariat müsstest du dafür nicht aufgeben, du könntest einfach die Öffnungszeiten verkürzen und zwanzig Stunden die Woche hier arbeiten. Denk drüber nach.«

Milena nickte.

»Danke, Mama. Das werde ich. Aber nur unter einer Bedingung.«

Ihre Mutter zog die Augenbrauen hoch. »Ja?«

»Ich denke drüber nach, wenn du dir auch ein paar Gedanken machst. Du solltest nicht mehr so viele Nächte wach sein, das hast du lang genug gemacht. Wenn du dich aus den Nachtdiensten langsam rausnimmst und stattdessen ein paar gelernte Kräfte einstellst, die das übernehmen, könnte ich mir tatsächlich vorstellen einzusteigen.«

»Dann denken wir beide mal nach.« Ihre Mutter lächelte. »Ich schau mal beim großen Sven nach dem Rechten.«

»Mach das, Mama.«

Milena sah ihrer Mutter hinterher, wie sie durch die Menge davonhumpelte. Egal, wo sie entlanglief, die Menschen lächelten ihr zu, gaben ihr die Hand, machten ihr Platz. Das ist meine Mama, dachte Milena stolz.

»Milena, komm mal kurz her und schau zu Emil rüber!«, rief Ivy und zeigte hinüber zum Tresen, wo Emil noch immer saß und wartete. Seine buschigen Augenbrauen waren hochgezogen, die Augen ganz groß, hin und wieder kniff er die Lippen zusammen.

»Sie spielen Musik von seiner Lieblingsband, und er kann sich nicht einmal freuen!« Ivy schüttelte den Kopf.

»Ich halte das nicht länger aus.« Sie nahm Milena bei der Hand und schleifte sie zu Emil hinüber, baute sich vor ihm auf.

»Komm, Emil. Wir tanzen!«

»Nein, nein. Ich muss …«

»Gar nichts musst du. Nur tanzen.«

»Aber ich …«

Doch da hatte Ivy ihm schon vom Hocker geholfen, und Milena hatte ihm schon seinen Stock in die Hand gedrückt. Die drei schoben sich vorsichtig in die Menge.

I be the first man who will be, high above where your whole dreams meet, sang die Coverband. Milena und Ivy tanzten. Zunächst stand Emil nur da und sah zu, auf seinen Stock gestützt. Doch dann ging er leicht in die Knie. Seine Hüften begannen, nach rechts und links zu schwingen, er bewegte den Kopf im Takt und klopfte mit seinem Stock auf den Boden. Milena und Ivy mussten grinsen.

Make up your mind you just can't follow me, I'm gonna shoot me up to the moon, I'm gonna shoot me up to the moon.

Emil lächelte, und dann sang er mit. Milena konnte seine weiche, tiefe Stimme ganz deutlich hören: *I'm gonna shoot me up to the moon.*

Sie schloss die Augen, lachte und tanzte. Als sie die Augen wieder öffnete, sah sie Emil, der so gerade und starr vor ihr stand wie sein Stock. Er starrte an Milena vorbei, und sie brauchte sich nicht umzudrehen. Sie wusste auch so, was er sah.

»Sie ist da«, flüsterte Ivy nah an Milenas Ohr. »Sie ist gekommen.«

Und dann drehte sich Milena doch um. Lotte stand nur wenige Meter von ihnen entfernt. Die weißen Haare hatte sie zu einem hohen Dutt zusammengebunden, sie trug Perlenohrringe und ein langes azurblaues Kleid. Und Milena war sich mit einem Mal sicher, dass Lotte die schönste Frau war, die sie jemals gesehen hatte. Ihre Haut strahlte, trotz des Alters oder gerade deswegen. Und wenn Milena genau hinsah, waren all ihre Sommersprossen noch da. Lottes Augen waren groß und klar, und auf ihren blassroten Lippen lag ein leichtes Lächeln. Langsam ging sie auf Emil zu. Und langsam ging Emil auf Lotte zu. Milena und Ivy traten zurück, drängten sich in die Menge, um die beiden heimlich beobachten zu können.

Eine Weile standen die beiden nur voreinander, sahen sich an. Und dann begannen sie, sich im Takt zu wiegen. Ihre Füße schlugen aufs Parkett, Lotte breitete die Arme aus, Emils Stock fiel zu Boden, und niemand hörte, wie er klapperte. Sie lächelten sich an, sie spiegelten die Bewegungen des anderen. Sie tanzten. Emil und Lotte, ihr langes Kleid und seine zu weite Stoffhose, ihre hellen Schultern und sein sauber gebügeltes Hemd, ihre Sommersprossen und sein Mund, aus dem die Zahnlücke längst verschwunden war. Sie tanzten mit weit schwingenden Armen und großen Schritten. Mit Schritten, die weit entfernte Städte, weit entfernte Straßen, so viele Tage und Wochen und Jahre überbrücken konnten, mit Schritten, die die unwahrscheinlichsten Träume, längst vergessene Pläne und fast aufgegebene Hoffnungen mit dem Hier und Jetzt verbinden konnten.

»Wir haben es geschafft«, flüsterte Milena. »Wir haben es tatsächlich geschafft.«

Zuerst berührten sich Emils und Lottes Hände, danach ihre Wangen.

»O mein Gott«, kicherte Ivy.

Emil lehnte seine Stirn gegen Lottes Stirn, Lottes Nasenspitze stieß sanft gegen Emils Nasenspitze, und die Band sang: *I'm gonna shoot me up to the moon. I'm gonna shoot me up to the moon.*

Und dann küssten sie sich.

I'm gonna shoot me up to the moon.

Ivy riss die Augen auf, zeigte mit dem Finger.

Aber sie zeigte nicht auf Emil und Lotte, die da standen, eng umschlungen. Sie zeigte auf Paul, der mit einem Mal mitten in der Menge aufgetaucht war.

Und Milena sah Paul.

Und Milena wusste, dass die alte Geschichte von Paul und Milena endgültig vorbei war.

Und Milena verstand, dass in diesem Moment für Paul und Milena etwas Neues beginnen konnte.

Die Nacht dröhnte Milena in den Ohren. Und gleichzeitig hielt sie ganz still. Die Nacht war eine Katze, sie schnurrte und sie wartete, weil jemand sie streichelte, doch Milena wusste im gleichen Moment: Jederzeit könnte ihr diese Katze vom Schoß springen. Milena starrte Paul an, und Paul starrte Milena an. Und die Nacht schnurrte immer lauter, und plötzlich sprang sie Milena vom Schoß, in hohem Bogen durch die azurblaue Luft.

»Hast du meine Briefe bekommen?«, fragte Paul. Direkter Blick. Ein Blick wie viele Blicke gleichzeitig, wie ein riesiges, begeistertes Publikum, wie tausend Feuerzeuge, die in der Luft geschwenkt werden, wie ein Gesang aus unzähligen Mündern, wie lautes Klatschen und lauwarmer Regen auf der Oberfläche eines Sees. Fast hätte Milena das Gleichgewicht verloren, fast wäre sie getaumelt.

»Ja.«

»Das ist gut.«

»Du hast alles falsch gemacht.«

»Ich weiß. Ich würde voll und ganz verstehen, wenn du einen Typen mit so wenig Arsch in der Hose nicht haben willst.«

Milena musste lächeln.

»Ich werde trotzdem alles tun, damit du uns noch eine Chance gibst. Weißt du, wir haben uns in Emils Haus wiedergesehen, und für mich hat es sich angefühlt, als würde ich einen Filmstar treffen. Einen, für den ich seit meiner Kindheit schwärme. Dass du es bist, wusste ich sofort. Du hattest die helle Jeans an und das rote Halstuch. Deine Haare waren ein bisschen zerzaust und deine Wangen rot vom Wind. Du hast immer noch so unglaublich dunkle Augen, Milena. Und immer noch dieses beängstigend nachdenkliche Lächeln. Aber dein Gesicht ist schmaler geworden, du siehst irgendwie stärker aus.«

»Meine Schultern sind kräftiger.«

»Stimmt, gerade heute! Jedenfalls standest du da unten im Flur und hast mich angesehen, und ich habe sofort gewusst, dass ich jetzt endlich alles ändern würde. Gestern bin ich ausgezogen.«

Milena legte den Kopf schief. Schluckte.

»Ich habe es endlich beendet.«

Sie nickte. Und dann sagte sie: »Wir können nicht da anfangen, wo wir aufgehört haben.«

»Nein, das können wir nicht.«

Paul biss sich auf die Lippen. Sie legte eine Hand an seine Wange, ihre Stirn an seine Stirn, ihre Nase berührte seine Nase. Dann ließ sie ihn wieder los, trat einen Schritt zurück, lächelte.

»Hallo.« Sie hielt ihm die Hand hin. »Ich bin Milena, und mit dir würde ich gern ganz von vorn anfangen.«

»Guten Morgen!«, rief ein Typ hinter einer riesigen Umzugskiste. Er reckte den Kopf und sah Milena an. Sein gestutzter Vollbart war dunkel, seine Augen blaugrün, und genauso hatte

Milena sich das vorgestellt. Sie hatte sich immer in jemanden verlieben wollen, den sie bereits getroffen hatte, der ihr längst gebeichtet hatte, wie oft er an sie dachte. Der ihr beschrieben hatte, wie er sich fühlte, wenn sie nicht da war. Jetzt stand er direkt vor ihr, in ihrem Antiquariat, und schaute sie an. Seine hellen Augen wurden größer. Er hielt inne, schmunzelte. Und dann riss der Griff seines Umzugskartons.

Ratsch.

Milena bekam eine Gänsehaut – vom Nacken bis zu den Fußgelenken.

»Wo darf ich das abstellen?« Seine Stimme klang so rau wie das Reißen von Briefpapier. »Ich komme von einer Entrümpelungsfirma und habe Bücher dabei.«

Milena musste grinsen. Sie ging auf ihn zu. Doch diesmal schaute sie als Erstes in seine Kiste. Diesmal nahm sie, im Gegensatz zum ersten Mal, die Bücher wirklich in die Hand und sah sie an, jedes einzelne.

»Die Kiste ist schwer«, keuchte der Mann von der Entrümpelungsfirma.

»Ich weiß.« Milena sah ihn nicht an. Sie griff nach dem nächsten Buch. Und dem nächsten. Und der Typ wartete. Seine Oberarme begannen zu zittern.

»Ich würde sie gern abstellen«, sagte er mit gepresster Stimme.

»Warte.« Milena lächelte und ließ ihn warten, zittern. In aller Ruhe las sie. Erst nachdem sie auch das letzte Buch angeschaut, durchgeblättert und zurückgelegt hatte, sah sie dem Mann ins Gesicht.

»Stell sie auf das Tischchen da drüben«, sagte sie. Er folgte ihrer Anweisung und atmete erleichtert aus. Dann drehte er sich zu ihr um, wischte sich die Hand an der Hose ab und reichte sie Milena.

»Ich bin Paul.«

»Milena.« Sie nahm seine Hand, die vom vielen Kistenschleppen ganz warm war. Und musste daran denken, wie warm diese Hand wurde, wenn sie ein Auto durch die Nacht lenkte, wenn sie fremde Fensterscheiben einschlug, wenn sie uralte Türen öffnete – oder Milenas dunkelgrünes Kleid.

»Was hattest du dir denn vorgestellt?«, fragte Milena leise.

»Vorgestellt?« Paul steckte die Hände in die Taschen, zog die Schultern hoch und grinste.

»Wie viel willst du für die Bücher haben?«

»Ich …« Paul stotterte ein wenig. Lachte leise. »Ich möchte sie dir schenken.«

Und dann war Paul ihr plötzlich so nah, dass Milena seinen Atem auf ihrem Lächeln spüren konnte, den scharfen Duft von Pfefferminzkaugummi.

Er sah zwischen ihren Augen hin und her, schaute auf ihren Mund. Sie sah auf seine Wangenknochen, die ihr so neu vorkamen, auf seine Stirn. Er küsste sie. Und Milena griff nach seinen Händen, tastete nach seiner Zunge, sie ging einen Schritt auf ihn zu und trat dabei auf ein aufgeschlagenes Buch, das zwischen ihnen lag. Das Papier raschelte und gab ein ratschendes Geräusch von sich.

Es war ein Kuss wie ein riesiges Schuldeingeständnis, wie eine große Entschuldigung, wie ein »Mach das nie wieder« und ein »Ich verzeihe dir«. Er war so lang, als könnte man währenddessen tausend Liebesbriefe schreiben und zerknüllen und neu formulieren, als könnte man einen ganzen Roman lesen. Nach diesem Kuss würden sie reden müssen, spazieren gehen, alte Häuser besuchen und alte Wunden streicheln. Sie würden sich der Vergangenheit stellen und es mit dem Hier und Jetzt aufnehmen. Sie könnten scheitern. Es könnte alles umsonst gewesen sein. Sie würden sich so viele Fragen stellen und beantworten müssen, sie würden sich kennenlernen, Tag für Tag, und jeden

Tag aufs Neue würden sie sich füreinander entscheiden müssen. Es würde anstrengend werden, es würde sie all ihre Kräfte kosten, das ahnte Milena schon, während sie Paul küsste, während Paul sie küsste. Irgendwann würden sie einander loslassen und mit all dem beginnen müssen, das wusste sie. Doch noch nicht jetzt, nicht sofort. Ein paar Minuten hatten sie noch. Ein paar Seiten, ein paar Wörter. Noch standen sie im Antiquariat. Draußen fing es an zu regnen, und die Tropfen liefen die Schaufensterscheibe hinunter.

Irgendwo, ein paar Straßen weiter, aß Ivy vielleicht gerade ein Eis mit dem großen Sven, der ihr ganz plötzlich vor der Tür des Blue Nights aufgefallen war. »Wie er dastand und lächelte! Als würde sich ein riesiges Tor öffnen«, hatte Ivy es beschrieben. Vielleicht bestellte sie gerade ein Kirscheis und er eins mit Kaffeegeschmack. Vielleicht lächelten sie und öffneten gemeinsam Türen.

Irgendwo, ein paar Straßen weiter, hinter einer Altenheimtür, küsste Emil vielleicht gerade seine Lotte. Vielleicht lächelte er, und vielleicht streichelte sie dabei die weichen weißen Haare in Emils Nacken.

Milena wusste es nicht, sie wusste nur, dass Paul sie näher an sich heranzog. Milena roch Bücherstaub und Sommerregen, sie hörte es rascheln und knistern.

Einen Moment hatten sie noch.

So standen sie da, zwischen all den Büchern, den romantischen und den tragischen, und küssten sich.

Epilog

Du denkst vielleicht, ich hätte deinen Brief nie gelesen. Sicher glaubst du, *Blaue Nächte* sei mir nie in die Hände gefallen. Deine Hände liegen an meinen Hüften, dein Blick liegt in meinem Blick, du bist alt, ich bin alt, wir sind viel zu spät dran, trotzdem lächelst du und hast keine Ahnung, wie oft ich deine Worte gelesen habe. Wie häufig ich am Rand unseres alten Dorfes gestanden habe. Mit meinem Alfa Romeo Giulietta bin ich hingefahren, habe vor dem Ortsschild gebremst und es gelesen. »Eschenbach«. Es las sich wie »Emil«, wie »Emil und das andere Leben«. Ich stand da und las und überlegte. Später stand ich mit meiner roten Mercedes S-Klasse W 126 am Ortsschild und noch später mit dem schwarzen BMW M3. Ich bremste, hielt an, doch den Motor ließ ich laufen.

Ich dachte an deine Worte, an deine Fehler, an deine Frau und an dein Kind. An die Zeit, die bereits vergangen war und die mit jedem meiner Ausflüge nach Eschenbach länger wurde. In diesem Dorf wartetest du auf mich. Das zumindest hattest du geschrieben. Hinter diesem Ortsschild, irgendwo in diesen Straßen, dachtest du an mich – nach all den Jahren. Tatest du das wirklich? War es noch immer die Wahrheit? Als ich in meinem Alfa Romeo Giulietta dastand, war es Monate her, dass du den Brief in Buchform geschrieben hattest. Später, im Mercedes, waren es Jahre, im BMW lagen hinter uns bereits Jahrzehnte.

Alles könnte sich verändert haben. Mein Besuch könnte ein großer Fehler sein. Er könnte zu spät kommen, er könnte zwei Leben zerstören. Jedes Mal wendete ich wieder und fuhr zurück. In die eine Stadt oder in die andere – ich habe an vielen Orten gelebt, mit verschiedenen Männern. Erst mit Günter, dann mit Heinrich und schließlich mit Manfred. Heute kann ich sagen, ich habe vieles in meinem Leben richtig gemacht. Ich zog meine Tochter groß, ich liebte den ein oder anderen Mann, und nachts, wenn ich träumen wollte, wenn ich mich erinnern wollte, las ich *Blaue Nächte*. Heimlich unter der Bettdecke.

Das Büchlein hatte mir Heinrich zum Geburtstag geschenkt. Er hatte es auf einer Dienstreise irgendwo in einem kleinen Kaff entdeckt und herzhaft darüber gelacht, dass die Hauptfigur tatsächlich Lotte hieß und meine Sommersprossen hatte. Den Pony hatte ich mittlerweile wachsen lassen, die Haare kastanienbraun gefärbt, ich trug Schlaghosen statt Minikleider. Er ahnte nicht, dass diese Lotte seine Lotte war und dass er mit diesem Geschenk seine Beziehung zerstörte. Seite für Seite enthüllte es mir, dass mir Heinrichs Gefühle zu wenig waren. Seine Leidenschaft war eine Zwiebel, und mit jeder Seite schien sich eine weitere Schicht zu lösen. Am Ende blieb nichts übrig, kein Kern, kein Grund, kein Fundament. Unsere Tochter schenkte uns noch ein paar weitere Jahre, in denen wir zufrieden miteinander waren, aber nicht glücklich. Und immer wieder saß ich in meinem Auto, erst im einen, dann in den anderen, ich hatte einen Kindersitz auf der Rückbank, Spielzeugautos rollten durch den Fußraum.

»Wo sind wir?«, fragte meine Tochter Marianne.

»Nirgends.« Ich schaute auf das Ortsschild.

»Können wir wieder nach Hause fahren?«

»Einen Augenblick noch.«

»Mama!«

»Was?«

»Hier ist nichts, gar nichts! Das ist doch total langweilig. Ich will nach Hause!«

»Ist ja gut.« Ich wendete.

Sicher denkst du, ich wusste all die Jahre nichts von deiner Reue. Doch ich habe deinen Brief gelesen, jedes einzelne Wort, mehrmals. Ich habe mich oft an unsere Zeit und unsere Geschichte erinnert, ich habe immer wieder laut geschluchzt beim Lesen – oder leise gekichert. Ich bin immer wieder aufgestanden, fest entschlossen, dich zu suchen, uns noch eine Chance zu geben. Ich bin immer wieder zurückgekehrt, in das eine Leben, das ich nun mal hatte, das mir nun mal gefiel. Und das ist gut so. Meine Erfahrungen sind gut, meine Entscheidungen, meine Tochter. Es war richtig. Auch wenn es traurig ist, auch wenn wir gelitten haben. Unser Leben war gut.

Und es ist gut, dass ich schließlich doch wieder in unsere Stadt zurückgekehrt bin, ins Blue Nights. Es ist gut, dass wir jetzt tanzen. Wir tanzen. Und ich kann nicht glauben, dass du vor mir stehst und ich vor dir. Deine Konturen sind verschwommen, dein Blick wässrig. Und doch bist du noch schön, auf deine eigene Art und Weise. Deine Augen sind noch freundlich, deine Lippen verschmitzt. Deiner Haut hätte ich gern dabei zugesehen, wie sie Tag für Tag weicher wird. Ich wäre gern dabei gewesen, als deine ersten Haare grau wurden. Ich hätte gern beobachtet, wie deine Bewegungen vorsichtiger, langsamer wurden.

Wir tanzen, als stünde das Blue Nights unter Wasser. Die Barhocker schwimmen im Raum, die Bierflaschen, die Cocktailgläser steigen auf. Langsam schwingen unsere Arme und unsere Beine, unsere Haare schweben. Wir schweben. Ich kann den Boden nicht mehr fühlen unter meinen Füßen, ich habe vergessen, wo er gerade noch gewesen ist. Wir halten den Atem an.

Die Discowellen treiben uns zueinander, unsere Hände fangen einander ein. Unsere Beine berühren sich, unsere Oberkörper. Durch das blaue Wasser hindurch kann ich deine Wärme spüren. Aus deinem Mund steigt eine Luftblase auf. Das Nachtmeer zittert vom Bass der Band, und ganz dumpf höre ich sie singen. *I'm gonna shoot me up to the moon, I'm gonna shoot me up to the moon.*

Ich lege meine Arme um deine Schultern, du ziehst mich näher an dich heran. Jetzt kann ich deine Nase fühlen. Deine Lippen. Wir küssen uns, und unser Kuss schmeckt nach Kaffee und Kaugummi, nach Beatmusik, durchtanzten Nächten, nach dem Badehäuschen am See und dem Hochsitz hinter Eschenbach. Wir küssen uns, und ich denke: Endlich.

Immer wieder denke ich dieses Wort. Endlich, endlich, endlich.

Endlich bist du da, endlich bin ich da.

Endlich tanzen wir.

Endlich küssen wir uns.

Endlich ist unsere Nacht azurblau.

Danksagung

Ich danke meinen wundervollen und klugen Testlesern: meiner Schwester, meinem Vater und meinen Freunden Rebecca, Philipp und Gaby. Danke, dass ihr mit mir diskutiert, telefoniert, assoziiert, stundenlang auf einem Bürgersteig gehockt, Kaugummi gekaut und dabei literweise Kaffee getrunken habt.

Vielen Dank an meine Agentin Anja Koeseling, die mir immer mit Rat und Tat zur Seite steht, an meine Lektorin Britta Claus, die sofort an das Projekt geglaubt hat, und an die Redakteurin Annika Krummacher, die so behutsam mit meinen Blauen Nächten umgegangen ist.

Ich danke Gerhard Schaumburg und seinen Freunden, die mir faszinierende Einblicke in den ehemaligen Beatschuppen Kettel-Club in Schauenburg bei Kassel gegeben haben. Danke außerdem an den Schlagzeuger der Petards, Arno Dittrich, der mir erfrischend offen von seinen Erinnerungen berichtet hat.

Danke schön an alle, die auch dann für mich da waren, als ich anstrengend wurde, unter anderem meine Mama, Daniel, Sandrina und die Aopas – ich bin unendlich froh und dankbar, dass ich euch hab.

Quellenangaben

The Who, Won't Get Fooled Again. Text: Pete Townshend.

The Beatles, I Saw Her Standing There. Text: John Lennon/Paul McCartney.

The Beatles, Boys. Text: John Lennon/Paul McCartney.

The Beatles, Love Me Do. Text: John Lennon/Paul McCartney.

The Beatles, Help! Text: John Lennon/Paul McCartney.

The Petards, I Won't Come Back.
The Petards, Baby.
The Petards, Special Sunset for a Lady.
The Petards, A Deeper Blue.
The Petards, Keep On.
The Petards, Shoot Me up to the Moon.
Alle Texte: Klaus Ebert/Horst Ebert.

Lesen Sie weiter >>

LESEPROBE

Ein geteiltes Pausenbrot macht sie
zu Freundinnen fürs Leben. Doch das Schicksal
hat andere Pläne …

Ludo und Cate sind beste Freundinnen, seit sie damals auf dem Schulhof ihre Pausenbrote getauscht haben. Dabei könnten die beiden nicht unterschiedlicher sein: Ludo ist still und zurückhaltend, Cate laut und voller Energie. Als Cate nach einem Jahr in Australien schwanger und ohne den Vater ihres ungeborenen Kindes zurückkehrt, ist Ludo da, um ihr zu helfen. Doch dann erkrankt Cate an Leukämie und bittet Ludo, in Australien den Vater ihres Kindes zu suchen. Ludo findet Matt, und obwohl sie sich dagegen wehrt, verliebt sie sich in ihn. Was Ludo jedoch nicht weiß: Cate hat gehofft, dass genau das passieren wird …

1.

Es ist nur schwer vorstellbar, dass es jemals zwei Menschen gegeben hat, die gegensätzlicher waren als Cate und ich.

Nicht einmal bei langem Überlegen konnten wir eine Gemeinsamkeit finden: Sie hatte absolutes Vertrauen in ihren Nächsten, ich misstraute sogar meinem eigenen Schatten; sie strahlte wie ein Leuchtfeuer, ich höchstens wie ein Glühwürmchen; sie war auf jeder Party die Rose, ich das Gänseblümchen.

Und doch waren wir seit unserer ersten Begegnung auf dem Schulhof, als wir uns nebeneinander auf dem Mäuerchen wiederfanden und lustlos unsere Pausenbrote betrachteten, unzertrennlich geworden.

»Was hast du auf deinem Brot?«, hatte sie mich gefragt.

»Schinken …«, antwortete ich niedergeschlagen. »Wie immer.«

»Würdest du gegen zuckerfreie Hirsekekse tauschen?«,

fragte sie mich halbherzig. »Backt meine Mama selber.« Ich gab ihr mein Schinkenbrötchen und sie reichte mir

mit schuldbewusster Miene ihre Papiertüte.

»Ich warne dich … die schmecken echt eklig!«

»Macht nichts, ich hab sowieso keinen Hunger«, ver- sicherte ich ihr.

Ihre großen Augen leuchteten glücklich auf, als sie in das Schinkenbrötchen biss.

»Aber wenn meine Mama dich fragt, hab ich niemals Schinken gegessen, okay?«, sagte sie mit vollem Mund.

»Sie ist Makrobiotin, und wenn sie erfährt, dass ich totes Tier gegessen hab, dann lässt sie mir den Magen auspumpen!«

Ich nickte stumm, ohne die geringste Vorstellung davon, was das war, eine Makrobiotin, aber unendlich stolz da- rauf, mit jemandem ein Geheimnis zu teilen.

Dann öffnete ich die Papiertüte, steckte die Hand hinein, zog einen Keks heraus und steckte ihn in den Mund.

Eine fade schmeckende, zähe Masse klebte an meinen Zähnen.

»Die schmecken wirklich eklig!«, nuschelte ich mit vollem Mund.

Wir mussten gleichzeitig lachen und prusteten Keks- und Brötchenkrümel heraus.

Von diesem Augenblick an waren wir Freundinnen. Ich hatte nicht viele Freundinnen.

Um die Wahrheit zu sagen, hatte ich überhaupt keine. Vielleicht weil ich rote Haare hatte und bleich wie ein Gespenst war, vielleicht aber auch nur, weil ich schüchtern und unscheinbar war, ein Gänseblümchen eben. Jedenfalls gehörte ich keiner Gruppe an, wurde nie zu

Geburtstagen eingeladen und beim Volleyball immer als Letzte und mit einem resignierten Seufzer in ein Team gewählt.

Cate war die Erste gewesen, die mich angesprochen hatte, ohne ein brüskes »Rück mal!« oder »Lass mich mal abschreiben!«, die typische Anrede, seit ich in die Mittelstufe gekommen war. Plötzlich für eine Mitschülerin sichtbar zu sein, war eine vollkommen neue Erfahrung für mich.

Ab dem 18. April 1990 war ich nicht länger ein Geist. Es war ein Mittwoch, um genau zu sein.

Am Nachmittag jenes Tages fuhren wir zufällig im selben Bus, und sie lud mich tatsächlich ein, mich neben sie zu setzen.

Ich war vom Typ her eher still und zurückgezogen, aber zum Glück war Cate ein Mädchen, das munter drauflosplapperte, und als sie an ihrer Haltestelle ausstieg, rauschte die plötzliche Stille mir förmlich in den Ohren.

Ich klebte mit der Nase an der Scheibe und lächelte ihr zu, bis der Bus wieder anfuhr, und sie winkte mir zum Abschied. Dann rollte sie die Schultern, um die Träger ihres Rucksacks zurechtzurücken und entfernte sich.

Cate brachte mich zum Lachen.

Sie polsterte meine ungemütlich harte und kantige Welt ab.

Bislang hatte ich mich in meinem Leben immer nur als Gast gefühlt und wollte um Gottes willen nicht auffallen, während Cate sich über nichts Gedanken machte.

Keine Ahnung, was uns an der jeweils anderen anzog. Besser gesagt, ich habe nie verstanden, was sie an mir so anziehend fand, aber ich glaube, dass sie sich diese Frage nicht einmal gestellt hat: Cate war wie Schwarz, sie passte einfach zu allem.

In den folgenden Jahren machten wir fast jeden Nachmittag zusammen Hausaufgaben, entweder bei mir oder bei ihr.

Selbstverständlich war von uns beiden ich die Streberin, von der sie abschrieb, und sie diejenige, die mich auf Partys schleifte. Ich war die, die sie auf dem Mofa nach Hause fuhr, wenn sie zu viel getrunken hatte, während sie mir flotte Klamotten zum Ausgehen lieh. Ich war diejenige, die den Anstandswauwau spielte, wenn sie mit einem Jungen ausging, während sie sich für mich in die Bresche warf, wenn jemand unhöflich zu mir war.

Und auch wenn sie mit ihrem dunklen Teint, hochgewachsen, mit breiten Schultern und einem schönen Busen, allen sofort ins Auge fiel und ich, zerbrechlich und mit zartem Teint, immer aussah, als erholte ich mich gerade von einer Tuberkulose …, waren wir ein kleines Team.

Gemeinsam mit ihr überstand ich die Stürme der Adoleszenz wesentlich heiterer, als ich es allein je gekonnt hätte.

Sie war wie eine große Schwester.

Meine Eltern hatten mich spät bekommen, vielleicht hatten sie die Hoffnung auch schon bereits aufgegeben. Und so brachte diese so inständig herbeigesehnte Schwangerschaft ihre Pläne durcheinander.

Sie standen kurz vor dem Rentenalter, ich war ein Teenager – da waren Konfrontationen vorprogrammiert, mit denen sie nicht umzugehen wussten.

Im Zweifelsfall lebten sie deshalb einfach so weiter, wie sie es immer getan hatten.

Sie arbeiteten viel und redeten wenig, sie hatten im Leben Opfer gebracht und vermittelten mir indirekt das Gefühl, dass jede Art von Zerstreuung und Muße eine Todsünde war. Höchstens gelegentlich und in Maßen, denn im Grunde sind wir nur auf Erden, um zu leiden, und da stört jede Form von Annehmlichkeit und Genuss.

Und das bedeutete, dass man sich nur einmal im Jahr etwas Neues zum Anziehen kaufte, dass man nur einmal im Monat in eine Pizzeria ging und in den Ferien immer wieder an den gleichen Ort fuhr.

Während um mich herum die Technowelle tobte und

alle quietschbunte Rucksäcke von Invicta trugen, lebte ich in einem neorealistischen Schwarz-Weiß-Film.

Meine Eltern verboten mir nie etwas, und ich bat sie nie um irgendetwas, aber wir waren ganz sicher alles andere als eine Musterfamilie.

Was hätte ich dafür gegeben, offen mit meiner Mutter über

meine Träume und Wünsche sprechen zu können oder Brüder und Schwestern zu haben, mit denen ich Stockbetten und Geheimnisse hätte teilen können. Als Cate in mein Leben trat, war das so aufregend wie der erste Farbfernseher im Wohnzimmer.

Wie eine überraschende Antwort auf meine Gebete. Jetzt fragte ich meine Eltern, ob ich abends weggehen durfte, zog Jeans mit Rissen darin an und hängte ein Poster von Take That in meinem Zimmer auf.

Und auch wenn ich nicht mehr war als »die Freundin von Cate«, deren Namen sich niemand merken konnte und die man nicht grüßte, wenn man sie allein traf, wusste ich selbst jetzt zumindest, dass es mich gab.

Dank ihrer blieben mir Essstörungen und andere Abstürze erspart.

Alles in allem ging es mir gar nicht so schlecht.

Ohne tolle Anekdoten, aber auch ohne Narben an den Handgelenken.

Dann beschloss Cates Mutter eines Tages, dass Cate groß genug sei, um allein zurechtzukommen, und ver- schwand mit ihrem aktuellen Partner, einem Tantra-Yogalehrer, nach Goa.

Um niemals zurückzukehren. Cate brauchte sie nicht mehr.

Sie nahm die Nachricht mit vollendeter Würde auf, als wäre sie die große Schwester ihrer Mutter, der sie nun mal keine Vorschriften darüber machen konnte, wie sie ihr Leben zu führen hatte.

Sie nahm sie einmal fest in die Arme, sagte ihr, sie solle sich keine Sorgen machen, sie käme schon zurecht und sah ihr nach, wie sie für immer aus ihrem Leben ver- schwand.

Die letzten Worte ihrer Mutter zum Abschied waren:

»Und denk dran, mein Schatz, kein Fleisch essen.«

Und daran hielt sie sich. Als hätte sie ein Gelübde abgelegt.

Cate verlor nie den Mut. Nachdem sie ihre Ausbildung zur

Buchhalterin abgeschlossen hatte, nahm sie einen Job in einer Export-Importfirma an und besserte ihr Gehalt mit Nachhilfestunden, Babysitter-Tätigkeiten und Kellnern am Wochenende auf.

Immer mit einem Lächeln auf dem Gesicht, immer optimistisch, immer ermutigend.

Ich betete sie an.

Abends kam sie oft zu uns zum Essen, und ich betrachtete sie mit derselben Bewunderung wie ein Groupie den Lieblingssänger.

Inzwischen waren wir fast zwanzig Jahre alt. Ich lebte immer noch bei meinen Eltern und arbeitete seit dem Abitur in einer Bank, und wahrscheinlich hätte ich auch nie etwas daran geändert, wenn Cate mich nicht eines Tages dazu überredet hätte, bei ihr einzuziehen, damit ich endlich anfing, mein eigenes Leben zu führen und mit ihr die Miete zu teilen.

Ich ließ mir das nicht zwei Mal sagen, packte die paar Sachen, die mir wichtig waren, in einen Koffer und verabschiedete mich von meinen Eltern, um zusammen mit meiner besten Freundin in einen anderen Teil der Stadt zu ziehen.

Meine Eltern waren nicht begeistert.

Sie wären weniger schockiert gewesen, wenn ich ihnen verkündet hätte, dass ich am Tag zuvor einen unbekannten Seemann aus dem Hafen geheiratet hatte.

Sie konnten Cate leiden; aber sie taugte eben nicht als Vorbild für ihre einzige Tochter.

Doch sie leisteten auch keinen großen Widerstand: Ich war erwachsen, verdiente mein eigenes Geld und war zweifellos ein anständiges Mädchen.

Es waren wunderschöne Jahre, das Haus immer voll mit Freunden und Tieren, die Cate adoptierte oder zur Pflege hatte, und um die selbstverständlich ich mich kümmerte, wenn sie nicht da war.

Sie hatte so ihre eigene Art, einen von solchen Aufgaben zu überzeugen: Eigentlich ging sie schlicht und ein- fach davon aus, dass man zur Verfügung stand.

Indirekt bat sie um ein bisschen mehr Raum, wenn ihr eigener gerade aufgebraucht war.

Sie ging wirklich ganz unschuldig davon aus, dass alle sich so für andere aufrieben wie sie, und war jedes Mal wie vor den Kopf gestoßen, wenn sie ein Nein zur Antwort bekam. Dann verzog sie das Gesicht wie eine Figur aus einem Zeichentrickfilm, wie ein riesiges Fragezeichen, kratzte sich am Kopf, als könnte sie damit eine Idee hervorlocken und hatte meist sofort einen Plan B. Und vor allem war sie niemals nachtragend.

Ich musste mich ziemlich anstrengen, um mit ihr mit- zuhalten, denn ich war, leider, anders als sie.

Mein Zimmer, zum Beispiel, zu dem Katzen und Hunde striktes Zugangsverbot hatten, sah aus wie aus einem Schweizer Internat, sauber und bis auf den Millimeter genau geordnet, während ihres aussah wie das eines hyperaktiven Teenagers auf dem Weg zum Messie.

Ich hatte einen Putzplan aufgestellt, der natürlich nie eingehalten wurde, weshalb in sieben von zehn Fällen ich es war, die den Müll herunterbrachte, das Bad putzte und das Geschirr abwusch, wenn Teller und Gläser an- fingen, sich auf dem Kühlschrank oder dem Fernseher zu stapeln.

Ich konnte ihr das einfach nicht zum Vorwurf machen, denn sie hatte ja tatsächlich immer so viel zu tun, nur fiel es mir manchmal wirklich sehr schwer, mit ihrem unermüdlichen Enthusiasmus mitzuhalten.

Nach einer Weile konnte ich nicht mehr und sehnte mich nach mentaler Ordnung, Ruhe und Stille. Ich sehnte mich danach, acht Stunden am Stück zu schlafen, ohne dass die Musik voll aufgedreht war oder es zu allen möglichen und unmöglichen Zeiten an der Tür klingelte. Ich wollte nicht länger über irgendwelche Schüsseln mit Trockenfutter stolpern, wenn ich nachts aufstand, um etwas zu trinken zu holen, und auch keine fremden Übernachtungsgäste auf unserem Sofa antreffen.

Und so kam es, dass wir eines Tages über irgendeine Kleinigkeit, an die ich mich nicht mehr erinnern kann, in einen hässlichen Streit gerieten.

Ich war vollkommen erledigt von der Arbeit nach Hause gekommen, aufgerieben von Überstunden und frustriert, dass es mit der Anerkennung immer noch haperte, während sie beschlossen hatte, in unserer Küche einen Catering-Service aufzumachen, obwohl unsere Küche bequem in ein Puppenhaus gepasst hätte.

Ein Wort ergab das andere, der Ton wurde immer schriller, die Vorwürfe immer heftiger, bis es für keine von uns noch ein Zurück gab. Ein unendliches Hin und Her aus »Genau wie damals, als du …« und »Das ist so typisch für dich …«.

Als hätten sich alle unsere Schwächen und Fehler gleichzeitig manifestiert und zu einem unüberwindbaren Berg aufgetürmt, als spielte die Tatsache keine Rolle, dass wir länger als fünf Jahre friedlich zusammen- gewohnt hatten.

Und das Unvermeidliche geschah.

»Gut, dann wär wohl alles gesagt.«

»Ja, seh ich auch so.«

»Prima! Bis übermorgen pack ich meine Sachen und zieh aus!«, rief ich und knallte die Tür zu meinem Zimmer hinter mir zu.

»Brauchst du nicht«, rief sie mir hinterher. »Ich hab sowieso einen Job im Ausland angenommen. Ich zieh aus!«

Ich riss die Tür wieder auf. »Einen Job im Ausland? Und das sagst du mir erst jetzt?!«, rief ich und klang dabei mehr wie eine gekränkte Verlobte als die beste Freundin.

»Ich wollte es dir ja erzählen, aber dann hab ich es wie- der vergessen«, antwortete sie mit verschränkten Armen und ohne mir ins Gesicht zu sehen.

»Na, prima!«, sagte ich noch einmal und starrte sie an, sauer wie noch nie in meinem Leben, bevor mir der schlimmste Satz aus dem Repertoire beleidigter Freundinnen herausrutschte: »Du bist genau wie deine Mutter! Das Einzige, was du gut kannst, ist dich drücken!« Und als ob das noch nicht reichte, setzte ich hinzu: »Und iss bloß kein Fleisch!«, bevor ich noch mal die Tür zuknallte, endgültig dieses Mal.

In der Nacht bekam ich kein Auge zu, und in der folgenden und vielen Nächten danach auch nicht.

Und ich hörte für lange Zeit nichts mehr von Cate. Beinahe ein Jahr lang, um die Wahrheit zu sagen.

Ich musste sie wirklich tief verletzt haben, damit sie sich so gar nicht meldete.

Das war noch nie vorgekommen.

Ich grübelte lange darüber nach, ob die Dauer des Schweigens nach einem Streit von der Schwere der Kränkung oder von der Tiefe der Beziehung abhing.

Und je mehr Zeit verging, desto weniger erinnerte ich mich daran, worüber wir eigentlich gestritten hatten.

Mein Leben ging weiter wie zuvor: Haus, Büro und schwimmen gehen, entweder im Schwimmbad in Genua oder im Meer, wenn ich im Sommer meine Eltern in Porto Venere besuchte.

Sie hatten mich nicht gefragt, obwohl sie natürlich merkten, dass irgendetwas vorgefallen sein musste, da ich nichts mehr von Cate erzählte.

Aber sie reagierten mit derselben Zurückhaltung, mit der sie reagiert hätten, wenn ich mich von meinem Ehemann getrennt hätte, weil er mich betrogen hatte.

Im Grunde waren wir zwei Dickköpfe, die sich gestritten hatten und zu stolz gewesen waren, sich rechtzeitig beim anderen zu entschuldigen.

In jenem Jahr lernte ich Paolo kennen.

Er war ein Kollege aus der Bank, weder besonders attraktiv noch besonders brillant, der wesentlich älter aussah, als er war, nämlich siebenundzwanzig. Wahrscheinlich eine Folge aus der Kombination von »Buchhaltung« und »Bank«, die sogar einen Patrick Dempsey kleingekriegt hätte.

Hinzu kam, dass meine Kontakte zum anderen Geschlecht, nachdem mein Sozialleben sich zusammen mit Cate in Luft aufgelöst hatte, auf meine überaus treuen Rentner am Bankschalter beschränkt waren.

Paolo war der erste Mann, mit dem ich ins Bett ging, eine einmalige Chance, mit über Mitte zwanzig endlich nicht mehr Jungfrau zu sein.

Wie schade, dass ich das Cate nicht erzählen konnte. Es war so ziemlich das einzige Interessante in meinem

Leben.

Wir hatten uns nicht einmal ausgezogen: Er war noch in Hemd und Socken, und ganz sicher nicht, weil er im Rausch der Leidenschaft nicht dazu gekommen wäre, sie auszuziehen, sondern wohl eher aus Bequemlichkeit.

Und so lief das dann auch die nächsten Male.

Eines schönen Morgens im Frühjahr des darauffolgenden Jahres, als die ersten Sonnenstrahlen durch die Fensterläden in die Küche drangen, hörte ich, wie die Tür geöffnet wurde.

Ich drehte mich um, eine Pfanne in der Hand, um mich zu verteidigen, und sah Cate hereinkommen.

»Wär es in Ordnung, wenn ich wieder hier wohne?«, fragte sie, als sei sie erst gestern weggegangen.

»Natürlich wär das in Ordnung!«, antwortete ich, als gäbe es gar keine andere Möglichkeit und stellte die Pfanne ab.

Wir fielen einander in die Arme.

»Entschuldigung, dass ich so doof zu dir war!«, sagte ich in ihre Halsbeuge.

»Nein, ich war doof zu dir. Und wie«, antwortete sie.

»Na, dann spring mal unter die Dusche, du stinkst wie ein nasser Hund«, sagte ich lachend, während ich eine Träne abtrocknete.

Sie hob ihre Tasche hoch.

»Übrigens«, setzte sie hinzu, während sie in ihrem

Zimmer verschwand, »ich bin schwanger.«